Kimberle

Zuid-moeders breken niet

A.W. Bruna Uitgevers

Omslagbeeld
© Getty Images/Kelly Bowden
Omslagontwerp
Margo Togni

ISBN 978 94 005 1424 9
NUR 301

Tweede druk, mei 2022

Voor de sterren in de hemel die mij hebben geleerd
wat echt belangrijk is in het leven.

Proloog

Op zoek naar mijn paspoort en dat van Wolfje gooi ik alle lades overhoop. Waar heeft Alex ze gelaten? Mijn hart bonst in mijn keel en ik heb het veel te warm. Deze zomerdag is genadeloos heet. Mijn jurk plakt aan mijn lijf.

Ik kijk naar Wolfje. Hij oefent zijn stapjes langs onze salontafel en zijn hoofdje is helemaal rood van de inspanning en warmte. Hij is stiller dan normaal.

Hij houdt zich ondanks al mijn gestress gedeisd.

Ik kijk naar hem en voel de tranen opkomen. Ga ik dit echt doen? Ik probeer rustig te ademen en kijk naar de rode vlekken op mijn jurk. Ik spits mijn oren. Zijn dat sirenes? Is dat een ambulance in de verte? Of is dit de politie die onderweg is? Eén ding staat vast. Ik laat ze mijn kleintje niet van me afnemen. *Word rustig!* We wonen in het centrum van Amsterdam en het is vijfendertig graden, het geluid van sirenes is niet uitzonderlijk. Dat heb je nu eenmaal in een drukke stad. Misschien heeft het niets te maken met wat er zojuist is gebeurd... met wat ik zojuist heb gedaan.

Denk na, Poppy, waar zijn die verdomde paspoorten!

Als ik de volgende la opentrek, zie ik onze paspoorten. Die van Alex, Wolfje en dat van mij. Ik denk aan Alex en ik kan het niet meer tegenhouden. Ik voel de tranen over mijn wangen stromen. Wat heb ik gedaan? Het gemis zal zo groot zijn. Zowel voor mij als voor onze kleine.

Maar ik heb geen tijd om mijn verdriet de ruimte te geven. Ik moet door.

Ik steek Wolfjes paspoort en dat van mij in mijn Céline-clutch, die volgens Bobby altijd handig zou zijn. En inderdaad: hij biedt ruimte aan onze paspoorten, mijn zonnebril die de nodige anonimiteit zal schenken, mijn Mulberry-portemonnee met alle nodige pasjes om voorlopig mee uit de voeten te kunnen en rozijntjes voor kleine Wolf. De sleutels laat ik achter. Ik ren met Wolfje op mijn arm naar zijn kamer en smijt luiers, billendoekjes en rompertjes in de reistas die ik snel heb gepakt. Ook pak ik wat broekjes en shirts mee en een extra trui voor als hij het koud krijgt. Je weet nooit waar we terechtkomen.

Snel loop ik door naar onze slaapkamer en ik trek de kastdeur open. Ik kijk niet echt, ik pak maar wat. Het maakt niet uit. Nu niet meer.

Ik kijk nog één keer om naar onze slaapkamer. De kamer die onze liefde symboliseert.

Het spijt me zo. Ik druk een kus op Alex' kussen.

In de verte hoor ik iets. Doodstil blijf ik staan. Is dat geschreeuw? Het lijkt dichterbij te komen.

Gehaast open ik de Uber-app op mijn telefoon. Ik heb nog drie minuten. Ik kijk naar het gespannen gezichtje van Wolf en zie dat hij knuistjes heeft gemaakt van zijn mollige handjes. 'Doe normaal Poppy, je maakt hem bang,' spreek ik mezelf hardop toe en met het trekken van gekke gezichten probeer ik Wolfje duidelijk te maken dat alles goed is. Geen vuiltje aan de lucht.

Al 'Baby Shark' zingend sluit ik de deur achter me en loop ik voorzichtig met een volle tas en Wolfje de trap af. Op het moment dat ik de deur open, komt de auto aanrijden.

Ik open het portier van de Uber en bevestig mijn naam. In de auto hangt de geur van tabak vermengd met citroenluchtverfrisser. Er komen een paar beschonken mensen langs. Ze zijn luidruchtig. Op deze hete dag lopen de gemoederen klaarblijkelijk hoog op.

'En je gaat naar ehm... Schiphol, zie ik?' De chauffeur neemt zijn tijd. Hij rommelt wat op zijn telefoon. Ik wil schreeuwen. *Ja, dat staat er toch?! Waar wacht je nog op, slome!*

Maar ik slik, pak mijn zonnebril en plaats deze kalm op mijn neus. 'Ja, inderdaad,' antwoord ik beleefd. 'En ik heb een beetje haast.'

1

Elf maanden eerder
Oktober

Had ik maar een vest meegenomen. Het is een mooie en zonnige dag, maar het kille briesje verraadt het feit dat de zomer plaats heeft moeten maken voor de herfst. Mijn oma breit de fijnste vestjes van zachte wol in allerlei kleuren en prints. Het voelt als een zacht dekentje om je lijf. Voor de kleine die nu in mijn buik trappelt heeft oma ook al iets gemaakt. Een zachtblauw dekentje met donkerblauwe rand. 'Perfect voor in zijn kinderwagentje,' zei ze. Niet wetende dat ik die nog niet heb.

Shit, ik moet echt gaan shoppen voor babyspullen. Ik ben over iets meer dan twee maanden uitgerekend. Stel dat het kind te vroeg komt, dan heeft hij in elk geval een dekentje om onder te liggen. Maar dat is dan ook het enige. Ik pak mijn agenda en schrijf een notitie voor mezelf.

Koop babyspullen. En ik zet er sterretjes voor en achter. Ik maak het zo overdreven sierlijk dat het bijna niet meer te lezen is. Maar ik moet toch wat op dit terras. Een bezigheid is fijn, al is het maar om die starende blikken te ontwijken.

Ik zit bij een brasserie genaamd Van Dam en wacht op Yasmin. Ze is laat. Ze heeft een zoon op de AFC voetbalclub maar hij wilde niet naar voetbal waardoor er een klein drama en veel vertraging is ontstaan. Ze appt nu dat ze er echt bijna is en of ik alvast een cappuccino wil bestellen.

Dat wil ik maar al te graag want de serveerster heeft me al herhaaldelijk gevraagd of er nog wel iemand komt. De tafel die ik bezet houd is schijnbaar erg populair. Al meerdere malen heeft ze mensen teleurgesteld en mij ietwat verwijtend aangekeken. Ik ben bang dat ze denkt dat ik een fantasievriendin heb. En dat deze fantasievriendin en mijn gestoorde brein haar nu omzet kosten. Toen zij een flesje wijn aan mij wilde slijten op deze 'heerlijk zonnige dag' moest ik verontschuldigend gebaren naar mijn dikke buik waarop een geïrriteerde blik volgde. Ik kan het haar niet eens kwalijk nemen. Een zwangere, niet-drinkende vrouw die al bijna een uur een tafel tijdens spitsuur bezet houdt met één decafcappuccino...

Maar nu bestel ik tevreden nog een drankje. Ik trommel met mijn vingers op tafel en kijk om me heen. Zo zien mensen dat ik het ook vervelend vind en echt op iemand wacht. Deze tent is populair want het terras zit vol en er komen steeds weer mensen vragen om een tafeltje. Hoewel het woensdagmiddag is, wordt er volop gedronken. Alsof de zon altijd het perfecte excuus biedt om overdag te drinken. Ik kijk en vind al die flessen wijn een beetje belachelijk. Maar tegelijkertijd realiseer ik me dat ik waarschijnlijk vanuit mijn zwangere positie die mij buitensluit van dit soort drankfeestjes niet erg objectief kan zijn. Ik ben gewoon jaloers.

Ook wordt er volop gegeten. Pasta's, geitenkaassalades, biefstuk met frietjes, het komt allemaal voorbij. Ik voel mijn maag knorren. Weer jaloers.

De cappuccino voor Yasmin arriveert. De serveerster zet hem theatraal op tafel voor de lege stoel.

Aan de tafel achter mij wordt zo hard gelachen dat ik wel moet omkijken. Ik zie twee heren uitgedost in jeans, overhemd en keurig uitziende jasjes wijn bijschenken en onprettig hard lachen om iets wat blijkbaar alleen zij grappig vinden. De twee vrouwen aan hun tafel lachen overduidelijk alleen maar uit beleefdheid. Ik vang iets op over 'het rijden van die auto van zijn vrouw', maar dan barsten ze weer in geproest uit.

Bewust kijk ik de andere kant op en zie daar een groepje vrouwen van wie er een vrijwel zeker heeft meegedaan aan dat realityprogramma *De Gouden Kooi*, waarin mensen elkaar moesten wegpesten. Ik weet het nog omdat ik het een belachelijk experiment vond waarbij totaal voorbij wordt gegaan aan de gevoelens van deze mensen. Toch keek ik soms stiekem. Het voelde als het roken van een sigaret: fout maar ook ontspannend. Om vervolgens te walgen van jezelf.

De dames aan die tafel zien er alle vier heel sexy uit. Hoge hakken, veel haar en de borsten zijn volop aanwezig. De grote boezem wordt sowieso goed vertegenwoordigd op dit terras.

Ik moet me inhouden om niet te staren, maar wat als bekeken worden juist de bedoeling is? Misschien is het wel beledigend als ik niet kijk of op zijn minst een complimentje maak. De vrouw die ik herken van tv heeft nu door dat ik staar dus ik geef een flauwe glimlach en draai snel mijn hoofd weg terwijl ik overdreven over mijn buik aai. Zwangere vrouwen komen met veel weg, dus ik maak daar graag misbruik van.

De bijzondere mix van mensen die zowel aan kakkers uit het Gooi als aan perfect gestylede en gebruinde influencers doen denken, zorgt ervoor dat ik nogal uit de toon val. En dat komt niet alleen door mijn onzichtbare tafelgenoot. Het zit hem ook in mijn vertrapte All Stars op een terras vol hakken. Mijn playsuit met Frans uitziend kraagje op een terras vol diepe decolletés. En mijn rommelige knot op een terras vol lange, wapperende haren.

Een gevoel van gemis neemt me over. Heimwee naar huis.

Ik schrik op. Yasmin. Ze verschijnt uit het niets en geeft me een warme omhelzing inclusief een kleine hartverzakking.

'Sorry, schat, sorry, sorry! Was je lekker aan het dromen over je toekomstige kind?'

Ik zwijg en stem maar toe met een knikje. Dat lijkt gewoon makkelijker. Ze geeft me een kus op mijn wang en haar lange, donkere haren strijken langs mijn gezicht. Zacht.

Haar lippen zijn net zo zacht. Ik kijk haar aan en zie wederom hoe mooi ze is.

Haar ogen zijn hazelbruin en haar wimpers lang. Haar haren

dik en glanzend zwart. Haar lippen zijn vol en gehydrateerd en ik denk dat zowel mannen als vrouwen weleens met de gedachte spelen om die te kussen. Er hangt een geur om haar heen die doet denken aan zomers van vroeger. Het is een mix van vanille, cederhout en zonnebrand.

Sinds ik zwanger ben, heb ik een neus als een bloedhond. Er zijn veel geuren waar ik moeite mee heb, maar Yasmin ruikt heerlijk.

Yasmin begint aan haar cappuccino, maar stuurt deze terug om te vragen of hij opgewarmd kan worden. O god, de serveerster haat me nu echt. Dit is waarschijnlijk de eerste en de laatste keer dat ik hier zit. En dat is onhandig, want ik woon nu om de hoek. Maar toch speel ik met de gedachte om een tent te zoeken die iets beter bij me past... Tegenover me zie ik twee vriendinnen selfies maken met de welbekende duckface.

'Ik ben blij dat je er bent, Yasmin. Ik moet nog een beetje wennen hier in Zuid, denk ik.' Nerveus frommel ik aan mijn ketting met rozenkwartssteen die ik van mama heb gekregen. Een steen die staat voor liefde en heling.

Yasmin kijkt me aan, schenkt me een liefdevolle lach inclusief parelwitte tanden en knipoogt.

'Ja, Poppy, ik denk dat Zuid ook nog even moet wennen aan jou. Maar ik ben er om je te helpen. En je hebt Alex. Dat sociale leven opbouwen gaat hier sneller dan je denkt, soms een beetje te snel als je het mij vraagt.'

Ik zie dat Yasmin met een galant gebaar de serveerster wenkt. Deze komt aansjokken en zet haar neppe glimlach op. 'Wat mag het zijn, dames?'

Yasmin zet op haar beurt weer háár neppe glimlach op. 'De menukaart graag.'

Ik kijk naar een goed toneelspel waarbij beide spelers uitmuntend spel tonen in beleefdheid. Er worden twee menukaarten op tafel gelegd en het blonde meisje van rond de twintig beent snel weer weg. Yasmin rolt met haar ogen.

'Fatsoenlijk personeel is ook lastig te vinden tegenwoordig.

Jammer dat de eigenaresse van deze tent er niet is, dat is een topper. En die pikt dit soort gedrag niet, hoor, ze heeft gastvrijheid erg hoog in het vaandel.'

Ik knik instemmend. Volgens mij zag ik de eigenaresse net naar binnen rennen en ze glimlachte inderdaad vriendelijk en maakte met iedereen een praatje. Een concept waar de serveerster aan onze tafel helaas niet bekend mee is.

'Die vliegt eruit, hoor.' Yasmin ken ik tot nu toe alleen als lief en beleefd, maar ze heeft duidelijk geen boodschap aan arrogant gedoe.

'Yasmin, ik wil jou en Ruben bedanken voor jullie gastvrijheid en hulp. Ruben is zo'n goede vriend voor Alex, echt onwijs lief dat hij hem helpt met klussen. En jij hebt mij met open armen ontvangen. Dat waardeer ik echt.'

Yasmin wuift het meteen weg. 'Hou op, Poppy, dat is voor mij vanzelfsprekend. We kennen Alex al jaren en jij bent zijn vrouw. En ik weet als geen ander hoe het is om uit een andere wereld te komen en ergens te moeten wennen. Wat wil je eten, schat?'

'Doe mij maar een broodje carpaccio,' antwoord ik provocerend. En meteen besef ik dat ik nog heel weinig weet over Yasmins humor.

'Kijk uit, vrouw, anders word je nu al gelyncht door de moedermaffia die hier rondsluipt.' Haar toon is serieus.

'Grapje natuurlijk, ik ga voor de geitenkaassalade.' En met die woorden gooi ik mijn menukaart op tafel.

Yasmin knikt. 'Dat worden dan een geit en een caesar.' Ze steekt haar hand omhoog en zet haar vriendelijkste gezicht op. Een groot horloge om haar pols weerkaatst het zonlicht in mijn gezicht. Maar niet voor lang want haar hand gaat alweer naar beneden. Halleluja, we kunnen eten bestellen. De serveerster komt bij onze tafel staan met haar notitieblok in de aanslag. Als we de bestelling doorgeven zet ik mijn liefste glimlach op in de hoop dat ze niet in mijn salade spuugt.

Maar dat gebeurt hier vast niet. Hier in Amsterdam-Zuid zijn immers alleen maar nette mensen.

2

Ik wil nog meer. Ik smeek Alex altijd om meer. Hij is zo verdomde goed in wat hij doet, ik word er simpelweg onverzadigbaar van.

Dus ik wil meer. En dat krijg ik.

Met een trots hoofd reikt hij me een bord met nog een kaastosti aan. Ik neem het dankbaar aan en kijk naar die fantastische creatie op mijn bord. Dit is niet zomaar een kaastosti. Het is wit casinobrood precies lang genoeg opgewarmd om het brood zacht te houden, maar van een knapperig korstje te voorzien. De kaas is dikke emmentalerkaas die precies goed gesmolten is. Smeuïg. En dan heeft Alex daar nog een klein beetje honing overheen gedaan zodat het zout een vleugje zoet krijgt.

Het is een combinatie waar je spontaan een orgasme van zou krijgen. En omdat ik als hoogzwangere vrouw mijn seksuele energie met de week voel afnemen en ik om tien uur 's avonds omval, neem ik nu maar genoegen met orgasmes op culinair vlak.

Hoewel ik niet kan uitsluiten dat mijn seksdrive een boost krijgt vanavond. Alex ziet er heerlijk uit in een simpel zwart T-shirt, skinny jeans en witte, goedgevormde sneakers. Nonchalant, maar stijlvol. Hij ruikt goddelijk, naar leer en vanille gemixt met zijn eigen lichaamsgeur. En we hebben een fijne avond samen, ongecompliceerd en gezellig.

Hoeveel kun je van iemand houden? Ik smelt als ik merk dat hij nerveus is over zijn rol als vader en het avontuur dat ons te wachten staat. Maar tegelijk is hij kalm en zelfverzekerd als het over onze toekomst gaat.

In zijn werk is Alex uitmuntend. Hij is een van de beste chefkoks die Amsterdam heeft en wordt gezien als dé belofte van de toekomst. En hij zal ooit zijn eigen restaurant runnen en succesvolle kookboeken schrijven. Dat lijkt hij zelf ook te weten. Het gaat gebeuren. Ook weet hij dat hij ondanks zijn drukke werkschema en wisselende tijden een goede vader zal zijn. Volgens hem komt dat door onze liefde. En ik denk dat hij hierin ook gelijk heeft. Net zoals hij gelijk had toen we kozen voor deze woning in plaats van een huis in mijn oude stad Maastricht of de woonboot die ik had gespot in de Jordaan. Amsterdam is een stad vol mogelijkheden voor hem, maar ook voor mij. De diversiteit van de stad biedt een prachtige arena voor mijn fotografiewerk. En we zitten zo dicht bij de mediawereld, dat kan mij ook weer helpen. Net als Alex' grote netwerk, want hij groeide als enig kind van welgestelde ouders op aan de Amsterdamse grachten en kent hier veel mensen. Maar de eerste jaren zal ik minder gaan werken om veel bij onze zoon te zijn. Want Alex moest die fantastische baan in De Flamingo met beide handen aangrijpen en zal dus dubbel zo hard moeten werken. Het is een restaurant met een Michelinster en zijn jongensdroom.

Logisch dus. En het is inderdaad niet slim om een baby op een kleine boot groot te brengen, omringd met water. En zeker niet voor iemand die zo klunzig is als ik. Ja, Alex kan soms zo vastberaden zijn en dit was de beste optie. Een huis in Amsterdam-Zuid met drie slaapkamers, een gezellige woonkamer, open keuken, ruime badkamer én een groot dakterras met buitendouche.

De straat is rustig en je vindt alles om de hoek. De slager, groenteboer, bakker, het zit allemaal op loopafstand. Er wonen en spelen veel kinderen. Ook zijn er veel honden en dat trok me eigenlijk over de streep want dat vergroot de kans dat wij ook ooit een hond zullen nemen. En het is er schoon en er schijnt veel sociale controle te zijn, wat de nodige veiligheid biedt.

Een charmant klein dorpje, midden in de bruisende stad Amsterdam. Amsterdam-Zuid.

Ja, Alex heeft het beste met ons voor en denkt goed vooruit.

Hij heeft ook zo hard gewerkt om van dit huis ons thuis te maken. Dagenlang heeft hij met Yasmins man Ruben geklust en daarna onze spullen verhuisd.

Ik keek vooral hoogzwanger vanaf de zijlijn toe en gaf orders. 'Iets wat veel vrouwen hier overigens heel normaal vinden, hoor,' grapte Ruben. Ik steek echter liever zelf de handen uit de mouwen. Maar gezien het feit dat ik steeds groter word, moet ik sommige dingen uit handen geven en loslaten.

*

Van achteren besluip ik Alex terwijl hij aan het aanrecht staat en sluit mijn armen om hem heen. Dat is wat lastig, want die buik zit nogal in de weg. Wanneer ik wat draai, lukt het net. Hij draait zich om en legt zijn hand op mijn buik. Hij pakt mijn gezicht in zijn handen en kust me teder.

Ik voel de seksuele energie toenemen en door mijn lichaam stromen. Momenteel voel ik me een nijlpaard, maar nu wel een opgewonden nijlpaard. Mijn gedachten dwalen heel even af naar nijlpaarden die opgewonden zijn en hoe dat eruit zou moeten zien. Geen idee eigenlijk. Vast niet heel sexy.

Ik schrik op. 'Hallo, Pop?' Alex klapt met zijn handen voor mijn gezicht. Dat gebeurt vaak als ik weer wegdroom. En ik droom en zweef vaak weg. Een sprookjeskind, zei mama altijd.

'Hoe was het met Yasmin?' vraagt hij. Ik moet even schakelen en antwoord dat het prima was. Snel kus ik hem weer. Hij kust terug, maar nu is het meer een stevige, korte kus. En hij draait zich weer naar het aanrecht.

'Heb je al vriendjes gemaakt?' vraagt hij grappend.

'Nou, ik heb er hier nu welgeteld één, Yasmin,' antwoord ik trots. Ik probeer hem weer te kussen, maar Alex stort zich op zijn tosti. 'Nou, dat worden er vast snel meer, Popje.'

'Ja, ik zal enorm mijn best doen,' zeg ik met een vleugje sarcasme. Ik kijk hem ondeugend aan. Althans, ik doe een poging. Het kan ook zijn dat ik hem nu heel eng aankijk aangezien mijn hoofd is opgezwollen als een waterballon de afgelopen dagen.

'Nee, Pop...' Hij neemt een grote hap van zijn tosti.

'Wat nee?' reageer ik hoogst verontwaardigd.

'Niet nu... zo.' Hij gebaart naar mijn buik.

'Hoezo niet, dat is heel goed voor het kind, dan voelt hij onze ware connectie, onze liefde... de kern van zijn bestaan en...'

Alex schudt zijn hoofd. 'Nee, het is raar en het kan de bevalling opwekken.'

'Ik moet nog twee maanden!' roep ik.

'Daarom! Het zou veel te vroeg zijn, ik ga geen risico nemen omdat wij ons niet kunnen beheersen,' zegt hij resoluut.

'Nou, lekker dan,' zeg ik ietwat beledigd.

'Wil je nog een kaastosti?' Hij is alweer overgeschakeld op de orde van de dag.

'Nee, dank je.' Ik wil weglopen en me op de bank nestelen, maar grijp toch die kaastosti van het aanrecht.

Als ik wegwaggel hoor ik hem zachtjes gniffelen. Ik onderdruk ook een lach want ik weet dat ik me aanstel. Maar ik wil nu even in de rol van beledigde vrouw blijven. Het feit dat mijn emoties aan de oppervlakte liggen en ik kan omslaan als een blad aan een boom heeft hij altijd spannend gevonden. Nu maar hopen dat dat niet veranderd is.

3

‘Sorry, misschien een beetje gek. Maar kun jij even op dat andere bankje gaan zitten? Heel even maar, wij hebben dit bankje even nodig. Voor een goede foto, snapt u? Daar is de achtergrond niet mooi.’

Het meisje van midden twintig dat eruitziet alsof ze alle modetrends van het afgelopen jaar op een en dezelfde dag heeft aangetrokken, wijst naar het bankje waar ik nu noodgedwongen moet gaan zitten.

‘Ja hoor, geen probleem.’

‘Te gek joh, echt tof. We zijn zo klaar, hoor.’

Ik laat me op het bankje met de slechte achtergrond ploffen en kijk naar het meisje dat quasinonchalant poseert. Zou er wel wat in die koffiebeker zitten of is dat gewoon een hip influenceraccessoire?

Mijn bankje leent zich misschien niet goed voor het Instagram-leven, maar ik heb nu wel een fijn uitzicht en zon, dus ik ben tevreden.

Amsterdam is schitterend op het moment. Rode, gele en oranje blaadjes op de grond en aan de bomen. Plasjes water van de regen van afgelopen nacht op de grond waar het zonlicht in glinstert. Het is net een schilderij. Net in het Vondelpark baalde ik al dat ik mijn camera niet had meegenomen. Ik had prachtige plaatjes kunnen schieten. Maar dat was wellicht wat te veel sjouwen geweest. Ik raak nu snel buiten adem, mijn boodschappentas dragen is al een hele opgave en ik moest dan ook hoognodig even uitrusten.

Het pleintje waar ik op het bankje zit, bevindt zich in het

midden van de Cornelis Schuyt, een populaire buurt in Amsterdam-Zuid. Je hebt er mooie winkels, gezellige terrasjes en een slager en groenteboer die zonder te knipperen drie keer zoveel geld vragen voor een stuk vlees of een mandarijn. In deze buurt heet het trouwens de groentejuwelier. Ook zit er aan dit pleintje een ijssalon en een kleine snackbar waar vaak een lange rij staat van ouders en uitgelaten kinderen.

Het heet hier overigens frietboetiek. En ijsboetiek. Ze weten hier zelfs een simpele friettent allure te geven.

Vanaf het bankje kijk ik goed om me heen. Eerlijk is eerlijk, het is idyllisch. Een lief pleintje met bankjes onder mooie, grote bomen. Schattige winkeltjes en speciaalzaakjes om op uit te kijken. En veel keus in cafés en restaurants. Wanneer je van auto's houdt, zit je hier ook goed want het ene prachtexemplaar na het andere rijdt voorbij. Alsof er een autoshow is en ik op de eerste rij zit. Veel Range Rovers. Een Ferrari. En ik hoor net een klein jongetje roepen: 'Pap, kijk een Bugatti!'

Het zegt mij weinig, ik ben geen grote autoliefhebber. Ik loop graag en ik fiets veel. En ik heb mezelf altijd voorgehouden dat ik verantwoord omga met het milieu. Achteraf weet ik natuurlijk dat die gedachte behoorlijk hypocriet is gezien het feit dat ik reizen heb gemaakt naar de andere kant van de wereld en ik daar niet naartoe ben gefietst.

Ik draai mijn hoofd richting de zon en ik doe mijn oortjes in om mijn favoriete muzieklijstje te beluisteren. Vol met hits uit de jaren negentig en jaren nul. R&b-artiesten, popdiva's, eigenlijk alles wat op TMF voorbijkwam. Dit staat lijnrecht tegenover mijn opvoeding en de aversie tegen commercie vroeger thuis. De enige muziek die daar klonk was de kalmerende toon van een dwarsfluit. Mijn tegenreactie als tiener was meezingen op Britney, Tupac en Destiny's Child. En ik luister het nog steeds graag. Die muziek brengt me terug naar vroeger: de vrijheid en opwinding van mijn tienerjaren en alle mogelijkheden die er dan nog voor je liggen, de veiligheid van mijn eigen kamertje en de zoektocht naar een authentieke stijl op de middelbare school. Nostalgie.

Ik pak het bakje vers gesneden mango dat ik zojuist bij de groenteboer, oftewel de groentejuwelier, heb gekocht. Duur, maar verrukkelijk. Ik blijf ervan eten en wanneer het einde in zicht is word ik ineens op mijn schouder getikt. Snel slik ik mijn hap door en kijk ik omhoog. Ik zie een mooie vrouw met lichtblonde, lange haren. Ze heeft een witte kanten blouse aan waardoor haar zwarte bh en flinke boezem goed te zien zijn. Daaroverheen hangt een nude mantel. Ze heeft ook al van die lange wimpers. Er zal wel iets in het water zitten hier. Ik doe snel mijn oortjes uit en zet het volume wat zachter.

'Hi?' zeg ik vragend.

'Hoi!' Ze steekt enthousiast haar hand met keurig verzorgde gelnagels uit.

'Ik ben Bobby.' Ze komt naast me zitten en haar zwarte leren broek raakt mijn grijze zwangerschapsbroek. Zij aan zij zitten we op het bankje en ik kan niet stoppen met staren. Ze is deze reactie waarschijnlijk gewend, haar volle lippen krullen omhoog en ze lacht haar mooie tanden bloot. 'Ik dacht, ik stel me even voor. Ik ben dus Bobby en ja dat is grappig, want ik heb grote boobies. Nu vergeet je mijn naam niet meer.' Ik krijg een speelse por.

Ik ben zwanger, maar het lukt me heus nog wel een naam te onthouden. Ik slik de woorden in.

'Jij bent de vriendin van Alex, toch?'

Ik knik. 'Ik ben Poppy.'

'Weet ik toch, ik heb je gezien op de insta van Alex. Hij post altijd alleen maar gerechten en voedselgedoe, dus toen er een vrouw voorbijkwam viel je meteen op. En je bent knap! Ik herkende je meteen!' Ze neemt een slokje van haar koffie to go en wacht op mijn reactie.

'Dank je.' Mijn toon klinkt monotoner dan de bedoeling is, maar ik weet niet zo goed wat deze vrouw wil van mij.

'Hoe voel je je?' Ze legt haar hand theatraal op mijn buik.

'Wel goed, hoor... Het wordt wel wat pittig nu, de laatste loodjes.'

'Ik weet het, toen ik bijna ging bevallen van mijn tweeling kon ik niet meer. Ik was een woest zwijn dat iedereen die iets verkeerd zei wilde vermorzelen.' Ze lacht hard en wederom ontvang ik een por.

Ik heb moeite me deze mooie vrouw voor te stellen als woest zwijn.

'Een tweeling?' vraag ik. En mijn blik glijdt omlaag naar haar strakke buik.

'Ja. Twee meisjes, ze zijn net zeven geworden. Ik kreeg ze op mijn achtentwintigste.'

Ze neemt een hap van een amandelcroissant. 'Deze zijn ongelooflijk lekker, gehaald hier aan de overkant. Wil je ook?'

Ze tikt met de croissant tegen mijn lippen en uit beleefdheid hap ik maar. Ze heeft gelijk ook. Heerlijk.

Ik leer dat Bobby in de Beethovenstraat woont met haar man en twee dochters. Haar man heet Peter en doet iets in het vastgoed. 'Ik luister nooit naar die verhalen, saai!' zegt ze lachend.

Bobby werkt niet, want dat hoeft niet en ze is liever lui dan moe. Ik ben geïntrigeerd door haar eerlijkheid en gebrek aan enige vorm van gêne. Ze lijkt helemaal content met wie ze is.

'Als je hulp nodig hebt met de baby of hier in de buurt, laat het weten,' zegt ze. 'Al zal Alex je natuurlijk ook goed in de watten leggen, hij is een lieve vent. Ik heb het vroeger ook nog met hem gedaan trouwens.' Ze zegt het tussen neus en lippen door alsof het de normaalste zaak van de wereld is.

Mijn hersenen draaien overuren, maar ik probeer normaal te reageren als de open geest die ik ben of in elk geval wil zijn. Natuurlijk heeft Alex vroeger ook vriendinnetjes en avontuurtjes gehad. Maar met deze vrouw, Bobby de reïncarnatie van Pamela Anderson in haar *Baywatch*-tijd? Ze kijkt me aan en alsof ze mijn gedachten kan lezen zegt ze geruststellend: 'Heel lang geleden, hoor, we waren net twintig. Ik kende hem via vrienden, zo'n leuke jongen. Bofkont ben je.' Ze knijpt in mijn arm. Ik sta perplex en voordat ik een normale zin eruit kan persen is Bobby alweer opgestaan en laat ze een zoete, kokosachtige geurwolk achter.

'En, ga je natuurlijk bevallen, denk je? Of medicatie?'

'Uhm...' Deze vrouw is een wervelwind aan informatie en vragen. Ik weet me te herpakken en denk hardop over de vraag na. 'Tsja, ik denk dat ik natuurlijk wil bevallen omdat ik dan op energetisch niveau en zonder invloed van buitenaf samen met mijn kind de reis kan afleggen en wij in onze kracht...'

'Whatever,' onderbreekt ze me. 'Geloof mij, het doet pijn. Heel veel pijn. Voel je niet schuldig als je dat energetische gezwets even laat voor wat het is en om medicatie vraagt. Niets om je voor te schamen,' zegt ze streng. 'En luister, ik zou nu al je vagina insmeren met perineummassageolie. Daar wordt de huid lekker soepel van en dan heb je minder kans op uitscheuren tijdens de bevalling. En laten we eerlijk zijn, je wilt niet uitscheuren. Zo'n ravage daarbeneden is voor niemand leuk.'

'Nee, natuurlijk niet,' beaam ik snel. 'Lijkt mij vreselijk, een ravage...'

'Nou ja, kom je ook wel weer overheen, hoor, ze kunnen veel tegenwoordig.' Bobby ratelt door terwijl haar handen druk gebaren. 'Maar het herstel duurt wel langer. O, en een tip, wacht niet te lang met seks. Mannen kunnen heel gek doen rondom seks als er een kind uit je is gekomen, dus ik zou me alvast een beetje gaan verdiepen in wanneer en hoe je het weer wilt doen na de bevalling. Shop alvast een sexy pakje en laat hem vergeten dat daar een kind uit is gekomen. Erg belangrijk, anders blijft zo'n man daarin hangen. Je hebt trouwens goede lippen, weet je dat?' Ze staart me aan.

Ik hoop vurig dat ze het over de lippen van mijn mond heeft nu. Maar met deze vrouw weet ik het niet zeker.

'Anyway, ik moet gaan. Ik moet mijn au pair van het station ophalen. Dat arme schaap heeft de verkeerde trein genomen en is verdwaald. Neem je een au pair?' vraagt ze nog.

In gedachten ben ik nog bij de sekspakjes die ik schijnbaar

met een rotgang moet gaan shoppen, maar ik schakel weer om het gesprek bij te benen.

'Een au pair? Nee, ik ga het zelf doen joh.'

'Neem in elk geval een vaste oppas of denk na over een au pair want naast moederen wil je ook echt een keer wat anders doen en dan is het fijn als je niet steeds die baby hoeft mee te slepen, geloof mij. Nou, je kunt mij altijd bellen, hè! Joe!'

En weg is ze. Bobby met de boobies. Bobby de wervelwind.

Mijn hoofd duizelt. Ik pak mijn notitieboekje erbij en ga toch wat van die tips opschrijven. Ze lijkt dan wel een totaal ander type dan ik, maar ze is wel een moeder en ze woont hier. Ze lijkt oprecht en behulpzaam. En ik mag haar altijd bellen. Dat bellen wordt overigens wel wat lastig aangezien ze haar nummer niet heeft gegeven.

4

Op het volle dakterras vraag ik me af waarom ik heb toegezegd te komen. Ik probeerde er eerst ook onderuit te komen, maar dat ging niet. Yasmin stond erop.

'Kom op, Pop, je woont hier nu en je wordt mama. Het is leuk om mensen te leren kennen, jouw nieuwe buren! Misschien sta je over een tijdje samen op het schoolplein!'

'Yasmin, ik ben echt een beetje moe.'

'Maar je woont om de hoek en je kunt weggaan wanneer je wilt. Geef het nou even een kans! Ik heb zelfs alcoholvrije gin voor je gehaald. Je komt gewoon even, ik zie je zo!'

En met die woorden was het besloten. Alex vond trouwens ook dat ik wel even kon gaan, hij zou toch tot laat werken in het restaurant. 'En het is leuk om een beetje een sociaal leven op te bouwen, toch?'

Schoorvoetend stemde ik ermee in.

En nu sta ik hier op een dakterras vol vreemden aan een alcoholvrije gin-tonic te lurken. Het is fris, dus ik ben blij dat ik deze keer het gebreide vest van mijn oma heb meegenomen.

Yasmin is haar ronde aan het doen en ze is de perfecte gastvrouw. Ik heb een hapje gekregen, een drankje en ik ben onder een heater geparkeerd. Soms stuurt ze iemand mijn kant op en dan doet ze een snelle introductie en laat ons vervolgens alleen. Haar poging om mijn sociale leven in deze buurt een boost te geven is bewonderenswaardig en lief.

Ik zie veel korte jurkjes en hoge hakken. Louboutins, aan de rode zolen te zien. Ik heb een keer een documentaire over

Christian Louboutin gezien en ik moet zeggen dat zijn werk en vakmanschap prachtig zijn. En duur.

Maar dat laatste lijkt hier geen probleem. Nu heb ik zelf ook best wat geld verdiend aan adverteerders en samenwerkingen met mijn Poppy's Travelguide-account op Instagram en de nodige fotografieklusjes. Maar toch geef ik mijn geld liever uit aan reizen. Of aan andere ervaringen. Veel geld uitgeven aan spullen voelt zo zinloos.

Ik bestudeer de omgeving verder en met deze lage zon word ik bijna verblind door het aantal diamanten. Nu heb ik ook een hand vol ringen. Alleen zitten daar geen diamanten op. Wel rozenkwarts, maansteen en saffier. En hoewel ze lang niet zo mooi glinsteren als die grote diamanten van de vrouwen op dit terras, ben ik blij met mijn maansteen, die een kalmerend en rustgevend effect zou moeten hebben. Ik hoop dat de steen snel zijn werk zal doen. Nerveus wrijf ik eroverheen als ik drie vrouwen op me af zie lopen. Ze lopen synchroon, het lijkt wel een choreografie. Een choreografie op hakken. Een van hen is lang en heeft een hautaine uitstraling. Als een mannequin op een catwalk. De andere heeft een Aziatisch uiterlijk en draagt een grote zonnebril in haar donkerbruine, lange haar. Ze steekt naast die lange wat klein en mollig af. En die op rechts is helemaal in het wit. Haar outfit en charmante sandaaltjes zijn net zo wit als haar korte, witte lokken. Als in slow motion komen ze op me af en ze lijken wel prinsessen uit een Disney-film. Maar dan gekleed in Gucci en Prada.

'Haiiiiii,' zegt de middelste.

'Hoiiiiii,' reageer ik overdreven blij.

Stilte.

O shit, dit soort humor kunnen ze vast niet waarderen. *Doe normaal, Poppy, doe gewoon aardig.* 'Ik ben Poppy.'

'Weet ik,' reageert de lange brunette die in het midden staat. 'Dat vertelde Yasmin. Aparte naam heb je.'

Voordat ik kan reageren gaat ze snel verder.

'Jij bent van Alex, toch?'

'Nou ja, niet ván hem.' Ik lach.

De stilte die wederom volgt maakt het wat ongemakkelijk.

'Ja klopt, Alex is mijn vriend.'

'Wat leuk dat hij weer terug in de buurt is,' zegt de kleine dame op links.

Ik knik braaf.

'Jullie hebben elkaar ontmoet op reis door Azië, hè,' zegt de vrouw in het wit zonder enig spoor van emotie of enthousiasme.

'Ja, klopt. Was te gek. Nieuw-Zeeland en Australië en ook Azië, zo mooi daar. Echt een waardevolle ervaring en...'

'Ik ben Sophie,' onderbreekt de middelste me.

De vriendinnen van de lange brunette blijken Jade en Nicole te heten. Sophie bekijkt me van top tot teen en doet geen enkele moeite dit te verbergen. 'Wat zie je er grappig uit, je bent echt zo'n reiziger.'

Ze zegt het speels met van die haakjes in de lucht. Maar ik voel de energie veranderen... alsof een prooidier zijn prooi besluipt en klaar is voor de aanval.

Ik kijk naar mijn *playsuit*, gebreide vest van oma en mijn All Stars en ik snap de link met reizen niet. Dit zou veel te warm zijn.

'Ik hou van een beetje een eigenzinnige stijl,' besluit ik.

Er wordt geknikt met vastgelijmde glimlachjes.

'*All Stars never go out of style*, toch?' *Verdomme*, wat rollen de woorden onhandig en zonder enige overtuigingskracht uit mijn mond. *Hou op, Poppy!*

Ze kijken naar mijn All Stars.

Weer een stilte. Het geluid van krekels zou nu niet misstaan.

Dit is nu officieel een erg ongemakkelijk en stroef gesprek. Als ik het al een gesprek kan noemen.

'Grappig, je bent best wel knap,' zegt Sophie. Ze kijkt me recht aan.

Nu ben ik helemaal in de war. Is dit een compliment of een verkapte belediging?

Ik bedank haar vriendelijk.

Ineens legt ze haar hand op mijn buik. 'Wordt het een jongen of een meisje?'

'Jongen,' antwoord ik nu trots en zelfverzekerd.

'Gelukkig, meisjes stelen je schoonheid,' zegt Sophie zonder te lachen. 'Is papa hier of aan het zwoegen in de keuken?' Ze maakt weer van die aanhalingstekens in de lucht.

Ik besluit dat ik Sophie een rare vrouw vind.

'Hij komt niet laat thuis.' Ik zeg het zo zelfverzekerd mogelijk, maar heb werkelijk geen idee of Alex vanavond laat thuiskomt. Het voelt gewoon veiliger om dat nu te zeggen.

'Nou, dat zou dan voor het eerst zijn, die boef!' Sophie lacht. Haar vriendinnen lachen braaf mee. 'Leuk je te ontmoeten, Pappie.'

'Het is Poppy,' verbeter ik.

'We gaan elkaar vaker zien.' Sophie knipoogt en draait zich om.

Het drietal klikklakt weg op hun hakken.

Die Sophie lijkt wel een giraffe met die donkere manen, lange nek en lange benen. Ik heb thuis ook een Sophie de giraffe, het enige speeltje dat ik heb voor die kleine in mijn buik. Gekregen van Alex' moeder.

Shit, ik moet echt snel babyspullen gaan kopen.

Bij gebrek aan beter besluit ik nog zo'n feestelijke alcoholvrije gin-tonic te halen. Ik zuig aan het rietje en laat de vloeistof in mij stromen. Ik doe mijn ogen dicht en droom even dat het echte gin is. Daar zou ik nu wel behoefte aan hebben. Aan verdoving en wat extra moed. Ik wrijf weer over de maansteen; de steen die rust bij heftige emoties of bizarre situaties zou moeten geven doet zijn werk dus niet. In het licht van de volle maan zal ik hem even moeten opladen.

Ik loop weer terug naar de heater want ondanks het gebreide vest van oma, krijg ik het een beetje koud.

Als ik me omdraai en een stap naar voren zet, voel ik een koude golf over mijn borsten. Shit. Dit was een botsing. En de vrouw tegenover mij is ook flink geraakt. Haar witte blouse is helemaal nat en de punten van haar lange blonde haar ook. Mijn glas nep gin-tonic is bijna leeg. Ze kijkt verbouwereerd van haar kleding naar mij.

'Sorry! Sorry! O, het spijt me echt, ik keek niet goed uit!'

Ze zwijgt en schenkt me een flauwe glimlach. 'Nou, lekker dan.'

Ik pak een servet en begin als een bezetene te boenen en te deppen bij haar, waar de vrouw in kwestie abrupt een einde aan maakt. 'Is al goed, hoor, laat maar.'

'O, nou, nogmaals sorry.'

Ik herken de vrouw ergens van, maar mijn gevoel zegt me dat ze niet heel veel zin meer heeft om te kletsen. Ik waggel overdreven zwanger en met een hand rustend op mijn buik terug naar mijn hoek. Ze kan het mij onmogelijk kwalijk nemen, het is vast de schuld van mijn ongeboren kind dat ik nu zo warrig ben.

De gedachte dat ik die vrouw ken kan ik niet loslaten. Ze heeft veel blond haar, vermoedelijk extensions. Bij de – nu zeiknatte – witte blouse draagt ze een skinny jeans met hoge palen eronder. Verder zie ik veel juwelen en een riem met een groot Hermès-logo erop. Haar huid lijkt flink gebruind door de zon.

Stiekem googel ik haar. Dan heb ik tenminste wat te doen hier en lijkt het alsof ik druk bezig ben.

Op mijn telefoon typ ik 'bekende vrouw met heel veel blond haar'.

Er komt een sexy meisje uit *Spangas* voorbij met enorme lippen en inderdaad heel veel haar. Maar dat is haar niet. Een ex-voetbalvrouw met net zoveel haar en flink volle lippen. Ik gluur naar de vrouw in kwestie op het dakterras. Nope, ook niet. Even verder speuren...

'Wat doe je?' Yasmin staat plots naast me en slaat een arm om me heen.

'Niets, hoor.' Shit, straks denkt Yasmin dat ik een of andere groupie ben. 'Had het een beetje koud, hier is het wat warmer.'

'Nou, ik ga je meenemen en aan wat mensen voorstellen.'

Ik doe braaf een ronde en probeer de gezichten en bijbehorende namen te onthouden.

Sophie de Giraffe en haar vriendinnen staan bij de bar allerlei filmpjes en foto's te maken. Waarschijnlijk voor hun Instagram.

'Die dames laten we lekker zitten,' besluit Yasmin. En ze trekt me mee naar de hoek waar de blonde vrouw met de natte blouse staat.

'Poppy, dit is...'

'We hebben elkaar zojuist ontmoet,' zegt de vrouw snel. En ineens weet ik het. Haar stem. Haar blik. De manier waarop ze praat.

'Sorry voor net, ik ben Poppy.' Ik steek mijn hand uit. 'Jij bent Elize, toch?'

Iedereen is stil.

'Uh, nee,' zegt de vrouw.

'Niet? O sorry, dan vergis ik me.' Ik voel mijn hersenen kraken, ik wist het bijna zeker. Haar verontwaardigde blik geeft me een ongemakkelijk gevoel. Zo erg is dit toch ook weer niet? Een doodnormale vergissing.

'Ja, erg raar,' besluit ze. En met een kort lachje maakt ze me duidelijk dat het gesprek is beëindigd.

Yasmin trekt me aan mijn arm verder door de menigte en we stoppen bij de hapjestafel. Er wordt net een schaal met warme kaasstengels neergezet, dus ik kan mijn geluk niet op.

Yasmin ziet mij kijken en zegt dat ik lekker veel moet nemen, want niemand hier eet ze verder. Behalve zij. En samen eten we kaasstengels en drinken we ons drankje op, met een prachtig uitzicht over heel Amsterdam.

'Mis je hem, nu je zwanger bent?' vraagt ze uit het niets.

Ik weet instinctief dat ze het over mijn vader heeft. Yasmin heeft tien jaar geleden haar beide ouders verloren. Dat heeft ze me verteld tijdens onze eerste ontmoeting, toen ter sprake kwam dat ik geen vader meer heb.

Het lijkt alsof mijn keel wordt dichtgeknepen en mijn ademhaling verzwaart. Elke keer weer doet het pijn. Het gemis kan me nog overvallen, als een stomp in mijn maag.

De wetenschap dat ik niet meer naar hem toe kan gaan om over alles wat ons bezighoudt te kletsen. En dat hij zijn kleinzoon niet in zijn armen kan houden. Het oneerlijke feit dat mijn zoon van zo'n leuke, liefdevolle opa is beroofd. Ik kan er nog steeds niet goed mee omgaan. De pijn steekt en komt in golven naar boven. Als de misselijkheid die ik heb ervaren tijdens mijn eerste trimester. Onverwachts en allesoverheersend.

'Ik mis hem elke dag,' antwoord ik.

Yasmin zucht en kijkt naar het uitzicht. 'Ik ook.'

Stilte.

Samen kijken we naar de maan die langzaam zichtbaar wordt in de schemer.

Ik voel dat er heel kleine scheurtjes komen in het perfecte pantser van Yasmin, die altijd haar emoties onder controle lijkt te hebben. Ik pak haar hand en we zeggen even niets. Yasmin is de eerste die het moment doorbreekt. 'Wil jij nog een glaasje fris of een mocktail?'

'Het is mooi geweest voor mij voor vanavond.'

'Ik begrijp het, ga maar lekker je bed in. Lief dat je bent gekomen. Neem een flesje alcoholvrije gin mee voor thuis, dat staat al voor je klaar in de hal.'

Ze is echt de perfecte gastvrouw die leeft in een perfect huis met een perfect uiterlijk. En toch moet er iets onder de oppervlakte borrelen. Hoe kan dat ook anders na wat er is gebeurd...

'Dank je. Ik ga lekker *Friends* kijken in bed.'

'Ja, en doe maar iets minder *De TV Kantine,* schat.' Yasmin kan een lach niet onderdrukken.

Schaapachtig lach ik terug, maar ik heb werkelijk geen idee waar dit over gaat. Ik geef haar een kus en ruik haar kenmerkende geur. '*Thanks* voor vanavond, lieve Yas.'

5

Het is zaterdagmorgen en ik hoor getoeter. Dat moet Yasmin zijn. Toen ze me eergister belde om even bij te praten en ik vertelde dat ik nog amper babyspullen heb en niet zo goed weet waar te beginnen, kreeg ze bijna een beroerte. En nu staat ze – stipt op tijd – voor de deur.

Ik stap in de glimmende zwarte Range Rover en geef haar een dankbare knuffel. Dat ze haar zaterdag opoffert voor mij vind ik oprecht heel lief. Ze wuift het weg en zegt dat vriendinnen dat nu eenmaal doen. Ze heeft gelijk. Yasmin begint steeds meer als een echte vriendin te voelen. En ook een beetje als een grote zus die mij op sleeptouw neemt in de wondere wereld van baby's en moederschap.

Ze wappert met de lijst in mijn gezicht en zegt dat we strategisch te werk moeten gaan. Kortom, ik moet haar volgen. Ik stem toe.

Als we een halfuur later Babypark in lopen, gaat Yasmin doelbewust op een verkoopster af. Zoals altijd ziet Yasmin er beeldig uit. Een wit, laag shirt met leren jasje, een minirokje en knielaarzen. Met stip de meest modebewuste vrouw van Babypark.

Ze legt de situatie uit. En die situatie houdt dus in dat ik zo'n zeven weken voor de bevalling bijna geen babyspullen in huis heb. Nu krijgt de verkoopster op haar beurt weer een rolberoerte en in haar ogen lees ik pure shock. Ze herstelt zich echter snel en maskeert haar ongenoegen met een neppe en brede glimlach. De verkoopster heet Thea en ze neemt de lijst door met Yasmin.

Ik kijk om me heen en word haast duizelig van de hoeveelheid spullen. Alsof ze mijn gedachten kan lezen grijpt Yasmin me zacht bij de arm en fluistert in mijn oor dat ze begrijpt dat het wat overweldigend is, maar dat ik nu niet meer in de jungle leef en in hangmatten slaap. 'Dit kind groeit op in de westerse wereld en alleen een rieten mand volstaat niet, Pop.' Haar toon klinkt wat streng. De oudere zus komt weer naar boven.

'Ja, hallo, dat begrijp ik ook wel. Maar zo'n hele lijst voor een klein mensje?'

'O, absoluut!' Thea bemoeit zich ermee. 'Een baby is een hulpeloos wezen in wiens behoeftes jij als moeder op alle mogelijke manieren moet voorzien.'

Yasmin knikt instemmend.

'Ja, uiteraard,' beaam ik braaf. 'Laten we aan de slag gaan.'

'Mag ik vragen waarom u zo laat bent?' vraagt Thea op vriendelijke maar sterk veroordelende toon.

Ik mag Thea niet, besluit ik.

'Nou, mijn vriend en ik zijn nog niet zo lang geleden verhuisd. We waren op reis, er moest veel gebeuren aan het huis en ik moest nog een beetje... landen, zeg maar.'

'Aha, maar lief kind, je begrijpt dat jij nu niet meer de prioriteit bent, maar de baby?'

'Ja natuurlijk,' reageer ik vinnig. Door de geschrokken hoofden van zowel Thea als Yasmin bind ik in. 'Dat begrijp ik, mevrouw, het ging allemaal gewoon sneller dan ik dacht.'

Braaf luister ik naar Thea die een klein rond brilletje draagt en een grijze bob heeft. Ze doet me denken aan mijn lerares economie van vroeger.

Thea vraagt of ik wil inbakeren en heeft al snel door dat ik niet echt weet wat inbakeren is. En dat leidt tot een kleine cursus waarbij ik een eng uitziende pop moet inbakeren.

De moed zakt me in de schoenen want dat inbakeren is niet zo makkelijk en mijn kennis is schrikbarend slecht. Toen ik moest toegeven dat ik niets wist van hydrofiele doeken dacht ik dat Thea erin bleef en op voorhand de kinderbescherming zou bellen.

Buiten regent het ondertussen pijpenstelen, echt grijs herfstweer. Maar ik krijg het benauwd hierbinnen en snak naar een koffie. Een echte. Yasmin merkt op dat ik wat wankel word en stelt voor dat ik misschien even moet gaan rusten. Zij zal met Thea de lijst doorlopen.

Ik grijp die mogelijkheid dankbaar aan en ga richting cafetaria, die vanwege de grootte van de winkel goddank aanwezig is.

Met een vol hoofd en lege maag ga ik in de rij staan. Het ruikt hier naar zoete broodjes en zwarte koffie.

Als ik aan de beurt ben bestel ik een cappuccino. De caissière kijkt me aan en vraagt vriendelijk of ik die decaf wil. Ik antwoord met een nee. Ze kijkt van de grote buik naar mijn gezicht en ze houdt haar adem even in zoals mensen dat doen voordat ze een statement willen maken. 'Lieve meid, let op de cafeïne, hoor!'

Ik voel iets borrelen binnen in mij, als een vulkaan die niet meer in slapende toestand verkeert en elk moment kan uitbarsten. 'Ja, dat doe ik toch!' snauw ik. De vrouw kijkt me geschrokken aan.

'Ik neem godverdomme één kleine cappuccino, normaal neem ik er wel vijf! Denk je dat één cappuccino mogelijk is, of vind je dat je nu eigenlijk 112 moet bellen voor mijn ongeboren kind?'

De vrouw kijkt nu bezorgd, wat nog erger is dan haar geschrokken blik. Ik snuif lucht naar binnen en voel mijn hart bonzen. Ik trommel met mijn vingers totdat ze me mijn cappuccino stilzwijgend aanreikt.

Vreselijke bemoeial. Ik vind het hier niets. Mijn rug doet pijn en ik krijg stress van die verkoopster Thea. Maar ik kan vooral mezelf wel voor mijn kop slaan dat ik me niet beter heb voorbereid.

Wanneer ik mijn cappuccino heb opgedronken en me weer bij Thea en Yasmin voeg, zijn ze met babybedjes bezig. Net nu ik dacht dat het niet erger kon, word ik onderworpen aan een vragenvuur van Thea.

‘Een bedje uitzoeken is een serieuze zaak,’ zegt ze plechtig. Ik moet een beetje lachen om haar ernstige gezicht, maar deze lach wordt niet beantwoord. Ook Yasmin knikt serieus.

‘Juist,’ zeg ik tam. ‘Wat is het belangrijkste bij een babybedje?’ vraag ik aan hen beiden.

Thea reageert binnen een nanoseconde: ‘Ademen.’

‘Ja, natuurlijk moet de baby ademen. Dat begrijp ik ook wel. Dat doet hij toch sowieso wel?’

‘O nee, een slecht matras kan heel slecht aflopen voor de baby. Stel dat hij over een tijdje omrolt?’

‘Dan kan hij misschien ook al terugrollen?’

‘Nou, dat is helemaal niet gezegd, hoor. En zeker niet als hij is ingebakerd en je gaat nu toch wel inbakeren?’ Thea kijkt me streng aan.

Mijn god, weer dat gezeik over dat inbakeren. Zal er thuis nog even op googelen.

‘Dan rol ik hem terug,’ antwoord ik tevreden.

‘Maar ben je er altijd bij dan? Moet je niet douchen? Een hapje eten? Ga je niet naar de wc?’

‘Jawel,’ stamel ik.

‘Het is van groot belang dat het matras lucht doorlaat zodat het kindje altijd zuurstof krijgt.’

‘En geen dekentjes, maar een slaapzakje, hè Pop, maar dat weet je al,’ vult Yasmin nu vriendelijk aan. Ze klinkt hoopvol.

‘Ja, uiteraard. Weet ik, ja.’

‘Het is zaak om het goede luchtdoorlatende matras te nemen en het lijkt mij verstandig dat je ook regelmatig checkt in welke houding hij slaapt en hoe zijn slaapzak zit. Kortom, een babyfoon lijkt mij onmisbaar.’ Thea reikt me een babyfoon aan.

Ik stem toe. En dat blijf ik doen.

Aan het eind van de sessie heb ik het gevoel gekregen dat ik nu al een vreselijke moeder ben en dat het een wonder is als mijn kind het overleeft bij mij. Met een kar vol spullen gaan we richting de kassa en ik moet een enorm hoog bedrag afrekenen.

Thea duwt mij de laatste tas in handen en geeft een kneepje in mijn pols. 'Succes hè, meid. En misschien tot ziens.'

'Ja, wellicht. Bedankt hoor.' En terwijl Yasmin en ik richting de uitgang lopen, bid ik dat ik deze vrouw nooit meer tegenkom.

6

November

Na het fiasco in de babywinkel heb ik mezelf een paar dagen thuisgehouden en ben ik aan de slag gegaan met de babykamer. Alex heeft de commode in elkaar gezet en ik heb gezellige hoekjes gecreëerd met edelstenen en knuffels. Ik heb zelfs iemand laten komen die de babykamer energetisch heeft gereinigd. Je weet immers nooit wat zich voorheen heeft afgespeeld in een ruimte en ik wil geen nare energieën in deze kamer. Een frisse start voor een frisse baby, dacht ik zo. Na drie dagen werk kan ik zeggen dat het zo goed als klaar is. En volgens Yasmin zal ik ook nog een hoop babyspullen cadeau krijgen. Ze heeft namelijk een babyshower georganiseerd.

Samen met Kate en Lot ben ik onderweg naar het feestje voor mijn ongeboren kind. Wij zijn al vriendinnen sinds de basisschool. Hoewel we alle drie een erg verschillend karakter hebben, delen we veel herinneringen met elkaar. In Maastricht hebben we in onze kindertijd en tienerjaren behoorlijk wat avonturen met elkaar beleefd. Van spelen op het Vrijthof naar zoenen in café De Trieb met jongens die de toneelschool daar in de buurt deden. We deelden ons eerste glas wijn bij Café Zuid aan de Maas.

Kate is mijn rustige 'kat uit de boom kijk'-vriendin. Ze is loyaal en altijd eerlijk. Grappig ook, al bevatten haar grappen vaak een kern van waarheid en snijdt ze er belangrijke onderwerpen mee aan. Ik moet altijd lachen om haar sarcasme en haar onvermogen verandering te accepteren. Het liefst blijft

Kate in haar vertrouwde cocon met de mensen die zij zorgvuldig heeft uitgekozen. Maar nu is ze voor mij naar Amsterdam gekomen. En ze gaat zo meteen heel wat mensen ontmoeten met een levensstijl die haaks op die van haar staat.

Maar ik heb zojuist uitgelegd dat het allemaal gaat om acceptatie in het leven en openstaan voor verschillende mensen. Dat verrijkt het leven juist.

Lot is de nuchterheid zelve en vraagt dan ook meteen of ik wil ophouden met dat zweverige gelul. 'Jij altijd met die zelfhulpboekwijsheden.' Maar om Lot maak ik me niet zo'n zorgen. Zij is een kameleon en communicatief zo sterk, die redt zich in alle sociale situaties. En ze is nieuwsgierig, waardoor ze zich op elk feestje wel kan vermaken. Maar bij Kate kan een verkeerd woord of een blik een stroom van boze emoties losmaken. Ze is soms wat zwart-wit. Lot daarentegen houdt zichzelf altijd goed onder controle. Maar na een wijntje of vier moet ik ook haar in de gaten houden. Dan ontwaakt haar inner-Beyoncé en is vriend noch vijand veilig voor haar woeste dansmoves. Ik heb een keer mijn pols gekneusd omdat ze mij uit het niets zo hard rondslingerde en weer losliet dat het het effect had van een lancering. Kate parkeert haar oude Volkswagen Golf uit '97 tussen twee glimmende sportwagens in en slingert haar portier open waardoor er een oude koffiebeker en een pakje sigaretten op de stoeprand valt. We zijn gearriveerd.

'Goh, het is hier wel erg blauw,' zegt Lot. Ze neemt gefascineerd de ruimte in zich op en kan haar lach duidelijk niet inhouden. Ze snelt naar de tafel toe, die prachtig is gedekt en ze bekijkt het zilver aandachtig. De ekster en gastvrouw in Lot kunnen deze setting waarderen, dat zie ik. Alle babyprullaria vindt ze minder interessant. Kate grijpt meteen een glas champagne van het dienblad. Ze neemt een flinke slok en heft haar glas naar mij. 'Op jouw kind, lieverd. Ik ben heel blij voor je. Veel geluk!'

Haar woorden raken me. Zoveel meegemaakt samen en nu

staan we hier. Ik zwanger van een zoon. Er begint echt een nieuwe levensfase.

Bobby staat in de verte en gooit lachend haar hoofd in haar nek. Kate observeert Bobby en rolt met haar ogen. 'Nou, die heeft ook een abonnement bij de plastisch chirurg.'

'Lief doen!' zeg ik streng. 'Bobby is heel aardig en ook grappig, *don't judge a book by its cover*.' Ik kijk naar Kate, maar merk dat ik het ook een beetje tegen mezelf zeg.

Ik zie een groepje vrouwen van wie ik Bobby en Yasmin herken. De rest heb ik nog nooit gezien. Waarom zou je naar een babyshower van een vreemde komen?

De glazen champagne en lekkere hapjes zijn vast het antwoord. Of ze houden gewoon heel erg van baby's, maar dat lijkt mij sterk.

'Ik ga een rondje doen, dames. Het is superlief dat Yasmin dit heeft georganiseerd.'

Ik loop naar Bobby. Ze heeft een laag uitgesneden donkergroen jurkje aan dat strak om haar lijf zit. Haar blonde haren zijn speels opgestoken in een rommelige staart. Ze draagt zwarte pumps met de welbekende rode zool. Plastische chirurgie of niet, ze is beeldig.

Ik tik haar op haar schouder. 'Hé, Bobby.'

'Hoi, schat!' Ze ontwijkt wat onhandig mijn enorme buik en slaat haar armen van opzij om me heen. Ze ruikt naar Kerstmis. Kaneel, appel en dennennaalden.

'Poppy, ik heb iets voor je.' Ze overhandigt me een cadeau, keurig verpakt met een mooi blauw lint. Ze knikt me bemoedigend toe en ik maak het open. Een ouderwetse rammelaar van echt zilver. Hij is beeldig. En duur.

'Dat had je echt niet hoeven doen.'

'Ach, hou op, ik doe het graag.' Ze maakt een wuifgebaar met haar goed verzorgde handen.

Ik kijk dankbaar naar de zilveren rammelaar, het is echt een mooi cadeau. Ze vult haar glas champagne opnieuw bij en kijkt me aan met een verontschuldigende blik. 'Jij thee dan maar?'

'Nee, ik neem zo een beetje van de alcoholvrije gin van Yasmin,' reageer ik.

'Als je bent bevallen en weer een beetje op aarde bent geland, dan neem ik jou mee uit.'

'Afgesproken!'

Ze kijkt me zo enthousiast aan dat ik een brede glimlach niet kan onderdrukken.

'En dan moet je mijn vriend Frank ontmoeten! Hij is gay en vals, maar ook gezellig en hij heeft een hart van goud. Die kun je maar beter aan jouw kant hebben hier in het reservaat.'

Ze lacht en zegt iemand achter mij gedag.

'Gezellig. Ik verheug me erop.'

Bobby drukt een kus op mijn buik. 'Tot snel, mannetje!' En ze loopt weg richting het gezelschap.

De groep is niet groot, ik tel negen vrouwen in totaal, onder wie Bobby, Yasmin, Kate en Lot. Die laatste twee zie ik lachend een foto bij de luiertaart maken. Etterbakken zijn het soms ook.

Volgens Yasmin moet ik de rest absoluut een kans geven. Zij zijn ook moeder en mijn nieuwe buren. Dit is de perfecte gelegenheid om hen beter te leren kennen.

Yasmin staat in haar skinny jeans bij iets wat de cadeautafel blijkt te zijn en ze is druk met lint en papier. Ik heb het vermoeden dat ze daarom niet mijn kant op kijkt, ze is nog druk bezig met het inpakken van een cadeau. Dit past niet bij de perfect georganiseerde Yasmin. Er is vast iets gruwelijk misgegaan met haar planning. Als een bezetene is ze bezig met het lint en cadeaupapier en ik voel me nu al schuldig dat ik het straks kapot moet scheuren. Ik zal deze keer voorzichtig zijn.

Er komt een vrouw op me af met een stralende glimlach en erg grote lippen die glanzen van de lipgloss. Ik herken haar van mijn Google-zoektocht op het dakterras laatst. Niet die stoeipoes van *Spangas*, maar die ex-voetbalvrouw.

'Jij moet Peppie zijn.' Ze grijpt mijn beide handen vast alsof ik de verloren dochter ben naar wie ze jaren op zoek is geweest. Ze heeft een vriendelijk gezicht en golvende blonde manen tot aan haar heupen. Ze is ouder, dat zie ik. Maar toch is er geen rimpel op haar gezicht te bekennen. Hoe kan je leeftijd dan toch worden verraden? De ogen? Levenswijsheid? Ik schat in de veertig. Ze ziet er perfect verzorgd uit. Zachte handen ook, inclusief gelnagels.

Haar handen knijpen in mijn handen en dat doet een beetje pijn omdat ze al mijn ringen in mijn vlees drukt.

'Ik heet Poppy.'

Ze zegt haar naam, maar ik versta het niet goed door het gelach van Kate. Het maakt niet uit, want ik weet het dankzij Google.

Ze vertelt dat zij ook moeder is, maar haar twee kids zijn al wat ouder. Ze laat foto's van haar prachtige zoon en dochter zien. Mijn handen zijn gelukkig bevrijd. 'Yasmin heeft veel over jou verteld,' gaat ze verder. 'Ik ken haar via een gezamenlijke vriendin en mijn ex ging om met haar man, weet je. En nu heb ik ze lekker gestolen en zijn het mijn vrienden,' vervolgt ze grappend. Ze drukt een doos met allemaal rompertjes in mijn handen. 'Voor jouw baby.'

'Dank je, heel aardig van je.'

'Uiteraard!' Ze praat nogal luid met een Amsterdams accent. 'Ik ben gek op champagne en ook gek op baby's, dus ik ben blij dat ik erbij mag zijn op jouw feestje. Maar goed, wanneer moet je?' Ze gebaart naar mijn buik.

'15 december ben ik uitgerekend, dus nog vijf weken ongeveer.'

'Ik ga jou wat advies geven, meid, luister goed en neem het van mij aan. Mocht je uitscheuren, ik zeg niet dat het gebeurt, maar stel, hè? Stel! Maak je daar dan niet te druk om en vraag snel om een steekje erbij.' Ze kijkt serieus.

Ik moet het even verwerken. Is dit *mommy slang*? Over wat voor steekje hebben we het?

De vrouw in kwestie ziet dat ik geen idee heb wat ze bedoelt en legt het uit.

'Een steekje erbij in je poes, schat! Dat kan gewoon geregeld worden, moet je gewoon eisen bij de dokter. En dan is het strakker dan ooit tevoren en niemand zal weten dat er een kind uit is gekomen. Maar misschien is het niet nodig, schat, je gaat het meemaken.' En na die laatste woorden geeft ze me een snelle kus op de wang, draait zich om en loopt weg.

Ik moet toegeven dat ik dit ongevraagde advies wel even ga noteren. Eerlijk gezegd heb ik nog niet eens aan de optie van uitscheuren gedacht. Ik heb die mogelijkheid denk ik verdrongen. Maar mocht het zover komen, dan weet ik nu dus dat ik dan stiekem de dokter moet wenken en op fluistertoon een steekje erbij kan eisen. En dan ben ik weer zo goed als nieuw. Ik zie het helemaal niet zitten dat iemand mij als een breiwerk gaat zitten bewerken met naald en draad, maar wellicht is het dus nodig.

Braaf doe ik een rondje en herhaal ik de gebruikelijke riedel over de baby, het geslacht en de verwachte datum. Ik open het ene cadeau na het andere en de garderobe van onze kleine wordt in twee uur tijd flink uitgebreid.

Ook krijg ik een Sleepyhead waar de baby in kan liggen, een pakket met babyverzorgingsproducten en van Yasmin een kolfapparaat. Want onmisbaar, claimt ze.

'Ik maak wel even een tasje voor je met alle spullen, ga jij nog maar even kletsen met de andere gasten.' Yasmin geeft een subtiele duw met de heldere boodschap dat ik nog even sociaal moet gaan doen.

Ik loop op het groepje vrouwen dat in een klein cirkeltje staat af.

Nu herken ik de vrouw over wie ik mijn drankje heen heb gegooid op de borrel van Yasmin. Die vrouw met al dat blonde haar. En ineens valt het puzzelstukje op de juiste plek. Die stem. Verdomme. Ik heb mezelf weer grandioos voor lul gezet.

Zij is dus niet die Elize, maar Elize imiteert deze vrouw in dat programma, *De TV Kantine*. Vandaar de opmerking van Yasmin toen. Ik heb het programma een paar keer bekeken vanwege mijn oude liefde voor Carlo en Irene, want ik ben opgegroeid met *Telekids*. En dit type was blijkbaar blijven hangen in mijn hoofd. Ik voel dat mijn wangen gaan gloeien en wil het liefst elke vorm van communicatie met deze vrouw vermijden.

Maar ik zal haar even gedag zeggen en gewoon heel normaal doen. Dat is wel zo beleefd, ze is hier immers op mijn babyshower. Zenuwachtig wrijf ik over mijn maansteenring.

Ik voeg me bij het groepje vrouwen en hoor haar als een ware powervrouw vertellen dat zij een dag na haar bevalling alweer op de loopband stond. Er wordt met veel ontzag op gereageerd en het regent complimenten.

'Dat is toch gestoord!' roep ik uit. Er valt een stilte. Shit.

'Nou ja, dat is toch best gek? Ik bedoel, het lijkt mij fijn om ook een beetje te herstellen en poeh, je moet het maar kunnen.' Wanhopig probeer ik er een positieve draai aan te geven terwijl ik eigenlijk wil schreeuwen dat het ziek is om jezelf een dag na de bevalling op een loopband te hijsen.

Maar ik houd verder wijselijk mijn mond, ik heb al weinig punten gescoord bij de vrouw in kwestie. Ik bedank de vrouwen voor hun komst en mooie cadeaus en loop naar Kate en Lot. Zij zijn ondertussen dronken en behoorlijk melig. Kate grijpt weer een glas champagne van het dienblad. Ik doe mijn best om nog wat praatjes te maken, werk mee aan wat instastory's en foto's, en besluit dan dat het tijd is om te gaan. Waarschijnlijk mist het gezelschap mij amper, het gaat hun zo te zien meer om de champagne, hapjes en content creëren met elkaar. Yasmins poging om mij in het zonnetje te zetten is hoe dan ook lief. En ik heb enorm veel cadeaus gekregen voor de baby.

Aan Kate en Lot stel ik voor om ertussenuit te knijpen. Zij grijpen deze kans met beide handen aan. We gaan richting Yasmin en bedanken haar uitgebreid, waarna we alle drie met een mand vol cadeaus het feestje verlaten. Vooral Kate kijkt erg ongemakkelijk bij het dragen van de over the top gestylede luiertaart. Nadat we alles in de kleine krakkemikkige auto van

Kate hebben gepropt, plof ik achter het stuur en gaan we op weg naar mijn huis. Ik zie Lot met de kolf in haar hand en de luiertaart bij haar voeten en Kate heeft de achterkant van de Sleepyhead in haar nek.

Er hangt een wolk van meligheid om ons heen en ineens lijkt het alsof ik net zo aangeschoten ben als Kate en Lot op het moment. We kijken elkaar aan en kunnen vervolgens niet meer stoppen met lachen.

7

December

Er blijft maar water stromen. Mijn vliezen zijn gebroken, maar ik heb nog geen weeën, dus ik wacht het rustig af. Ik ben al vijf dagen over de uitgerekende datum en ben er meer dan klaar voor. De laatste dagen had ik het gevoel dat ik op ontploffen stond. Het was oncomfortabel en zwaar.

De hormonen namen bezit van me en ik was niet te genieten. Ik kon amper opstaan en leefde in mijn kerstelfjesonesie. Totdat ik mijn spiegelbeeld eens goed bekeek en een kerstelfje met obesitas zag en ik ongecontroleerd moest huilen. 'Kom nou!' gilde ik. 'Kom er nou uit, verdomme!'

Ik heb me suf gemediteerd bij de kerstboom, waarbij ik probeerde te communiceren met mijn ongeboren zoon en hem vriendelijk doch dringend verzocht om een beetje haast te maken. Ik heb hete pepers gegeten. Ik heb Alex uitgescholden omdat hij weigerde seks te hebben met me, terwijl dat juist een bevalling op kan wekken. Hysterisch smeekte ik hem om me te verlossen van iets wat toch ook deels zijn schuld was! 'Jij bent dit begonnen, nu maak je het af ook! Stel je niet aan en pak me gewoon!'

Zo'n woeste vrouw in haar kerstonesie deed zijn libido geen goed, kan ik me zo voorstellen. Alex bleef echter lief en zorgde voor me, maar ik werd elk uur monsterlijker. Boos ook vanwege het feit dat hij zo fit bleef rondhuppelen terwijl ik ondertussen meer potvis dan mens was. 'Wij hebben dit samen gemaakt!' schreeuwde ik. 'Neem je verantwoordelijkheid! Motiveer hem eruit te komen!'

'Ik ga niet zo de liefde met je bedrijven, Pop!'

'Ik wil ook geen liefde bedrijven, zacht ei, gewoon een paar keer erin en eruit zodat hij schrikt en weg wil daar!' Alex keek mij aan met een blik die ik alleen maar kan beschrijven als wanhopig en bang.

'Stel je niet aan!' schreeuwde ik er nog achteraan.

Maar nu is het eindelijk zover, we zijn vroeg in de ochtend onderweg naar het ziekenhuis.

Ik zie ook de opluchting op het gezicht van Alex. Hij wist echt even niet meer wat hij met mij en al mijn hormonen aanmoest. De schat.

Nu voel ik heel licht wat krampen rond mijn baarmoeder. Verder voel ik me verrassend rustig. Ik heb het vertrouwen dat ik als vrouw hiervoor gemaakt ben. Ik ben een oerstrijder, met ongekende krachten. De krampen worden heftiger, maar ik kan het aan. Met mijn moeder heb ik weleens een *breathwork*-meditatieweekend gedaan en dat ademen werkt echt goed om pijn te verdrijven. De weeën kan ik hebben.

Mijn moeder en Kate en Lot heb ik snel geappt om te laten weten dat het is begonnen. Dit gaat helemaal goed komen. Ik heb zelfs een playlist gemaakt met bevallingsmuziek. Daarop staan deze keer geen commerciële hits uit de jaren negentig en nul, dat zal ik mijn zoon en het ziekenhuispersoneel niet aandoen. Om ervoor te zorgen dat mijn zoon en ik samen de reis in perfecte harmonie afleggen, heb ik deze keer een lijst samengesteld met klassieke en meditatieve muziek. Dit zou perfect moeten werken, baby's houden van klassiek en de meditatieve nummers hebben als doel de vrouw in haar natuurlijke kracht te zetten, las ik eens. Ik heb mijn onderzoek gedaan en ga er vol vertrouwen in. Mama heeft ook een paar van haar meditatienummers in de lijst gezet. En Alex heeft de eucalyptusgeurspray meegenomen die ik had besteld; dit zal bijdragen aan een ontspannen gevoel. Ik ben best trots op mezelf en mijn organisatorische vermogen dat toch nog ergens aanwezig is.

We rijden het parkeerterrein op en Alex parkeert de auto behendig in. Toch stralen de zenuwen van hem af.

'Komt goed,' zeg ik en ik knijp bemoedigend in zijn hand. Ik probeer wat spray en de aangename geur prikkelt mijn neusvleugels. Een diepe zucht ontsnapt en ik sluit mijn ogen.

Bizar genoeg heb ik er zin in.

*

'Donder op met die walgelijke spray!' Ik sla de eucalyptusgeurspray bij mijn gezicht vandaan. Ik kan die geur niet meer ruiken. Alex is totaal in de war en stort zich maar weer op het masseren van mijn voeten.

'Harder! Zo voel ik niets,' gil ik.

Als een bezetene begint hij te kneden en knijpen, maar het mag niet baten. Ik voel het niet omdat de pijn allesoverheersend is. De weeën zijn heftig en ze komen om de minuut. Ik kan er amper van bijkomen voor de volgende wee zich alweer meldt.

'Denk maar zo, deze wee komt nooit meer terug.' Mijn verloskundige Florien probeert me duidelijk moed in te praten. Maar ik ben niet achterlijk en ik weet dat deze specifieke wee niet meer terugkomt, maar de rest van zijn weeënfamilie komt nog wel op bezoek. Ik wist dat weeën geen pretje zouden zijn, maar ik had geen idee dat dit soort pijn bestond.

Ik was begonnen in bad en dat was eerst heerlijk. Maar na vier uur kronkelen in een heet bad was ik er wel klaar mee. Ik kroop richting het ziekenhuisbed, ging daar liggen en toen dacht Alex dat dit dan het moment zou zijn voor de ontspannende geurspray. Kotsmisselijk werd ik ervan.

Vijf centimeter ontsluiting. Volgens de aanwezige verpleegkundige gaat het goed. Maar ik denk alleen maar aan de vijf die ik nog moet. En dus ook aan de hoeveelheid weeën die nog komen gaat.

Terwijl ik me voorbereid op de volgende wee, wordt er op de

deur geklopt. Een vrouw met een kleurige *flared* broek, grijs shirt en bandana komt de kamer binnen. Ze heeft een serene glimlach en ze lijkt te zweven boven de vloer. Maar dat kan ook komen door de uitlopende pijpen van haar broek.

'Hallo, sterke vrouw,' zegt ze zacht. 'Ik kom je ondersteunen.'

What the fuck. Wie is dit?

En dan dringt het tot me door dat dit Stella de doula is. Ik heb haar maar één keer gezien en waarschijnlijk werken mijn hersenen niet meer bij deze helse pijnen. Stella is een vriendin van mijn moeder, ze hebben ooit samen een stilteretraite gedaan. En mama stond erop dat Stella mij zou helpen. Na een paar keer aandringen ben ik onder de druk bezweken en heb ik ermee ingestemd. Met als gevolg dat Stella hier nu is om mij spiritueel bij te staan tijdens de bevalling. Ze kan reiki doen, een rugmassage geven, de ruimte energetisch reinigen. Ze kan zelfs een wierookdansje doen als ik daar behoefte aan heb. Eigenlijk wil ik vooral dat ze oprot.

Om haar heen hangt een zoete geur van bloemetjesparfum en haar gezicht is nog steeds onveranderd. Alsof ze is bevroren. Alleen het knipperen van haar oogleden geeft aan dat ze nog leeft. Ik kan die vredige glimlach nu niet aan. Er valt voor mij nu niet zoveel te lachen.

Ik doe mijn ogen dicht en concentreer me op de wee. Ik verkramp van de pijn, mijn maag keert zich om en het lijkt alsof ik naar de wc moet. Ik adem zwaar en hoop dat Stella de doula in de tussentijd verdwijnt. Maar als ik mijn ogen open, staat ze nog steeds in de ruimte een potje gelukzalig te glimlachen.

'Godtyfus!' Alex kijkt geschrokken en ik geef een ruk met mijn hoofd mijn kant op. Hij begrijpt de hint en komt dichterbij staan.

'Ze moet weg,' sis ik.

Stella grijpt iets uit haar rode Kipling-rugtas en drukt een zakje dadels in mijn hand.

'Hier, Popje, dadels eten helpt.'

'Uhm, misschien later,' stamel ik. 'Ik heb nu niet echt trek.'

Stella knikt met de glimlach die nu eenmaal is vastgelijmd op haar gezicht en begint door de ruimte te lopen met een saliestronk.

'Hier ben je gek op, zei jouw mama, ik pak even wat nare hoekjes mee.'

En terwijl de kleine Stella in de hoek met een saliestronk bij het hoge plafond probeert te komen, trek ik Alex aan zijn arm.

'Weg. Nu.'

'Moet ik haar dan gewoon wegsturen? En je moeder was zo enthousiast over haar.'

'Interesseert me niet, haal die vrouw met die gekke dadels en saliestronk nu weg. Ik heb me bedacht. Dat kan toch, Florien?'

De verloskundige bemoeit zich alleen met de bevalling en houdt zich verder afzijdig. Ze haalt haar schouders op. 'Wat jij wilt.'

Alex pakt de situatie gelukkig goed op en neemt Stella apart. Ik staar wat verbaasd naar de dadels die nog in mijn hand liggen. Wil ze me dood hebben of zo? Tijdens een weeënstorm een beetje dadels gaan liggen eten. Waarschijnlijk zou ik stikken in de kleverige substantie.

Dan hoor ik een deur dichtgaan en zie ik dat Stella is verdwenen.

Ik zie dat Alex rode wangen heeft van schaamte. Hij vindt het moeilijk om mensen onaardig te behandelen. Ook zie ik dat er kleine zweetdruppeltjes op zijn voorhoofd zijn ontstaan en zijn rechterwijsvinger wrijft ongecontroleerd over zijn duim. Ik pak zijn hand om de vingers tot rust te manen en onze ogen vinden elkaar.

'Je kunt het, lieve Pop, je doet het zo goed.'

Ik kijk naar hem en zie een trots man. Het maakt me warm vanbinnen en het geeft net dat beetje kracht dat ik absoluut weer nodig heb.

'Dank je, lieverd.' Mijn stem klinkt zwak. Na al mijn geschreeuw kan ik alleen nog maar fluisteren.

Nog even en ik mag gaan persen. Mijn verloskundige brengt

dit heugelijke nieuws alsof het totaal verrassend en onverwachts is.

'Het zal tijd worden. Ja, kom op, ik ben al uren non-stop weeën aan het opvangen zonder enige onderbreking. Ik mag toch hopen dat ik een keer mag gaan persen!'

Ik weet niet of Florien mij nog aardig vindt. Ik vind mezelf op het moment ook niet erg sympathiek.

Het is stil. Ik sluit mijn ogen en ik hoor de meditatiemuziek die mijn moeder aan de lijst heeft toegevoegd.

'*I am... I am... I am light... I am love... I am... I am...*'

'Ik kan dat mens niet meer horen!'

Alex snelt naar zijn telefoon. 'Iets anders?'

Ik schud. Even niets. Ik wil even helemaal niets.

Een minuut lang hoor ik alleen mijn eigen zware ademhaling.

Florien is de eerste die weer iets zegt. 'Het is zover, Poppy. Je mag gaan persen. Jullie zoon komt eraan.'

*

Hij is er. Na twaalf uur bevallen is Wolf er. Alles is goed gegaan, ik ben niet 'kapot' en het allerbelangrijkste: hij is gezond. En hij is perfect.

Ik word overspoeld door een golf van liefde. Alex ook. De tranen rollen over zijn wangen. Er zijn geen woorden die dit kunnen beschrijven, dus zeggen we heel weinig.

'Dit hebben wij gewoon gemaakt, Pop.' Hij snikt en drukt een kus op mijn mond.

Ik kan alleen maar knikken.

Wolfje ligt op mijn borst gekke geluidjes te maken. Hij heeft een piepklein mutsje op. Het is het kleinste mutsje dat ik ooit heb gezien.

Ik word gek van liefde. Dit gevoel. Deze intensiteit. Ik voel de tranen nu over mijn wangen stromen. Ontlading en geluk. Geluk in de puurste vorm. 'Ik had geen idee,' stamel ik.

'Wat?' vraagt Alex.

Ik zucht en zoek naar woorden. 'Geen idee dat dit gevoel bestond.' Mijn stem sterft weg, praten doet pijn aan mijn keel.

Maar ik hoef het ook niet uit te leggen. Hij voelt het ook. Ik zie het in zijn ogen. Hij voelt alles wat ik voel en we zijn meer verbonden dan ooit.

Vanaf nu ga ik alleen nog maar gelukkig zijn. Ik voel het.

8

‘Wat zullen we doen?’ vraagt Alex. ‘Wil je thee of een bad?’

‘Ik mag niet in bad, lieverd.’

‘O ja, stom van mij.’

Alex drentelt wat heen en weer met het autostoeltje en ik besef dat deze dag ook een uitputtingsslag is geweest voor hem. Misschien niet fysiek, maar zeker mentaal. Hij heeft wallen en kijkt wat verward uit zijn ogen.

We staan in de woonkamer met het autostoeltje inclusief een klein mensje. Het voelt gek en onwennig.

‘Een kopje thee is lekker, lieverd.’ Ik druk een kus op zijn wang.

‘Oké, waar zal ik hem uhm... waar moet ik hem neerzetten dan?’

‘Nou, gewoon...’ Ik kijk om me heen. De schuifdeuren naar onze comfortabele zithoek staan open en ik wijs zomaar een plek aan. ‘Naast de bank daar. Dan ga ik daar ook zitten.’

Alex loopt braaf naar de aangewezen plek en met uiterste precisie zet hij daar het autostoeltje met Wolf erin neer. Stiekem lach ik om die lieve schat die ook niet weet wat hij precies moet doen.

Voorzichtig nestel ik me op de bank. Het lopen en gaan zitten gaan gelukkig prima. En afgezien van het ding in mijn onderbroek dat meer lijkt op een luier dan op maandverband, voel ik daar niets geks. Ik ben wel wat rillerig en ik heb ineens honger als een paard. Alsof Alex mijn gedachten kan lezen vraagt hij wat ik wil eten.

‘Iets met zo veel mogelijk koolhydraten,’ antwoord ik dankbaar.

Als ik naar de baby kijk, begint het me te duizelen. Ik ben zo dronken van emoties en verwarring. Ineens is hij er. Een klein wezentje in onze woonkamer waar wij iets mee moeten en waar ik zoveel bij voel. Zoveel liefde is mooi en beangstigend.

'Pop, moeten we hem nu laten slapen of moet hij al eten?' Alex roept vanuit de keuken terwijl hij druk in de weer is met het tostiapparaat.

'Ik weet het niet... De kraamhulp komt zo, zij zal wel een schema hebben.'

'Oké... dus dan laten we hem nu maar even zo?'

'Ja, denk het wel,' besluit ik. Shit, wat weten we weinig.

'Die vrouw is er over een uur.' Ik zeg het meer tegen mezelf dan tegen Alex. 'Dan zal alles wel duidelijk worden, toch?'

'Dat denk ik ook. En je krijgt trouwens veel liefs van mijn ouders. Zodra wij het zien zitten, boeken ze een vlucht. Jouw moeder, Kate en Lot willen het liefst meteen langskomen.' Alex zet een dampende tosti met mozzarella voor mijn neus neer. De kaas druipt eraf.

Ik neem te gretig een hap en brand mijn lip. Snel neem ik het glas water uit Alex' handen aan. Na een paar happen en slokken water door elkaar neem ik pas de moeite om te antwoorden.

'Nee,' besluit ik. 'Morgen kunnen ze langskomen.' Ik zet het bord weg en ga liggen. Mijn lichaam is vermoeid en beurs. 'Heel even mijn ogen sluiten.'

*

'Wakker worden, meid! Tijd om aan de slag te gaan met de voeding!' In de verte hoor ik vaag een stem. Voorzichtig open ik mijn ogen. Waar ben ik en wie is deze vrouw die boven mij hangt?

Ineens dringt het tot me door en ik schiet overeind. Ik heb een kind en we zijn thuis. En dit moet Bianca de kraamhulp zijn.

'Rustig meid, geen paniek. Word jij maar even rustig wakker en dan gaan we even babbelen. Alex, als jij mij even de weg kunt wijzen in de keuken, dan maak ik een lekkere pot thee voor jullie. En ik ben zo vrij geweest beschuit met blauwe muisjes mee te nemen. Ik weet dat het misschien wat laat op de dag is om beschuit te eten, maar wat doet het ertoe. Het is een feestelijk moment!'

Alex en Bianca verdwijnen richting de keuken en ik ga rechtop zitten op de bank. Ik was echt even van de wereld. Een kopje thee zal me goeddoen en dat beschuit klinkt me ook als muziek in de oren. Dat kan ik op elk moment van de dag eten.

Bianca is druk bezig in de keuken. Een kleine vrouw met haar bruine haar in een knotje weggestoken. Ze is even oud als mijn moeder, weet ik, tweeënzestig jaar. Ze draagt een pantalon met een rode wollen coltrui en afgedragen sneakers. Vooral bij de borsten is ze wat voller. De gedachte schiet door me heen dat daar vast veel melk in heeft gezeten. Nu maar hopen dat het bij mij ook op gang komt...

'Kijk, je moet een tuutje maken, zie je.' Bianca zit tegenover me en ik heb Wolfje tegen mijn borst aangedrukt. Ze buigt zich naar me toe en maakt duw- en knijpbewegingen in mijn rechtertiet. Gek hoe zoiets intiems al snel heel normaal wordt. Mijn borsten staan nu in dienst van mijn zoon. Als ik Bianca mag geloven staat eigenlijk alles nu in dienst van mijn zoon.

Ik volg braaf Bianca's instructies op en knijp mijn tepel in een soort tuutje zodat Wolf er makkelijk aan kan happen. Hij doet de moeite niet zijn ogen te openen, het gaat allemaal instinctief. Of hij ruikt de tepel, kan ook. Maar volgens mij zijn mijn tepels toch echt geurloos, althans dat hoop ik ergens. Ik zie hem zoeken met een klein hongerig mondje en hapbewegingen maken. Ineens heeft hij beet.

'Au,' schrik ik.

'Ja, meis, dit ga je wel voelen.'

Ik kijk naar het rode, piepkleine hoofdje van mijn zoon en zie hoe hard hij zuigt en slikt. 'Hij drinkt! Hij doet het! Het werkt!'

'En hoe, hij heeft trek.' Bianca knijpt me bemoedigend in mijn arm.

Een gelukzalig gevoel overvalt me. Ik staar naar het minimensje dat gulzig uit mijn borst drinkt.

'Goed, nu hij drinkt wil ik wat praktische zaken met jou bespreken voordat jullie de nacht ingaan. Probeer goed te luisteren, hè meis.'

Ik knik braaf als een student in de schoolbanken en ga een beetje verzitten om een meer actieve houding aan te nemen.

'Je moet sowieso om de drie uur voeden. Maar het kan ook zo zijn dat hij al eerder wil drinken en dan moet je daar gewoon naar luisteren. Kijk naar wat hij zelf aangeeft en wenst.

Tenzij hij wenst door te slapen, dat mag weer niet. Dan moet je hem wekken voor een verplichte voeding. En die moet dus sowieso om de drie uur.'

'Uhm juist... wakker maken om de drie uur.'

'Absoluut, maar wanneer hij eerder drinken wil, dan al eerder. En elke drie uur volgt ook een moment van luiertje verschonen.'

'Juist, om de drie uur een schone luier. Check!'

'Absoluut, maar als hij zijn luier al eerder helemaal vol poept, dan natuurlijk niet die drie uur afwachten maar tussendoor extra verschonen.'

'Ja... logisch.'

'Ik laat je zo zien hoe je makkelijk en snel verschoont.'

Naast me zie ik Alex druk pennen in zijn notitieboek. En daar ben ik hem zeer dankbaar voor, want mijn hoofd lijkt te vol te zitten met allerlei informatie.

'Na het drinken moet je hem absoluut laten boeren. Weet je hoe?'

'Ja hoor.' Ik jok. Ik heb nog nooit een baby laten boeren, maar ik word een beetje bang van Bianca op het moment. Ik wil geen slechte score voor deze *mommy*-test, straks denkt ze dat wij de slechtste ouders ooit zijn.

'Fijn, dat weet je dus al. Dat kun je zo meteen laten zien als hij klaar is met drinken.'

Hè fuck.

'Luister, Poppy, slapen doen baby's altijd op hun rug. Maar dat weet je denk ik wel. Wanneer hij spuugt, geen paniek. Dat is heel normaal. Maar zorg altijd dat het spuug goed weg kan om stikken te voorkomen.'

Bianca neemt een slokje van haar thee om op adem te komen en wendt zich vervolgens weer direct tot mij met nog meer informatie. Gek genoeg kijkt ze Alex in dit hele verhaal geen enkele keer aan.

'Baby's slapen het liefst bij en op jou en dat is belangrijk voor de band. Buidelen heet dat.'

'O, dat klinkt gezellig. Buidelen.'

'Ja, heel leuk. Maar zorg ervoor dat je nooit in slaap valt terwijl de kleine op of naast je ligt want dan kan hij lelijk vallen of je kunt hem pletten in je slaap.'

'O, dat klinkt minder gezellig...'

Bianca gaat verder met haar les. Ik kan alleen maar luisteren en meeknikken.

Ik zie in mijn ooghoek dat Alex met gefronste wenkbrauwen naar zijn notities kijkt. Gelukkig lijkt de informatie hem ook te duizelen. Ligt het toch niet aan mijn incompetente brein. Bianca moet iets meekrijgen van mijn onzekerheid want ze ademt diep in en pakt mijn hand.

'Maak je geen zorgen, Poppy, het meeste hiervan weet je instinctief al. En ik ben er voorlopig om jullie op weg te helpen.'

Ik moet me inhouden om me niet aan haar vast te klampen en te smeken of ze niet wil weggaan vanavond. Maar ik knik alleen maar.

*

'We hebben het overleefd, Pop.' Alex heeft een ondeugende lach op zijn gezicht en doet een gek dansje terwijl hij onze kant op komt. En met 'ons' bedoel ik de baby en mij. Ik zit aan tafel en Wolfje slaapt naast mij op tafel op zijn Sleepyhead-kussentje.

'Ja, en nog veel belangrijker... hij heeft het overleefd.' De nacht was heftig, maar gezien het feit dat we het alle drie gered hebben, krijgt hij van mij een dikke tien. Om de drie uur moest ik Wolfje voeden en verschonen en voor de zekerheid moest ik ook een paar keer zijn temperatuur opnemen. Dat was gelukkig allemaal goed. Hij werd uit zichzelf ook een paar keer wakker en maakte gekke geluidjes waardoor ik rechtop in mijn bed zat. Ook was ik aan het zweten en draaien en heel veel aan het dromen. Dromen zonder verhaallijn. Flarden van scènes. Toen de ochtend aanbrak was ik doodop. Gelukkig stond Bianca om halfzeven al voor de deur en nam ze Wolfje meteen van me over voor een bad. En ze heeft zojuist een stevig ontbijt voor mij gemaakt: vers sap, gebakken eieren en een kop koffie.

Omdat Wolf nu slaapt en pas over twee uurtjes weer aan de borst moet, stelde Bianca voor dat ik nog een hete douche neem en wat ga slapen. Ik houd van haar.

*

Alex en ik kijken samen naar onze tevreden baby die in- en uitademt.

'We kunnen dit wel, hè. Yes!' Mijn onhandige vreugdekreetje wordt gesmoord door een kus van Alex.

Ons moment wordt ruw verstoord door de naar mijn mening veel te harde deurbel.

'Ik doe de deur wel open.' Bianca gaat snel richting de voordeur om het bezoek te ontvangen.

We hadden aangegeven nog even geen bezoek te willen ontvangen, maar er is één iemand die daar natuurlijk lak aan heeft en haar kleinzoon wil zien. Mama.

'Ach lief meisje, daar ben je!'

Ze duikt op me af en geeft me een stevige knuffel waardoor mijn koffie bijna uit mijn handen valt.

'Hoi, mam.' Ik geef haar een kus.

'En daar is de kleine man. Wat een plaatje.' Mijn moeder kijkt verliefd naar Wolfje en krijgt tranen in haar ogen. Ze lacht naar mij en ik knik trots.

'Ja, mam. Dit is jouw kleinzoon, Wolf.'

'Ach kind, wat een prachtige naam! En geboren met volle-maan, dat zal de krachten van deze kleine Wolf goeddoen.'

Ze zegt het zo serieus, alsof ik zojuist daadwerkelijk een kleine weerwolf heb gebaard. Zo is mijn moeder, ze ziet in alles een symbolische betekenis.

'Het is een gezond en hongerig mannetje.'

Mijn moeder feliciteert vervolgens Alex, die haar een knuffel geeft en zegt dat hij zo snel mogelijk weer terug zal zijn, maar even wat boodschappen gaat halen.

'U bent de moeder, neem ik aan.' Bianca vraagt het vriendelijk en reikt haar beschuit met blauwe muisjes aan. 'Ik ben de kraamhulp, Bianca.'

'Ach, neem me niet kwalijk. Ja, dat klopt. Ik ben Evelien, trotse oma.'

Ze bedankt voor de beschuit met muisjes en haalt haar neus op.

'Nee, dank je. Ik vermijd suikers en bewerkt voedsel zo veel mogelijk.' Ze richt haar blik op mij en mijn koffiemok.

O nee, daar gaan we.

'Is koffie wel goed voor haar?' Ze wijst naar mij terwijl ik een slok van mijn cappuccino neem. 'Al die cafeïne en suikers lijken mij niet gezond? Doe je nog steeds suiker in je koffie, schat?'

De toon is lief, maar ik hoor de afkeuring in mijn moeders stem. Ze werpt een blik op mijn eieren met kaas en witbrood. Mama eet al lange tijd plantaardig. Iets wat de nodige discussie oplevert tussen haar en Alex.

'Nou, weet u. Zij heeft nu een stevig ontbijt nodig en als zij gelukkig wordt van een kop koffie in de morgen, dan krijgt zij een kop koffie. Ze heeft het nodig en verdiend.'

Ik knik braaf met Bianca mee want hoewel ik weet dat mijn moeder het echt goed bedoelt, laat ik haar me echt niet mijn cappuccino afnemen.

'Tja, maar weet zij wat ze nodig heeft? Suikers en cafeïne zijn een verslaving die je denkt nodig te hebben, maar ik ken de krachten van mijn meisje en ik weet dat haar lijf alleen maar puurheid en liefde nodig heeft.'

God, ik heb hier zo geen zin in.

'Mam, nu even niet, oké?' Beschermend plaats ik mijn handen over mijn mok.

'Nou goed, prima. Ik zeg al niets meer.' Ze heft met een verontschuldigend gebaar haar handen op. 'Ik wil gewoon het beste voor mijn mooie dochter en mijn prachtige kleinzoon.'

En met die woorden loopt ze op Wolf af die prinsheerlijk ligt te slapen in zijn babynestje en reikt met haar handen naar hem toe om hem te pakken. Als in slow motion zie ik Bianca reageren en op mama afrennen.

'Dat lijkt mij niet verstandig, Evelien!' Bianca werpt zich voor Wolf die nietsvermoedend doorslaapt. 'Ik begrijp echt dat u graag uw kleinzoon wilt vasthouden, maar hij ligt zo lekker te dutten. Het is niet verstandig om hem nu op te tillen en wakker te maken. Dan kan hij overstuur raken.'

'Bianca, doe niet zo mal. Hij raakt niet overstuur, ik ben zijn grootmoeder. Een kind voelt energetisch wanneer iets goed is. En ik kan bovendien meteen reiki bij hem doen en hem zegenen, dat geeft meer rust dan het zoveelste slaapje, kan ik je vertellen.'

'Ik denk niet dat een baby baat heeft bij reiki, mevrouw. Maar ik weet dat slaap belangrijk is.'

'Ja, volgens de ouderwetse standaard van kraamzorg in ons kikkerlandje misschien, maar jullie zien dat verkeerd. Er is ook zoiets als een aura. En een mogelijk trauma van de bevalling bijvoorbeeld. Moeite met landen op aarde. Reiki is heel helend, voor dier, mens en dus ook voor een baby! Mijn energieveld is puur en daar gaat hij echt geen last van hebben, Bianca.'

Bianca kijkt met grote ogen naar mijn moeder en ik weet zeker dat ze moeite heeft met de betekenis achterhalen van haar zinnen.

Ik kijk verslagen naar deze twee bekvechtende dames en zit in een spagaat. Ik weet dat mama graag haar kleinkind wil vasthouden en het goed bedoelt, maar misschien kan het inderdaad beter even wachten.

'Mam, wil je een kop thee?' vraag ik om haar af te leiden.

'Ik heb brandnetelthee meegenomen,' zegt ze trots. Ze gaat richting keuken. De afleiding werkt.

Bianca rolt met haar ogen alsof ze wil zeggen dat ze wel vaker met het bijltje bemoeizuchtige oma heeft gehakt.

Maar dan kent ze mijn moeder niet, denk ik. Die doet uiteindelijk altijd precies waar zij zin in heeft. Een eigenschap die ik niet heb geërfd.

Het water kookt en mama gaat richting Wolf en legt een kring van edelstenen om hem heen. Ze laat haar handen boven hem hangen en prevelt wat woorden. Ik kan het niet verstaan, maar weet dat het zegeningen zijn en dat de stenen een kring van bescherming om hem heen vormen.

Bianca weet niet zo goed wat ze met deze ceremoniële situatie aanmoet en gaat aan de slag met de thee. Voor mij heeft spiritualiteit lange tijd een grote rol in mijn leven gespeeld. Maar afgelopen jaar hier heb ik er simpelweg geen ruimte en tijd meer voor gemaakt en is het wat naar de achtergrond verdwenen. De nuchterheid van Alex motiveert ook niet om iets als een vollemaansceremonie te doen. En toegegeven, mijn moeder draaft er een beetje in door. Waar ik nog met één been op Moeder Aarde sta, heeft zij allang losgelaten en zweeft ze lekker waar ze gaan wil.

'Mooi, mam,' zeg ik als ze klaar is. En ik meen het.

'Goed zo, meisje.' Mijn moeder gaat steeds dichter bij Wolf zitten. Ik denk dat ze hoopt dat haar intensieve staren hem zal wekken. Vooralsnog geen succes.

'Ik ga even een hete douche nemen en mijn haren wassen.'

Bianca onderbreekt het inruimen van de vaatwasser.

'Oké, Poppy. Maar we zijn ondertussen alweer wat verder en over een klein uurtje moeten wij weer aan de slag, hè?' Ze tikt op haar horloge.

Daar gaat mijn rustmoment. Mama springt op als een waakhond.

'Wat een onzin, dat gaat toch niet om een minuut meer of minder! Dat mannetje geeft zelf wel aan wanneer hij wil eten, hoor. Als hij nog een uurtje wil doorslapen, dan is dat toch prima.'

Shit, daar gaan we weer.

'Nee, om de drie uur voeden is essentieel in verband met de bloedsuikerspiegel van die kleintjes.' Bianca zegt het vriendelijk, maar ik proef de bittere ondertoon.

'Onzin! Die kleintjes zijn geboren met een perfecte harmonie tussen lichaam en geest, ze hebben overlevingsdrang en dus geven zij zelf aan wanneer ze voedsel nodig hebben.'

'Mevrouw, dit is mijn werk. De norm is drie uur tussen voedingen.'

'Ach, de norm, wat heeft dat nou met dit unieke individu te maken? Ieder zieltje is anders, Bianca, en daar moet naar geluisterd worden. Dat moet gevoeld worden!'

Heb ik weer, een moeder die ruziemaakt met mijn kraamhulp. En het lastige is dat ik het deels met mijn moeder eens ben, maar Bianca heeft heel veel ervaring met baby's en ze heeft ook in het ziekenhuis gewerkt. Ook voor mij is dit een strijd tussen handelen op ratio of op gevoel. En met Wolf wil en kan ik me geen fouten permitteren.

Bianca wendt zich tot mij. 'Poppy, we moeten ook denken aan jouw melkproductie die op gang moet komen. Laten we over een uurtje beginnen.'

Ik stem ermee in en schenk mama een geruststellende blik. 'Ik ben zo terug.'

Als ik richting de badkamer loop, hoor ik mijn moeder verontwaardigd klakken met haar tong. Voor ik de badkamerdeur opendoe, hoor ik haar nog net zeggen: 'En nu pak ik mijn kleinkind, dat kan ik je wel vertellen.'

Het warme water stroomt over me heen. Wat heerlijk dit. Ik kijk door de cabine naar de spiegel. Mijn buik hangt los aan mijn lijf. Alsof hij moet wennen aan de ruimte die ineens is vrijgekomen. Ik voel aan mijn borsten en schrik. Allemaal bobbels en klieren. Ze voelen hard. Ik wrijf met mijn hand de stoom van de douchecabine af en kijk nog eens goed in de spiegel. Mijn borsten zijn enorm. Ze lijken afgelopen nacht wel drie cupmaten te zijn gegroeid.

Bianca heeft gelijk, er moet zo gevoed worden. Zo niet voor hem, dan voor mij. Deze ballonen staan op ontploffen.

De gedachte aan Bobby en haar advies om niet te lang te wachten met seks schiet voorbij. Zou Alex deze enorme borsten sexy vinden?

Bij het afdrogen leer ik dat mijn borsten zo gevoelig zijn dat aanraken geen pretje is. Laat staan geile seks. Voorzichtige seks dan? Hier denk ik even over na, maar ik voel niets. Nul opwinding. Ik voel alleen maar een behoefte aan slapen en aan mijn kind.

Mijn gedachten stoppen als ik de sleutel van de voordeur hoor, dat zal Alex zijn met de boodschappen. Snel naar de woonkamer voordat mama hem weer de les leest over de plastic supermarkttas waar hij hoogstwaarschijnlijk mee aan komt zetten.

Ik neem de moeite niet om een top aan te trekken, een badjas volstaat. En met borsten in de aanslag loop ik richting huiskamer.

Triomfantelijk kijk ik naar Alex en zie ik dat zijn blik op mijn borsten blijft rusten. Toch leuk dit.

Bianca ziet het ook en plant mij snel neer op een stoel en pakt Wolf van mama af.

'Zo, dit is voor de kleine man,' zegt ze resoluut. En met die woorden geeft ze subtiel maar streng aan dat Alex op alle mogelijke manieren een stapje terug moet doen. Er is een nieuwe man in mijn leven.

9

Drie weken later
Januari

Bianca heeft ons al een tijdje geleden verlaten. Ze is niet vermoord door mijn moeder, al scheelde dat weinig. En nu zit ik hier alleen in de kou, midden in de nacht met mijn zoon op schoot.

'Toe dan, schatje... hier, pak maar, lieverd.' Met halfdichte ogen kijk ik naar mijn zoon. Het is net een kleine pup die wanhopig zoekt naar een van de tepels van de moederhond. Hij maakt zelfs piepgeluidjes. Ik druk zijn hoofdje dichter naar mijn borst toe. Ik voel zijn donkere donshaartjes kriebelen tegen de palm van mijn hand.

Zijn mondje is zo klein, maar hij heeft volle lipjes. Hij ziet er aandoenlijk uit. Wolfje houdt zijn oogjes dicht, maar weet de tepel gelukkig te vinden. Als een klein roofdier hapt hij aan en houdt hij vast. Ik slaak een zucht van verlichting. Missie geslaagd.

Om me heen is het donker. De klok geeft aan dat het bijna drie uur is. De slaap die achter mijn ogen prikt bevestigt dit tijdstip. Ik probeer te ontspannen en adem diep in. Dan laat ik me iets naar achteren vallen tegen de kussens voor wat ondersteuning in mijn rug.

'Verdomme.' Wolfje is de tepel weer kwijt. De kleine verandering in houding heeft ervoor gezorgd dat hij heeft losgelaten en weer moet zoeken naar zijn voeding.

'Sorry, liefje,' fluister ik. 'Sorry, stom van mama. Pak maar, toe maar.'

Maar Wolfje lijkt er nu de brui aan te geven. Hij sluit zijn oogjes en valt in een diepe slaap op mijn borst. 'Je hebt bijna niet gedronken,' zeg ik meer tegen mezelf dan tegen hem. Ik hoor een snik in mijn stem. *Verdomme, Poppy.*

De frustratie neemt toe, maar ik moet rustig blijven. Straks weer een poging. Maar ik ben zo moe. Wolf is nu drie weken oud en ik slaap erg weinig. Ik blijf maar aanmodderen met die tieten. Kolven, voeden, kolven, voeden. En dat sowieso om de drie uur en nog regelmatig tussendoor.

Ik maak me steeds zorgen of Wolf wel genoeg binnenkrijgt en dan kan ik niet slapen. En wanneer ik net in slaap val, moet ik weer opstaan als Wolf als een hongerig dier aan het krijsen is. En natuurlijk gehoorzaam ik. Ik hou zielsveel van mijn kind, dat staat als een paal boven water. Maar door het krijgen van een kind heb ik ontdekt dat ik ook best wel van slapen hou. En dat lijkt iets uit het verleden. Het is slechts even rusten en dan weer door.

Naast me ligt een slapende Alex. Hij helpt echt waar hij kan, hoor, maar hij heeft nu eenmaal geen lekkende borsten waar hij iets mee moet. Hij kan op dat gebied niet helpen.

God, wat ben ik moe. Ik kan wel janken. En dat terwijl ik zou moeten zweven op een roze wolk. Niemand heeft me dit gezegd. Veel vrouwen hebben mij verteld dat het fantastisch leuk is en dat alles vanzelf gaat. Ik heb foto's op Instagram gezien van stralende moeders met hun pasgeboren baby in hun armen, met perfect geföhnde haren, gelakte nagels en een gezond glanzende huid. Zij lijken goed te slapen, gezond te eten en ik zie nooit een lekvlek door een van hun zijden blouses heen.

Als ik zelf in de spiegel kijk, zie ik een verwilderde vrouw met wallen tot op haar knieën. Mijn wereld is klein geworden. Ik kom de deur niet uit. Ik ben alleen maar met Wolfje bezig. De uren verdampen en als hij slaapt komt er vaak nog kraambezoek waardoor ik niet in staat ben te rusten. Iedereen wil Wolfje graag zien en ik vind het onbeleefd om nee te zeggen. En het is ook mijn enige vorm van sociaal contact.

Wat mis ik de kraamzorg. Hoewel ik gek werd van het gevit tussen mijn moeder en Bianca, was het een veilig gevoel om haar bij me te hebben. Maar ze moest door en Alex en ik moesten het nu samen gaan doen. Toch gek dat je dagen zo intiem bent met iemand en dan verdwijnt diegene plots uit je leven.

Een paar dagen na het vertrek van Bianca kwamen Alex' ouders voor een weekend over uit Marbella. Waar mijn moeder in no time op de stoep stond, zijn Alex' ouders gewend hun zoon weinig te zien en stellen zij zich ook naar hun kleinzoon bescheiden op. De keren dat ik zijn ouders heb gezien zijn op één hand te tellen, maar ik vind ze altijd erg lief en ontspannen – echte levensgenieters die het er sinds hun pensioen goed van nemen. Van logeren bij ons was dan ook geen sprake, zij hadden zich juist verheugd op een paar nachten in hun favoriete hotel aan de Prinsengracht. Dat vond ik eigenlijk wel fijn, zo hebben ze goed van hun kleinzoon kunnen genieten maar zaten we niet hele dagen op elkaars lip.

Toen zijn ouders weer uit Amsterdam vertrokken waren, moest Alex echt weer aan de slag in de keuken. Hij kon niet nog langer gemist worden. Ik dacht eraan mijn moeder even in huis te vragen, maar die is druk in Maastricht met het opzetten van een workshop over een reis naar je vorige leven. Ze blijft daar ook maar over praten en ik kan die informatie simpelweg niet verwerken nu. Het leven waar ik nu in zit is al druk genoeg. Druk met het nieuwe leven waar ik verantwoordelijk voor ben. Mijn telefoon raak ik ook amper nog aan.

Een tijdje staar ik doelloos in het donker voor me uit, met het besef dat ik niet kan gaan slapen. Er moet weer gekolfd worden, anders is er kans dat mijn borst gaat ontsteken. Bianca was hier heel stellig in. Ik voel mijn ademhaling versnellen en mijn keel wordt dikker. De emoties verzamelen zich rond mijn borst waardoor er een heel strak en onprettig gevoel ontstaat. 'Kom op, Poppy, niet zeuren,' fluister ik. 'Kom op en kop op.'

Voorzichtig sta ik op om Wolf terug in zijn bedje te leggen en de kolf te pakken.

Ik sluit het apparaat aan en het begint te zuigen en pompen. Een diepe zucht ontsnapt me terwijl ik zie hoe het witte spul het flesje langzaamaan vult.

10

Februari

Bel de krant, ik had zojuist een föhn in mijn hand en ik ben mijn huis uit gekomen. Het wandelen met Wolf voelt geweldig. De muren kwamen ondertussen op me af en ik kan mijn joggingbroek niet meer zien. Het is fijn om weer buiten en onder de mensen te zijn. De koude januariwind zet mijn zintuigen op scherp.

Hoewel het tot nu toe een strenge winter is en het ook vandaag weer vriest, heb ik gekozen voor een panty met een zwart plooirokje. Daarboven draag ik een kanten witte blouse en mijn rommelige haar heb ik opgestoken. De rode lippenstift moet mijn donkere wallen verbloemen. Het voelt goed om weer even met iets anders bezig te zijn. Ik ben immers naast zogende moeder ook nog gewoon Poppy. En ik herkende mezelf bijna niet meer in de spiegel.

Yasmin heeft me overgehaald om even buiten de deur te gaan lunchen en daar ben ik haar dankbaar voor. Zoals ze zei kan die kleine inderdaad gewoon mee. Ik heb hem dik ingepakt en zijn grote oogjes verraden zijn vreugde en nieuwsgierigheid tijdens het wandelen. We zijn onderweg naar café Palladium op het Leidseplein. Ik loop via het park en mijn vintage enkellaarsjes glijden bijna weg over het dunne laagje ijs waarmee de grond bedekt is.

Misschien niet de handigste keuze, maar gelukkig heb ik de kinderwagen om me te ondersteunen. Waar dat ding wel niet handig voor kan zijn.

En in Palladium ziet het gros van de vrouwen eruit als de Kardashians of Hiltons, dus ik voelde de behoefte om me wat extra uit te sloven. Gek hoe dat werkt, alsof je altijd maar naar goedkeuring zoekt van de omgeving waarin je je op dat moment begeeft. Maar het effect is prettig. Ik voel me zowaar weer een vrouwelijk, seksueel wezen. En misschien leidt dat gevoel wel tot een potje seks met Alex, dat zou mooi zijn. Qua timing mag het volgens de verloskundige nét. Niet dat ik haar heb gebeld met deze prangende vraag, maar toen ik een geboortekaartje ging langsbrengen gooide ik het onderwerp zo nonchalant mogelijk op tafel. Er is toestemming gegeven. Wel met voorbehoedsmiddel, want ik schijn nu juist heel vruchtbaar te zijn. Die condooms zijn inmiddels binnen. Voorbereiding is alles.

Vol goede moed steek ik het Max Euweplein over. Ik sta nu voor een drukke straat met de bekende club Paradiso naast me op rechts en café Palladium recht tegenover me. De vriendelijke taxichauffeur laat me rustig oversteken met Wolfje.

'We zijn er bijna, klein mannetje, dan ga je Yasmin ontmoeten.' Ik werp een blik op Wolfje en zie dat hij in slaap is gevallen. Natuurlijk slaapt hij uitgerekend nu. Thuis in bed slaapt hij amper, maar tijdens het wandelen valt hij in slaap.

Als ik de deur opendoe, zie ik Yasmin meteen zitten. Ze ziet er als altijd oogverblindend mooi uit. Hoe kan dat lange, volle haar in godsnaam altijd maar perfect zitten? Geen pluk staat verkeerd, als in zo'n optreden in Noord-Korea, waar ieder mannetje op de juiste plek precies doet wat hij op dat moment moet doen en waar geen enkele ruimte voor fouten is. Zo is het bij het haar van Yasmin.

'Pop? Waarom kijk je zo raar?'

'O, sorry. Even aan het staren, heb ik vaker tegenwoordig.'

'Ja, je bent natuurlijk doodmoe, lieve schat. Koffie?'

Ik knik dankbaar en plof neer op de bank tegen de muur waardoor ik perfect zicht heb op de gehele zaak. Wolfje parkeer ik naast me.

'Poppy, je ziet er goed uit! Je zou niet zeggen dat je een maand geleden bent bevallen en weinig slaapt, je straalt!'

'Dank je, Yasmin, ik moet zeggen dat jouw uitnodiging als geroepen kwam. Het voelt goed om weer buiten te zijn. Ik voelde me een beetje een zombie uit *The Walking Dead* de afgelopen dagen.'

'Hoort erbij, lieverd, maak je niet druk. Het is ook pittig, zo'n kleintje verandert alles en je moet jezelf dan weer een beetje heruitvinden. Je doet het hartstikke goed, hij ziet er heel knap en gezond uit.'

Yasmin kijkt verliefd naar Wolfje en ik voel een golf van trots over me heen komen. Ik doe het goed. En ik heb dit mooie wezen op de wereld gezet.

Het is fijn om gesterkt te worden in iets wat zo kwetsbaar en spannend voelt. Yasmin is echt een lieverd. Ik pak haar hand en knijp erin. Maar Yasmin trekt hem terug als het moment te lang duurt en ongemakkelijk wordt. Weer voel ik die doorzichtige muur om haar heen. Iets waar ik niet doorheen kan prikken.

Ze lacht haar perfecte glimlach, wat goed past bij haar perfecte pantser. Ik forceer geen opening en laat het rusten.

Yasmin wenkt de serveerster en bestelt twee cappuccino's.

'Willen jullie haver? Of soja? Of geit kan ook?'

Ik staar het meisje aan met een blik van totale verwarring waarop ze zichzelf nader verklaart.

'Melk, wat voor melk wil je? Kokos? Amandel is ook een optie? En skinny of vol?'

Ze lacht vriendelijk, maar ik heb het gevoel alsof ik aan een kruisverhoor onderworpen ben. De keuze aan melk duizelt me, ik wil gewoon koffie. Mijn moeder zou precies weten welke melk nu het beste was voor mens en milieu. Het kan me momenteel weinig schelen wat voor melk er in de koffie zit.

'Het belangrijkste voor mij is dat er veel cafeïne in zit.' Het meisje kijkt me even aan en haalt haar schouders op. 'Extra sterke cappuccino met gewone melk dan maar.'

Ze spuugt de woorden uit alsof ik net iets lelijks heb besteld. Een confectiekoffie in de wereld van couturekoffie.

Yasmin bestelt een latte met soja en pakt haar camera erbij. 'Ik weet dat je er niet dol op bent, Pop, maar dit moment moeten we gewoon even vastleggen voor de Gram. Ben je later blij mee, echt.' Ze trekt me naar zich toe en slaat haar arm om me heen. Ze draait de camera zo dat Wolfje ook slapend in beeld is. 'Poppy, kijk niet zo moeilijk, je bent prachtig.'

'Ik ben niet goed in poseren. Ik sta liever achter de camera.'

'Zonde, want je bent bloedmooi. Maar nu kijk je alsof je al een slok van die gore, sterke cappuccino van je hebt genomen.'

Ze knipoogt en ik schiet in de lach. Ze maakt van de gelegenheid gebruik en schiet snel een foto. Toegegeven, hij is leuk. Ik zal deze straks samen met de recentste foto's van Wolf naar Alex' ouders sturen. Alex' moeder appt regelmatig om te vragen hoe het met haar kleinzoon gaat en vroeg vanochtend nog of ik ook wel wat tijd voor mezelf neem.

De cappuccino's arriveren en na een shot van de hete substantie voel ik mijn lichaam prettig warm worden. We bestellen broodjes en ik kies een broodje avocado met truffelmayonaise. We eten, drinken en lachen. Het gaat vooral over Wolfje, maar dat vindt Yasmin niet erg, zegt ze. Ze vertelt ook over haar bevalling destijds en de eerste periode zonder slaap. Het ongeluk van haar ouders komt kort ter sprake, maar de aandacht wordt al snel verlegd naar de kwestie spenen. Niet mijn keuze, maar Yasmin neemt de leiding over het gesprek.

Ondertussen ligt Wolfje heerlijk te slapen met dat geroezemoes op de achtergrond.

'Komt doordat het in jouw buik ook altijd lawaaiig was. Dat voelt vertrouwd,' legt Yasmin uit.

'Ik denk dat het warme bad in de baarmoeder van de moeder weinig gelijkenissen heeft met dit bloedordinaire café, hoor,' zegt een andere stem. Ik kijk omhoog in het gezicht van Sophie. Haar mondhoeken krullen omhoog, maar haar ogen sprankelen niet.

'Het gaat om het geluid, Sophie,' bijt Yasmin haar met zachte stem toe. 'Stond je ons af te luisteren?'

'Lieve Yasmin, ik heb echt wel wat beters te doen.'

'Maar je staat hier toch,' reageert Yasmin rustig maar strijdbaar.

Sophie staat er inderdaad. Naast onze tafel met in haar kielzog die Jade die ik eerder op de borrel zag en de ijsheks die wederom in het wit is gekleed, Nicole. Ze kijkt me aan en ik zie dat haar ogen ijsblauw zijn en fel afsteken tegen haar witte huid. Ze lijkt wel gefotoshopt.

Sophie richt zich tot mij en haar groene ogen boren zich in de mijne.

'Jij bent een maandje geleden bevallen, Poppy? Wat ben je dun, meid!' Ze neemt me van top tot teen op met een blik die zowel bewondering als walging kan betekenen.

'Ik geef borstvoeding en ik slaap niet zoveel met als gevolg dat de kilo's eraf vliegen. Ik vergeet vaak te eten.' Ik baal van mezelf dat ik me verantwoord naar deze vrouw.

'Niet te dun worden, hè meis, dat ga je zien aan je gezicht en dat moet je allemaal weer opvullen met fillers. En dat zou echt zonde zijn, want je hebt best een leuk koppie.'

Deze vrouw is een raadsel. Bedoelt ze het nu lief of geeft ze me een sneer? Ik kan het niet aflezen aan haar gezicht, dat weinig tot geen emotie toont.

'Ik zal erop letten, dank voor de tip.'

Hè bah, Poppy, doe niet zo kruiperig.

'Hoe is het met de baby?' De witte heks spreekt. Ze kijkt in de kinderwagen naar de slapende Wolf en ik zie zowaar een glimlach op haar porseleinen gezicht verschijnen.

Ik begin te praten over Wolf en kan niet meer stoppen. Alsof alle filters verdwijnen en ik enkel kan praten vanuit de grond van mijn hart wanneer het over mijn kind gaat. Ik heb het over mijn lekkende tieten, slaapgebrek en alle lieve geluidjes die hij maakt.

Nicole de witte heks lijkt even te moeten bijkomen van deze stortvloed aan woorden en emoties.

'Vergeet vooral niet adem te halen, je bent een wervelwind.'

'Sorry, ik loop een beetje leeg.' Nerveus wrijf ik over mijn ring. Ik moet echt stoppen met die zenuwtic.

Nicole schenkt me een zuinig lachje, maar haar ijsblauwe ogen gaan zachter staan. 'Ik weet hoe heftig de eerste periode kan zijn, ik heb er drie. Naar mijn kantoor gaan voelde op een gegeven moment als vakantie. Ga jij nog werken?'

Ik aarzel omdat ik het oprecht nog niet weet. 'Ik denk dat ik me voorlopig wil focussen op Wolfje, Alex is erg druk en veel van huis. Fotograferen en reizen staan voorlopig op een laag pitje.'

'Cijfer jezelf niet weg, jij bent ook belangrijk.' Wolfje lijkt het ijslaagje om Nicole te doen smelten.

Sophie port met haar elleboog in de zij van Nicole. 'Nic, het is toch logisch dat zij even thuis de boel regelt en niet naar een of ander armoedig land gaat om plaatjes te schieten van een oude hangmat? Ik snap jou, hoor Poppy, een kind is veel belangrijker dan dat soort werk en Alex verdient genoeg met zijn job, toch? Zou dat fotografiegedoe lekker laten gaan, joh. Maar dat moet je natuurlijk zelf weten. Waarom ga je niet lekker ontspannen in Akasha?'

'Akka wat?'

Sophie rolt met haar ogen. 'Sorry, soms vergeet ik dat je niet uit Amsterdam komt, Akasha, de spa van het Conservatorium Hotel.'

'Aha,' reageer ik mat.

'Heeft Alex dat niet voor je geregeld? Zou ik meteen eisen. Jij hebt een potje lopen baren zeg, dan mag je wel een keer naar een fatsoenlijke spa, toch?'

Het zint me niet dat ze Alex afschildert als een egoïst. 'Alex denkt echt wel aan mij, hoor! We hebben het alleen nog nooit over een of andere spa gehad, maar elke dag neemt hij wat lekkers mee en hij is heel goed met Wolfje en masseert mijn voeten superlief en...'

'Ach, meid, hou op. Ik pest je maar.' Sophie lacht en geeft me een por met haar elleboog.

Yasmin mengt zich nu in het gesprek en vraagt Sophie hoe het eigenlijk met haar man gaat. De toon is bits. 'Ik zie jullie nooit meer samen.'

Sophie recht haar rug en gooit een van haar lange bruine lokken naar achteren. Ze lijkt te moeten lachen om deze poging om haar uit balans te brengen.

'Lief dat je het vraagt, Yasmin. Olivier en ik zijn *steady* zoals altijd, we zijn een team. Zakelijk en emotioneel. En hoewel hij door zijn grote succes niet altijd aanwezig kan zijn bij de Amsterdam-Zuid-onderonsjes waar ik jouw Ruben vaak met jou zie, adoreert hij mij. Ook op afstand.'

Het zijn net twee katten die om elkaar heen cirkelen en het is afwachten wie er als eerste de nagels uitzet en uithaalt.

Yasmin doorbreekt de stilte en bindt in. 'Fijn voor je, doe hem de groetjes van Ruben en mij.'

'Zal ik zeker doen.' Sophie draait zich om en verdwijnt richting de uitgang. Haar vriendin Jade mompelt zacht gedag en hobbelt achter haar aan.

'Gefeliciteerd en pak wat rust.' Nicole geeft me een bemoedigend knikje en verdwijnt dan ook richting uitgang.

Yasmin en ik kijken ze na in stilte.

'Nou, dat was best lief van die Nicole,' zeg ik uiteindelijk.

'Nope. Levensgevaarlijke slangen en dan heb ik het vooral over Sophie. Laat je niet in de luren leggen en hou ze te vriend, maar word vooral niet close. Ik meen het.'

'Oké, baas.'

'En eet door, ik heb zo een laserafspraak.'

'Doet dat pijn?'

'Pop, je bent net bevallen. Ik denk dat je een laserbehandeling wel aankunt. Ga een keer met me mee.'

Misschien doe ik dat wel. Ik ga niet van de zomer als enige met stoppels op mijn bikinilijn rondlopen. Alles ligt hier onder de loep, dus het zal me niets verbazen als types zoals Sophie een foto maken en dan inzoomen op eventuele imperfecties.

En hoewel mij dat geen bal zou moeten interesseren, ben ik nog niet op het niveau van de Dalai Lama en interesseert het mij dus wel. Meer dan ik van mezelf gewend ben.

Alsof hier een perfectievirus in de lucht hangt dat je uiteindelijk te pakken krijgt. Misschien moet ik een mondkapje dragen voor de zekerheid. Of gewoon afstand houden van bepaalde types die dat virus zeker bij zich dragen.

11

Na mijn wandeling en lunch met Yasmin heb ik me voorgenomen om elke dag even naar buiten te gaan. Zolang het maar niet giet van de regen. En dus gaan Wolf en ik ook vandaag goed ingepakt de deur uit.

In mijn nek voel ik smeltende sneeuwvlokjes. Een stroompje koud water loopt richting mijn ruggengraat. Hoog tijd om ergens op te warmen. Bij een gezellig koffietentje op de Van Eeghenstraat besluit ik te schuilen voor de sneeuw.

Wolfje kijkt nieuwsgierig naar mij omhoog vanuit de kinderwagen en ik parkeer hem even bij een bank zodat ik aan de bar iets kan bestellen.

Terwijl ik sta te wachten op mijn beurt, klinkt een zacht vragend geluid vanuit de kinderwagen. Ik hoop bij Gods gratie dat Wolf gewoon wat aandacht wil. Ik negeer het maar even en hoop dat de persoon voor mij een beetje haast maakt.

Het gehuil zwelt echter aan en in rap tempo is het zo luid dat mensen met vragende ogen naar de kinderwagen kijken. Ik denk dat het beter is om hem op te pakken. Ik stap uit de rij en loop snel naar de kinderwagen. Een behuild koppie kijkt me aan en ik til hem op.

'Stil maar, lief mannetje. Wat is er, schatje? Mama is hier. Sssst.'

Het sussen heeft weinig effect, het huilen stopt niet.

Met een brullende Wolf in mijn armen loop ik terug naar de bar en doe een poging om een koffie te bestellen. Wolfje doet zijn handjes bij zijn mondje en maakt smakgeluidjes. Nee toch...

Wat een timing. Dat voeden op verzoek is ook niet alles. Net had hij geen zin om te eten en keek hij naar mijn boezem alsof ik een broodje poep serveerde en nu ineens krijst hij met een volume alsof ik hem al dagen laat verhongeren.

Ik probeer zo goed en zo kwaad als het kan hem af te leiden en te sussen, maar hij wordt steeds bozer omdat mijn borsten niet op een presenteerblaadje worden aangereikt.

Waar ik het net nog koud had, gutst het zweet nu over mijn lijf en snak ik naar frisse lucht. Ik ben eindelijk aan de beurt en bestel een cappuccino met een dubbele shot. Ik zie geïrriteerde blikken van mensen die zich waarschijnlijk afvragen waarom ik dit huilen niet stop als moeder. Zij worden immers gestoord in hun vaste ochtendritueel met zachte jazztunes en haverlattes.

Ik stamel iets over honger en roep een paar keer sorry. Vervolgens vervloek ik mezelf intern waarom ik dat toch steeds doe, sorry zeggen. Verontschuldigend lach ik naar een vrouw met kinderwagen die naast mij staat. Ze glimlacht terug. Zij begrijpt mij waarschijnlijk. Moeders steunen moeders.

Bij de vrouw met kinderwagen voegt zich nog een vriendin, gewapend met een koffie to go. Ze hebben alle twee die nonchalant coole look van trendy pilatesvrouwen. Ik denk dat ze vroeger samen op hockey zaten. Hockeymeisjes die zijn veranderd in pilatesmoeders in Zuid.

'Ik denk dat hij wil eten.' De vrouw achter de kinderwagen spreekt. Haar toon is zacht. 'Heb je geen flesje bij je?' Nu klinkt ze een tikkeltje verwijtend. Haar grote, vragende ogen staren naar mij en mijn brullende baby. Alsof ze nog nooit zo'n onkunde heeft gezien.

'Nee, ik heb geen flesje bij me. Ik dacht niet dat hij alweer zo snel honger zou hebben.' Mijn stem is zacht en sterft midden in de zin weg. Het liefst zou ik nu verdwijnen.

De vrouw op links bemoeit zich ermee. Haar stem is luid en schel.

'Kan natuurlijk gebeuren een keer, maar neem van mij aan

dat plannen en voorbereiden alles is. Altijd vooruitdenken. Dan kom je niet in zulke situaties terecht. Ik ben Lien trouwens. En dit is Suus.' Ze wijst naar de wat stevigere vrouw achter de kinderwagen.

Ik knik en hoop dat dat volstaat bij deze kennismaking. Maar de stilte die erop volgt maakt duidelijk dat ze nu verwachten dat ik iets zeg.

'O, ik ben Poppy.'

'Ben jij Poppy van Alex?'

'Blijkbaar ja.'

'Och, wat leuk. Doe hem de groeten van mij, wil je?' zegt Suus. 'Ik ken hem nog van vroeger, we zaten beiden op hockey.' *Zie je wel, hockeymeisjes die zijn veranderd in pilatesmoeders.*

Ik knik, maar ben afgeleid door mijn zoon die nu luide smakgeluidjes maakt, alsof de beste man al uren door een snikhete woestijn loopt zonder enig zicht op water.

'Sorry, ik moet even iets doen.'

'Natuurlijk meid, doe je ding. En nu niet meer vergeten hè, altijd een extra flesje mee en genoeg voeding kolven. Ik heb een vriezer vol, zo grijp je nooit mis.' Suus haalt bij de laatste woorden haar schouders op en ik zie een trotse glimlach op haar ronde gezicht. Alsof zij zojuist een prijs voor beste moeder van de wereld heeft gewonnen en nu haar inspirerende en belerende speech doet voor stuntelaars zoals ik.

'Juist, ja, natuurlijk.' Ik moet mijn stem verheffen om boven het geluid van Wolf uit te komen en ik schuifel langzaam bij deze vrouwen vandaan. De jongen achter de bar lijkt het aan te voelen want hij maakt mij in gebarentaal duidelijk dat hij de koffie wel komt brengen.

Als ik op de bank ben genesteld, begin ik me uit te kleden. Wolfje wordt gelukkig wat rustiger nu hij ziet dat ik tot actie overga. Maar om de kou te trotseren heb ik behoorlijk wat lagen over elkaar heen aangetrokken. Na mijn jas, vest, coltrui en tanktop ben ik dan eindelijk aangekomen bij mijn bh. Onhandig grijp ik snel weer naar mijn vest en bedek mezelf zo goed als het kan. Wolfje wacht nu geduldig en kijkt met grote ogen naar mijn bedekte borsten. Tijd om een borst eruit te gooien. Ik draai me van de menigte af en duw mijn borst uit mijn bh zodat Wolf vrije toegang heeft tot de tepel. Hij hapt en begint gulzig te drinken. De melk die uit mijn lijf stroomt, wordt vervangen door opluchting.

Het lijkt even alsof Wolfje en ik hier alleen zijn, de mensen en geluiden om ons heen vervagen. Ik voel alleen maar de harde zuigbewegingen aan mijn borst en hoor slechts zijn slikgeluidjes. Zijn tevreden oogjes maken even al het ongemak van net goed.

Dit moment van innerlijke rust en connectie wordt echter ruw verstoord wanneer ik stevig op mijn schouder word getikt.

Ik maak me los uit mijn trance en draai me om. Ik kijk in het gezicht van Suus.

'Poppy, ik wil me nergens mee bemoeien, lieverd. Maar ik ga je een tip geven. Voedingsbeha's.' Ze fluistert het woord met een veelbetekenende blik, alsof ze zojuist het medicijn tegen aids heeft gevonden.

'Wat is daarmee?'

'Dat is toch veel makkelijker, meid! Staat misschien minder uitdagend dan zo'n kanten gevalletje, maar het is echt enorm makkelijk in gebruik, zacht voor de tepels en je kunt je kind discreet voeden.' Het woord 'discreet' krijgt extra nadruk van haar.

Er valt een stilte die Suus graag opvult met tekst en uitleg. 'Dan hebben anderen geen last van de aanblik van een tepel, onnodig naakt of kanten lingerie, snap je. Gewoon een tip, geloof me. Kun je online vinden, maar ook bij de HEMA, hoor. Of zo'n voedingssjaal, is ook ideaal voor situaties zoals deze.'

Ze kijkt afkeurend naar mijn beha en ontblote borst. Wolfje trekt zich nergens wat van aan en drinkt lekker door.

'Weet je, ik stuur je wat opties via Instagram, ik ben je net gaan volgen.'

Jippie.

'O, leuk. Gezellig.'

'Natuurlijk, wij moeders moeten elkaar een beetje scherp houden, toch?' Ze draait zich om en beent weg richting haar vriendin Lien. Ze zwaaien nog een keer en duwen dan de deur open waardoor de kou kans heeft om naar binnen te glippen.

Over mijn halfnaakte bovenlichaam gaat een rilling, die misschien niet door de kou veroorzaakt wordt.

Na een paar minuten in die ongemakkelijke houding op de bank staat de barista voor me met mijn cappuccino. Hij reikt hem aan terwijl hij gegeneerd de andere kant op kijkt. Misschien is zo'n sjaal toch niet zo'n gek idee. Zal het thuis online gaan bestellen. Ik neem kleine slokjes van het warme vocht, net zoals Wolf dat doet.

Buiten is het ondertussen weer zachtjes gaan sneeuwen. De vlokjes dwarrelen tegen het raam.

'*Looking good, mommy!*' Als ik me omdraai staat Bobby daar. Ze gooit haar sjaal af en klopt de sneeuw uit haar lange haren. Ze draagt een mantel van wit bont. Hoewel ik principieel tegen bont en dat soort dierenleed ben, moet ik toegeven dat ze eruitziet als een filmster. Maar toch vind ik het niet kunnen en kleeft er wat mij betreft een hoop bloed aan die jas.

Bobby moet iets van afschuw op mijn gezicht zien want ze rolt met haar ogen en hangt haar jas aan de kapstok. 'Relax nou maar, deze is van de oma van mijn man geweest. Die beesten zijn allang dood. Net als die oma trouwens. Erfenisje. Dan kan hij toch beter gedragen worden dan dat die beesten maar in de kast liggen?'

'Maar met het dragen van echt bont geef je toch wel het verkeerde voorbeeld?'

'Ach, Pop, ik heb een eventuele voorbeeldfunctie al jaren geleden opgegeven. Ik kom even gezellig bij je zitten.'

Ze giechelt en trekt haar minirokje recht. Door de coltrui lijken haar borsten nog groter en de zwarte knielaarzen maken deze look enorm sexy. Maar niet op een foute manier. Ik betrap mezelf erop dat ik het prettig vind om naar haar te kijken.

'Hé, Bobby.' Een zucht ontsnapt.

'O god, heb je het zwaar? Tommie!'

Ze roept de barista bij zich. 'Lieveling, wil jij voor ons wat appeltaart brengen. Met heel veel slagroom, please.'

De barista, die blijkbaar Tommie heet, staart net iets te lang naar haar voordat hij in actie komt. Arme jongen. Eerst die vrouw die haar tieten er zomaar uitgooit op klaarlichte dag en dan deze stoeipoes die het woord slagroom net iets te verleidelijk uitspreekt.

'Als die kleine man aan het eten is, dan moet mama ook goed eten.' Er worden twee stukken appeltaart met slagroom voor ons op tafel gezet. Ik voel mijn maag reageren. 'Dank je, Bobby. Dit comfortfood had ik even nodig.'

'Wat is er aan de hand dan?'

'Ach... ik voel me even waardeloos. En slecht voorbereid. En een slet die kanten beha's prefereert boven functionele voedingsbeha's. Ik schaam me dood dat ik hier zo zit met mijn borsten eruit.'

'Ach, mijn borsten zijn bijna altijd ontbloot en vol in zicht, nou en? Laat ze staren, laat ze kijken. Je kent hen niet en zij kennen jou niet. Je moet je vooral niets aantrekken van de mening van anderen, Poppy, doe ik ook niet. Anders hou je het hier niet vol, hoor, dan verdrink je in het moeras hier. De enige naar wie jij moet luisteren in het leven ben jijzelf en misschien je zoon.' Ze valt aan op de appeltaart met een fanatisme alsof ze is uitgehongerd.

Haar woorden laat ik even op me inwerken en ik hoop vurig dat ik iets van het zelfvertrouwen van Bobby zal krijgen. Het lijkt mij een verademing om veel om jezelf te geven en weinig om de mening van anderen.

'Er komt een punt dat je begrijpt wat ik bedoel. En tot die tijd moet je maar lekker veel met leuke mensen omgaan. En met leuke mensen bedoel ik mezelf en iemand als mijn vriend

Frank. Frank houdt ook van artistiek gedoe, zoals theater en fotografie, wat jij ook doet.' Ze maakt een zwaaigebaar in de lucht. Het valt me op dat ze veel met haar handen praat, zoals Italianen dat ook doen.

Ik moet lachen en geef haar Wolfje. Hij is in slaap gevallen. Als een ware professional pakt ze hem over en wiegt ze hem in haar armen. Je ziet dat ze dit heel vaak heeft gedaan. Ze heeft het zelfs met twee tegelijk moeten doen. 'Het lijkt mij best lastig met een tweeling, het voeden alleen al.'

'Ach, het was soms even puzzelen, maar ik heb er gelukkig twee dus dat was net genoeg.'

Ze wijst naar haar borsten. 'Wanneer het een drieling was geweest, dan was het pas echt een lastige puzzel geweest.'

Lachend trek ik snel mijn kleren weer aan om Wolfje weer over te pakken.

'Nee, grijp een vork en eet. Ik vind het niet erg.'

Ik reageer niet snel genoeg en dus pakt ze haar vork, likt hem af en prikt er een groot stuk appeltaart aan. 'Eten, nu!'

Gewillig open ik mijn mond en laat ik me voeren.

'Nu is het net alsof we aan het zoenen zijn.' Ze tuit haar lippen.

12

Na de appeltaart met Bobby ben ik verder gaan wandelen door de buurt. Wolf had weer een volle maag en lag er tevreden bij.

Ik heb een godsvermogen uitgegeven aan boodschappen. Ik heb heerlijke kaas gehaald bij een kaaswinkeltje in de Beethovenstraat om vervolgens prachtige bloemen te halen in de Van Baerlestraat. Ik heb de favoriete wijn van Alex ingeslagen bij de wijnboer bij ons om de hoek en ook ben ik langs de groentejuwelier gegaan. Daar heb ik allemaal groentes en fruit gehaald zoals avocado's, artisjok, salades, stoofpeertjes, van die grote, sappige sinaasappelen en natuurlijk mijn favoriete mango.

Met een kinderwagen volgeladen met boodschappen en kind kom ik thuis.

Vanavond ga ik eens niet vroeg naar bed. Ik wil een avond vol romantiek. God wat mis ik dat. Een avond met elkaar eten, drinken, seksen, lachen. Sinds de komst van Wolf leven Alex en ik een beetje op de automatische piloot en probeer ik me te houden aan schema's en routines. Dat is natuurlijk allesbehalve spontaan. Maar vanavond laat ik het even los. Ik ga ervoor. Ik pak het kleine tasje tussen de boodschappentassen en laat mijn hand erin verdwijnen. Ik haal het kanten lingeriesetje eruit. Zwart. Ik voelde me sexy toen ik mezelf in de spiegel van het pashokje zag. En dus heb ik het zonder er verder over na te denken afgerekend. Ik voel een spanning in mijn onderbuik, alsof ik iets stouts heb gedaan. Ja, ik heb Alex echt gemist. Ik heb ons gemist. Vanavond zal ik hem laten zien dat ik er nog ben. En hoe!

*

Wolfje ligt in de box te kijken naar de bewegende poppetjes boven hem. Ik dank God op mijn blote knieën voor degene die dat heeft uitgevonden.

De verwarming staat hoog en de kaarsen branden. Ik heb de tafel mooi gedekt en ik heb ons tafelkleed uit Bali gebruikt met al die gezellige rode franjes. Er staan hapjes op tafel en een fles witte wijn in de koeler.

Wolfje krijgt nog wat gekolfde melk uit de fles en dan gaat hij zijn bedje in. En mama gaat dan lekker in een bad met lavendelolie. Mijn benen mogen ook wel weer eens geschoren worden, dus die pak ik dan meteen even mee. Ik voel zenuwen, alsof ik me klaarmaak voor een eerste date. Misschien helpt een klein glas rode wijn voor de ontspanning.

Inmiddels is het al halfacht en Alex heeft net geappt dat hij over een uurtje thuis is. Wolf slaapt en ik ben lekker in bad gaan liggen. De geur van lavendel heeft een kalmerende werking op me. En de wijn helpt ook.

Ik ben nu zo ontspannen dat het verleidelijk is om mijn ogen te sluiten. Ze voelen zwaar en dik. Maar ik mag niet in slaap vallen want ik moet mijn benen nog scheren en mijn teennagels lakken. En ik wil ook niet verzuipen in bad, dat zou een domper op de romantische avond zijn.

Maar heel even de ogen sluiten moet kunnen.

*

Ik heb geen idee hoe lang ik weg ben geweest als ik wakker schrik. Ik slaak een kreet als ik al dat bloed zie. Het is zoveel. Waar komt dit vandaan? Mijn adem stokt in mijn keel en ik betast mezelf. Het duurt niet lang voordat ik het glas wijn zie drijven.

'O fuck!'

Ik grijp mijn telefoon van de badrand en zie dat ik nog maar tien minuten heb voordat Alex thuiskomt. En mijn benen voelen nog steeds als schuurpapier. Dan maar scheren in het bad vol wijn en me daarna nog even goed afspoelen.

Mijn linkerbeen plaats ik op de badrand en in opperste concentratie begin ik te scheren.

'Poppy!'

Verschrikt zie ik nog net dat Alex naar mij toe komt rennen voordat ik vliegensvlug uit het bad word getrokken. Verbaasd lig ik op de vloer in zijn armen en vraag ik me af waarom hij in hemelsnaam zo paniekerig doet. Als een bezetene is hij in mijn lijf aan het knijpen en hij zoekt tussen mijn benen. Het duurt niet lang voordat ik doorheb dat dit waarschijnlijk te maken heeft met mijn wijnbad.

'Hoi schat, wat ben je mooi op tijd!' Ik probeer nonchalant te klinken.

'Wat ben jij in godsnaam aan het doen, wat is dit?' Zijn ogen staan verward.

'Ssst, Wolfje slaapt.' Ik kijk hem aan en ben me heel erg bewust van mijn lijf vol wijn, mijn uitgelopen mascara en dat ene behaarde been waar ik nog niet aan toe ben gekomen.

'Lieverd, doe even rustig. Ik ben gewoon even weggesuft, that's it.'

'Er is overal bloed!'

'Wijn.'

'Wat?'

'Wijn...' Mijn stem sterft weg wanneer ik me realiseer hoe verkeerd dit moet overkomen. Niet iets wat een bondgirl zou overkomen. Ik wijs naar het lege glas dat naast de stapel handdoeken staat.

Alex slaakt een diepe zucht. 'Je zit in een bad met wijn?' Hij wordt gelukkig wat rustiger.

'Ik ben in slaap gevallen met het glas in mijn hand, heel stom. Het was rode wijn.'

'Ja, dat zie ik ook wel.' Zijn stem klinkt afgemeten.

'Maar waarom blijf je badderen in een bad vol wijn?' Zijn blik is nu onderzoekend, nieuwsgierig.

'Ik uhm... ik moest mijn benen echt hoognodig scheren.'

'En dat was zo belangrijk dat je dat in een bad vol rode wijn moest doen?'

O god, fantastisch. Straks denkt mijn vriend nog dat ik een of andere geheime fetisj heb of erger, een alcoholprobleem.

'Je begrijpt het toch niet. Geef me even tien minuten en dan kom ik bij je, oké? Ga maar alvast naar de woonkamer.' Hij knikt, maar kijkt me bevreemd aan.

Toegegeven, slecht begin van de sexy avond. Maar vanaf nu wordt de avond fantastisch en ga ik heel charmant zijn.

Verdomme, wat zit die beha strak. Die grote borsten gevuld met melk passen er maar net in, maar dat geeft wel een leuk wulps effect. Mijn lichaam zit in de bodylotion en mijn huid is glad. Mijn haar is losjes opgestoken, mijn wimpers zijn gekruld en ik heb een subtiele glans op mijn lippen aangebracht. Fris en sexy. Dat vindt Alex leuk. Op blote voeten sluip ik in mijn kamerjas naar de woonkamer.

De soulplaylist die ik eerder had opgezet speelt nog steeds en de geurkaarsen branden. Er hangt een aangename vanillegeur. Ik kijk door de deuropening, maar Alex zit niet aan tafel. Zachtjes loop ik door de woonkamer, een aangename kriebel in mijn buik. Ik doe de schuifdeuren open naar de ruimte waar onze zithoek zich bevindt.

Een vlaag van verontwaardiging overvalt me. De beste man slaapt.

Met schoenen en al ligt hij languit met een zak chips op de bank te slapen.

Opzichtig schraap ik mijn keel. Hij reageert niet. Dan geef ik een voorzichtige schop met mijn voet tegen zijn enkel. Nog steeds geen teken van leven.

'Hallooo!' Een kleine stomp tegen de arm om hem te wekken.

'Jezus, Pop. Moet dit zo?'

'Ja, dit moet zo want je wordt niet wakker...'

'Nee, ik ben doodmoe, dat snap je toch wel?'

'Goh, nee, bij vermoeidheid kan ik me niets voorstellen. Die gebroken nachten maken mij topfit.' Ik probeer sarcastisch te klinken, maar hoor een trilling in mijn stem die woede verraadt.

Alex weet dat zijn opmerking niet zo handig was en heft verontschuldigend zijn handen. 'Prima, het is al goed.'

'Dat mag ik hopen! Ik ben ook doodmoe, Alex, maar ik doe mijn best om er een leuke avond van te maken met jou. Dat vind ik belangrijk, tijd en energie steken in ons. Iets waar jij schijnbaar geen enkele interesse in hebt.'

'Natuurlijk wel, Poppy, stel je niet zo aan. Kom, we gaan eten.'

Ik volg hem naar de eetkamer, maar met een knoop in mijn maag. Er hangt nu een rare spanning in de lucht en ik voel me belachelijk in mijn lingerie. Ik knoop mijn kamerjas strakker om en probeer de boosheid weg te ademen. Maar het borrelt en raast door mijn hormonale lichaam.

'Pop, laten we gewoon gezellig gaan eten, oké?'

'Prima.'

De avond glipt door mijn vingers en ik moet het tij keren. Ik moet het proberen.

'Wijntje?' Mijn stem klinkt raar en overdreven opgewekt.

Alex kijkt naar mij op en dan weer naar zijn telefoonscherm. 'Ja hoor, lekker, schat.'

Ik schenk de glazen goed vol en zet ze neer op tafel.

'Nou, cheers dan maar.'

'Ja, cheers, lieverd.' Alex kijkt me aan, neemt een slok en wendt zich dan weer tot zijn telefoon. Ik kan het niet tegenhouden. De woorden die opkomen in mijn brein zijn sneller dan mijn verstand en vormen een zin die haastig mijn mond uit stroomt.

'Nou, gezellig dit. Heel romantisch, zo'n telefoon aan tafel.'

'Pop, wat ben jij aan het zeuren zeg, dit is heel even belangrijk!'

‘En ben ik niet belangrijk, verdomme?’

‘Ik rond het al af nu, wat doe jij moeilijk, zeg.’

Ik heb mezelf niet onder controle. Dat woord. Moeilijk. Als een aansteker bij benzine.

Voor ik het weet grijp ik mijn glas en gooi de inhoud met kracht voor me uit.

De wijn raakt hem vol in het gezicht.

‘What the fuck doe jij nou?’

‘Heb ik nu je aandacht?’

‘Wat is er mis met jou, Poppy!’

‘Nou, blijkbaar is er van alles mis met mij want je neemt de moeite niet om mij een beetje aandacht te geven! Blijkbaar ben ik doorzichtig geworden of onbelangrijk en niet interessant genoeg voor jou! Waar doe ik dit voor? Je valt eerst in slaap en daarna zit je alleen maar op je telefoon! Ik sta hier mijn best te doen, heb nota bene mooie lingerie aangetrokken en je zegt niet eens iets!’

Alex is even perplex. ‘Ik heb dat nog helemaal niet gezien, je bent echt overgevoelig. Ik moest nog een paar dingen afhandelen voor werk en wilde net mijn telefoon wegleggen.’

‘Het is gevoelig!’ Mijn stem is luid en vol emotie.

‘Zal wel, maar dit gaat te ver. Ik zit onder de wijn! En de stoel ook.’

‘Nou en! Dat is jouw eigen domme schuld!’

‘Ik denk niet dat dit allemaal mijn schuld is, Poppy... Maar goed, laten we het vergeten. We gaan gewoon gezellig eten. Ik trek dit overhemd wel even uit.’

‘Nee, dank je. Ik heb geen honger meer.’

Alex slaakt een diepe zucht. ‘Zal ik even een kop thee maken voor je en dan gaan we op de bank verder praten en...’

‘Nee! Ik wil geen thee! Ik heb gekolfd alsof mijn leven ervan afhing om met jou wijn te drinken vanavond! Maar laat maar, alles is al verpest! Ga jij maar lekker in je eentje wijn zuipen. Of thee. Zoek het uit.’ De woordenkots is niet te stoppen en terwijl ik naar de slaapkamer storm, ontsnappen me ook nog wat scheldwoorden. Alex hoort ze niet meer. En dat is maar beter ook. Ik heb duidelijk iets van ontlading nodig, maar die blijft uit. Wat ik nu voel is leegte. Leegte en schaamte.

'Verdomme...' Ik fluister de woorden en ijsbeer wat rond in de slaapkamer om vervolgens op bed te gaan liggen. Ik voel veel spijt, maar durf Alex nu niet onder ogen te komen. En ik ben te uitgeput. In het donker laat ik mijn tranen stromen, zachtjes zodat Wolf niet wakker wordt.

13

Als ik wakker word kijk ik geschrokken op de klok. Het voelt alsof ik in een coma heb gelegen. Ik sta meteen op scherp omdat ik Wolfje niet heb gehoord en hij ook niet in zijn bedje ligt. Het is halfnegen. Het is lang geleden dat ik tot zo laat heb geslapen.

Het is stil in huis. Te stil.

Ik denk aan gisteravond en aan de woorden die ik heb gezegd. Geschreeuwd. Het gevoel van schaamte maakt me zenuwachtig. Waar is Alex?

Langzaam sta ik op en ga ik richting de keuken. Als ik de deur open, zie ik op het aanrecht een smoothie staan en een stapel pannenkoeken. Mijn maag reageert meteen. Na die gemiste maaltijd van gisteren heb ik duidelijk wat in te halen.

Een zucht ontsnapt. Alex heeft me gelukkig niet verlaten en Wolf meegenomen. Dat scheelt weer. En hij vindt me nog leuk, anders maak je geen pannenkoeken en een smoothie voor iemand, toch? Hij houdt nog steeds van mij.

Een beetje onwennig ga ik zitten en neem een paar flinke slokken. Ik proef aardbei en banaan, lekker zoet. Een kopje koffie zal me ook goeddoen en ik sta weer op.

Mijn ogen voelen dik van het huilen en slapen. Wel voel ik me iets minder uitgeput. Het lange slapen en de stilte in huis zijn een vreemde gewaarwording.

Met een warme cappuccino in mijn hand ga ik aan de keukentafel zitten. Ik neem een slok en stort me dan op de pannenkoeken. Nadat ik de cappuccino heb opgedronken en de drie pannenkoeken heb weggewerkt, drink ik de rest van mijn smoothie op.

Voldaan laat ik het voedsel op me inwerken en staar ik versuft voor me uit. Waar zal Alex nou zijn met die kleine? Ik kijk op mijn telefoon, maar zie geen bericht van hem. Alleen een bericht van mijn moeder die vraagt of ik meega naar een vijfdaagse meditatiecursus op de Veluwe.

Ja hoor, mam, alsof ik even vijf dagen bij mijn pasgeboren baby weg kan om op een berg te gaan zitten mediteren.

Ik twijfel of ik een bericht naar Alex moet sturen, maar ik besluit het even af te wachten.

In plaats daarvan zet ik muziek op en ga ik naar de badkamer. Ik kijk in de spiegel en schrik van mijn gezicht. Mijn ogen zijn helemaal opgezwollen en klein. Ik besluit een hete douche te nemen, mijn haar te wassen en een verzorgend masker in te brengen dat mijn licht krullende haar goed zal doen.

Mijn tanden poets ik onder de douche en ik scrub mijn huid. De tijd dat ik zo lang kon douchen lijkt een eeuwigheid geleden. Ik kom er helemaal van bij.

Ik schuif de gordijnen open en zie dat het een mooie, maar koude dag is. Twee passerende vrouwen blazen wolkjes stoom uit wanneer ze praten.

Mijn lijf smeer ik in met bodylotion en ik trek een comfortabele joggingbroek en een van mijn favoriete hoody's aan, die met de afbeelding van Woodstock erop. Wat moet dat een fantastische tijd geweest zijn. Alleen maar liefde en pure vrijheid.

Mijn telefoon geeft aan dat er een appje binnenkomt. Dat zal Alex zijn.

Poppy, je moet mee lunchen met Frank en mij, even lekker tijd voor jezelf! En jullie moeten elkaar ontmoeten! Ik kom je zo ophalen, ok?

Bobby.

Hoewel het mij best leuk lijkt om die Frank te ontmoeten en buiten de deur te lunchen, kan ik vandaag echt niet. Alex zal zo toch echt thuiskomen en dan moet ik Wolf overnemen.

Het is nu bijna halftien.

Lieve Bob, dank voor je uitnodiging. Maar ik ben druk met Wolf, sorry. Een andere keer.

Leen mijn au pair!!! reageert Bobby meteen.

Nee, joh. Niet nodig.

Waarom niet? Ze zit nu thuis te nietsen want de tweeling is op school en bij ballet vandaag en schoonmaken is ook niet nodig.

Heb jij zo vroeg al schoonmaakwoede gehad?

Nee, natuurlijk niet. De schoonmaakster.

O, ja. Thanks Bobby, maar ik voel me er niet comfortabel bij. Ga graag een andere keer mee!

Okeeeeee. X

Met een dubbel gevoel leg ik de telefoon weg. Waar is de spontane Poppy gebleven die uitnodigingen en nieuwe mensen en avonturen altijd meteen aangreep? De oude Poppy die tot laat met wildvreemden onder een vollemaan sangria dronk en het leven analyseerde?

De Poppy die genoeg had aan drie uur slaap omdat ze vol levenslust zat?

Maar als ik mijn dikke ogen weer zie, besluit ik dat het voor iedereen beter is als ik binnenblijf.

Anders gaan mensen zich nog zorgen maken.

In de keuken snijd ik twee komkommerschijfjes. Ik open de schuifdeuren naar onze zitkamer en plof neer op mijn favoriete plekje op de bank. De schijfjes leg ik op mijn oogleden. Nu maar hopen dat het iets doet.

De komkommerstukjes vallen van mijn gezicht als ik opkijk bij het horen van de schuifdeur. Ik kijk recht in het bolle gezichtje van Wolf. Hij hangt in de lucht als een pop te bungelen terwijl de handen van Alex hem stevig onder de oksels vasthouden.

'Hi mama, hi mama.' Alex doet een Wolf-imitatie. Ik moet lachen en druk een kus op de snoet van Wolf. 'Hi, lieve Wolf.

En hi, papa.' Ik kijk omhoog in de bruine puppyogen van Alex en ik voel een golf van liefde en schuldgevoel. Hij bedoelt het echt niet slecht en doet zijn best.

We lachen naar elkaar en woorden zijn gelukkig niet meer nodig. Het is goed.

'Waar waren jullie?'

'Wij waren even lekker wandelen en koffiedrinken samen. Nou ja, ik koffie, hij melk. Ik heb wat voorraad uit de vriezer gepakt.'

Ik knik. 'Helemaal goed. Fijn. Maar ik dacht dat jij een koffiemeeting had met Joor vandaag?'

'Heb ik afgezegd, we zoomen later. Dat boekconcept bespreken kan ook prima online. En vanmiddag ga ik niet naar het restaurant.'

'Wat ga je dan doen?'

'Vandaag ben ik met mijn zoon. We gaan zo eerst even mijn ouders facetimen, die zijn erg benieuwd hoe groot hun kleinkind al is. En jij kunt iets voor jezelf gaan doen. Alleen. Of met vrienden. Een hele dag slapen kan ook.'

Ik moet er even over nadenken. Voor het eerst sinds de geboorte een dag zonder mijn zoon voelt gek. Maar een dagje tijd voor mezelf lijkt mij eigenlijk ook wel heerlijk. Waarschijnlijk mis ik hem al zodra ik de deur uit loop.

'Maak je geen zorgen, Pop, hij is bij zijn vader. En wij willen allebei dat mama even haar zinnen verzet en tot rust komt. Misschien kun je iets leuks doen met vriendinnen?'

Het bericht van Bobby speelt door mijn hoofd.

'Ja...' mompel ik. 'Misschien wel.'

'Doe jij lekker je ding, wij vermaken ons wel, hè kleine man?'

Alex richt zich tot Wolf en begint gekke babygeluidjes te maken. Mijn hart maakt een sprongetje wanneer ik vader en zoon zo samen zie. Ben ik wel leuk en lief genoeg voor hem? De reflectie in de tv laat een vrouw zien in een comfortabele joggingbroek en hoody, met een glimmende, maar bleke huid. De krullen verstopt in een rommelige knot. Ik ben het, maar ook weer niet.

En op dat moment neem ik een besluit.

*

'Joehoeeeeee!'

Ik kijk naar buiten en zie een zachtgouden Range Rover waar een stevige bas uit dreunt. Bobby kijkt omhoog en doet een soort dansje terwijl ze zwaait.

Licht gespannen zwaai ik terug. Het gevoel dat ik ervaar lijkt op de kriebels die je in een achtbaan voelt. Die adrenaline wanneer je langzaam maar zeker naar het hoogste punt kruipt en weet dat je bijna naar beneden zult storten. Spannend en verleidelijk. Ik grijp mijn roodleren jasje en kralenclutch, gemaakt door mijn tante, uren is ze ermee bezig geweest. En hij ligt hier alleen maar in de kast. Het lijkt me het geschikte moment om hem te dragen. Het is een kleurenspektakel aan kraaltjes en achterop staat een klavertjevier voor geluk.

Snel bekijk ik mezelf in de spiegel en geef een tevreden knik. Dit kan wel door voor een dagje shoppen.

Ik plant een kus op Alex' mond en ik geef Wolfje kleine kusjes over zijn hele gezicht.

Als ik beneden kom staat Bobby nonchalant tegen haar grote jeep te roken. Ze brengt de lange voguesigaret naar haar mond en zuigt op een manier die je in oude films ziet. Met een ondeugende glimlach waar Marylin Monroe tevreden mee zou instemmen blaast ze de rook uit. 'Niet zeggen tegen Peter, hoor, ik doe dit heel soms.'

'Ik heb Peter nog nooit ontmoet.'

'O echt niet? Komt nog wel, joh.' Ze wuift het weg alsof het er ook eigenlijk niet toe doet of ik de man in kwestie ooit ga ontmoeten. '*Come now, Hope, come.*'

Ineens stapt er een kleine vrouw de grote auto uit en ze stelt zich nederig op naast Bobby.

'Hier, kijk. Hope! Ze komt uit de Filipijnen.' Die laatste woorden fluistert ze alsof het een of ander verzonnen land is uit een sprookjesboek.

Ik kijk van Bobby naar de Filipijnse Hope en weer terug naar Bobby.

'Oké... uhm, hoi Hope.' Ik zwaai onhandig en dit wordt beantwoord met een nerveuze giechel.

'*You go and babysit now little Wolf, okay? It is a very small small baby so check his poo poo a lot and also give him enough milk, okay?*'

Mijn mond valt open en mijn hersenen draaien overuren terwijl ik deze rare scène probeer te plaatsen. Waarom staat er in godsnaam een Filipijnse au pair voor mijn deur?

'Bobby, schiet even op. Je treuzelt altijd zo!' De boze stem komt uit de auto, maar door de geblindeerde ramen moet ik het met het geluid doen.

'Dat is Frank, ik stel hem zo aan je voor.'

Zin in. Dit klonk niet zo gezellig...

'Nou, breng jij Hope even naar boven want dan kunnen we gaan.'

'Wat? Nee... ik uhm... ik wil Hope niet.' Direct voel ik dat mijn wangen gaan gloeien, het praten over een persoon alsof het een bezitsvoorwerp is, zint mij totaal niet.

'Ik bedoel, het is niet nodig. Dat had ik toch gezegd? Alex is met Wolf.'

'O, joh!' Bobby rolt met haar ogen en plaatst vervolgens haar handen overdreven plechtig op de borst. 'Mijn vergissing, sorry. Ik ging ervan uit toen je ineens instemde om mee te gaan dat je mijn au pair toch even nodig had. Excuus!'

'Maakt mij niet uit, maar uhm, misschien een beetje lullig voor Hope?'

'Ach welnee, die krijgt even een middag vrij.'

Ze wendt zich meteen tot Hope.

'*Dear Hope, you can do a coffee and walk around a bit, okay? Maybe it is nice to visit the Rijksmuseum, it is close. Here is my card and I will pick you up within a few hours. Okay?'*

Bobby spreekt elk woord overdreven goed uit om er zeker van te zijn dat Hope het begrijpt.

Ik durf niet te zeggen of dit het geval is. Maar Hope knikt en antwoordt met een simpel: '*Yes, all right, Miss.*' Dit lijkt genoeg te zijn voor Bobby want ze zwaait het portier open voor mij en grijpt me bij de arm. 'Kom, ik heb echt koffie nodig nu. De meisjes hebben me de hele nacht wakker gehouden omdat ze bang waren voor Chucky. Die stomme teringpop.'

'Zijn ze niet wat jong voor die horrorfilm?'

'Welkom in de tijd van YouTube en kinderen opvoeden.'

Ik word de auto in geduwd en ruik de leren bekleding. De auto is schoon, ook vanbinnen. Hij ruikt nieuw. 'Mooie auto heb je, Bob.'

'Dit is de nieuwste Range want ik heb mijn vorige tegen een amsterdammertje geparkeerd. Dus ik dacht, ik probeer meteen de nieuwste even uit! Peter was wel woest, wilde bijna mijn rijbewijs afpakken, dus toen heb ik maar de tweeling de schuld gegeven.'

'Wat deden ze dan?'

'Nou, uhm, niets eigenlijk. Ik was gewoon aan het bellen en hoorde zo'n bizar verhaal dat ik even niet meer oplette. Maar Peter maakte er zo'n heisa van, dus dacht ik dat het beter was om te zeggen dat Lois en Lana ruzie hadden achterin. Peter is een schat, maar hij kan echt zeuren over dit soort dingen. En op hen wordt hij nooit boos.'

'Nou, schat, ik kan het de man niet kwalijk nemen. Het is al de zoveelste keer dit jaar dat de auto naar de garage moet voor reparatie. Je kunt echt niet rijden, sorry.' De stem met valse ondertoon komt van de bijrijdersstoel waar een man zit die mij nog geen blik waardig heeft gegund. Ik kijk stiekem mee over zijn schouder en zie dat al zijn aandacht naar zijn telefoonscherm gaat, waar de website van het DeLaMar Theater openstaat. Ik ben gek op theater, maar de laatste tijd is het er weinig van gekomen. Ik probeer Alex nog weleens mee te krijgen, maar die vindt het saai.

'Hoi, ik ben Poppy.' Ik zeg het hard en met zelfvertrouwen, waarmee ik hoop duidelijk te maken dat ik niet zomaar iemand ben om te negeren.

Het werkt. De man in kwestie draait zich om en neemt mij in zich op. Zijn ogen verraden niets. Hij steekt zijn hand uit. 'Hi, Poppy, ik ben Frank. Leuk je te ontmoeten.'

Hij zegt het beleefd, maar zonder enthousiasme. Zijn gedrag irriteert me en ik voel de drang om te bewijzen dat ik niet onder de indruk ben van arrogantie. Ik geef een stevige handdruk en houd zijn hand een tijdje vast. De hand is zacht en goed gehydrateerd. En dat doet me meteen denken aan mijn droge klauwen met dit koude winterweer. Shit, weer vergeten in te smeren. Ik laat los en Frank draait zich weer naar zijn scherm.

'Deze is lekker!' Bobby draait aan de volumeknop van de radio en mijn hart maakt een sprongetje. Blijkbaar deelt ze mijn liefde voor jarennegentigknallers. Uit de speakers knalt 'Finally' van CeCe Peniston en Bobby zingt hard mee. Het geluid van de muziek vult de auto en ik voel de bas onder mijn billen trillen. Zalig.

De auto stopt abrupt en Bobby zet de grote jeep in zijn achteruit. Ze draait wat in en terug en vindt het dan wel prima. 'Zo.' Ze klinkt trots.

Ik gluur door het raam en zie dat we behoorlijk wat uitsteken, maar ik zal niet oordelen aangezien ik zelf niet de meest behendige rijder ben. Ik probeer uit te stappen, maar de deuren blokkeren.

'Kinderslot, schat.' Ze haalt haar schouders op en gooit haar portier open. Al snel gaat mijn deur open en met een sprong land ik in de P.C. Hooftstraat. Frank is ondertussen ook uitgestapt en loopt vastberaden richting de Christian Louboutin-winkel. 'Kom, dames. We beginnen hier.' Hij wenkt ons enthousiast. De valsheid heeft plaatsgemaakt voor hebberigheid. Er dansen lichtjes in zijn ogen en hij bekijkt ons van top tot teen, alsof we barbies zijn die hij mag aankleden. Als hij een staart had gehad, dan zou hij nu kwispelen. Ik vind het vooral grappig en zijn opgewonden energie werkt aanstekelijk. We lopen naar binnen.

Frank wenkt de Italiaans uitziende man achter de toonbank. 'Heb je wat te zuipen, de dames en ik hebben dorst en we zijn van plan om geld uit te geven. En ik heb het niet over water, als je begrijpt wat ik bedoel.'

De man lacht zijn tanden bloot en kantelt zijn kin. 'Maar natuurlijk, komt eraan.'

En zo wordt er in stilte een deal gemaakt: champagne en geslijm in ruil voor je creditcard.

De man zegt Paolo te heten terwijl hij ons een sprankelend glas champagne aanreikt en een cappuccino voor Bobby. En hij kan ons met alles helpen. '*Just call Paolo, okay?*'

Ik merk dat ik een beetje in elkaar krimp om mezelf minder zichtbaar te maken. Ik ben gewoon niet gewend aan dit soort winkels met mooi rood tapijt en champagne. Subtiel probeer ik te spieken of er geen modder onder mijn All Stars kleeft na mijn wandeling door het Vondelpark gisteren.

'Wat doe je, heb je iets?' Frank krijgt vragend naar mij en mijn schoen.

'Nee hoor, alles goed.'

'Doe die dingen nou maar uit, want we gaan lekker schoentjes passen. Je bent een beeldige meid, maar je kunt nog veel mooier worden.'

'O, thanks.' Ik ben ietwat overrompeld door dit compliment van Frank. 'Hoe dan?'

'Nou, gewoon. Je stijl is wat uhm... rommelig. Dat hippie-achtige stijltje vind ik maar niks. Vreselijk eigenlijk. En zonde. Je hebt een gezicht met allure, kijk die jukbeenderen.'

Frank wordt nu helemaal enthousiast en keurt mij als vers geschoten wild in zijn slagerij. 'Die krullen zijn mooi dik en je hebt lange benen, die kun je prachtig benadrukken met een goede hak.'

Ik durf niets te zeggen want ik heb het idee dat ik voor een jury sta en het oordeel nog niet geveld is.

'Nou, laten we gewoon wat proberen.' En met die woorden krijg ik een paar hakken onder mijn neus geduwd.

Zwart. Lak. Hoog. Ik laat de schoenen door mijn vingers glijden en ik voel dat mijn zintuigen worden geprikkeld. De rode zool werkt als een rode lap op een stier en ik weet niet hoe snel ik mijn voet in de schoen moet duwen. Hij past.

Nadat ik de andere schoen heb aangetrokken, wankel ik wat onhandig naar de spiegel.

'Even dat gekke rode jasje uit, je lijkt Wendy van Dijk wel in *Over de rooie*.' Frank trekt mijn jasje van mijn lijf en mijn simpele zwarte kasjmieren trui boven mijn jeans wordt zichtbaar.

Het spiegelbeeld dat mij aanstaart bevalt me, ik zie er krachtig uit.

'Dit zijn echt *key items*, je moet deze kopen.' Frank draait me naar zich toe. 'Heb je poen?'

Ik denk aan mijn spaarrekening en het geld dat ik heb verdiend met mijn reisfotografie en succesvolle reisaccount op Instagram. Inmiddels staat er best wat geld op mijn eigen spaarrekening.

'Ja, ik heb poen.' En daarmee is het besloten. Vandaag laat ik alles los. Ik experimenteer.

Ik hef het glas naar Frank en neem een flinke slok. Ik voel de sensatie van de bubbels door mijn keel glijden en landen in mijn buik. Opwindend.

Bobby reikt me nu een paar knielaarzen aan en zelf huppelt ze rond als een volleerd koorddanseres op torenhoge zilveren hakken bezaaid met glitters. We passen en we lachen. De laarzen staan fantastisch en de champagne doet zijn werk, want het prijskaartje weerhoudt me er niet van om ze zonder twijfel naast de hakken bij Paolo op de toonbank neer te leggen. Na het passen van een paar sneakers roep ik mezelf toch echt een halt toe. Ik moet niet overdrijven.

'Zonde, Pop, dit staat echt bij alles! Weet je, je krijgt deze van mij.' Bobby wenkt Paolo – wiens grijns ondertussen zo breed is als die van Jim Carrey in *The Mask* – om de schoenen aan hem te overhandigen voor op haar stapeltje aankopen.

Ik maak bezwaar, maar Bobby wil het niet horen. 'Is toch leuk, omdat we voor het eerst samen eropuit zijn. En die schoenen zijn zo stoer en passen overal bij, je moet ze hebben. Het is het lot,' besluit ze met een bloedserieus gezicht.

'Nou ja, in principe heb ik mijn schoenmaat gewoon doorgegeven aan Paolo en hij heeft ze gepakt en daarom past de schoen. Ik weet niet of het lot er iets mee te maken heeft,' probeer ik.

'Jij bent toch zo spiritueel en zo? Pop, geloof mij. Ik voel dat het universum wil dat jij ze neemt.' Ze legt haar hand plechtig op haar borst, alsof ze ineens van alles voelt. 'Ik ben heel fijngevoelig. Je weet toch wel wat ik bedoel, jij bent toch ook altijd bezig met die ringen en zo.' Ze werpt een blik op mijn handen vol ringen en edelstenen. Omdat ik niet het idee heb dat het de tijd en plek is om mijn achtergrond, geloofssysteem en spiritualiteit uit te leggen, besluit ik dat een simpel 'Ja, is ook zo' volstaat.

'Dus, ik koop deze voor je. Nou ja, Peter eigenlijk, maar dat kan hem echt niets schelen. Ik doe het graag, Poppy, ik vind het leuk om mensen blij te maken.'

Ik zie in haar helderblauwe ogen dat ze het meent. Ze wappert met haar *black card* en gaat richting Paolo.

De sfeer is goed en ik weet niet of het met de champagne te maken heeft, maar die Frank is behoorlijk grappig. Een scherpe en rauwe humor die ik kan waarderen. En een voorliefde voor mode en kunst, die in zijn werk als interieurdesigner in het topsegment ook goed van pas komt. Hij maakt nog een vinnige opmerking over mijn gekleurde kralenclutch, maar nadat ik hem erop wijs dat deze met liefde door mijn tante is gemaakt en dat er uren arbeid en een hoop liefde in zitten, draait hij bij.

'O, dat is dan wel erg lief.' Zijn stem is zachter. Ik zie aan de blik in zijn ogen dat daar een pijnpunt ligt. Maar ik krijg de kans niet om verder te vragen, want Bobby huppelt als een blij lammetje naar de volgende winkel en trekt ons mee. Bij Dolce & Gabbana koop ik een mooi denim jasje en een skinny leren broek. Bobby koopt onder leiding van Frank drie geweldige jurkjes. Bij mij zouden ze waarschijnlijk misstaan doordat ik me veel te bewust zou zijn van mijn lichaam en seksualiteit. Zij heeft daar geen moeite mee en het staat haar prachtig. Bij de volgende boetiek koop ik twee blousejes, ze zijn duur maar volgens Frank van uitstekende kwaliteit. 'Haalt je hele outfit op. Zelfs die aparte kralenclutch.'

Ik raak bedwelmd van de drankjes die we aangeboden krijgen en bezeten van al die schatten die ik zie en door mijn vingers laat glijden. Ik voel het speelse meisje op All Stars veranderen in een nieuwe vrouw. Ik heb geen black card zoals Bobby, maar mijn pinpas doet zijn werk prima. Hij heeft het er warm van gekregen. Na al dat strakke plannen rondom mijn leven en Wolf denk ik even nergens meer over na.

'Nu heb ik honger!' roept Frank. 'Kom, we doen een late lunch bij die Italiaan in de Beethovenstraat. Een lekkere pasta en een glas rood.'

Bij die woorden loopt het water me in de mond. En over water gesproken, dat kan ik ook wel gebruiken. Bobby klaagt nog wat over een dieet dat eigenlijk vandaag begint, maar vooruit. We stappen in haar dikke wagen en rijden richting de Beethovenstraat, waar we voor Ferilli's parkeren.

Ik neem mijn tassen mee zodat ik straks lekker naar huis kan lopen. In het restaurant worden we naar een klein tafeltje met wit linnen begeleid. Het is hier warm en knus en vanuit de open keuken klinken krachtige Italiaanse kreten die de indruk wekken dat er met passie wordt gewerkt.

'Gezellig, die telefoon, Bob!' Frank sneert naar Bobby die gelukzalig naar haar telefoonscherm kijkt en er driftig op los appt.

'Gaat het goed met de meiden?' vraag ik. Bobby moet even

nadenken, maar knikt dan vol overgave. 'Absoluut, ze hebben het altijd leuk bij hun oma.'

Terwijl ik gretig twee glazen water drink, hebben Frank en Bobby het over een of andere stoel die Frank nieuw heeft in zijn huis en mijn gedachten dwalen af. Strak interieur en trendy meubels zijn nooit mijn ding geweest. Ik laat mijn blik door de ruimte dwalen en ik land met mijn ogen op de deur. De vrouw die binnenkomt ken ik. Ze moet mijn starende blik voelen want zonder te zoeken draait ze haar hoofd naar mij toe en boren haar ogen zich recht in de mijne. Sophie de Giraffe. Mijn hart begint direct sneller te kloppen. Deze vrouw heeft een zenuwslopend effect op mij. Ik maak een rare beweging met mijn rechterhand die moet doorgaan voor een zwaai. Als reactie krijg ik slechts een glimlach.

'Naar wie zwaai je?' Frank volgt mijn blik.

'O, naar die Sophie.' Ik probeer nonchalant te klinken, maar ik sta op scherp door haar aanwezigheid.

'Dat is een kreng, vreselijke golddigger.' Frank doet geen enkele moeite om zijn oordeel te verbergen.

'Ach joh, ben ik toch ook!' zegt Bobby opgewekt terwijl ze in alle ernst de verschillende pastagerechten bekijkt.

'Klopt, maar jij hebt een goed hart. Zij heeft geen hart.'

Hoe kan een vrouw zo'n slechte reputatie hebben, vraag ik me af. 'Ze is toch ook moeder? Heeft ze dan niet ook een zachte kant?'

'Ach, weet ik het. En het interesseert me ook niet. Zullen we bestellen?'

Frank neemt absoluut geen blad voor de mond en ik bewonder zijn eerlijkheid. Sophie passeert inmiddels ons tafeltje en werpt een blik op mijn tassen. Ik voel me betrapt, alsof ik iets verkeerds heb gedaan. Er rust een tevreden blik in haar ogen.

'Haaai.' Ze zwaait alsof ze een piano bespeelt met haar lange vingers en loopt door naar een vrouw die verderop zit. Ik krijg de kans niet om iets terug te zeggen.

Als de wijn wordt geserveerd, is Bobby na lang wikken en

wegen en een Google-speurtocht naar calorieën in bolognesesaus tot een beslissing gekomen. We bestellen spaghetti, ravioli en penne *arrabiata*.

De druk op zowel mijn blaas als mijn borsten neemt toe, dus ik excuseer mezelf en ga richting het toilet. In het hokje bevrijd ik mijn gespannen borsten uit mijn beha terwijl ik aan het plassen ben. Er moet echt wat druk af en boven de wasbak begin ik te knijpen. Ik denk dat er weinig vrouwen in deze hippe tent hun tieten leegknijpen boven de wastafel, maar nood breekt wet.

Het duurt even, maar al snel voelen mijn borsten soepeler aan. Ik weet niet of kraamhulp Bianca dit scenario in gedachten had toen ze adviseerde mijn borsten met regelmaat leeg te pompen.

Als ik eenmaal terug ben bij onze tafel worden op dat moment de pasta's neergezet. Ik voel mijn maag reageren.

'Niet te lang borstvoeding doen, hoor. Ik ken een vrouw die dat twee jaar deed en nu heeft ze van die rare zielige zakjes.' Frank kijkt bezorgd naar mijn voorgevel.

Even twijfel ik of dit echt wordt gezegd of dat ik het me verbeeld door de alcohol.

'Ach, Frank, hou op! Borstvoeding is fantastisch en jij hebt geen kinderen en kunt hierover geen advies geven.' Bobby spreekt hem streng toe, met succes.

'Sorry hoor, ik zeg het alleen maar voor je tietjes.' Hij zegt het zo lief, alsof de tietjes op hun manier zijn kindjes zijn over wie hij zich moet ontfermen.

'Ik geef mijn kind wat hij nodig heeft,' besluit ik. En in gedachten geef ik mezelf een schouderklop om het feit dat ik me niet door ijdelheid laat leiden.

Na de lunch lijk ik naar huis te zweven. Ik voel me licht als een veertje. Ik heb leuke, nieuwe vrienden, een geweldige vent en een prachtzoon.

Lot heeft me een paar keer geappt, maar ik zal later reageren.

Nu wil ik nagenieten van deze dag. Het serotoninehormoon heeft het vandaag absoluut gewonnen van de hoeveelheid oestrogeen in mijn lijf en het gelukzalige gevoel is bijna tastbaar.

En zo wandel ik gewapend met tassen die als absoluut bewijs gelden van mijn koopzucht vandaag door Amsterdam-Zuid.

14

April

Zijn mollige handjes verdwijnen om de fles met het warme witte spul. Er zitten kuiltjes op de plek waar knokkels zichtbaar moeten zijn. Wolfje is een stevige baby met lekker veel vet op de botten. Regelmatig moet ik mezelf bedwingen om geen hapje te nemen uit die lekkere wangen.

Hoewel hij eerst een gek gezicht trekt wanneer hij de witte substantie tot zich neemt, weerhoudt dat hem er niet van om verder te drinken. Met zijn eetlust is sowieso niets mis.

'Hoe vindt hij het?' vraagt Alex.

'Wel lekker denk ik.'

Yasmin heeft de geitenmelk getipt. Het schijnt een mooie vervanger van borstvoeding te zijn. Hoewel ik nog steeds met liefde mijn borsten aanbied, ben ik het aan het afbouwen.

Het kolven en masseren begint me op te breken en ik verlang ondertussen naar iets meer vrijheid, zowel mentaal als fysiek. Alex stelde voor om af te bouwen. Het zou helemaal fijn zijn als de nachten hierdoor iets rustiger worden.

Wolfje is nu vier maanden oud en krijgt steeds meer een eigen wil. Hij is vrolijk en wanneer hij lacht dansen zijn ogen en smelt ik. Dan kus ik zijn wangen iets te hard, overweldigd door mijn liefde voor hem.

Alex heeft het vooral erg druk. Naast zijn werk in het restaurant is hij druk bezig met zijn eerste kookboek. Ik weet dat hij zijn dromen moet najagen en als mijn hormoonhuishouding het toestaat probeer ik begripvol te reageren op zijn regelmatige afwezigheid. Maar ik wil al die mooie momenten met Wolf het liefst samen beleven en vind het vreselijk als dat niet lukt. Zoals zijn eerste fruitoefenhapje laatst. Alex heeft dat verbaasde gezichtje van zijn zoon moeten missen.

'Ik ben vanavond op tijd thuis, Pop.' Ik krijg een kus op mijn voorhoofd en hij pakt zijn jas en autosleutels. Ik zie de daadkracht in zijn ogen en zijn handen omklemmen de sleutels die zijn ticket naar vrijheid zijn. In de auto onderweg naar plekken en afspraken die je zullen verrassen en uitdagen. In afwachting van wat de dag brengt meezingen met de radio en dan naar huis rijden voor een warme hereniging met het gezin.

Even voel ik een steekje jaloezie. Maar als ik vervolgens Wolfs tevreden drinkgeluidjes hoor, verdwijnt dat weer als sneeuw voor de felle aprilzon.

*

'Wat doe jij nu?'

Ik schrik en kijk op in de geschrokken ogen van Suus. Lien staat ernaast en doet weinig moeite haar verontwaardiging te verbergen. Dezelfde moeilijke blik die ik bij hen zag toen zij me in het koffietentje aanspraken over mijn borstvoeding. Maar ik ben me van geen kwaad bewust en mijn hersenen kraken om het juiste antwoord te vinden op deze vraag. Om precies te zijn zit ik op een bankje in een speeltuintje in het Vondelpark en heb ik Wolf in mijn armen. In mijn vrije hand heb ik een fruitpotje vast. Ik dacht gebruik te maken van dit zonnige moment om in alle rust wat hapjes te geven op dit idyllische donkergroene bankje. Maar dat 'in alle rust'-gedeelte is al mislukt.

'Mis ik iets?'

'Ja, gezond verstand, lieve schat.' Suus geeft deze bittere belediging een zoetje met een dikke glimlach. 'Poppy, meid. Je koopt toch niet van die potjes! Kijk, ik geef normaal natuurlijk nooit commentaar op andere moeders. Echt nooit.' Ze lacht en komt naast me zitten. Haar elleboog port zogenaamd vriendelijk tegen mijn arm en schudt mijn kind heen en weer. Ik vind deze vrouw irritant. En ik vind het ook irritant dat ik niet weet hoe ik moet reageren.

'Ik bedoel alleen maar te zeggen dat het zoveel beter kan. Beter voor je kind, beter voor het milieu en beter voor je portemonnee.' Bij het laatste woord maakt ze het geldgebaar met haar hand.

Doodmoe als ik ben van vier maanden lang gebroken nachten kan ik deze kritiek er niet goed bij hebben. Zou het opvallen als ik haar nu heel hard en snel een kopstoot geef?

'Je kunt die hapjes veel beter zelf vers maken. Wat jij nu in je handen hebt is echt troep, vol met conserveringsmiddelen en ander vergif. Om maar te zwijgen van de hoeveelheid suiker. Dit moet je niet willen voor je baby, hij is nog zo klein en puur.'

Ik ben even van slag door de woorden die keihard aankomen. Alsof ik Wolfje vanuit luiheid blootstel aan allerlei gevaren. En als bonus help ik de wereld ook nog eens naar de klote met mijn consumptiegedrag. Dus loopt mijn zoontje straks over een vervuilde planeet met een vervuild lichaam en dat is allemaal de schuld van mij en het potje dat ik in mijn hand hou.

Ik incasseer de klap en probeer snel op te krabbelen.

'Nou, een potje op zijn tijd is zo erg niet. Ik ben er ook groot mee geworden.'

De stilte die daarop volgt maakt duidelijk dat dat precies haar punt is. Ik weet direct wat mijn plek op de ladder is.

'Ik zeg dit om je te helpen,' vervolgt Suus. 'Het is zo makkelijk om zelf verse hapjes te maken. Die vries je in en voilà. Dan eet je kind gezond en puur, zoals de natuur het bedoeld heeft.'

Lien knikt overdreven mee en de ironie van het feit dat Liens lippen een stuk voller zijn dan de vorige keer toen ik haar zag ontgaat me niet.

'Dames, ik weet heus dat vers beter is, maar ik wilde gewoon graag van de gelegenheid gebruikmaken en in het zonnetje wat kleine oefenhapjes geven.'

'Maar dan is groente sowieso beter voor oefenhapjes, Poppy, anders verpest je je kind nu al. Dan willen ze alleen maar zoet.'

Ik speel met de gedachte om de lange neus van Suus te verbouwen met dit potje. Scheelt haar weer centen voor een *nosejob* die hoogstwaarschijnlijk op de planning staat. Al heeft ze deze neus ook nodig om zo in andermans zaken te wroeten.

'Ik zal je helpen. Ik stuur je wat simpele recepten door via Insta en dan maak je gewoon wat hapjes en vries je ze in. Nooit meer potjes en voor elk moment een vers hapje bij de hand. In een middag ben je klaar, dus dat mag geen excuus zijn,' voegt Suus eraan toe.

Ergens heeft ze vast gelijk, dus ik kan alleen maar braaf knikken. Ben ik een luie moeder?

'En je geeft natuurlijk nog de borst, daar zit zoveel goed spul in.' Ze slaat me bemoedigend op de knie.

'Eigenlijk ben ik aan het afbouwen. Hij vindt de geitenmelk erg lekker, hoor.' *Waarom kun je niet gewoon je mond houden, Poppy?*

Ik zie een flits van veroordeling, maar Suus herpakt zich en buigt haar hoofd naar haar schouder.

'Ach meid, de een houdt het nu eenmaal langer vol dan de ander.'

Een steek in mijn hart. Misschien ben ik toch te vroeg begonnen met afbouwen. Werk ik wel hard genoeg voor mijn kind?

'Ik stuur je wat door, hoor. Geen zorgen, hè! Daaaaaag!' Suus staat op, neemt Lien bij de arm en draait zich van mij weg. Zo snel als ze er waren, zo snel laten ze me nu weer achter. Een flinke lading schuldgevoel en verwarring rijker.

15

'Wijntje?'

'Ik sla nog even over, Wolf en ik hebben niet veel geslapen afgelopen nacht.'

'We gaan niet ongezellig doen, hoor, zo vaak ben je hier niet meer.' Ik zit in de ruime tuin van Kate aan haar ronde houten tafel. De lentegeur hangt in de lucht. Die ruik je hier in Maastricht nog sterker dan in Amsterdam, die geur van vers gemaaid gras en nieuw leven dat overal bloeit en groeit. Zoals de winter mij een zwaar gevoel kan geven, brengt de lente mij juist licht. Ik vraag me af hoe dat voor Wolfje zal zijn. Alex is juist gek op de winter vanwege de gezelligheid thuis. Op dit moment is hij sowieso weinig thuis.

Ik hoor de piepende banden van een auto die remt op de oprit. Dat moet Lot zijn. Ik neem een slok van de brandnetelthee die Kate voor mij heeft gehaald en laat me achteroverzakken. Ik kantel mijn hoofd zo dat de zonnestralen ondanks de gebloemde parasol mijn gezicht raken. Ik slaak een diepe zucht en kijk naar Wolfje die rustig ligt te slapen. Het is hier fijn. Straks ook nog maar even bij mama langsgaan, die woont niet ver hiervandaan.

'Ik ben zo klaar met de winkel.' Kate schreeuwt de woorden, maar dat ben ik wel gewend van haar. Haar liefde voor het bakken weerhoudt haar er uiteindelijk altijd van om een ander pad te kiezen.

'Ik zou niet weten wat ik dan wil doen.' Zo gaat het ook altijd. Kate runt haar taartenwinkel en cateringbedrijf nu al zeven jaar. En met succes. Een vetpot is het niet en de marges op haar prachtige creaties zijn niet groot, maar ze kan haar creatieve ei kwijt. En ze werkt graag voor zichzelf – iets met autoriteitsproblemen. 'Hoe gaat het nu dan met de zaak?'

'Rond deze tijd is er altijd een kleine dip, mensen gaan dan op de gezonde toer voor hun *summer body* en laten taartjes even links liggen. Maar er staan wat klussen voor verjaardagen en ook een trouwerij, dus het komt wel goed. Ik ben gewoon even klaar met bakken en in de keuken staan.'

We weten allebei dat dit een leugen is. Ze is niet klaar met bakken, maar ze is klaar met het stiekem snoepen en de controle verliezen.

'Je ziet er goed uit, Kate.'

'O, fijn. Dank je.' Ze bloost en neemt een slokje wijn. Complimenten aannemen vindt ze altijd lastig.

'Joehoe!' Lot komt binnen met een fles champagne. Sommige mensen hebben de gave om altijd attent te zijn. Zij vergeten nooit een verjaardag, schrijven voor elke gelegenheid leuke kaartjes en komen nooit met lege handen aan. Ik ben niet een van die mensen. Gelukkig kennen ze me al zo lang dat ze weten dat ik het niet slecht bedoel.

'Wat gezellig, weer even met zijn drieën net als vroeger!' Met een harde knal wordt de champagne op tafel gezet en ze snelt naar de keuken om glazen te pakken. Wolfje lijkt nergens last van te hebben en slaapt tevreden verder. De zon verstopt zich even achter de wolken en het is ineens een stuk kouder. Wolfje heeft gelukkig een vestje aan. Ik gooi mijn oma's vest over mijn schouders en trek mijn benen op. Kate heeft ook een bestelling van drie dekentjes bij mijn oma gedaan en de fleurige breisels zijn goed vertegenwoordigd in de achtertuin. Ik weet nog hoe blij mijn oma daarvan werd.

'Poppy, ik heb een idee.' Lot schenkt de glazen vol en neemt meteen een slok. Kate en ik volgen haar voorbeeld. 'Jij hebt of had een succesvol reisaccount op Instagram. Maar nu staat dat stil want je bent niet aan het reizen. Maar het bestaat nog wel en je hebt veel reislustige volgers die niets meer te zien krijgen.

Waarom pak je het niet weer op?' Lot kijkt verwachtingsvol naar mij.

Ik voel irritatie opkomen met een snelheid die je ook bij broers of zussen kunt voelen. Het laatste wat ik nu wil is het plannen van mijn al dan niet bestaande carrière.

'Ik wil het eerste jaar de zorg dragen voor Wolf en met hem zijn. Daarna zien we wel verder.'

'Ik begrijp dat je met je kind wilt zijn, Poppy, maar je moet ook niet weggooien wat je hebt opgebouwd.'

'Maar ik kan nu moeilijk de wereld over reizen om de mooiste plekken te fotograferen, dus het is even niet anders.'

'Dat hoeft ook niet, je kunt ook content verzamelen van iemand die jij inhuurt of van volgers en die plaats jij dan op jouw kanaal. Of je gaat bijzondere plekken in Nederland belichten. Dan ben je lekker op pad, kun je fotograferen en doe je weer iets.' Lot geeft een tevreden knik waarmee ze om mijn bevestiging lijkt te vragen.

'Lot, ik doe al iets. Ik zorg voor een baby en dat is al een job op zich.'

'Ja, dat weet ik ook wel. Maar ik bedoel echt iets doen. Werken zeg maar.'

'Dat is werk! Ik kan je verzekeren dat ik evenveel doe op een dag als jij en dan slaap ik ook nog eens amper. Het zorgen voor een kind zonder enige hulp is werk! En veel belangrijker werk dan een Instagram-account met foto's van hangmatten.'

'Nu doe je jezelf tekort.'

'Nee, dat doe jij. Jij doet mij tekort.'

'Dames...' Kate probeert de boel te sussen, maar zwijgt verder en dat valt me tegen.

Ze begrijpen er niets van.

'Ik wil alleen maar helpen en suggesties doen, misschien wil je straks wel weer je fotografie oppakken en je eigen geld verdienen. Ik bedoel er verder niets mee.'

'Lot, ik heb genoeg geld verdiend voor mezelf en ik ben samen met Alex. We zijn een stel en delen alles, dus ook het geld dat hij nu verdient. We zijn een team. En ik ben godverdomme net bevallen, het is mijn eerste kind. En ik ben verhuisd, mijn wereld staat op zijn kop.' De tranen springen me in de ogen.

'Daarom juist, fotograferen is jouw wereld,' probeert Lot.

'Nee, nu even niet! Ik ben nog aan het landen, Alex heeft het vreselijk druk en ik wil graag voor Wolf zorgen.'

'Nou, het lijkt alsof jouw nieuwe wereld al het feminisme uit je heeft geslagen, sorry hoor.'

'Lot, dat gaat een beetje ver.' Eindelijk laat Kate van zich horen. Ik voel mijn hartslag in mijn keel bonken en de champagne plakt tegen mijn droge keel. Ik moet mijn blik van hen afwenden en zie dat mijn hand gebald is tot een vuist. De witte knokkels steken scherp af tegen mijn huid die al gebruind is van de voorjaarszon.

'Wat ze bedoelt te zeggen is...'

'Ik wil haar of jouw advies niet horen en ik wil niet praten over hoe ik het allemaal anders zou moeten aanpakken. Ik heb geen zin in kritiek, van jullie beiden niet. Jullie hebben geen idee. Ik spreek jullie wel weer als jullie moeder zijn.'

Ik loop weg van tafel en laat Wolf achter bij hen. Uiteraard gedraagt hij zich nu voorbeeldig, als een makkelijk kind dat voornamelijk slaapt.

Op het loungekussen verderop in de tuin plof ik neer en probeer ik mijn adem tot rust te krijgen. Het pakje sigaretten dat er ligt lonkt. Ik ben de vriend van Kate dankbaar dat hij hier vaak een sigaretje opsteekt. Veel meer dan hij wil toegeven.

Als jonge twintiger heb ik hier vele uren gezeten, een sigaret of joint rokend. Kijkend naar de maan. Met Kate en Lot pratend over het leven en de mogelijkheden die voor ons lagen. Niet uitgepraat raken over onze verlangens. Mijn reislust. Stel ik mezelf nu teleur?

Alles voelt nu gewoon anders en ik ben veranderd. Dat doet moederschap met je. Dat is de natuur. Ik pak een sigaret en steek hem aan. Bah! Ook dat smaakt anders. Vies, vooral. Maar ik blijf roken zodat ik maar iets te doen heb daar alleen op het loungekussen. Ik voel de ogen in mijn rug prikken.

Na een laatste trekje druk ik de sigaret uit, draai me resoluut om en ga weer richting de tafel. Ik ben niet helemaal naar Maastricht gereden om de dag te laten verpesten door zo'n stomme discussie.

'Zo, ik ben er weer. Kunnen we het nu over iets anders hebben?'

'Natuurlijk, doen we. Het was niet zo bedoeld, Pop.' Lot kijkt schuldbewust. 'Wil je horen over een vreselijke date die ik heb gehad?'

'Heel graag.' Ik adem opgelucht uit en plof weer neer op de stoel. Lot praat en ik luister. Ik kan gelukkig weer lachen. Wolf is inmiddels ook wakker en er wordt vrolijk met hem gespeeld. Hierna wandelen we een stuk en strijken we neer bij ons oude favoriete café aan de Maas voor een glas wijn en snacks. We halen herinneringen op en vermijden verdere discussies.

Bij het gedag zeggen knuffelen we en zeggen we dat we van elkaar houden. Zoals we dat altijd doen. Al jaren. Ik rijd weg, toeter en zwaai. Ook dat doe ik altijd.

Maar het gevoel waarmee ik hen verlaat is anders. Als een bittere pil waarvan de smaak blijft hangen. Moe van de dag besluit ik toch direct naar Amsterdam te rijden. Een bezoekje aan mijn moeder wordt te veel, ook voor Wolfje. Ik zet de muziek harder en laat mijn hand rusten op mijn lippen terwijl ik mijn gedachten laat stromen. De geur van teer op mijn vingers maakt me misselijk.

16

'Is deze stoel bezet?'

'Ga lekker zitten, is helemaal oké.' Het meisje zegt het zo zweverig dat ik vermoed dat ze nog high is van haar yogales.

Ik ben nu allerminst zweverig, maar in een staat van lichte paniek door de vrouwen die ik net heb gezien. Het laatste wat ik wil is met hen praten.

Samen met Wolfje nestel ik me in een hoek. Ik geef hem wat water en wenk de vrouw met de felgekleurde bandana achter de bar om een gemberthee en een stuk bananenbrood te bestellen.

De bananenbroodjes en glutenvrije muffins vliegen hier voor enorme bedragen over de toonbank. Als je in Zuid verantwoord en spiritueel bezig wilt zijn, moet je flink dokken.

Maar dat lijkt niemand hier wat uit te maken. Mijn buurvrouw bestelt een matcha latte. Ik vraag me af of ze echt weet wat matcha is of dat ze het gewoon lekker bewust vindt klinken.

In deze hoek voel ik me veilig en kan ik die vrouwen hopelijk ontwijken. Wolfje is rustig en kijkt nieuwsgierig met grote oogjes vanuit de kinderwagen om zich heen. Zijn ogen ontmoeten die van mij en hij lacht gul. Mijn hart smelt, niets is zo lekker als je kind dat naar je lacht.

'Daar ben je, we zochten je al!'

Hè shit.

'Hi!' Ik probeer naar Suus en Lien te lachen, maar het kost me moeite.

'Hoe vond je het? Mijn Isabel deed zo haar best, ze is er helemaal beduusd van,' brandt Suus los.

'Dat is ook logisch, yoga en massage van de voetjes maken veel los bij zo'n kleintje, veel drinken is nu belangrijk.' De woorden komen misschien wat trots uit mijn mond, maar yoga en bewustzijn zijn mijn expertise.

'Dat weet ik en ze heeft al gedronken net.' Het is duidelijk dat moedermaffiaqueen Suus andersom geen moederlijk advies duldt. 'Zo leuk om actief bezig te zijn met je kleintje, vind je niet? Echt fijn, dat gymmen samen.'

'Yoga,' verbeter ik.

'Ja, dat komt toch een beetje op hetzelfde neer.' Suus klinkt licht geïrriteerd.

'Nou, eerlijk gezegd bestaat yoga niet alleen uit fysieke, maar ook uit mentale en spirituele oefeningen. En yoga komt uit het hindoeïsme.' Ik haal diep adem, maar stop met praten wanneer ik hun blikken zie. Het maakt hun echt geen moer uit.

'Prima, wij gaan even voeden. We komen even gezellig bij je zitten, goed?' Suus is al gaan zitten en Lien kan niet anders dan volgen.

Jippie.

Beiden halen ze een felgekleurd tupperwarebakje uit hun kinderwagen tevoorschijn waar een lepeltje aan bevestigd zit. Met een vloeiende beweging pakken ze met één hand hun kind uit de kinderwagen terwijl de andere hand behendig een slabbetje pakt, het bakje openmaakt en de substantie met het lepeltje doorroert. Vervolgens geven ze een eerste hap aan hun kind dat gewillig het mondje opendoet. Het lijkt wel synchroon voeden.

'Moet jij hem niet wat te eten geven?' Voor het eerst zegt Lien iets.

Ik voel een zweem van trots want ook ik heb een vers groentehapje meegenomen in een bakje. Ik ben een supergeorganiseerde moeder die het welzijn van haar kind hoog in het vaandel heeft staan en die ook nog eens aan yoga doet – een mama in balans. Ha!

Met een tevreden grijns pak ik Wolf uit de kinderwagen.

Toegegeven, dit gaat minder soepel dan bij mijn tafelgenootjes, maar het gaat. Met mijn andere hand pak ik mijn bakje met groentepuree. Wanneer ik zoek naar de lepel moet ik concluderen dat ik deze ben vergeten.

Ik wenk het bandanameisje weer en vraag om een lepel.

'Oei, we hebben alleen deze grotere lepels van bamboe. Gaat dat lukken met dat kleine mondje?' Het meisje kijkt me bezorgd aan.

Voordat ik kan antwoorden houdt Suus me al een felgroene babylepel voor. 'Ik neem er altijd een extra mee. Gewoon voor het geval dat.'

'Wat goed. Dank je wel.' En dat meen ik. Ik laat me niet uit het veld slaan en open het bakje waar een heerlijk homemade mengsel in zit van boerenkool, vijgen en appels. En dit alles plat gepureerd tot een romige moes vol vitamientjes. Maar terwijl ik bezig ben, verbaas ik me over de kou die ik voel.

'O nee toch...'

'Is er iets?' Suus kijkt van het hapje naar mij.

'Nee hoor, niets aan de hand.'

Ik probeer subtiel te roeren, maar er komt geen beweging in de substantie. Het is nog keihard en bevroren. Ik voel de hitte naar mijn wangen stijgen. Wolfje ligt er al helemaal klaar voor en kijkt met grote ogen naar de groene substantie. Maar ik kan dit niet geven. Het is één brok ijs. Verslagen doe ik het bakje dicht.

'Heb je het niet op tijd ontdooid?' Suus kijkt even snel en betekenisvol naar Lien.

'Nee, dat ging langzamer dan ik dacht.'

'Ach, die arme kleine.' Suus schudt haar hoofd. 'Tja, ik zou echt graag wat van mijn Isabel willen geven, maar ik meet de hoeveelheid precies af op wat zij nodig heeft op dit uur, snap je?'

Ik knik en onderdruk mijn neiging om Suus aan te vliegen en met mijn blote handen te wurgen.

'Dan moet ik maar snel gaan.' Ik stamel de woorden en leg

Wolfje weer in zijn kinderwagen. Hij snapt er niets van en begint te huilen. Snel zeg ik gedag en ga ik ervandoor.

Buiten voel ik een traan over mijn wang glijden. Ik kan mezelf wel voor mijn kop slaan. Hoe kan ik zoiets simpels verpesten? Ik zie het hoofdschudden van Suus weer en de bezorgde blik naar mijn kind. Wat haat ik die twee vrouwen. Ik kijk naar Wolfje die nog steeds huilt en dan haat ik vooral mezelf.

17

Mei

'Dat wordt dus lekker een gehaktballetje met jus, goede snijbonen van de groentejuwelier en romige aardappelpuree vanavond. Je mag mee-eten als je die kleine stoorzender maar thuislaat.'

'Frank!'

'Ik meen het, baby's kunnen echt niet bij mij thuis. Alles is greige!'

'Wat is greige in godsnaam?' Ik heb zijn brandschone huis aan de P.C. Hooftstraat gezien, maar die kleur zegt me niets. Ook zonder baby was ik bang om zijn perfect door Marcel Wolterinck gestylede huis te bevuilen, klunzig als ik ben.

'Dat is de kleur van het moment, het is een mix tussen wit, grijs en beige. Greige! Kortom, niet geschikt voor vieze kinderhandjes.'

Frank steekt nooit onder stoelen of banken dat hij niet de grootste kindervriend is. Zijn bitse opmerkingen vind ik eigenlijk wel vermakelijk. Ik kan zijn oprechtheid waarderen in deze wereld vol schone schijn. En ik weet wat ik aan hem heb.

'Ik kan jou denk ik van mijn oppas-in-noodlijst afhalen?'

'Doe dat alsjeblieft. Nee, wacht. Nee, in nood kun je altijd op mij rekenen, dat weet je.'

'Dank je wel. Het eten klinkt trouwens verrukkelijk, maar ik ben met Wolf en Alex vanavond en we hebben een spannende avond gepland met badderen en babyTV.'

'Jouw leven is mijn nachtmerrie, neem een au pair! Een beetje vrijheid zal jou goeddoen. Hoe dan ook, er komt een documentaire over de Amerikaanse couturier Halston op tv, dat moet je zien. Vol met feesten, kunst, creativiteit en drama, echt iets voor jou! Of moet babyTV de hele avond op?'

'Nee, wijsneus.' Ik neem een slok van mijn mimosa. 'Ik zal die docu kijken.'

'Gezellig, dan bel ik je erna en spreken we alles door.'

Onze gepocheerde eieren worden op tafel gezet en het water loopt me in de mond.

We zitten op een terras tegenover Van Dam. In tegenstelling tot het jongere zongebruinde publiek daar, ligt de gemiddelde leeftijd hier wat hoger en is de stijl ingetogener. De tafeltjes zijn rond en de kleuren van de kussens zachtgeel. Het zou zomaar een terras in Frankrijk kunnen zijn. En het uitzicht op Van Dam is vermakelijk.

De gezellige boekhandel Mulder ernaast trekt mijn aandacht. Ik moet weer eens wat nieuwe boeken kopen en het lezen oppakken. Voor ik moeder werd, verslond ik boeken. Maar nu lijkt de tijd me in te halen en vliegen de dagen voorbij.

'Wat vind je van hem?' Frank haalt me uit mijn gedachten en wijst naar een jongen op het terras.

'Ja, wel oké. Beetje jong misschien, midden twintig?'

'Ach, lekker fris juist. En hij?' Hij wijst nu naar de overkant, waar een man net aan tafel gaat zitten met zijn hoogblonde vriendin.

'Knap, maar duidelijk hetero.'

'Ach, dat betekent niet dat hij nooit een uitstapje maakt.'

Ik moet lachen. We kletsen verder over Franks droomman. Hij wil zijn soulmate vinden met wie hij heerlijk kneuterig eindeloos herhalingen van *The Nanny* kan kijken, met een goedgevulde borrelplank op zijn designtafel. Dat is zijn droom.

'Nou, dat gaat hem niet worden met die jongen van in de twintig.'

Mijn conclusie lijkt Frank te ontgaan. Hij kijkt dromerig zijn kant op. 'Nee, maar hij is wel leuk.'

De jonge jongen ziet ons nu ook en hij knipoogt.
'Hè, verdomme. Zeker hetero. Hij knipoogt naar jou.'
'Nee joh.'
'Lieve Poppy, je bent een beeldige verschijning. Zeker na die kleine make-over die ik je heb gegeven, want die had je wel een beetje nodig. Maar ook in een vuilniszak ben je prachtig, want deze jas lijkt daar verdomde veel op en je hebt nog steeds sjans. Zo zie je maar.'
'Het regende vanmorgen, dan is dit handig.'
'Ja, maar nu schijnt de zon, dus weg met dit ding.'
Het valt me inderdaad op dat ik vandaag veel glimlachjes en knipogen ontvang. Waarschijnlijk zet de mimosa mijn aura op standje lichtgevend. En de zon zal helpen. Wat het ook is, ik voel me gevleid en word een beetje verlegen van alle aandacht.
Ik neem nog een slok van de heerlijke mimosa en voel dat er nog iemand naar me kijkt. Ik scan het terras en zie haar staan. Ze zet haar zonnebril af en laat die rusten op haar hoofd. Ze zet haar tassen neer en laat zich op een bankje glijden. Ze slaat haar lange benen over elkaar heen. Ik zie dat ze me van top tot teen bekijkt. Van mijn gekregen Louboutin-sneakers tot mijn skinny jeans, mijn Franse blouse en zonnebril, ze neemt alles in zich op. Vervolgens kijkt ze me recht aan en krijg ik een glimlach met een knikje.
Zo nonchalant mogelijk knik ik terug naar Sophie.

*

Na de lunch loopt Frank een stukje met me mee naar huis voor we elkaar gedag zeggen. Als hij zich heeft omgedraaid, besluit ik nog een extra wandeling te maken. Alex is met Wolf naar een oude schoolvriend die ook net vader is geworden en deze zaterdag is te mooi om al naar binnen te gaan. Het park is druk, overal liggen mensen op kleedjes. Er spelen kinderen, sportclubjes zijn druk bezig en ik zie groepen vrienden die elkaar opzoeken met drank en hapjes om het weekend te vieren.

Ik loop richting 't Blauwe Theehuis en steek de brug over. Een stukje verderop zie ik een stel met hun baby aan het water zitten. Ze zullen rond dezelfde leeftijd als Alex en ik zijn, begin dertig. Ze hebben de baby tussen hen in gelegd op het kleedje en deze probeert met woeste bewegingen vooruit te komen door te tijgeren. De trotse ouders kijken en lachen terwijl ze motiverende woordjes roepen. En de woorden werken, want naast inspanning is er nu ook een dikke glimlach op het gezichtje te zien.

Het aandoenlijke beeld raakt me. Hoewel ik eerst blij was met mijn vrije tijd, baal ik er nu van dat Alex en Wolf niet thuis zijn. Ik wil ook zo met hen in het gras liggen. Alex kussen terwijl onze baby tussen ons in ligt en blije brabbelgeluidjes maakt. Samen een fles rosé soldaat maken, liggend op ons rug kletsen met Wolf op zijn borst. Ik merk nu dat ik helemaal niet alleen wil zijn, maar dat ik intens verlang naar dit soort intieme momenten met mijn twee mannen.

Met de gedachte dat ik ze later vandaag weer zie en dat we de hele avond samen hebben, probeer ik me op positieve dingen te focussen. Zoals het prachtige Vondelpark en de zomerse sfeer die hier al hangt. Hier kun je prachtige foto's maken, ook van de verschillende mensen. Bijzondere types met kleurrijke make-up en kostuums die muziek maken op het gras. Het verliefde stel met hun baby en hun zoete geluk. Twee jonge vrouwen die voorzichtig elkaars hand vastpakken en verlegen spelen met hun seksualiteit. Zonnestralen die door de nu al volle bomen heen schijnen, een man die zijn labrador diep in de ogen aankijkt en aait. Ik leef op van deze momenten. Die zichtbare liefde. Ik denk dat dat ons met elkaar verbindt, de behoefte om lief te hebben.

Ik voel een rust die ik een tijdlang niet heb gevoeld. Had ik mijn camera maar bij me. Maar dat komt wel weer. Ik moet nu ook boodschappen halen voor vanavond en wat hapjes maken voor Wolf. Maar ik kan een gevoel van trots niet onderdrukken wanneer ik de vlinders in mijn buik voel. Een gevoel van opwinding en ambitie. Het is er nog steeds, mijn creatieve brein is niet volledig ingeslapen. Die tijd voor mezelf kan dus heel vruchtbaar zijn. Hoe ga ik die tijd voor mezelf en mijn werk combineren met de zorg voor Wolf?

Een bericht op mijn telefoon maakt een einde aan die gedachte. Ik moet even knipperen met mijn ogen en lees het bericht twee keer.

Hey, Poppy, goed je weer even te zien vanmiddag op het terras. Misschien leuk om binnenkort een keer af te spreken samen.
X Sophie

Een diepe zucht ontsnapt me. Een date met Sophie klinkt net zo leuk als een weekendje weg naar de hel. Hoe kom ik hier nu weer onderuit zonder het beest van de buurt boos te maken? Ik stop mijn telefoon weg zonder te antwoorden, ik weet nog even niet hoe ik hierop moet reageren. En ik heb er geen zin in. Dat gevoel van liefde wil ik vasthouden.

18

'Hoe lang blijf je weg dan?'

'Niet lang, Pop, gewoon even een drankje met Ruben en Jack, ik heb ze echt al een tijd niet gesproken. Ik mis mijn vrienden, ben zoveel aan het werk of met die kleine bezig, ik heb ze een beetje verwaarloosd.'

Rustig blijven, Pop. Je wilt niet zo'n zeikvrouw zijn.

'Ik begrijp dat je jouw vrienden wilt zien, maar wij zien jou ook niet zoveel en het is zaterdagavond...'

'Ja, daarom. Zaterdagavond zeven uur. Dat lijkt mij een prima moment voor een drankje buiten de deur, toch?'

Ik hoor de irritatie in zijn stem en besef dat ik al in de rol van zeikwijf word gedrukt.

'Ik bedoel alleen maar dat ik het ook fijn zou vinden wat tijd samen te hebben en een filmpje te kijken of zo.' *En seks. Misschien is het weer een keer tijd voor seks.*

'Ik maak het niet laat, Pop, ik wil gewoon even stoom afblazen. Ik heb echt hard gewerkt de afgelopen dagen en was vandaag de hele dag met Wolf. Ik wil er even uit, snap je?'

'Dat snap ik wel, ja.'

Ik hoor mijn eigen sarcastische toon en hoop dat Alex begrijpt dat ook ik hard werk. Maar de al dan niet subtiele hint lijkt hem te ontgaan of hij doet alsof. Hoe dan ook, hij trekt zijn jas aan. 'Tot zo, lieverd, blijf maar wakker. Ik heb zin om bij je te liggen.' Hij lacht ondeugend. Is dit dan de avond dat we het weer met elkaar gaan doen? Een kinderlijke verlegenheid overvalt me. Normaal heb ik totaal geen probleem met seks of de gedachte eraan. Ik denk zelfs dat ik behoorlijk open-minded en experimenteel op seksueel gebied ben. Of was. Het lijkt alsof zo'n bevalling je seksualiteit een flinke klap geeft. Ik ben me veel te bewust van mijn lichaam. Veel te bewust van de choreografie en wat je ook alweer moet doen. Ik lach mijn zenuwen weg en forceer een zelfverzekerde glimlach.

'Dat lijkt me fijn, schatje. Ga jij het maar leuk hebben en dan wacht ik hier op je.'

Er wordt haastig een kus op mijn mond gedrukt en hij trekt de voordeur achter zich dicht.

Wolf begint te huilen. Juist. Voedertijd.

*

'Doe niet zo moeilijk, je bent zo overgevoelig de laatste tijd!' Zijn woorden raken me en ik voel mijn woede toenemen. Mijn vuisten ballen zich en ik moet me echt inhouden om hem geen klap voor zijn dronken kop te verkopen.

'Joh, vind je dat vervelend? Dat ik ben veranderd? Vind je het gek met een paar uurtjes slaap per nacht, geen man aan mijn zijde en geen enkele mogelijkheid om mijn eigen leven en creativiteit op te pakken?'

'Stel je niet aan, die mogelijkheid heb je wel. Jij wilde dit!'

Hij heeft gelijk. Ik wilde dit. Maar ik wist niet dat ik mezelf zou verliezen in alles. Het brandt op mijn lippen, maar ik kan deze kwetsbaarheid niet tonen zonder te breken. Dus ik kies voor woede. Dat is makkelijker.

'Ja, ik wil dit nog steeds. Maar ik mag wel rekenen op iets meer steun van jou. Of aandacht!'

'Je weet hoe hard ik werk. Ook aan mijn eerste boek, Poppy, dat is mijn droom! Jij zou mij moeten steunen!'

'Dat doe ik ook! Maar jij was net niet aan het werk, je hangt gewoon dronken aan een bar met je vrienden. Terwijl ik hier zit te wachten op jou omdat jij zei dat je het niet laat zou maken.'

'Jezus, Pop, het werd iets later.'

‘Het is één uur ’s nachts! Hoe kun je hier zo nonchalant over doen! Ik slaap amper, ik doe mijn best om wakker te blijven, ik... Je bent een egoïstische zak. Je snapt er niets van, lul!’

‘Wat ben je weer lekker aan het schelden. Je bent toch zogenaamd altijd zo zen? Doe nog zo’n cursus.’ De woorden struikelen uit zijn mond en zijn niet goed hoorbaar door de drank. Maar ik hoor ze wel.

Ik hap naar adem en mijn hart bonkt in mijn keel. Ik weet niet of dit de hormonen zijn, maar er borrelt een agressie in me op waar ik bang van word. Ik adem diep in en uit en ruik de bierlucht die om Alex heen hangt. Ik vond dat nooit erg en soms zelfs wel grappig. Nu vind ik het walgelijk. En ik kan er niets aan doen.

Mijn stem is zacht en breekbaar als ik mezelf probeer te herpakken. ‘Ik denk dat ik de laatste tijd niet helemaal mezelf ben.’

‘Joh.’ Hij spuugt het woord spottend en boos uit en laat zich op de bank ploffen.

‘Jij slaapt vanavond in de logeerkamer,’ bijt ik hem toe.

‘Prima!’ Hij draait zijn hoofd weg.

Ja, natuurlijk is dat prima. Lekker je roes uitslapen terwijl ik alweer vroeg op moet om Wolf te voeden. Maar ik zeg niets. Het heeft geen zin nu.

19

Mijn handen bibberen aan het stuur en de scène van afgelopen zaterdag blijft zich in mijn hoofd afspelen. De ruzie is het hele weekend tussen ons in blijven hangen. Vanmorgen ben ik al vroeg de deur uitgegaan om Wolf naar mijn moeder te brengen. Het voordeel van zo vroeg wakker zijn is dat we al rond zes uur in de auto zaten. Toch is het al druk op de weg.

Alex had ook al vroeg de auto nodig voor een afspraak en hoewel Zuid een en al luxe uitstraalt krijg je maar één vergunning per huishouden en zit een tweede auto er sowieso niet in. En als ik al die enorme auto's in de buurt zie, lijkt me dat milieutechnisch maar beter ook. Voor vandaag was Bobby zo lief om me haar auto te lenen. Ze heeft hem zelfs gisteravond bij ons voor de deur gezet.

De lichtgouden, glimmende jeep glijdt soepel over de weg, maar het lukt me niet om van de luxeauto te genieten. Het verdriet en onbegrip door de situatie thuis overheersen. Ik weet niet hoe ik daarvanaf kom. Met Bobby kletsen helpt vaak even, haar luchtigheid werkt aanstekelijk. Op haar advies heb ik een sessie bij een mental coach geboekt en mama bood gelukkig aan om op te passen. Maastricht is niet bepaald om de hoek, maar Wolf achterlaten bij een willekeurige oppas durf ik gewoon nog niet. Ik zou soms willen dat ik makkelijker kon loslaten, maar ik voel me als een leeuwin die haar welp moet beschermen.

Alex stelde voor om gewoon een buurmeisje te vragen voor die paar uurtjes. Dat vond ik een absurd idee. Ik kon bijna niet geloven dat hij dat echt wilde.

Bobby begrijpt me gelukkig, maar begon weer over een au pair. Of opvang. Maar ik wil niet samenwonen met een oppas. En ik voel me al schuldig als ik erover nadenk, alsof hij een ding is dat even ergens moet worden overgenomen.

*

Na uren in de auto met de muziek hard aan ben ik weer terug in Amsterdam en zoek ik een parkeerplek die groot genoeg is om dit immense ding op kwijt te kunnen. De afspraak met de mental coach van Bobby is pas om halfvier. De vrouw in kwestie schijnt heel goed te zijn, Bobby heeft een vriendin die lyrisch is over haar. Vroeger deed ik veel aan coaching en zelfontplooiing. Misschien is dit is een goede eerste stap om dat weer op te pakken. Mama vond het ook een goed idee. Maar misschien was ze vooral zo enthousiast vanwege de tijd met haar kleinzoon.

Een parkeerplek vinden is weer eens onmogelijk. Ik zie alleen een plek die groot genoeg lijkt pal voor het terras van Van Dam. Het terras zit vol en ik voel gewoon hoe ik in deze gloednieuwe Range Rover bekeken word. Zo'n patserbak past totaal niet bij mij. Ik ben altijd een treinreiziger geweest. In de trein ben ik begonnen met het stiekem fotograferen van mensen. Al die gezichten met allemaal een verhaal. Een verhaal dat nog niet ten einde is en waarvan niemand weet hoe het afloopt. Het fascineerde me. De foto's gebruikte ik natuurlijk niet, maar tijdens het vele reizen met de trein in Nederland en in het buitenland leerde ik de kunst van het vastleggen van bijzondere momenten en emoties.

Op dit moment zou ik mijn eigen emoties wel even op pauze willen zetten. Die starende blikken en deze auto trek ik totaal niet.

Poging één mislukt. Weer naar voren rijden. Indraaien. De parkeersensoren schreeuwen het uit.

'Fuck fuck fuck!' *Niet zoveel schelden, Poppy, blijf rustig.*

Bij poging twee voel ik iets achter me en ik mag hopen dat ik die sportwagen geen tikkie gaf.

Tegen beter weten in kijk ik uit het raam en zie ik de man van de eigenaresse van deze tent en tevens celeb filmen. Fantastisch. Dan sta ik straks vast op zijn Instagram met een spottende tekst. Iets met blonde vrouwen achter het stuur.

Iemand tikt op het raam en ik staar in de lichtgroene ogen van Sophie. *Fantastisch.* Ik laat het raam zakken.

'Hoi.' Mijn onhandige groet wordt vergezeld door een verontschuldigend schouderophalen.

'Schuif op.'

'Wat?'

'Opzij, schiet op.'

Ik klim gehoorzaam naar achteren en Sophie klimt op de bestuurdersstoel. Ze rijdt de auto naar voren, draait in en zet hem in één vloeiende beweging in het parkeervak.

Er wordt gelachen en er klinkt zwak applaus. Goddank zit ik nu achter de geblindeerde ramen.

'Ik heb me bedacht, we gaan een eindje rijden,' kondigt Sophie aan.

'Hoe bedoel je? Waarheen?'

'Je gaat even gezellig met mij mee, ik was hier toch klaar.'

Ik ben zowel met stomheid geslagen als onder de indruk van Sophies vastberadenheid en rijskills. Ik besluit er maar in mee te gaan, ontvoerd worden door Sophie kan er ook nog wel bij vandaag.

*

'Kom mee, ik schenk wat in voor je.' Sophie leidt me door een grote eikenhouten deur haar appartement binnen. 'Je ziet eruit alsof je wel een wijntje kunt gebruiken.'

Het is waar. Ik verlang naar een slokje verdoving. 'Graag.'

'Problemen thuis?' Ze vraagt het nonchalant, maar mijn voelsprieten geven aan dat ze veel te nieuwsgierig is naar het drama van anderen. Als een parasiet die zich ermee zal voeden.

'Gewoon moe.' En meer krijgt deze vrouw niet uit mij. Ze kijkt me onderzoekend aan en grijpt plotseling mijn hand. Het vriendelijke gebaar overvalt me. Ze kijkt me aan en de stilte in de ruimte maakt dat ik me ongemakkelijk voel. Weer voel ik een woordenkots opkomen die eruit wil.

'Ach, je weet wel. Soms gewoon gedoe.'

'Met Alex?'

'We lijken gewoon even niet op één lijn te zitten.'

'Omdat hij zoveel weg is?'

'Ook dat ja...'

'Hij is een beetje een egoïst?'

'Nou, dat zei ik niet.'

'Excuus, ik bedoel... hij gedraagt zich een beetje egoïstisch en is voornamelijk met zijn carrière bezig?'

'Zo voelt het soms wel, ja.'

'Maak je je zorgen dat hij ook met andere vrouwen bezig is?'

'Nee! Totaal niet eigenlijk. Hoezo?'

'Nou gewoon, altijd laat thuis. Populaire jongen, horeca, drank. Je kent het wel.'

'Zo is Alex niet, hij wil gewoon zijn droom waarmaken.'

'Natuurlijk, begrijp ik. Hij is vast niet met anderen aan het rommelen.' Ze wuift het weg.

'Heb jij iets gehoord dan?' Direct heb ik spijt van mijn vraag. Waarom praat ik überhaupt met deze vrouw?

'Gehoord over wat?'

'Over Alex en andere vrouwen?'

'Houdt het je zo bezig, meis?'

Nu ben ik in de war. Ze ziet het en legt uit dat ze niets heeft gehoord, maar dat al die populaire types een beetje hetzelfde zijn.

'Is hij zo populair dan?'

'Lieve Pop, hij wint prijzen, is een enorme belofte op culinair gebied, hij is knap en creatief, is bezig met een boek. Vrouwen vinden dat geweldig.'

Ik neem een slok van mijn wijn en ondanks het feit dat deze wat zwaar en boterig is voor mijn smaak, gaat het er goed in.

'Maar maak je niet druk, jij bent de moeder van zijn kind en je bent slank en knap. Zijn jullie wel intiem samen?'

Deze vrouw. 'Ja, natuurlijk.' Het klinkt bozer dan ik had gewild. Sophie ziet dat ik lieg. Ik voel het. Maar ik wil dit gesprek afronden.

'Nou, goed zo. Dan komt het allemaal wel goed, toch? Jij moet gewoon meer opkomen voor jouw droom. Dat plaatjes schieten van vakanties en zo.'

'Het was meer een visuele reisgids.'

'Juist, dat. Of iets anders, maar laat je door hem niet klein maken.'

Ik heb het gevoel dat dit gesprek helemaal de verkeerde kant op is gegaan. En ik weet niet hoe ik het moet omkeren. Alex wil mij helemaal niet kleineren en ik voel me nu al ongelooflijk schuldig.

Ze schenkt me bij en ik zie op de klok dat ik over twee uurtjes bij de mental coach moet zijn.

'Luister, Poppy, wij vrouwen moeten elkaar steunen in deze wereld. Aan die mannen heb je uiteindelijk weinig, ze zijn gewoon te bot en te dom. Ze hebben het empathisch vermogen van een druif. Wij zijn ingewikkelder en daardoor ook interessanter. Zoek je steun bij ons en niet bij hem, dat is zonde van je tijd en tranen.' Ik doe mijn mond open, maar Sophie gaat door. 'Je moet het zien voor wat het is, je hebt een business samen. Je runt een gezin en probeert tegelijkertijd zo veel mogelijk comfort te creëren voor jezelf. Zo kijk ik ernaar. Mijn man is er weinig en als hij een keer buiten de deur neukt, dan wil ik dat niet weten. Het gezichtsverlies is erger dan de daad zelf. Hij vindt toch niets beter dan ik en dat weet hij.' Ze steekt haar lange bruine lokken achter haar oor en neemt zelfgenoegzaam een slok.

Ik staar haar vol ongeloof aan. Hoe kan ze zo praten over haar man, de vader van haar kind? 'Sophie, zo ben ik niet. Ik wil wel liefde. Een allesoverheersende liefde.'

'Je bent lief.' Ze knijpt in mijn wang en geeft me een knipoog.

Dit is mijn teken om te gaan, denk ik. Ik mompel iets over mijn afspraak en weet het woord mental coach nog net te vermijden. Vanbinnen bedank ik het universum voor dit knappe staaltje zelfcontrole. Op weg naar de deur laat ik mijn oog vallen op wat foto's in de marmeren hal. Veel van Sophie alleen. Ze lijkt wel een professioneel model. Haar gezicht is wel erg bewerkt op alle foto's, strakker dan strak. Ook zie ik een aantal foto's van Sophie en haar zoon. Daarop heeft ze een andere gezichtsuitdrukking. Ik ken die blik. Het is de blik van een moeder die zielsveel van haar zoon houdt. Pure liefde.

Ze is dus toch menselijk. 'Mooie foto.'

'Ja, mijn alles.' Weer die verliefde blik naar haar zoon.

'Dank je, Sophie.'

Ze richt haar blik weer op mij en opent de deur voor me. Die oprechte blik is weg. 'Dag Poppy, hou je taai, hè?'

20

Wonder boven wonder heb ik Bobby's auto voor de deur kunnen parkeren, maar hij neemt wel twee plekken in beslag. Op dit moment kan het me weinig interesseren. Het gesprek met de mental coach komt als geroepen. Ik kan niet wachten om op haar veilige bank leeg te lopen en mijn verwarde hersenspinsels voor haar op tafel te leggen zodat zij orde kan brengen in de chaos.

Als ik aanbel gaat de deur direct open.

'*Darling*, jij moet Peppie zijn.' Er staat een grote vrouw met veel lagen make-up en een flinke boezem in de deuropening. Niet echt wat ik had verwacht bij een mental coach.

'Kom binnen, darling.' Haar Amerikaans aangedikte 'darling' doet me denken aan mijn gênante tv-verslaving van vroeger aan *The Hills*.

'Ben jij Angelique?'

'Ja! Sinds een maand of drie! Vind je het niet fantastisch?'

Ze moet mijn verwarde blik zien en trekt me mee naar binnen. Ondertussen ratelt ze door.

'Ga zitten, darling. Wil je een kop thee?'

'Wat bedoel je met sinds een maand of drie?'

Ze begint theatraal te gebaren. 'Drie maanden geleden hebben ze hem eraf geknipt. Knip, knip, knip.' Haar vingers knippen wild mee.

Ik trek een grimas en probeer deze meteen te maskeren met een glimlach. Ik wil vooral niet de suggestie wekken dat ik daar een oordeel over heb. Maar de visualisatie van een schaar in een penis deed me even huiveren.

'O, joh... Au.'

'Nee joh, weg ermee. Ik was zo klaar met dat ding. Wil je een hotdog trouwens?' Angelique lacht heel hard om haar eigen grap die ze vast al een aantal keer heeft gemaakt bij haar cliënten. 'Maar Peppie, we gaan het over jou hebben.'

Gelukkig. Ze lijkt zich professioneel op te stellen. Ik heb geen zin om mijn naam te verbeteren, dus ik blijf maar gewoon Peppie.

Angelique is dan misschien een glamoureuze verschijning met veel glitters, veel *boobs* en veel hairextensions, dat neemt niet weg dat ze een uitstekende mental coach kan zijn. Waarschijnlijk heeft zij veel inzicht in de psyche van de mens. En ik heb diep respect voor de hobbels die zij heeft moeten nemen om te zijn wie ze nu is. Deze vrouw zou weleens precies kunnen zijn wat ik nu nodig heb.

Nadat ik mezelf moed heb ingesproken sluit ik mijn ogen en adem diep in. Ik moet me kwetsbaar opstellen om dit te laten slagen. 'Het zit zo, ik heb de laatste tijd moeite met een balans vinden tussen het moederschap, vrouw-zijn, een sociaal leven onderhouden en mijn carrière. Ik voel me soms verloren. En onbegrepen. Ik verlang naar een deel van mezelf dat ik kwijt ben geraakt. Of waar nu in elk geval geen ruimte voor lijkt te zijn.'

'En waar doel je dan op?'

'Het avontuurlijke meisje. Reislustig en open-minded. Zelfverzekerd ook. Ik voel me nu zo wankel. En dat resulteert in emotionele huilbuien en flinke discussies thuis. Leg ik het een beetje goed uit?'

Het blijft stil dus ik praat door om de leegte te vullen. 'Ik heb een kind gekregen en de hormonen zullen vast ook een rol spelen in dit verhaal...'

Ik schrik op van de speelse, maar stevige klap op mijn knie. 'Meid! Heb je daar ook zo'n last van? Die hormonen! Ik heb er ook mee te maken en ik snap jou helemaal. Soms denk ik, laat die hormonen lekker zitten, ze maken mij gèèèèèk!'

Ze zingt het woord gek en kijkt me dan weer serieus aan. 'Ga verder.'

'Nou... In mijn geval zijn het niet alleen de hormonen denk ik. Ik voel me ontworteld. Ik ben geplaatst in een omgeving die vreemd aanvoelt. Een omgeving waarin ík vreemd aanvoel.

Net als vroeger op de basisschool, in Maastricht. Toen men mij een zweefteef vond omdat ik er anders uitzag en heel vrij werd opgevoed. En nu zie ik die starende ogen weer. Ik hoor weer het geroezemoes. Jarenlang heeft het mij weinig gedaan. Ik was sterker geworden sinds de basisschool, zelfverzekerder. Eigenwijs ook. Ik gaf niets om de mening van anderen. Maar nu lijkt het moederschap een nieuw soort kwetsbaarbaarheid in mij naar boven te brengen.'

'Ik ken ook zo'n hippiestel, is toch juist lachen, meid. Moet je trots op zijn.'

Ik ben even van mijn à propos, maar spreek me dan uit. 'Dat ben ik ook, daar ligt het probleem niet.'

'Weet je wat misschien goed is voor jou, zo'n paddotrip. Doen je ouders dat ook?'

'Mijn vader is overleden.' De dramatische stilte die ik laat vallen ontgaat haar.

'O, maar doet je moeder dat weleens?'

'Geen idee, ik heb het er niet over gehad met haar.'

'Nou, anders kun je naar dat hippiestel van mij. Die organiseren dus een ritueel en dan vreet je een paar paddo's op.' Angelique pakt me bij mijn schouders. 'Meid...' Stilte. Angelique slaat haar ogen op naar de hemel alsof ze zich tot God richt en dan weer tot mij.

'Meid...'

'Ja?'

'Dan ga je zo ongelooflijk lekker uit je reet, dat wil je niet weten. Maar je krijgt ook echt inzichten over jezelf. Ik vond het erg helend.' Ze knikt een paar keer rustig met haar hoofd terwijl ze mij verwachtingsvol blijft aanstaren.

'Ik zal erover nadenken.'

Ik schraap mijn keel en probeer de draad weer op te pakken. 'Ik voel ook een boosheid die ik niet kan plaatsen en...' Haar telefoon gaat af. En hard ook.

'Sorry Pep, deze moet ik even aannemen. Ja, fijn dat u terugbelt. Het is mij onduidelijk welk formulier ik nog moet invullen.'

De stem aan de andere kant spreekt en Angelique noteert iets in haar notitieboek. Het boekje waarvan ik dacht dat het voor aantekeningen over mij bedoeld was.

'Aha, en dan krijg ik het volledig vergoed? Binnen welk tijdsbestek?'

De stem spreekt weer. 'Joe, bedankt.'

Angelique klapt opgelucht haar handen ineen en sluit even haar ogen.

'Verzekering, darling, heb deze net laten doen.' Ze wijst geheel onnodig naar haar borsten. 'Vind je het wat?'

'Ja hoor, wel groot.'

'Ja lieverd, ik ga niet onder het mes voor een paar erwten. Maar als het goed is trekt de zwelling nog wat weg en dan ziet het er natuurlijker uit.'

Ik vraag me serieus af hoe deze enorme basketballen onder de strakke huid gepropt er ooit natuurlijk uit gaan zien.

'Laat die van jou eens zien!'

'Wat?'

'Ach, vrouwen onder elkaar! Niet naakt of zo, in je bh is prima. Ben gewoon benieuwd naar de vorm. Doe niet zo preuts, niemand die het hier ziet.'

Wat ik vervolgens doe kan ik alleen maar wijten aan mijn labiliteit die dag, want ik trek mijn T-shirt omhoog. Angelique bekijkt me aandachtig en kritisch.

'Mooi hoor, lekker dik.'

'Ik geef nog een beetje borstvoeding.'

'Ach, wat leuk.'

Ik zie mezelf zitten in de kamer bij mijn zogenaamde mental coach die aandachtig mijn boezem vergelijkt met haar nieuwe aankoop. Ergens moet ik nog actieve hersencellen bezitten, want ik sta op en maak aanstalten om te gaan.

'Ik moet gaan, het kinderdagverblijf gaat zo dicht.'

'Vervolgafspraak maken?'

'Ik bel je wel, even kijken in de agenda.'

'Prima, ik stuur de factuur via de mail.'

Uiteraard doe je dat.

'Dag, Peppy.' Ze geeft me een stevige handdruk.

Ik stap in de jeep en rijd totaal in de war naar huis. Is dit net echt gebeurd?

21

'Jij zei dat jouw vriendin geweldig was!'

'Het is niet echt mijn vriendin, maar een vriendin van een vriendin.'

'Verdomme, Bobby.'

'Ach, je bent weer een ervaring rijker. Nu weet je in elk geval waar je niet moet zijn als het op professioneel zielen knijpen aankomt. Ga je morgenavond mee de stad in met mij en Frank?'

Het is onmogelijk om lang boos te blijven op Bobby.

'Ik kan niet, ik ga met Yasmin een hapje eten.'

'Dan gaan we toch samen!'

'Ja, kan ook.'

'Mooi, ik boek Brut de Mer. Het wordt heet morgen dus we kunnen daar lekker op het terras zitten.'

'Ze nemen daar toch geen reserveringen aan?'

'Wel van mij, ik zie je morgen om zeven uur.'

Ik hang op en voel me een beetje schuldig dat ik deze afspraak buiten Yasmin om heb gemaakt. Net wanneer ik haar wil appen, gaat mijn telefoon.

'Hé, Yas, wilde je net appen.'

'Ik hoorde dat we morgen bij Brut de Mer gaan eten in de Pijp.'

'Uhm, ja, hoe weet je dat nu al?'

'Appje van Bobby met de boodschap dat ik word verwacht om zeven uur.'

'Is dat wel goed? Ik had het even willen overleggen.'

'Prima, Pop, al zal Brut de Mer op vrijdagavond wel vol zitten met bekenden, met dat warme weer trekt heel Zuid naar de Pijp. Dat soort avonden loopt altijd uit de hand.'

Ik merk dat Yasmin het mogelijke loslaten van controle toch altijd spannend vindt. Maar door wat Bobby me weleens vertelde weet ik dat ze gelijk heeft. De meeste Amsterdam-Zuid-types verlaten niet graag hun oord, maar de Pijp is om de hoek en met zomerse temperaturen een populaire plek. De echte Amsterdammers worden op het terras verjaagd door yuppen en kortgerokte dames op hoge hakken. Het pleintje daar leent zich perfect voor mensen kijken en de laatste zonnestralen opvangen. De horecaondernemers hadden dat ook door en de prijzen gingen omhoog. Rond de klok van vijf wisselen de ballen de marktlui af.

Ik mis de laatste zinnen van Yasmin en hoor nog net dat ze gedag zegt en dat ze me morgen komt ophalen.

Terwijl ik Alex app om deze afspraak nogmaals te benadrukken zodat hij niet vergeet dat hij morgenavond echt op tijd thuis moet zijn, krijg ik een inkomende oproep van Kate. Schuldbewust druk ik haar weg, ik ben te moe. Het is nog maar halfacht maar ik kan niet wachten om mijn bed in te gaan. Op Alex hoef ik niet te wachten, want die heeft me verzekerd dat hij vanavond tot laat in De Flamingo is. En als ik Yasmin mag geloven kan het morgenavond zomaar eens laat worden...

*

'Ik bestel nog een fles wit.' Bobby steekt haar hand omhoog. Ik knik instemmend. De vis die mooi op een plateau is geserveerd smaakt goed, de wijn is heerlijk en ik voel me zowaar op mijn gemak. Zorgen om Wolf, mijn band met Alex of de bemoeizuchtige Zuid-moeders zijn verdwenen. Alex heeft een 'jongensavond' met Wolf en had er helemaal zin in. Wat bof ik eigenlijk. Naast het geluk stroomt ook de wijn door mijn lichaam. Met Yasmin en Bobby aan mijn zijde en Frank tegenover me zit ik hier precies goed.

Er komt een man langs die polaroidfoto's maakt en voordat ik vriendelijk kan weigeren heeft Bobby al toegestemd en hem geld toegestopt. We maken foto's en houden elkaar vast alsof we al jaren de allerbeste vrienden zijn. Gek genoeg voelt het niet onwennig, maar veilig. Misschien begin ik me dan eindelijk thuis te voelen in mijn nieuwe buurt. Ik zie een foto van drie lachende vrouwen en een zwoel kijkende man. De vrouw in het midden heeft een diep decolleté en je ziet een stuk van haar blote benen onder haar minirok. Een brede glimlach, glanzende huid en rode alcoholblos op de wangen zorgen ervoor dat ze straalt. Die vrouw ben ik. Ik stop de foto met een gevoel van trots in mijn tas.

Het is behoorlijk ijdel, maar het voelt gewoon verdomde lekker om er goed uit te zien. Zeker aangezien ik steeds meer ga betwijfelen of ik nog wel sexy voor Alex ben. Ik stuur hem de foto en zet er een hart bij. Vanavond ga ik hem bespringen. Ik ga het gewoon doen. *Welkom terug, Poppy.*

Frank zegt een bloedmooi meisje gedag dat vervolgens met haar vriendin naast ons komt zitten. Ze schuift hun tafel aan en stelt zich voor als Lena. Ik hoor al snel dat Lena als model werkt. Ze praat veel en snel. Ze kent Frank van vroeger, toen hij nog als castingdirector werkte en interieur slechts een hobby was.

Ik knik, luister en realiseer me dat ik niet veel van Franks verleden weet. Na een monoloog van Lena over haar karakter, haar werk en haar eeuwige strijd met haar gewicht gaat ze voor de derde keer plassen.

Eerlijk gezegd ben ik haar kleine blaas dankbaar want er was geen speld tussen te krijgen. Frank is ondertussen aan het praten met een jongen aan de bar en Yasmin en Bobby liggen in een deuk om iets wat ik niet heb verstaan. Ik schuif dichter naar hen toe, maar Lena komt terug en richt zeer weer tot mij. Haar vriendin zit constant op haar telefoon. Gelukkig raakt het model al snel geobsedeerd door Bobby's armbandje en ze verschuift haar aandacht.

Het geeft mij de kans om met Yasmin te praten. Mijn baken van rust en vertrouwen. Ze schenkt zorgvuldig een glas water voor zichzelf in. Mijn glas zit nog vol. Ik moet echt meer water drinken, maar de wijn smaakt me te goed. Yasmin gooit haar zwarte haren naar achteren en neemt een grote slok.

'Is het weer helemaal goed met Alex na jullie ruzie?'

'O, ja hoor.' Ik schrik ervan dat Yasmin over deze gevoelige informatie beschikt terwijl wij elkaar niet gesproken hebben. Yasmin ziet het en stelt me meteen gerust met een hand op de knie.

'Ruben zei dat jij het niet zo leuk vond dat de mannen het laat hadden gemaakt.'

'Nee, klopt. Vond het ook weer niet zo erg, maar het viel gewoon even verkeerd die avond...'

Lekker dan, kom ik als een hysterisch wijf over dat haar hardwerkende man geen uitje gunt.

'Liefje, ik snap het. De eerste negen maanden na de bevalling zijn hartstikke zwaar en dan heb je juist behoefte aan meer aandacht en zorg. Ik begrijp echt dat je dan even flipt wanneer de mannen dronken in de kroeg zitten. Maar Alex houdt heel veel van je, weet dat.'

Een zucht van opluchting ontsnapt me. Dankbaar voor Yasmins begrip.

'Dat weet ik, het is ook weer goed.'

'Misschien moeten jullie samen even iets romantisch plannen.'

'Goed idee.' Ik buig me naar Yasmin toe en besluit haar in vertrouwen te nemen.

'En ik denk dat ik hem vanavond gewoon bespring.'

Yasmin steekt haar duim omhoog.

'Ook heel romantisch, ga ervoor.'

Ik besef dat zij niet begrijpt dat dit voor mij een enorm ding is geworden. Het lijkt me beter om haar in vertrouwen te nemen. 'Voor de eerste keer.'

'Dat lijkt me sterk, of was Wolf het gevolg van een onbevlekte ontvangenis?'

'Nee, ik bedoel wéér voor de eerste keer.'

'Sinds de bevalling?'

'Yep...'

'Hebben jullie al bijna zes maanden geen seks gehad?' Yasmin kijkt me met grote ogen aan.

Als door een wesp gestoken en zonder enige verontschuldiging maakt Bobby zich los uit het gesprek met Lena en voegt zich bij ons.

'Wie heeft er al zes maanden geen seks gehad?'

Mijn blik verschuift ietwat vertraagd door de drank van Yasmin naar Bobby, die mij streng aankijkt. 'Jij, Poppy?' Ze vraagt het met zo'n serieuze blik dat ik moet giechelen. Een nerveuze giechel.

'Rustig maar, het kwam er gewoon niet van. Het gaat vanavond echt wel gebeuren.'

'Wat zei ik nou tegen je toen we elkaar leerden kennen?'

'Toen we elkaar net leerden kennen en ik hoogzwanger op een bankje zat, begon jij over het insmeren van mijn vagina, dacht ik.'

'Ja, en over het snel hebben van seks! Anders word je ineens een heilige Moeder de Gans.'

'Zo ziet Alex mij niet.'

'Nee, natuurlijk niet, hij vindt je prachtig en heel sexy.' Yasmin beaamt het sussend.

'Dat zal heus, Pop, maar luister naar mijn advies. Je moet erop gaan zitten.'

Stilte.

'Wat, nu meteen?'

'Niet per se nu meteen, gewoon zo snel mogelijk.'

Yasmin kan een lach niet onderdrukken en richt zich tot Bobby die nu kijkt met een ernst op haar gezicht alsof ze de oplossing heeft gevonden voor een naderende apocalyps.

'Ga ik ook doen. Ik bedoel, ik ga de liefde bedrijven met hem. Maar eerst nog een toetje.'

Het glas water dat Yasmin voor me heeft neergezet als we zijn uitgegeten, drink ik braaf op. Als ik erna richting de wc ga, klampt Lena zich vast aan mijn arm.

'Kom, we gaan gezellig samen.'

De laatste keer dat ik samen plassen een toevoeging vond aan de gezelligheid was op de middelbare school. Maar ik heb geen keuze.

Aangekomen in de wc-ruimte weet ik al snel een hokje te vinden dat vrij is. Ik loop rustig naar binnen, maar schrik me dood als de deur open wordt getrokken terwijl ik het slot wil dichtdraaien.

Lena dringt het hokje binnen en ik doe de bovenste knoop van mijn rokje snel weer dicht. Ze draait zich om en haar mooie gezicht komt steeds dichter bij dat van mij.

Ik ben te perplex om te bewegen. Hoe kan ik haar uitleggen dat ik niets met vrouwen wil zonder haar te beledigen? Volgens Bobby zijn die modellen vaak wat labiel.

'Wil je iets?'

'Nee, dank je, ik val echt op mannen.'

'Whatever. Maar wil je iets hebben?'

Nu bungelt er een klein wit envelopje voor mijn neus. Als een schattig kaartje voor een kabouter.

Maar schijn bedriegt. Lena opent het envelopje en vist een sleutel uit haar bh. Ze schept erin als een uitgehongerd dier en snuift het witte poeder via haar bevallige kleine neusje met een rotgang haar hersenpan in.

Na een paar kreten van geluk biedt ze het spul aan mij aan.

'Nee hoor, dank je.'

'Je weet niet wat je mist.'

'Uhm... ik moet nodig plassen.'

'Kan toch.'

Ik wil me natuurlijk niet laten kennen dus begin ik met het losknopen van mijn rokje. Lena gooit de deur weer open en zoekt de spiegel op. Dankbaar draai ik direct de deur op slot.

Als ik weer aankom bij de tafel zit Lena weer aan één stuk door te kletsen. Haar vriendin lijkt op hetzelfde niveau te zitten en samen zitten ze theatraal tegenover elkaar te praten en hun neus op te halen. Hun eten staat er verlaten bij. Ik speur de ruimte af op zoek naar Frank en zie dan Sophie en haar entourage aan komen lopen.

Ze ziet mij en zwaait enthousiast.

'Hebben we haar ook weer,' zucht Yasmin.

Sophie is samen met Nicole, die uiteraard geheel in het wit is gekleed. Er zijn geen vrije tafels meer, dus ze voegen zich bij ons.

'Was zo fijn om van de week even te kletsen.' Ze ploft naast me neer op een stoel en het wordt wat krap aan tafel.

'Wat was er van de week?' Yasmin fluistert de woorden in mijn oor.

'Ik was even bij haar thuis.'

'Waarom?' Yasmin kijkt oprecht verward.

'Lang verhaal, leg ik je nog uit.'

Sophie gedraagt zich voorbeeldig deze avond. Ze is uiterst charmant en geïnteresseerd in iedereen. Er komen geen sneren of valse opmerkingen uit haar hoek. Ze bestelt een fles wijn, als dank dat zij en Nicole erbij mogen zitten. Als ze over haar zoon spreekt, rolt er zelfs een traan over haar wang.

'Sorry, ik word soms zo emotioneel wanneer het om mijn kind gaat.'

De vrouwen troosten haar en met een charmante glimlach vraagt ze de barman om wat tissues.

Zal ik haar dan toch een kans geven?

Ineens staat Sophie op en klapt in haar handen. 'Dames, we gaan naar The Butcher. Ik sta op de lijst.'

Als Yasmin mijn vragende blik ziet legt ze snel uit dat we niet naar de slager gaan, maar naar een bar die zit verstopt in een hamburgertent met die naam.

Na een klein stukje lopen staan we op de Albert Cuyp voor een grote zilveren deur die wordt geopend op het moment dat

Sophie het magische woord 'kippenvleugels' uitspreekt.

Binnen is het licht gedimd en zijn er donkere zithoekjes met pluchen bankjes. Ik sta aan de bar en krijg een cocktail in een prachtig kristallen glas dat mij doet denken aan *The Great Gatsby.* Ik zie veel mooie, goedgeklede mensen en de sfeer voelt sexy.

'Kom, we gaan dansen!' Lena trekt me naar zich toe. Yasmin schudt glimlachend haar hoofd wanneer ze mijn ongemakkelijke gezicht ziet terwijl Lena een poging doet tot schuifelen. Wat moet deze vrouw van mij?

'Hier, voor jou, ik moet gaan.' Ik krijg een kus op mijn mond en het envelopje in mijn hand gedrukt.

'O nee, dat is niet nodig, hoor.' Subtiel probeer ik de kabouterpost weer in haar gemanicuurde handjes te laten glijden.

'Nee, ik moet vliegen morgen. Wil geen gedoe bij de douane.'

Ze verwart mijn totale verbijstering met twijfel en stopt het envelopje in mijn clutch.

'Als je bang bent dat mensen het aan je zien, kun je ook een beetje op je kontje smeren.'

Ik staar haar in haar lichtblauwe ogen met flinke pupillen aan. Dit moet ik verkeerd hebben verstaan. Misschien is de drank nu echt naar mijn hoofd gestegen. 'Wát?'

'Luister, ik werk als model en bij mij is het ook erg onhandig als je ziet dat ik heb gesnoven, een rode neus kan echt niet. Dus dan smeer ik het gewoon lekker op mijn kontje. Probleem opgelost.'

Haar blik is nu zo vol verwachting, ik zou haar bijna een schouderklopje geven voor deze briljante uitvinding.

'Probeer het maar eens, daarna voel je je heerlijk.' Ze draait een rondje, valt een beetje tegen me aan en geeft me wederom een kus, nu met lichte kopstoot. Haar lippen smaken bitter.

'Geniet ervan, ik moet echt gaan. Bye!'

Mijn vingers zoeken en ik voel het envelopje in mijn clutch zitten. Mijn hart bonkt.

Dit spul moet ik zo snel mogelijk dumpen.

Ik zie hoe Lena Yasmin overdreven amicaal gedag zegt. Yasmin is echter scherp genoeg om op tijd haar wang toe te draaien als Lena haar lippen op die van haar wil planten.

Bij de laatste slok van mijn cocktail stijgt de hitte naar mijn wangen. Genoeg.

*

'*Chicken wings*.' De deur blijft dicht. Na wat frisse lucht wil ik weer naar binnen, Yasmin en Bobby zullen zich wel afvragen waar ik blijf. Van het envelopje wil ik zo snel mogelijk af, maar door het groepje rokers bij de prullenbak moet ik dat nog even uitstellen.

'Chicken? Kip.'

Geen beweging in de deur. Shit. Iets met vlees en kip, dat weet ik zeker. De gedachte aan nog meer vlees maakt me misselijk en ik geef het op. Yasmin en Bobby zal ik straks even appen. Ik loop terug naar mijn fiets die voor Brut de Mer geparkeerd staat. In flink tempo fiets ik in het verkoelende briesje naar huis. Niet in een rechte lijn, maar dat doet er even niet toe.

*

'Wat doe je? Au, Pop! Wat is er aan de hand?'

'Wakker worden, jij. Lekker ding, lekker slaapding, zo schattig ben jij.'

Ik plant allemaal kusjes op het slaperige hoofd van Alex en moet vervolgens rechtop gaan zitten wanneer ik merk dat ik duizelig word.

'Pop, ik kan amper ademen, kun je van me af gaan? Schat? Gaat het wel?'

'Fantastisch! Ik heb gewoon heel erg... gewoon heel superveel zin in jou. Sliep je al?'

'Ja, het is halfvier.'

'O, oeps. Sorry.' Weer doe ik een poging om op hem te klimmen. Bobby's woorden galmen na in mijn hoofd. Ik moet dit doen.

'Au, shit! Pop!' Alex grijpt naar zijn kruis en geschrokken verschuif ik het gewicht van mijn lichaam. Ik ben bang dat mijn knie tijdens het beklimmen van mijn vriend net iets te hard in zijn kruis terecht is gekomen. Alex draait zich van me af en ligt te kermen van de pijn. 'Jezus, wat doe je?'

'Ssst, niet schreeuwen voor Wolf.' Ik ben me ineens bewust van de slapende baby naast ons.

'Ja, wie maakt me wakker en geeft me vervolgens een knietje in mijn ballen?'

'Sorry, ik wilde gewoon de liefde met je...'

Mijn stem sterft weg en ik weet dat ik me gedraag als een dronken idioot.

'Je bent dronken, Poppy, nu is niet het beste moment denk ik. Lieverd, kom eens.'

Alex pakt mijn hoofd liefdevol vast en kijkt me diep in mijn ogen aan. 'Je moet weten dat ik...'

'Laat me los.'

'Wat?'

'Ik moet kotsen.'

'Nu?'

Tijd om te reageren heb ik niet meer, ik ren weg naar de badkamer die gelukkig aan onze slaapkamer grenst.

Ik voel mijn maag samenkrimpen en de drank komt met kracht omhoog en vindt zijn weg naar buiten. In de wc. Maar ook op de grond. En deels over me heen. Het blijft maar komen. Wanneer ik de kans krijg om tussendoor te rusten voel ik een hand op mijn schouder.

'Ga maar douchen, lieverd, ik ruim het wel op.'

Ik durf me niet om te draaien. Ik wil niet dat hij me zo ziet. Zonder iets te zeggen strompel ik richting de douche en trek ik de deur dicht. Ik zet de douche aan en laat mezelf op de vloer zakken. Alle kracht lijk ik uit te hebben gekotst.

Ik was mijn haar en zeep mijn lijf in en laat het stromende water de rest van het werk doen.

Als ik afgedroogd bij ons bed aankom, staat daar een kop gemberthee voor me klaar.

'Dank je...' Ik haal verontschuldigend mijn schouders op.

'Kan gebeuren, lieverd, drink dit op en ga lekker liggen.'

Ik neem een paar slokken, maar de vermoeidheid overvalt me en ik plof in bed. Met kletsnatte haren en de handdoek nog omgeknoopt val ik snel in een diepe, onrustige slaap.

22

Juni

'En een glas rosé voor mijn lief.' Alex reikt me een koud glaasje aan. We zitten op ons dakterras op een dekentje op de grond. Het hout begon wat ongemakkelijk aan te voelen aan mijn billen, dus ik heb de kussens van de ligbedden gepakt. Er branden kaarsjes en ik heb draden met kerstverlichting boven het terras gespannen.

'Moet deze echt aan, Pop, het is bijna zomer...'

'Maar het heeft toch niets met feestdagen te maken, maar met sfeer. Vind je het niet gezellig?'

'Klopt, maar het doet mij toch ook denken aan de verlichting die wij in de boom hebben hangen rond kerst...'

Hij lacht en ik weet dat hij het stiekem best knus vindt. En dat is het ook. We zitten op kleurrijke kussens op ons eigen dakterras onder een regen van romantische lichtjes. Rosé in de hand en borrelplank op de grond voor ons. Op deze hoogte voel je een aangenaam briesje. En als je hier gaat staan, heb je een prachtig uitzicht over een groot deel van de stad.

De lichtjes fonkelen je tegemoet samen met geluiden van mensen, blaffende honden en toeterende auto's.

Maar dat is allemaal op de achtergrond, hier vind je een kleine oase van rust.

We moeten dit terras nog aanpakken, we hebben nog geen meubels of gezellige planten en bloemen, maar dat ga ik allemaal nog regelen. Yasmin heeft beloofd te helpen, ze heeft een goed oog voor tuinen en dakterrassen. Van een kleine oppervlakte kan ze een prachtig paradijsje maken.

De rosé is het eerste glas alcohol dat ik nuttig sinds mijn dronken gedrag van vorige week. Ik schaamde me rot, maar Alex was zo lief voor me dat ik er op een gegeven moment ook om kon lachen.

'Lekker dit, hè?' Ik zit tussen zijn benen en leun met mijn achterhoofd tegen zijn borst. Het begint te schemeren en de lichtjes werken rustgevend.

'Hm.' Alex kust mijn hoofd. We genieten even in stilte.

Ik ruik zijn vertrouwde geur, hij ruikt altijd hemels. Ook na een dag hard zwoegen in de keuken. Ik snuffel in zijn nek en plant daar kleine kusjes. Hij kriebelt door mijn haar en een zucht van verlichting ontsnapt me. Liefde en connectie. Ik heb me in tijden niet zo op mijn gemak gevoeld.

'Het spijt me dat ik de laatste tijd wat uit balans ben. Ik heb het soms moeilijk en heb last van gevoelens die ik niet ken...'

'Je kunt dit soort gevoelens toch bespreken met mij, Pop...' Liefdevol streelt hij mijn krullen.

'Niet altijd... vaak niet... Je voelt soms zo ver weg. Je bent vaak weg.'

'Sorry dat ik vaak zo afwezig ben, Pop. Het is gewoon heel hectisch. Ik moet deze kansen nu grijpen, anders gaan ze aan me voorbij. Ik doe het ook voor ons, voor jullie, mijn gezin. Ik hoop dat je dat begrijpt...'

'Dat doe ik ook. Ik mis je gewoon. En ik voel me soms alleen. Alleen in deze nieuwe omgeving. Het maakt me onzeker...'

'Je hebt toch wat vrienden gemaakt?'

'Jawel, maar toch. Ik ben anders. De gekkie van Zuid.'

Alex schiet in de lach. 'Dat ben je zeker en daar ben ik trots op. Je bent wel mijn gekkie. Ik zal proberen meer tijd voor ons vrij te maken. En maak jij wat meer tijd voor jezelf vrij. Pak je oude hobby's en werk weer op. Dan voel je je vast wat beter. Wat denk je van opvang voor een dag of twee? Of een oppas?'

'Vind je dat niet raar? Dat ik ons kind dan ergens anders breng om tijd voor mezelf te hebben?'

'Ik wil wat het beste is voor jou, Pop. Als jij meer tijd en ruimte hebt om je creatieve ei kwijt te kunnen, dan ben je gelukkiger en dus ook een leukere moeder. Denk er maar even over na...'

'Ik zal er even over nadenken.' Dankbaar voor zijn geruststellende woorden sluit ik mijn ogen en luister ik naar de jazz die uit het boxje komt.

'Doe maar, Pop, je moet je niets aantrekken van veroordelingen van andere vrouwen of moeders, maar je moet jezelf ook niet zo veroordelen. Probeer nieuwe dingen. Duik in het diepe en doe wat goed voelt. Ik sta achter je...'

Hij zegt precies de juiste dingen. Ik draai me om en kus hem stevig. 'Ik hou zoveel van jou.'

Hij pakt mijn gezicht vast en kust me teder terug. We zoenen gepassioneerd en even vergeet ik alles om me heen. Zijn armen glijden onder mijn shirt en hij trekt het in een snelle beweging over mijn hoofd uit.

Een bh heb ik vanwege het warme weer niet aangedaan en nu zit ik topless op ons dakterras. Maar we liggen laag en hebben genoeg privacy om onze gang te gaan. Halfnaakt kruip ik op hem en begin ik zijn shirt omhoog te trekken wanneer de babyfoon begint te kraken.

Als door een wesp gestoken draaien we ons beiden met een ruk om naar de babyfoon.

Stilte. Niets aan de hand. We gaan verder. Ik gooi zijn witte shirt in de hoek en begin net met het kussen van zijn borstkas wanneer de babyfoon weer geluid begint te produceren.

Wederom staren we bewegingloos naar het scherm. En ja hoor, het begint te piepen, ik hoor fragmenten van gehuil en al snel zie ik een maaiende Wolf in beeld die om aandacht vraagt.

Nog steeds lig ik boven op Alex met ontblote borsten en ik laat mijn hoofd met een diepe zucht zakken.

'Ik ga wel.'

'Nee,' zeg ik resoluut. Drink jij je glas rustig leeg. Ik ga kijken bij Wolf en wacht erna op jou in de woonkamer. Daar hebben we iets meer privacy, oké?'

Ik wacht zijn antwoord niet af en ga snel naar beneden richting het gebrul van Wolf.

Als ik de deur naar onze slaapkamer open zie ik de kleine al spartelend wild zijn armpjes bewegen. Hij is duidelijk niet comfortabel. Wanneer ik dichterbij kom ruik ik al snel waarom. Een schone luier zal wonderen doen en dan kunnen Alex en ik snel de draad weer oppakken.

Ik haal Wolfje voorzichtig uit zijn bedje en leg hem neer op de commode. Mijn gedachten dwalen af naar Alex. Het zoenen was heerlijk en veelbelovend.

In gedachten verzonken en met een gevoel van opwinding verschoon ik Wolf zo snel mogelijk. Luiertje uit, billendoekje eroverheen en droogdeppen met hydrofiele doek. Bijna klaar. Ik reik net naar een verse luier wanneer Wolfje weer begint te huilen en zijn gezicht verkrampt. De arme schat heeft last van zijn darmpjes. Ik aai zachtjes over zijn warme bolle buik en breng mijn gezicht dicht naar dat van hem. Ik geef kusjes op zijn voorhoofd terwijl ik zachtjes over zijn gespannen buikje aai. Hij ontspant wat en stopt met huilen. Ik blijf lieve woordjes fluisteren terwijl ik het kruikje uit de lade pak die ik zo voor hem zal opwarmen. Net als ik weer een poging doe om een verse luier te pakken zie ik zijn gezicht weer verkrampen en dan gebeurt het. Pats, boem. Voltreffer.

Het spuit eruit met raketkracht en zowel de muur als mijn borsten en nek worden geraakt.

Ik sta aan de grond genageld. Wat gebeurde er nu net? Maar de geur en warme drek die voelbaar is op mijn borsten brengen me snel terug in de realiteit en het besef dringt door dat ik compleet met poep ben ondergespoten door mijn kind. Mijn ademhaling versnelt terwijl die van Wolf juist langzamer wordt. Hij lijkt nu te ontspannen en valt bijna weer in slaap.

Ik kan Wolf niet zomaar achterlaten op de commode. Eerst

zijn billetjes afvegen, dan een schone luier, dan terug naar bed en ik met een bloedgang richting de badkamer. Zo gaan we het doen.

Maar als ik Wolf oppak om hem veilig terug te leggen in zijn bedje hoor ik de deur opengaan en kijk ik recht in het ondeugende gezicht van Alex die met twee glazen rosé in de deuropening staat.

Daar sta ik dan, halfnaakt, met een verschrikt gezicht en haarpunten die aan mijn borsten vastplakken door de kleverige spuitpoep. Ik zeg niets, want wat valt hieraan toe te voegen? Alex lijkt ook niet te weten wat hij hier nou van moet zeggen want we staan een tijd in stilte en met grote ogen naar elkaar te staren. De stilte wordt onderbroken door een harde boer van Wolf.

Alex schiet in de lach en ook ik word overvallen door een enorme golf van meligheid. Het lachen maakt het praten onmogelijk en ook ademen wordt steeds lastiger. Maar dit kan ook door de vieze poepgeur komen. Zo staan we een tijd tegenover elkaar. Lachend en zwijgend. En daarmee is alles gezegd. Het moment van opwinding heeft plaatsgemaakt voor een ander moment van verbinding.

'Ik pak hem wel, Pop, en dan geef ik hem meteen al zijn avondflesje. Ga jij maar even douchen, je stinkt.' Hij lacht plagerig.

'Leuk hoor, grapjas.'

'Je ziet er wel kunstzinnig uit, Pop, als een lopend experiment.'

'Het grote spuitpoepexperiment.'

'Ik dacht meer aan de titel *The Incredible Poop Boob*.'

'Jaja, heel leuk. Ik ga douchen.'

'En vergeet je haar niet te wassen.'

En op dat moment valt er een bruine druppel uit mijn haar op de grond. Fantastisch. Ik verdwijn snel richting de badkamer.

23

'Dat kun je niet menen!' Yasmin staart me aan alsof ze water ziet branden. Ondanks de hoge temperatuur op mijn dakterras lijkt ze even te rillen. Ik denk dat zij in zou storten als haar perfecte avond en perfecte zoen ruw verstoord zouden worden door een gevalletje spuitpoep in haar perfecte decolleté en perfect geföhnde haar.

'Heb jij dat nooit gehad dan?' vraag ik tegen beter weten in.

'Nee, echt niet. Mijn kind poepte gewoon altijd in zijn luier. En in verschonen ben ik heel behendig en snel, eerlijk gezegd. Was het nog wel gezellig?' Ze kijkt nog steeds alsof ze zojuist iets heel vies in haar mond heeft gestopt.

'Ja natuurlijk, jezus Yasmin, het was maar poep. Van ons eigen kind. Uiteindelijk moesten we erom lachen en was het geen groot drama.'

'Sorry, ik hou gewoon niet van vieze dingetjes.' Het woord 'dingetjes' wordt uitgebeeld met een gek kriebelgebaar met haar vingers.

'Nee, ik rol ook niet graag door een hoop mest voor mijn plezier, maar dit soort dingen kunnen gebeuren met een baby.'

'Dat is ook zo, maar ik baal gewoon voor jou dat het jullie romantische avond heeft verpest.'

'Lief van je, maar het valt echt mee. We hebben flink gelachen en samen *Friends* gekeken.'

'Ja, oké, maar geen seks meer, toch?'

'Nee, dat niet. Maar dat komt echt wel, joh.'

'Ja, weet ik ook wel. Komt goed, Poppy.' Ze knijpt even in mijn arm.

Ik weet dat Yasmin het niet slecht bedoelt, maar dit gesprek neemt een wending die ik onprettig vind. Ik zie mezelf in een flits kotsend op de badkamervloer liggen en vervolgens halfnaakt met poep op mijn borsten de slappe lach hebben. Een gevoel van schaamte grijpt zijn kans en nestelt zich meteen in mijn lichaam.

Yasmin lijkt mijn energie op te pikken en schakelt snel naar het volgende onderwerp.

'Oké, lieverd, jullie dakterras. Hoe kan ik je helpen?'

'Nou, het lijkt me leuk om hier een klein eilandje te creëren, alsof je ergens in Griekenland bent. Ik ben gek op de Griekse eilanden, daar heb ik vroeger geweldige vakanties gehad, ook nog met mijn vader. En dan denk ik aan een palmboom, een hangmat en misschien wat leuke gekleurde tegeltjes?'

'Luister, Pop, ik zie dit voor me: een hangmat in de hoek zodat je net een beetje schaduw pakt van de buren, een loungebank hier, zodat je rond borreltijd lekker de zon hebt. Tegels zijn lastig te plaatsen hier, maar we kunnen wel met witte en blauwe tinten werken zodat je dat Griekse eilandgevoel krijgt. En veel bloemen, een citroenboompje. O, en een olijfboom!'

Yasmin lijkt helemaal in trance en is als een bezetene over ons dakterras aan het lopen en aan het ratelen.

'Was jij eigenlijk thuis toen je vader overleed of nog op reis?'

De vraag verrast me, ondanks mijn opmerking over mijn vader net. Het is niet gebruikelijk voor Yasmin om opeens over een zwaar onderwerp te beginnen.

'Nou, ik zou in eerste instantie een jaar gaan reizen, maar het beviel zo goed dat één jaar vier jaar werd.'

Yasmin kijkt me zwijgend aan, dit heeft haar vraag nog niet beantwoord.

'Met twee tussenstops thuis voor kerst en ook het ziekbed en de begrafenis van mijn vader.'

Yasmin laat het dakterras even voor wat het is en komt weer bij me zitten. Blijkbaar is dit het moment om het er weleens verder over te hebben. Ze is stil en luistert naar me. Zelf brengt ze weinig in. Zal mijn openheid haar motiveren om haar pijn en verdriet van het verlies van haar ouders te delen?

'Ik wist niet hoe snel ik erna weer moest vertrekken. Het verdriet, het gemis en de aanblik van zijn lege stoel werkten verstikkend. Ik besloot verder te reizen door Nieuw-Zeeland en Australië en was ondertussen druk met het opzetten van mijn reisaccount op Instagram. Ik begon er geld mee te verdienen en het was een leuk creatief proces dat me afleiding gaf van de pijn.'

'Werd je niet heel erg gemist door je moeder?'

'O, zeker. Schuldgevoel naar mijn moeder en het gemis van mijn vader drukte ik gewoon weg door steeds meer afstand te creëren. Ik zat letterlijk aan de andere kant van de wereld toen ik Alex tegenkwam op een surfboard in het plaatsje Noosa Heads in Australië.' Ik neem een slok van mijn thee en ga iets verzitten zodat de zon niet meer zo fel in mijn ogen schijnt.

'En hij was mijn ticket terug naar Nederland... Dus nu ben ik hier.'

Yasmin kijkt me aan en knijpt in mijn knie. Alsof ze dankbaar is dat ik dit stukje verleden van mij deel.

'En jij, Yas?'

Haar vragende hazelbruine ogen staren me aan. 'Wat?'

'Nou... Ben jij gelukkig? Hier? Op dit moment in je leven?'

Ze denkt even na, maar geeft snel antwoord. Alsof ze dit al heel vaak heeft gezegd. Tegen andere mensen of tegen zichzelf. 'Wanneer ik mensen kan helpen, ben ik gelukkig.' Ze staat weer op en kijkt om zich heen.

'Dit komt helemaal goed, Poppy, ik ga je helpen hier een droomplek van te maken.'

Ik neem nog een slok van de brandnetelthee die ik van mama absoluut dagelijks moet drinken en kijk naar ons adembenemende uitzicht.

'Fijn dat je me helpt, Yas, ik geloof je helemaal.' Ons gesprek is blijkbaar beëindigd.

24

'De volgende keer maak je er gewoon een act van, dan ga je eerst even die poep eraf douchen en dan vervolgens heel sexy over hem heen plassen of zo. Dat is helemaal hip sinds het Paay-filmpje.'

'Goeie tip, Bob, ik zal erover nadenken...' Ik mag hopen dat mijn sarcasme duidelijk is.

'Ga je echt niet mee?' Bobby kijkt me smekend aan.

'Nee, ik kan niet zomaar spontaan even mee naar Barcelona, jongens!'

'Wat is jouw leven toch saai.' Frank rolt met zijn ogen en draait zich resoluut om. Als een kind dat net heeft gehoord dat ik niet op zijn partijtje kom.

'Doe niet zo kinderachtig, Frank, ik heb een baby. Ik kan niet beslissen om overmorgen ineens voor een paar dagen weg te gaan!'

'Maar we gaan shoppen, lunchen en er is daar momenteel een beeldige expositie, echt iets voor jou!'

'Dan neem je Bobby toch mee naar die expositie.'

'Die snapt dat soort dingen niet.'

'Hallo, ik zit erbij, hoor. En ik ben niet helemaal debiel.' Bobby kijkt even streng op van haar telefoon om zich vervolgens weer op het appen te storten.

'Dat weet ik, schat, maar jij bent weer leuk voor andere dingen.' Frank geeft Bobby een klopje op haar schouder maar zij typt ongestoord verder.

We zitten op het terras in de drukke Beethovenstraat voor koffie. Wolfje zit bij mij op schoot en Bobby legt af en toe haar telefoon opzij om hem kleine stukjes brood te voeren. Ze geeft grotere stukjes dan hij gewend is, maar het gaat prima. Misschien zijn de minuscule stukjes brood die ik sinds kort geef ook een beetje overdreven voorzichtig. Maar nadat ik online iets had gelezen over een kind dat bijna stikte in een stuk brood waardoor direct de babyheimlich uitgevoerd moest worden ben ik een beetje angstig geworden. Het googelen op die ingreep maakte het alleen maar erger. Misschien moet ik naar mijn moeder luisteren en wegblijven van het internet.

'Neem nou toch een keer een oppas, meid. Probeer het gewoon een keer, dan kun je weer meer voor jezelf gaan doen, zoals rustig een kopje koffie drinken.' Frank kijkt met een blik van medelijden naar mij en mijn blouse waar een koffievlek op pronkt.

Als door een wesp gestoken, steek ik terug. De suggestie dat mijn kind me belemmert doet me pijn. 'Ik vind het anders heel fijn om tijd door te brengen met mijn zoon!'

Frank haalt zijn schouders op en richt zich tot de ober. 'De rekening graag.'

Bobby legt een hand op mijn schouder en sust de boel wat. 'Luister lieverd, wij begrijpen natuurlijk dat jij heel graag met jouw kind bent, je bent niet voor niets moeder geworden. En dat doe je ook hartstikke goed. Wat Frank probeert te zeggen is dat het misschien fijn is als je wat meer tijd hebt voor jezelf zodat er meer ruimte is voor spontaniteit.'

Frank bemoeit zich er weer mee. 'Juist, dat bedoel ik.'

De rekening wordt op tafel neergelegd en zonder te kijken overhandigt Bobby haar black card aan de beste man. Ondertussen kijkt ze mij bemoedigend aan.

'Pop, ik ben dus een paar dagen weg. Waarom leen je Hope niet even om te kijken hoe meer vrije tijd je bevalt? Misschien kun je het fotograferen langzaam oppakken? En als je het niets vindt, weet je dat ook. Alles is goed, Pop, wij veroordelen niet. Nou ja, ik niet. Frank veroordeelt natuurlijk wel een beetje, maar dat kan hij ook niet helpen. Hij moet nog veel leren op dat gebied.' Ze geeft hem een speelse aai over zijn bol, maar Frank draait nukkig zijn hoofd weg.

Ik voel dat het nu weinig zin heeft om tegen Bobby in te gaan, en het is belangrijk om hulp soms aan te nemen. 'Oké, prima. Als Hope een paar dagen wil komen helpen, dan wil ik dat best proberen.'

'Mooi, dan hebben we dat geregeld, Pop!' Bobby stopt haar telefoon in haar tas en staat op. Frank volgt haar voorbeeld.

Ik knik en werp beiden een handkus toe. Wolf zit nog op mijn schoot op een stukje brood te sabbelen, dus ik zit voorlopig nog even vastgelijmd aan deze stoel.

'Veel plezier in Barcelona, Frank!'

'Dag, eigenwijs mens.'

En met die zin loopt hij met ferme pas richting de witte jeep van Bobby. De lichtgouden Range Rover is ingeruild voor wit, want dat vindt ze fijner voor de zomer. En hij moest ook voor iets vaags naar de garage.

Glimlachend schud ik mijn hoofd.

*

De volgende morgen gaat al vroeg de deurbel.

Als ik beneden kom staat Alex verward in de deuropening met au pair Hope. Mijn haren zijn kletsnat en ik heb Wolf in mijn armen.

'Poppy, wat is dit?' Alex kijkt van Hope naar mij met ogen die zowel nieuwsgierigheid als ergernis uitdrukken.

'Ja, sorry. Dat wilde ik vandaag zeggen. Hope zou vanmiddag bij ons komen en ze blijft een paar dagen. Om te helpen.'

'O... Ik dacht dat we hadden besproken om de kinderopvang te proberen?' Alex kijkt me onderzoekend aan terwijl hij als een ware gentleman de reistas van Hope aanneemt.

'Ja, dat wil ik ook. Maar Bobby ging een paar dagen weg en wij mochten Hope even... lenen.'

Dat laatste fluister ik bijna, maar Hope spreekt Engels en

verstaat hier gelukkig toch geen woord van.

'Nou, oké dan. *Welcome Hope. You want some coffee?*'

Alex voelt zich zichtbaar ongemakkelijk door dit verrassingsbezoekje vroeg in de ochtend, maar gedraagt zich keurig naar Hope toe. Hope kijkt nog steeds naar haar voeten.

'*O no sir, I will make coffee for you. And do you need breakfast?*'

'*Nonsense! You go sit and take a nice cappuccino and unpack your bags later.*' Alex plant haar neer op de stoel en verdwijnt in de keuken om koffie te maken.

Hope weet niet wat ze met deze situatie aanmoet en begint lukraak dingen op tafel op te ruimen. Ik probeer haar zo goed als ik kan op haar gemak te stellen.

'*It's okay, Hope, you can do that later. Or we will do it. For now, just relax.*' Ik schenk haar een glimlach die zij beantwoordt met een giechel.

'*But can I take your baby so you can get dressed? I want to do something... please.*'

Ik zie dat het verplicht relaxen een gevoel van ongemak creëert bij Hope en ik geef haar Wolf. '*Of course, you can get to know each other. I will get dressed and we will talk later.*'

Alex zet een cappuccino inclusief koekje neer voor Hope en gaat bij haar zitten.

'*Tell me more about yourself. Where are you from?*'

Wat is Alex toch een schat. Ik vraag me af of Peter ook weleens interesse in haar heeft getoond. Ik maak van de gelegenheid gebruik om me een keer rustig aan te kleden. Ik föhn zelfs mijn haar.

Alex is ondertussen vertrokken voor een vergadering en ik hoor Hope kletsen tegen Wolf. Ik sluip op mijn tenen naar de gang zodat ik een blik kan werpen in de woonkamer. Wolf ligt tevreden in haar armen en ze geeft hem een flesje. Ik heb dus nog wat tijd om te tutten. Eerlijk is eerlijk, dit bevalt me tot dusver prima.

*

Later die middag loop ik over de grachten. Ik blijf me verbazen over hoe mooi het hier is. Maastricht is de stad waar ik ben opgegroeid, maar door alle plekken waar ik daarna langere tijd ben geweest, voelt het niet echt als mijn thuis. Na de middelbare school kon ik niet wachten om uit te vliegen en besloot ik kunstgeschiedenis te gaan studeren in Leiden, maar zowel de studie als de stad kon me niet lang boeien. Het typische studentenleven was niets voor mij. Te snel, te corporaal en te weinig zon. Na twee jaar ging ik terug naar Maastricht en sprokkelde ik met verschillende baantjes wat geld bij elkaar, zelfs nog even als model. Ik werd gescout en ik kon het geld goed gebruiken, dus pronkte ik breed glimlachend op posters van de HEMA, Hunkemöller en een grote supermarktketen. Zo kon ik een klein appartementje huren in de buurt van Kate, die nog bij haar ouders woonde.

Het modellenwerk was saai en niets voor mij, maar het verdiende goed. Ik besefte al snel dat ik achter de camera staan een stuk leuker vond dan ervoor.

Met kerst kreeg ik een mooie camera van mijn ouders en de zomer erop vertrok ik naar Azië. Ik was zevenentwintig en ontdekte daar wat ik het liefst deed: fotograferen. En ik denk dat ik me nu, een paar jaar ouder en wat ervaringen rijker, thuis begin te voelen in Amsterdam vanwege de vrijheid, diversiteit en ruimte voor creativiteit hier. Al weet ik niet of dat geldt voor het specifieke stadsdeel waar ik woon.

Nu Wolf in goede handen is bij Hope merk ik dat ik meer ruimte voel voor mijn creatieve blik. Ik wandel met mijn camera in de hand en de timing met het *golden hour* had niet beter gekund. Deze vrije uren geven me de kans om wat plaatjes te schieten en te voelen of dit nog steeds bij mij past. Of ik het nog kan...

Voor wat extra inspiratie en eigenlijk vooral voor dit fijne moment voor mezelf heb ik een klein flesje rode wijn en een wegwerpbekertje gehaald. Aan de gracht ga ik met het bekertje gevuld op de rand zitten, mijn benen bungelend boven het water. Er komen veel bootjes langs op dit uur. Een perfecte afsluiting van een werkdag met dit zomerse weer.

Er wordt gedronken en gedanst. Ik vang een glimp op van liefde en uiteenlopende emoties. Ik fotografeer waarvan ik denk dat het de moeite waard is, voordat het moment weer is vervlogen.

Na een tijdje leg ik mijn camera weg. Morgen zal ik beoordelen of er iets bij zit wat de moeite waard is. Nu heb ik vooral zin om weer met mijn kind te zijn. Ik stuur Hope een appje om te laten weten dat ik er zo weer aankom. Als bedankje zal ik straks een flesje wijn voor haar meenemen, misschien kan ze er nog een fijne avond van maken in het park.

*

'No Miss, that is too much.'

'Hope, come on. Please take some time for yourself. And take this bottle and chocolate, as a thank you for today.'

Hope twijfelt, maar neemt dan met een dankbaar knikje het flesje wijn en doosje bonbons aan dat ik op mijn weg terug heb gehaald voor haar.

'Go enjoy this summer evening for a bit. Here is an extra key.' Ik geef haar de reservesleutel en neem Wolf over.

'Don't you want me to give him a bath, Miss?'

'No, I will do it. Go have fun!'

Hope staat met haar ziel onder haar arm te drentelen, alsof ze bang is voor een valstrik.

'It's okay Hope. Enjoy Amsterdam. Drink a little, have fun, be young!'

Met een nerveuze giechel en grote ogen gaat het meisje langzaam richting de deur.

Wanneer de deur dichtslaat vind ik het best lekker om weer met Wolf alleen te zijn. Wel begin ik na die paar fijne uren voor mezelf opvang of een oppas serieus te overwegen.

Ik ga met Wolf in bad en zeep zijn kleine, mollige lijfje in. Hij groeit hard, heeft een heerlijk babybuikje en dikke armpjes en beentjes. En van die bolle wangen die zo lekker zacht aanvoelen. Hij schaterlacht wanneer ik gekke bekken trek en hij begint steeds meer te brabbelen. Hele verhalen in zijn eigen taaltje.

Na het eten valt hij als een blok in slaap. Ik kijk nog wat op Netflix en ga dan ook richting bed. Alex hoor ik nog thuiskomen en in bed stappen, maar ik ben al te ver weggezonken om nog iets te zeggen.

*

Ik schrik wakker van gestommel in de woonkamer. Naast me zie ik dat Alex in een diepe slaap is. Mijn hartslag versnelt. Wat is dat?

Weer hoor ik iets en het lijkt alsof ik glas hoor breken.

Voetstappen komen steeds dichterbij en ik zit rechtop in bed. Ik pak de knuppel die blijkbaar niet voor niets onder ons bed ligt en sluip als een ware held onze slaapkamer uit. De behoefte om mijn gezin te beschermen tegen deze inbreker wint het van de angst.

Voorzichtig sluip ik naar de woonkamer. De deur staat open en het licht brandt in de keuken. Ik zie niemand en vraag me af of ik het heb gedroomd. Hier is niemand. Ik slaak een diepe zucht en laat de knuppel zakken. Sinds de komst van Wolf staan mijn verdedigingsmechanismes op scherp. Mijn keel is gortdroog geworden van mijn aanstellerij en snelle ademhaling en ik schenk een glas water in dat ik gulzig begin leeg te drinken.

Ik voel de beweging van kleine, snelle vingers op mijn schouder en slaak een gil. Mijn glas vliegt de lucht in, water stroomt over mijn borst en na een luide knal prikken de scherven tegen mijn enkel. Instinctief duik ik in elkaar en probeer ik de omgeving vliegensvlug te scannen op mijn knuppel.

Dit alles duurt fracties van een seconde voordat de stem een bel doet rinkelen in mijn hoofd. *'Are you okay, Miss?'*

Hope. Het is Hope. Ik moet bijkomen van de schrik en Hope begint de scherven van mijn gebroken glas op te ruimen.

'O, I am sooo sorry, Miss!'

Ik kan nog steeds geen woord uitbrengen en moet even gaan zitten. Verdwaasd werp ik een blik op de klok. Het is vijf uur 's nachts.

Ik volg Hope die op de automatische piloot de scherven weggooit en een nieuw glas water inschenkt. Ze kijkt wat wazig en ze ruikt naar rook.

'Hope, it is so late? Are you okay?'

'Yes Miss, I forgot the time. I really enjoyed your wine and I dance a little.'

'O, by yourself?'

'No, I have a friend from Philippines here.'

Ik wrijf de slaap uit mijn ogen. Ik kan net zo goed wakker blijven want Wolf meldt zich over een uurtje en op Hope hoef ik voorlopig niet te rekenen.

'But I can start when you like, Miss. Please don't tell my boss, Miss.'

'No, don't worry. You get some sleep. See you tomorrow.'

'Thank you, Miss.' En met die woorden schuifelt ze met gebogen hoofd naar de logeerkamer.

25

'Deze zijn echt goed, Pop.' Ik zet Alex op speaker en scrol door de foto's op mijn laptop die ik net naar hem heb gestuurd.

Toen Hope vanmiddag met Wolf naar de speeltuin was, heb ik een selectie van de foto's van gisteren bewerkt. Ze heeft goed haar roes uitgeslapen en stond in de middag met een brede glimlach beneden.

Het is heerlijk dat Hope er is om te helpen. En voorzichtig durf ik te denken dat ik toch echt over een bepaald fotografisch talent beschik en dat ik het zo leuk vind dat ik het graag weer wil oppakken. Hoe en in welke vorm weet ik nog niet, maar het begin is er.

Vanuit mijn enthousiasme heb ik net de kinderopvang gebeld om wat informatie op te vragen. Ik kreeg min of meer te horen dat ik me eigenlijk voordat ik zwanger was van Wolf al had moeten inschrijven. Alleen dan had ik op tijd een plekje kunnen hebben. Het kinderdagverblijf is voorlopig helaas geen optie. Toch schrijf ik Wolf in en zet ik ons op een reservelijst.

Mijn telefoonscherm licht op en ik krijg foto's binnen van Frank van de fototentoonstelling van Helmut Newton in Barcelona. Ik reageer met een smiley en duim omhoog.

Volgende keer ga je mee, hoor! Daar reageer ik nog even niet op, maar de appjes blijven komen.

Vind je mij nog lief? Sorry dat ik wat ongevoelig uit de hoek kwam laatst op het terras.

Ik besluit hem heel even te laten bungelen en reageer dan. *Is al goed, joh!*

Hoe bevalt Hope? Smaakt het naar meer?

Ik moet lachen om deze poging om me verslaafd te maken aan een oppas. *Hope is lief en helpt goed. Ook geef ik haar wat vrije tijd, hoor. Ik heb haar gister lekker het park in gestuurd met een flesje wijn.*

In no time reageert Frank. *Niet te veel verwennen, hoor! Zou je wel alcohol geven? Ik ken iemand wiens au pair helemaal is ontspoord.*

Ik zucht. Frank en ik zullen nou eenmaal nooit op één lijn zitten. Maar toch zit hij in mijn hart en ik weet dat hij altijd voor me klaar zal staan en vanbinnen een stuk softer is dan hij doet voorkomen.

Komt goed, ik heb alles onder controle. Have fun daar!

Ik leg mijn telefoon weg en werp een blik op de antieke klok aan de muur die van mijn oma is geweest. Waar blijft Hope?

*

Het is halfzes als ik de deur open hoor gaan en Hope binnenkomt met een brullende Wolf.

Ik pak hem bezorgd over en voel al snel dat hij het veel te warm heeft. De zon schijnt fel en Hope is lang buiten geweest met hem. Zijn koppie is helemaal rood en zijn haartjes kleven tegen zijn gezicht. Er zitten rode vlekjes in zijn nek en bij zijn haargrens. Ik trek snel zijn schoentjes en sokjes uit zodat hij wat warmte kwijt kan.

'What happened, Hope? Were you in the sun all the time?'

'No, not all time, Miss, but he just gets hot real fast. I did not know if I could take of shoes.'

'Yes of course you can, when he is too hot!' Mijn stem klinkt bozer dan ik zou willen, maar ik kan het niet helpen. Het lijkt me toch redelijk logisch dat je de hete zon vermijdt met een baby zodat hij niet oververhit raakt. Veel te gevaarlijk. Ik kan mijn emoties niet verbergen en Hope probeert dat wanhopig te compenseren.

'Can I get you anything, Miss? Maybe, cook you dinner? Are you eating alone again tonight?'

Au, dat steekt. Het is leen-au pair Hope al opgevallen dat er zelden als familie wordt gedineerd aan deze tafel.

'No, it's okay. I'll have a sandwich. You just do your own thing now.'

Ik draai me om en ga met een zweterig mannetje richting onze slaapkamer. Ik zal hem even insmeren met een verkoelende lotion en alleen een rompertje aandoen. Na een tijdje hoor ik de deur dichtslaan en ik neem aan dat Hope plannen heeft gemaakt voor vanavond.

Hoewel ik die arme meid natuurlijk niet wil afrekenen op één foutje, kan ik niet om mijn gevoel heen dat ze onzorgvuldig met mijn zoon is omgegaan. Maar ze heeft natuurlijk ook geen ervaring met pasgeboren baby's, alleen met de meiden van Bobby en die zijn al zeven.

Als Wolfje is afgekoeld eten we samen. Beiden genieten we van mijn zoete aardappelpuree en spinazie. Ik neem hem bij mij in bed en in mijn armen valt hij in slaap. Ik houd hem stevig vast en blijf zijn dikke wangetjes strelen, alsof ik de uren wil compenseren die ik vandaag niet bij hem was.

26

Juli

'Pop, ik heb fantastisch nieuws.' Alex reikt me een kop thee aan maar slaat zelf het ontbijt over. Hij moet alweer snel de deur uit voor een bespreking die nogal veelbelovend schijnt te zijn.

'Ik ben gevraagd om het diner te verzorgen voor het liefdadigheidsevenement van het jaar: Kinderen van de Toekomst.'

Alex pikt mijn vragende blik snel op en gaat verder met zijn uitleg. 'Een jaarlijks event in de zomer, eind augustus, waarbij er geld wordt ingezameld door middel van een veiling voor kinderen in Afrika.'

'Oké... wat gaan ze met dat geld doen dan?' Ik moet nog even wakker worden, maar Alex heeft energie voor tien en praat snel en met veel drukke handgebaren waardoor hij mijn brandneteIthee bijna uit mijn handen stoot.

'Dat geld wordt gebruikt voor de opbouw van scholen, opvangtehuizen en medicijnen. Het zit echt goed in elkaar, het is een mooie organisatie.'

'En wat willen ze van jou?'

'Het event is op een prachtige locatie, met optredens van BN'ers, er is veel pers aanwezig en er is een uitgebreid diner en feest. En raad eens wie dit jaar het diner verzorgt?' Overbodig wijst Alex met een brede lach naar zichzelf. 'Maar dat is niet het enige, nu wil de uitgever dat ik mijn boek die avond lanceer. Dan kan mijn boek daar al verkocht worden en gaat de opbrengst deels naar Kinderen van de Toekomst.'

Het nieuws is wat overweldigend, maar zijn enthousiasme is

vertederend. Ik neem een slok van mijn thee en brand mijn lippen.

'Maar Alex, dat is al over zeven weken? Is het boek dan wel af?'

'Daarom moet ik even extra hard knallen, maar met alle aanwezige pers en bekende mensen is dit de perfecte gelegenheid. En ik verloot mezelf op de veiling. Mensen kunnen een bod doen op een culinaire ervaring en avond met mij. Al met al, goede publiciteit en mooi om het doel te kunnen steunen, toch?'

Ik merk dat het nogal dubbel voelt, hoe bevoordeeld wij zijn dat we door het bieden op een heerlijke avond met fantastisch eten en dito man, geld voor het goede doel inzamelen en onszelf op de schouder kunnen kloppen. De superhelden van Zuid zullen waarschijnlijk flink met hun chequeboek gaan zwaaien. Maar het geld kan beter die kant op stromen dan naar de zoveelste autodealer of Chanel-zaak. En Alex heeft een goed hart. En zoveel ambitie, dit is een mooie kans voor hem.

Snel tover ik mijn meest enthousiaste glimlach op mijn gezicht. 'Ik ben trots op je, schat.'

'En ik wil dat jij een mooie jurk gaat uitzoeken, want ik wil dat mijn toekomstige vrouw en moeder van mijn kind aan mijn zijde staat.'

'Zodat ik kan zien hoe een andere vrouw je wegkoopt zeker?'

'Dat kan niet, ze koopt de chef. Maar ik ben helemaal van jou.' Hij pakt mijn hand en drukt hem op zijn hart. 'Dit wordt echt een belangrijke avond voor mij, schat, ik heb je nodig.' Dan drukt hij een kus op mijn mond en pakt zijn jas.

'Natuurlijk ben ik erbij, lief. De dresscode is dus chic de friemel?'

'Yep, gala. Verwen jezelf lekker met iets moois, jij wordt de prinses van het bal.'

Dat klinkt eigenlijk niet zo verkeerd. En ik neem me voor Alex zo veel mogelijk te steunen.

'Tot later, schat. Waar is Hope trouwens?'

'Die ligt nog te slapen denk ik...'

Alex trekt een wenkbrauw op. 'Hoe lang blijft ze nog?'

'Nog een dag of twee dacht ik... Bobby zei al dat ik tijdschema's en lijstjes moest maken voor haar, maar ik wilde niet te bazig overkomen...'

Alex moet lachen en staat al met een voet buiten de deur. 'Soms moet je de controle pakken, Pop.'

*

De zweetdruppels stromen over mijn lichaam en ik ben dankbaar voor de bandana die mijn slierten haar bij mijn gezicht en nek vandaan houdt.

Met Wolf ben ik naar het pierenbadje in het Vondelpark gelopen. Onder de schaduw van een grote meidoorn is het net iets minder heet. Hope is onderweg om me af te lossen zodat ik met Yasmin planten kan gaan uitzoeken voor het dakterras. Ik zal Hope straks goede instructies geven en ik heb Wolf al helemaal ingesmeerd en luchtig aangekleed. Een zonnehoedje, goedgevulde waterfles en uv-beschermende kap op de kinderwagen doen de rest.

Ik kijk uit op het pierenbadje vol met stadskindjes die het Vondelpark als hun speeltuin beschouwen. Ze rennen door het water en spetteren elkaar nat. Er worden ijsjes gehaald bij de ijscoman die zijn kar slim in het zicht heeft geparkeerd. Er wordt gepicknickt en moeders zoeken elkaars gezelschap op terwijl hun kinderen de speeltuin of het water opzoeken. Ik pak Wolf op en besluit ook richting het pierenbadje te gaan om zijn voetjes even in het water te laten trappelen.

Daar aangekomen houd ik Wolf stevig vast en zwaai ik zijn beentjes door het water. Hij schatert van het lachen en geniet met volle teugen.

Ondanks de hitte voel ik een rilling door mijn lijf trekken en wanneer ik opzijkijk zie ik de oorzaak. Je voelt het als er naar je gestaard wordt. En daar staan ze. De veroordelers. Degenen die denken te bepalen of je in de mamahemel of mamahel wordt toegelaten. De moedermaffiabitches met Suus en Lien als poortwachters.

Even is er sprake van een kleine krachtmeting want ik zie geen enkele reden waarom ik nu weer iets verkeerd doe en dus blijf ik hen dapper aanstaren. Suus doorbreekt het staren met een suikerzoete lach en zwaaigebaar. Ik houd het bij een knikje en richt me weer op het spelen met Wolf. Laten we vooral niet doen alsof we ontzettend blij zijn elkaar te zien. Ondanks het feit dat ze de afgelopen keren haar best deed, voel ik dat ik deze vrouw echt niet kan vertrouwen en blijf ik liever weg van haar. Maar zij wil blijkbaar wel weer het toneelstukje van onze zogenaamde vriendschap opvoeren. Of ze geniet gewoon van het constante vernederen en komt daarom nu op me af.

'Hallootjes!'

'Hoi.' Mijn stem klinkt wat afgemeten, maar dat houdt haar niet tegen.

'Lien, kijk! Poppy is er ook met kleine Wolf!'

En ja hoor, het is geen moedermaffiafeest als Suus en Lien niet zijn geweest, dus Lien komt nu ook aangesneld.

Suus heeft platte slippers aan die er vreselijk tuttig uitzien, maar naar eigen zeggen 'heel erg duur zijn', dus die doet ze even uit omdat ze die niet zou willen bevuilen met pierenbadwater waar waarschijnlijk al wat kinderplas in drijft.

Het opmerkelijke aan Suus is dat ze er nogal saai uitziet. Een authentieke stijl kan ik bij zowel haar als haar vriendin Lien niet ontdekken. Maar alles schijnt duur te zijn als ik de labels mag geloven. En toegegeven, het ziet er keurig uit. Kwalitatief prachtig. Niets geks qua kleur. Aardetinten hebben duidelijk de voorkeur. Waarschijnlijk zal dat wel weer een of ander kalmerend effect hebben op baby's en krijgen de arme kindjes veel schrik en mogelijk nachtmerries van mijn drukke bloemetjesjurk.

Suus kijkt me iets te lang aan. 'Zo, jij laat veel van jezelf zien vandaag in de speeltuin.'

Ha! Daar is het al. 'Het is dertig graden, ik had geen zin om een skipak uit de kast te trekken.' In gedachten doe ik een vreugdedansje dat ik zo scherp uit de hoek kom. Maar tegelijkertijd heb ik helemaal geen zin om vijandig te doen en mee te gaan in dit kinderachtige spel.

Sta erboven, Poppy, je bent er lekker uit met je kind.

'Nee, maar om nou je borsten te laten zien aan al die spelende kindjes...'

Ik kijk snel naar mijn decolleté en zie dat mijn jurk tijdens het spelen en zwieren met Wolf behoorlijk naar beneden is gezakt. Mijn borsten hangen er inderdaad half uit en ik trek snel mijn jurk recht.

'Komt zeker door het vooroverbuigen van net.'

'O vast, maar wilde je gewoon even waarschuwen. Begrijp je? Vrouwen onder elkaar.' Suus neemt snel een hap adem en ratelt door.

'Wat heb ik nou gehoord? Gaat Alex het diner verzorgen voor Kinderen van de Toekomst?'

Een gevoel van trots stroomt door me heen. 'Ja, dat klopt. Een heel mooie kans voor hem.'

'Och, wat leuk. En ben jij er dan ook?'

'Ja, uiteraard. Hij is mijn man.'

'Huh, zijn jullie getrouwd?'

'Nee, uhm, nog niet.'

'Oeh, heeft hij je gevraagd?'

Ik denk even snel aan zijn woordkeuze van vanmorgen waarin hij aan mij refereerde als zijn toekomstige vrouw. Maar dat geldt niet als een officieel aanzoek. 'Nee, hij heeft mij niet echt gevraagd, maar ik noem hem gewoon graag mijn man. Zo voelt het.'

'Ach, wat schattig ben je ook. Maar officieel is het dan nog gewoon jouw vriend, hè.'

Suus' woorden gaan gepaard met een waarschuwend vingertje in de lucht.

Wat heb ik toch een hekel aan deze vrouw met haar neppe

glimlach en botoxbek. Ik schrik een beetje van mijn woede en probeer mezelf te kalmeren.

Lien doet ook een duit in het zakje. 'Is het de eerste keer dat je zoiets meemaakt?'

'Wat?'

'Zo'n groot *charity event*! Het is echt een ding, hoor, iedereen die ertoe doet is erbij. En Suus en ik hebben twee maanden geleden onze jurken al besteld.'

Ik zie hen al voor me, kletsen en overdreven lachen in hun degelijke avondjurken van een of andere designer met hun keurig geföhnde blonde kapsels. Al is dat van Lien meer donkerblond.

Suus onderbreekt mijn gedachten. 'Je moet dit echt serieus nemen, hoor Poppy, het is een hele eer dat jij erbij mag zijn.'

'Oké... Maar mijn man, uhm vriend, is een belangrijk onderdeel van de avond. Uiteraard willen ze dat wij erbij zijn.'

'Begrijp ik, maar hij doet iets belangrijks. Voor jou is het gewoon een cadeautje, toch? Ik zit zelf overigens in het organisatieteam, ik weet hoe gewild de gastenlijst is.'

Ach natuurlijk, Suus de goeddoener. De vrouw die naast supermama zijn ook nog eens de wereld redt.

'Doe jij ook iets, Lien?' Ik probeer mijn toon sympathiek te houden.

'Ja, mijn man stelt onze boot beschikbaar, weet je wel.'

Lien zegt het met een vanzelfsprekendheid alsof ik zou moeten weten dat ze een boot hebben. Alsof ik al jaren mee mag varen op een van hun tochten langs de Franse Rivièra.

'Nee, dat wist ik niet.'

'Kijk, zij mag wel man zeggen. En ik ook, Steijn en ik zijn immers alweer bijna acht jaar getrouwd.'

'Och, dat is ook zo!' Lien klapt hard en enthousiast in haar handen. Wolfje schrikt ervan.

'Over twee weken hebben jullie het jubileum!' Suus straalt en knikt met een zogenaamde bescheidenheid.

'Gefeliciteerd,' hoor ik mezelf zwakjes zeggen.

'O god, moet je die nou zien zoeken!'

Ik volg de kijkrichting van Suus en zie tot mijn verschrikking dat Hope daar om zich heen staat te kijken. Ik duik een beetje weg achter Lien want ik zie een voorstelrondje tussen mijn geleende au pair en deze zelfbenoemde supermoeders totaal niet zitten.

'Ja, die zoekt zeker weer een of ander omhooggevallen typetje dat liever in de zon wil liggen dan op haar kind te letten.' Lien spuugt de woorden uit alsof ze iets vies heeft gegeten en kijkt afkeurend. Suus deelt duidelijk deze verontwaardiging en vult haar direct aan.

'Neem dan een Engelse, daar heeft een kind wat aan. Ik heb een Engelse nanny ingehuurd voor een paar dagen, puur voor de ondersteuning. En weet je, hiermee help ik mijn Isabel. Zij leert nu al de Engelse taal en de manieren en die zijn niet verkeerd, kan ik je vertellen. Ik doe het niet zozeer om mezelf te ontlasten, maar meer om haar leven te verrijken, snap je?'

Ik neem geen deel meer aan dit gesprek en hoop tevergeefs dat ik langzaam maar zeker onzichtbaar voor hen word.

'Ik snap je helemaal, Bert en ik hadden ook altijd een Engelse voor onze eerste. Zij was net Mary Poppins. Amerika is ook nog goed te doen, hoor, de nannyopleidingen zijn daar keurig. Kijk, je betaalt wat meer, maar dan heb je ook een toevoeging aan het leven van je kind. En meteen kennis van een interessant land. Zo'n jong en verlegen meisje met een gek accent, tja. Wat hebben kindjes eraan, hè? Ze gaan echt niet in Thailand wonen of in de Filipijnen.'

Nu kan ik me niet meer inhouden. Mijn mond besluit zonder volledige instemming van mijn hersenen weer deel te nemen aan dit gesprek.

'Hoe weten jullie nou waar je kind ooit gaat wonen? En ik kan jullie vertellen dat verschillende landen in Azië geweldig zijn om in te wonen!'

Suus kijkt me aan en haar mondhoeken krullen omhoog en haar blik is sussend. Als een lerares die een van haar onwetende studenten op een zachte manier de les gaat lezen.

'Ja, dat vind jij misschien en dat is prima. Maar niet voor ons soort mensen, snap je? Je wilt toch groeien en perspectief in het leven. Alex kiest er toch ook niet voor om te koken in een schuur op een of ander eiland. Hij wil succes! En dan moet je hier zijn. Of in New York of Londen, je snapt wat ik bedoel.'

Ik besluit het erbij te laten en zie dat Hopes blik nu op het pierenbadje rust. Het zal niet lang duren voordat ze ons ziet.

'Ik moet gaan.' Ik wil me omdraaien richting ons fijne plekje onder de boom, maar Lien pakt me bij mijn schouder. 'Denk niet dat wij discrimineren of zo hè, Bert en ik maken maandelijks een bedrag over naar die mensen.'

Er is zoveel mis met die zin dat ik niet weet waar te beginnen. Dat doe ik dan ook maar niet. Ik kan de frons niet van mijn gezicht krijgen, draai me nu echt om en loop met Wolf naar ons schaduwplekje.

De vrouwen blijven druk met elkaar kakelen en ik zie hun mooie kinderwagens met slapend kind in de schaduw en onder een zonwerend parapluutje staan.

Hope vindt ons uiteindelijk en ik geef haar instructies en overhandig Wolf. Ze belooft dat ze met hem in de schaduw blijft en zo naar huis zal wandelen. Het is alweer bijna tijd voor zijn dutje.

Ik plant een kusje op Wolfs dikke lipjes en ga richting de uitgang van het pleintje. Net als ik er bijna ben, blokkeert Suus de uitgang.

'Ze hoort gewoon bij jou, stiekemerd!'

Natuurlijk hebben ze Hope bij mij zien staan. 'Nou, nee hoor, ik heb haar even te leen. Ze hoort bij Bobby.'

'Bobby de foute stoeipoes? Ga jij met haar om?'

'Ja.' Ik recht mijn rug en staar haar recht in de ogen aan. 'Ik ga met haar om inderdaad.'

'O, maar waarom heb jij een au pair nodig, je doet toch niets?'

'Als je het per se wilt weten, ik ga vanmiddag zwoegen op ons dakterras om daar de fijnste plek van Amsterdam van te maken. Samen met Yasmin. Die ken je waarschijnlijk ook wel?'

'Oké, je hoeft je niet aangevallen te voelen, hoor. Als jij een dakterras zo belangrijk vindt dat je jouw kind aan een vreemde toevertrouwt, moet je dat vooral lekker zelf weten, toch. Leven en laten leven is mijn motto.'

En weer raakt ze me recht in het hart. Nadat Wolfje gisteren zo oververhit thuiskwam, is dit een onzeker punt. Als een giftige slang weet Suus haar tanden in me te zetten. Ik zeg niets meer en loop weg. En ik hoop hen nooit meer te zien. Ze halen een kant van mij naar boven die ik allesbehalve prettig vind. Maar helaas weet ik dat ik ze weer zal zien. Op het event waar zij aan meewerken en waar ik wonder boven wonder ook welkom ben.

27

'Wil je met me mee?' Als Yasmin iets vraagt, is het onmogelijk om te weigeren. En ik moet zeggen dat mijn nieuwsgierigheid ook wel is gewekt. Ze ziet er altijd beeldig uit en helemaal niet verbouwd of plastic of zo. Gewoon altijd fris en glanzend, alsof ze heel goed slaapt. En hoewel dit misschien ook het geval is, heeft Yasmin me net toevertrouwd dat zij de natuur graag een handje helpt. Nu weet ik inmiddels dat botox en fillers hier in Zuid eerder regel dan uitzondering zijn, maar voor het eerst ben ik zelf geïnteresseerd. Als ik naar Yasmin kijk, zie ik schoonheid die perfect in balans is. Nu is zij van nature al een beauty, maar ze heeft haar 'wonderdokter' hoog in het vaandel staan als het gaat om het bewaren van haar jeugdigheid.

'Heb jij nooit wat gedaan, Pop? Niet eens een beetje botox?'

'Nee, echt niet. Ik heb er eerlijk gezegd nog nooit eerder bij stilgestaan. Voel me nog best jong...'

'Ja, jij bent ook een paar jaar jonger, maar ik begon ook op mijn tweeëndertigste. Weet je waarom?'

'Er was een aanbieding?'

'Nee, rare, op je uiterlijk bezuinig je niet, een gouden regel. Anders loop je straks rond met een gesmolten gezicht door goedkope fillers. Nee, het is beter om op tijd te beginnen want voorkomen is beter dan genezen.'

'Daar zit zeker wat in...'

'Maar jij hebt echt een beeldige huid, Poppy, je bent knap zat. Ik vind het gewoon gezellig als je even meegaat, doen we erna nog even een sapje bij die juicebar aan de overkant.'

'Waar zit die kliniek dan?'

'Op de Cornelis Schuyt.'

'Ben je dan niet bang dat iedereen je ziet?'

'Bij mij zie je bijna niets na het prikken, misschien wel dankzij mijn donkere huid. Hoe dan ook, wij kunnen erna gewoon een sapje doen. Ik heb gewoon weer iets vollere lippen.'

Ze giechelt en draait haar zwarte jeep met een vloeiende beweging naar links.

Met een wagen volgeladen met citroenbomen en andere kleurige planten waarvan ik de naam niet weet, parkeren we even later op de Cornelis Schuyt.

'Kom!' Yasmin pakt mijn hand en trekt me richting de massief houten voordeur die zal leiden tot de wereld van eeuwige schoonheid.

We nemen even plaats in de wachtkamer en ik pak een folder over fillers. Ik zie een prachtige vrouw met geweldige jukbeenderen en lippen, die haar enthousiasme deelt over de werking van fillers. Ik voel aan mijn eigen lippen, die zijn altijd redelijk vol geweest. Hoewel iets voller wel mooi zou zijn... Een beetje zoals bij Yasmin, vol en gehydrateerd.

'Denk je dat ze ook even naar mij zou kunnen kijken, Yasmin?' Ik hoor de woorden uit mijn mond komen alsof ik buiten mezelf sta.

'Meen je dat, Poppy? Niets overhaast doen, hè, je bent echt prachtig. Jij zou zo model kunnen zijn!'

Heel even denk ik terug aan mijn korte modellencarrière van vroeger. Dat gefrunnik aan mijn haar en gezicht vond ik toen al niets. Waarom zou ik dat dan nu ineens wel willen?

Tegelijkertijd hoor ik Alex' stem die zegt dat ik me meer open moet stellen en dingen gewoon moet proberen. En het aankomende event waarvoor ik er fantastisch uit wil zien speelt ook mee.

'Ik ben gewoon nieuwsgierig naar haar suggesties.'

Yasmin haalt haar schouders op. 'Oké, wat jij wilt. Het is een geweldige vrouw, iedereen wil haar. Dus wat dat betreft zit je goed.'

We worden opgehaald door een zacht sprekende vrouw in het wit. Haar haarkleur is zilver, haar lippenstift perzik en haar huid glanzend en jong. Ze brengt ons bij de prikdokter die wonderen verricht.

'Dag Yasmin en...?' Gwendolyn schenkt ons een zelfverzekerde glimlach. Ik ben direct onder de indruk van deze vrouw die iets mysterieus over zich heeft hangen. Haar leeftijd kan ik onmogelijk inschatten.

'Poppy.' Ik voel dat de zenuwen mijn stem verzwakken. Alsof ik iets stiekems aan het doen ben. Net zoals die ene keer in Salamanca toen ik een tongpiercing nam zonder toestemming van mijn ouders.

Yasmin onderbreekt het moment. 'Ik wil mijn gebruikelijke recept, met een klein beetje extra lip en wat meer rust in de kin. Hier zit een spiertje dat verkrampt, zie je?' Yasmin trekt de meest gekke bekken, wat er uiteindelijk toe leidt dat er een minuscuul rimpeltje op de kin zichtbaar is.

Gwendolyn kijkt kritisch. 'Hm. Niet overdrijven, Yasmin, maar een beetje babybotox kan daar geen kwaad. Verder zal ik een nul punt acht booster geven in de onderlip, maar boven doe ik een nul punt vijfje anders zie je er straks uit als Katrien Duck.'

'Zoals vele vrouwen in deze buurt,' floep ik er zonder na te denken uit.

'Ach, die gaan naar mijn concurrent.' Ze knipoogt en pakt ondertussen verschillende naalden.

Gwendolyn bevalt me. Ze neemt haar werk serieus en geeft aan liever te weinig te willen spuiten, dan te veel. Het geeft me een geruststellend gevoel. Zal ik?

Er wordt wat geprikt in het gezicht van Yasmin, die geen kik geeft. Het is allemaal zo gebeurd en Yasmin springt op van de stoel en kijkt me vragend aan.

'Ja, mooi hoor, Yas.'

'En jij, Pop?'

'O... ja... Gwendolyn, ik vroeg me af of je mij zou willen

doen? Nou ja, niet te veel doen, maar misschien iets? Ik heb zoiets nog nooit gedaan, ik wil vooral niet dat je het te erg ziet.'

Gwendolyn zegt niets en kijkt me sereen aan. Net iets te lang, waardoor ik ongemakkelijk word. Ze lijkt wel een engel met haar uitgestreken gezicht en witte dokterspak. Maar dan wel een engel met onheilspellende naalden in haar hand. De stilte voelt als een uitnodiging om dit verder toe te lichten.

'Ik dacht gewoon, misschien kun je mij ook een klein beetje opleuken?'

Een glimlacht breekt door op Gwendolyns gladgestreken gezicht.

'Ga maar zitten, Poppy.' Haar hand gebaart in een zachte beweging naar de stoel. Ik volg haar wijsgebaar braaf terwijl ik de spanning in mijn buik voel.

Gwendolyn doet de felle lamp aan en bekijkt me met uiterste precisie. Ze kijkt naar mij en ik zie haar ogen fonkelen.

'Leuk hoor, weer eens een prikmaagd in mijn stoel.' Ze gaat verder met haar inspectie. 'Ja, ik zie dat je ogen wat diep liggen en je huid rondom de ogen is wat vermoeid. Ik kan dat oplossen met het opvullen van de traangootjes. Een klein beetje bijspuiten en het lijkt alsof je een week op vakantie bent geweest. Je lippen kan ik wel een tikkie geven. Maar verder heb je een goed gezicht en een mooie huid. Daar zou ik nu niet te veel aan willen sleutelen, Poppy.'

'Een tikkie voor mijn lippen?'

'Ja, een klein beetje volume erbij. Ze zijn mooi vol, ik ga ook niets veranderen aan de vorm. Maar door het ouder worden en bijvoorbeeld stress en vermoeidheid kan volume of vocht afnemen in het gezicht en ook in de lippen. Ik denk dat een tikkie mooi is bij jouw mond en de vorm van jouw gezicht.'

Ik laat de woorden bezinken, maar de ijdelheid wint het al snel en ik zie mezelf als een ware Angelina Jolie gekleed in een rode jurk met prachtige volle lippen op het aankomende evenement naast mijn Alex staan.

'Oké, dat wil ik wel. Die twee dingen die je noemde.'

Gwendolyn kijkt me even strak aan. 'Dat gaat bij elkaar twaalfhonderd euro kosten voor de traangootjes en onder- en bovenlip.

'O, wauw. Dat is best veel.'

Yasmin loopt naar me toe en pakt mijn hand. 'Het is inderdaad veel geld, Pop, maar op dit soort dingen moet je niet bezuinigen. Het is goed spul en dat is het belangrijkste. Maar ik vind je nu al prachtig, je hoeft niets te doen, hè.'

Ik voel de twijfel toenemen en voel me schuldig over dit soort uitgaves aan pure ijdelheid. Ik kijk van Yasmin naar Gwendolyn die uitdrukkingsloos met de naald in de aanslag staat.

Fuck it. Ik wil het proberen. Ik lig nu toch in die stoel en anders durf ik misschien niet meer.

'Ik ga ervoor.' En ik knik bevestigend naar deze zogenoemde wonderdokter.

Gwendolyn knikt en buigt zich naar haar tafel met apparatuur, naalden en potjes met doorzichtige substanties. Vervolgens hangt ze boven mij met een naald in haar rechterhand. 'Doe je ogen maar even dicht en ontspan. Ben je er klaar voor? Daar komt het.'

Ik voel een gemeen prikje onder mijn oog. Het is vervelend, maar niet extreem pijnlijk. Als je bent bevallen, is al het andere al snel peanuts. Het andere traangootje volgt.

Aangekomen bij mijn lippen voel ik veel gemene prikjes op verschillende plekken. Vervolgens knijpt ze hard met haar vingers in zowel mijn boven- als onderlip en overhandigt ze me een ijskompres.

'Zo. Klaar. Even goed koelen en je kunt last krijgen van wat zwelling en blauwe plekken.'

Ik schrik, want ik wil niet dat het overduidelijk is dat ik een impulsaankoop heb gedaan bij de prikdokter.

'O, hoe erg zal die zwelling zijn?' Ik probeer nonchalant te klinken terwijl ik naar Yasmin kijk en gelukkig geen enkel teken van zwelling kan bespeuren.

'Och, dat verschilt per persoon. De een heeft er bijna geen last van, de ander heel erg. In sommige gevallen zwellen ze erg op, maar dat komt zelden voor en trekt weer weg. En ik heb maar een klein beetje gespoten, komt echt goed.'

Gwendolyn doet de deur open en maakt wederom een soepel wijsgebaar naar de uitgang.

'Betalen bij de uitgang, meiden. En goed blijven koelen, hè Poppy.'

Ik pin met mijn verstand op nul het immense bedrag. Ondertussen voelen mijn lippen gek aan, alsof ik een verdoving bij de tandarts heb gehad. Wanneer ik een blik in de spiegel werp, zie ik een beeld dat me wel aanstaat. Mijn lippen zijn ietwat gezwollen, maar het ziet er goed en sexy uit. Alsof ik een wilde zoenpartij heb gehad. En de kringen onder mijn ogen zijn ineens onzichtbaar.

Tevreden doe ik wat lippenbalsem op en verlaat ik samen met Yasmin het prikpaleis.

Na een gezond ogend groen sapje rijden we richting mijn huis om aan de slag te gaan met het oorspronkelijke doel van deze middag. Onderweg tast ik voorzichtig met mijn rechtervingertop over mijn lippen. Ze lijken wat groter te zijn geworden.

'Laten we maar naar huis gaan en de planten snel uitladen, jij moet je lippen gaan koelen om verdere zwelling tegen te gaan,' stelt Yasmin voor.

'Is het zo erg geworden dan?'

Ze kijkt twijfelend. 'Ach, ze zijn ietsje groter geworden.'

*

Het is vreselijk. Het is echt een drama. Ik ben ondertussen met ijsblokjes in de weer alsof mijn leven ervan afhangt, maar het lijkt niet te helpen. Ze zijn enorm. En niet alleen dat, de kleur is een soort mix van donkerrood en blauw geworden. Ik zie er monsterlijk uit, als een mislukt experiment.

Het ziet er fantastisch uit. In tegenstelling tot mijn spiegelbeeld ziet het dakterras er wel geweldig uit. Met Yasmin en Hope heb ik alle planten op het dakterras gezet en het daar verder onder handen genomen. Yasmin keek me op een gegeven moment bezorgd aan en zei dat ik maar even een raketje moest nemen. Toen ze mij vervolgens het advies gaf om lekker thuis te blijven vandaag en vroeg naar bed te gaan, wist ik genoeg.

De blauwe plekjes onder mijn ogen zijn het probleem niet, die zijn met make-up wel weg te werken. Maar mijn lippen lijken niet te stoppen met groeien, alsof ik in een bijenkorf ben gevallen.

Wolf is beneden met Hope. Ik heb haar gevraagd of zij daar wil blijven met Wolf en hem in bed kan doen omdat ik me niet zo lekker voel. Ik voel me vreselijk schuldig over mijn hebberigheid en ijdelheid. Twee van de zeven zondes heb ik zojuist aangetikt en daar betaal ik nu een hoge prijs voor. Over tikken gesproken, als dit is wat Gwendolyn met een tikkie in de lip bedoelt, dan vraag ik me af hoe een stevige stomp van haar kant eruitziet. Ik besluit om voor de tweede keer naar de kliniek te bellen.

'Met de Schuyt Kliniek, hoe kan ik u helpen?'

'Hoi. Dit is Poppy weer. Luister, ik maak me ernstig zorgen om mijn gezicht, is dokter Gwendolyn aanwezig?'

'Dokter Swan is bezig met een behandeling, mevrouw.'

'Maar ik moet haar echt even spreken.'

'Ik zal vragen of ze u later terugbelt.'

'Echt?' Er is al opgehangen.

Ik voel de wanhoop toenemen. Ik heb net Yasmin al in paniek opgebeld en die kwam na wat googelen tot de conclusie dat de zwelling morgen nóg erger kan zijn. Maar na twee dagen moet het minder worden, iets wat mij nu totaal nog niet gerust kan stellen.

Dan schiet me te binnen wie er ervaringsdeskundige op dit gebied kan zijn en bel ik Bobby.

'*Hola guapa*!'

'Hé Bob, luister, ik heb je hulp nodig.'

'Is er iets met Hope? Frank zei dat je haar een beetje los liet gaan, maar denk ook aan jezelf, hoor Pop!'

Franks bemoeienis hiermee wekt mijn irritatie op en ik ben even afgeleid. 'Ja, doe ik en ik laat haar niet te los. Wanneer kom je haar ophalen?'

'Ik ben morgen terug dus ik zal haar in de avond oppikken, oké? Niet verder vertellen, hoor, want officieel mag je au pairs niet uitlenen, doet zo'n bureau heel moeilijk over. Zo kinderachtig.'

'Bobby, luister even... ik heb mijn lippen laten doen. En nu zijn ze enorm opgezwollen en het wordt alleen maar erger. Heb jij dit ooit gehad?'

Stilte aan de andere kant van de lijn. Bobby klakt met haar tong. 'Och meid, wat een situatie. Eerlijk gezegd heb ik daar echt nooit last van gehad, schijnt in uitzonderlijke gevallen weleens voor te komen. Mijn gezicht gaat heel goed op fillers.'

'Dat is geweldig voor jou.' Ik moet mijn frustratie kwijt, waarom gebeurt mij dit weer? 'Maar wat kan ik doen?'

'Mijn advies is: blijven koelen, op tijd slapen en wijn drinken.'

'Helpt alcohol, ja? Kan dat de zwelling verminderen?'

'Nou, dat weet ik niet, maar het helpt in elk geval bij het verminderen van je bewustzijn en dat lijkt me nu niet verkeerd.'

Een zucht ontsnapt me. 'Prima. Dank je, Bobby.'

Hoewel het advies ruk is, besluit ik inderdaad maar een flesje wijn uit de minikoelkast op het dakterras open te trekken. Maar na een paar slokken besluit ik maar een douche te nemen en mijn bed in te gaan, hoe eerder ik slaap, hoe kleiner de kans dat ik Alex na zijn werk nog onder ogen moet komen. En wie weet valt het na een nachtje slapen allemaal wel mee, daar moet ik van uitgaan. Morgen zal alles beter zijn.

Ik word midden in de nacht wakker van Wolf en wieg hem in slaap. Alex ligt naast me en slaapt verder. Ik maak van de gelegenheid gebruik om naar de badkamer te sluipen. Ik doe het licht aan en kijk vol hoop in de spiegel. Nog geen verbetering. Sterker nog, het lijkt inderdaad erger te zijn geworden. Maar het is pas twee uur 's nachts. Ik herhaal mijn mantra: morgen zal alles beter zijn.

*

Het is niet goed. Het is allesbehalve goed. Ik probeer zo goed als het kan een slok van mijn koffie te nemen terwijl ik verblind word door de felle ochtendzon.

'Wat heb jij nou?' Alex' stem klinkt vanuit de deuropening.

Ik haal diep adem en draai me om. 'Hoi schat.'

'Waarom zie jij eruit als een spookje, Pop?' vraagt hij lachend.

'O, dit masker bedoel je? Tja, dat schijnt heel goed te zijn voor je huid, heb ik van Bobby.'

'Van Bobby?'

'Ja, die ken je toch wel, daar heb je ooit nog een hete nacht mee beleefd.'

'Pop, we waren tieners en ik vind jou de allermooiste, dus je hoeft geen maskers te gebruiken van Bobby.'

'Maar het kan ook geen kwaad.' Ik klink kortaf, maar ik wil dan ook dat hij snel weggaat en stopt met vragen stellen over het witte kleimasker dat ik op mijn gezicht heb geplakt en dat mijn enorme lippen voor een groot deel bedekt.

'Oké lieverd, ik moet gaan. Ik mag je zeker geen kus geven?'

'Nee, even niet. Het masker werkt net zo lekker.'

Alex staart me aan en houdt zijn hoofd een beetje schuin, zijn ogen tot spleetjes geknepen. 'Pop, weet je zeker dat dit goed is? Het lijkt alsof je gezicht opzwelt bij je mond.'

Ik bedek mijn onderste lip met mijn koffiemok. 'Dat hoort erbij, dat is het collageen.'

'Weet je het zeker?'

'Ja, hoort er allemaal bij. Dag schat, *love you.*' Ik neem weer een slok en laat de mok lekker lang voor mijn mond hangen en concentreer me zogenaamd op de krant die ik zelden echt lees.

Alex lacht weer ondeugend en schudt zijn hoofd. 'Juist. Dag lieverd, tot vanavond.'

Zodra de deur dichtslaat, ren ik richting de badkamer om het masker dat inmiddels bijna is vastgelijmd van mijn gezicht af te trekken. Mijn huid glimt en door mijn opgefriste ogen zie ik er uitgeslapen uit. Maar helaas zal dat niemand opvallen door mijn monsterlijke lippen die alle aandacht opeisen.

Ik voel me een vreselijk slechte moeder, maar ik zal Hope straks vragen om vandaag met Wolfje naar buiten te gaan. Het ziet ernaar uit dat ik weer een dag verstoppertje zal spelen.

28

'Hope?!' Het enige geluid dat ik in huis hoor is afkomstig van een brabbelende Wolf. Hij is inmiddels al even aangekleed en ik vind het hoog tijd worden dat hij wat frisse lucht krijgt. Dat heb ik absoluut van mama overgenomen: elke dag naar buiten en de natuur in. Nu is dat laatste hier wat moeilijker, maar het Vondelpark met al die prachtige eeuwenoude bomen komt toch aardig in de buurt.

Ik sluip naar de deur van onze logeerkamer en klop zachtjes op de deur.

'Morning, Hope! How are you?'

Stilte. Zou Bobby toch gelijk hebben? Heb ik haar te vrij gelaten en voelt ze daardoor geen drang meer om haar werk te doen?

'Hope, are you okay?'

Wederom stilte. Ik open voorzichtig de deur en zie het lege, onbeslapen bed. Ik ga naar binnen en doe de kast open. Ook leeg. In de kamer liggen sowieso geen spullen meer van Hope. Is ze al terug naar Bobby?

Ik bijt in verwarring op mijn lip en heb daar direct spijt van. Mijn lippen voelen nog steeds als ballonnen die onder hoogspanning staan en elk moment kunnen klappen.

Snel loop ik terug naar Wolf, die nog op zijn rug ligt te genieten van zijn babygym met de speeltjes die boven zijn hoofd dansen. Ik twijfel of ik Bobby moet bellen, maar besluit dan eerst Hope zelf een bericht te sturen.

Hi Hope, are you okay? Did you go back already to Miss Vesper?

Het duurt niet lang voordat het scherm van mijn telefoon oplicht.

Hello, Miss. No, I'm never going back to Miss Vesper and also not you. I'm sorry.

Perplex staar ik naar het scherm. Wat betekent dit nu weer? Ze zal toch niet in de problemen zijn gekomen?

Mijn vingers vliegen razendsnel over het scherm terwijl ik flitsen zie van Hope, vastgebonden aan een stoel en smekend om bevrijding.

Are you in trouble?

Mijn hart bonkt in mijn keel terwijl ik hoopvol naar mijn scherm staar. Het blijft stil.

Wolf moet echt even lekker naar buiten en ikzelf kan ook wel een wandeling gebruiken. Ik kijk in de spiegel. Ach, ze kunnen mijn rug op. Ik ga me niet meer verstoppen. Nou ja, misschien een beetje. Ik pak een grote hoed en zonnebril en kleur mijn lippen donkerrood voor ik met Wolfje de deur uit ga.

No trouble. I am in love and go live there now. Goodluck, Miss.

De woorden dringen amper tot me door en ik neem een slok van mijn ijskoffie om mijn brein te verhelderen.

Hope is verliefd en gaat weg? Zomaar, uit het niets? Ik voel me meteen schuldig naar Bobby toe want dit is immers onder mijn toezicht gebeurd. Frank had me nog zo gewaarschuwd, blijkbaar was dat toch niet overdreven. Heb ik Hope gewapend met een fles wijn in de armen van iemand gedreven op die broeierige avond in het Vondelpark? Maar zo'n meisje kan toch niet zomaar verdwijnen in Amsterdam, er zijn toch afspraken gemaakt met het bureau?

Ik stuur nog een bericht. *I'm happy for you that you are in love. But you can't just leave, that's not part of the agreement. Let's talk so we can find a solution for your work.*

Mijn scherm licht in no time op. *No. I don't want to work, I move in with my boyfriend now and he takes care of me. We very much in love so leave us alone.*

Ik zucht en het besef dringt tot me door dat de au pair van Bobby door mijn toedoen is verdwenen.

Die zorgen moet ik nu voor later parkeren en ik concentreer me op het ademen vanuit mijn buik. De remedie tegen stress, volgens menig goeroe.

Op een rustig plekje in het park ga ik op een bankje zitten en staar wat over het water, met Wolfje tegen me aan op schoot. Ik geef hem wat geitenmelk en heb zicht op de prachtige huizen die aan het water grenzen. Statige panden met een ruime tuin, prachtig terras en steigers die grenzen aan de grote vijver van het Vondelpark. En de bouw met verschillende torentjes en de grote, ronde balkons geven de huizen een sprookjesachtig uiterlijk.

Net nu ik me veilig waan hier aan de waterkant schrik ik op.

'Je lijkt wel een superster! Zo met die hoed en bril. Vind je het niet een beetje overdreven? Je eigen kind herkent je bijna niet zo, joh!' Voorzichtig lachend ontvang ik een por, maar ik vind het eigenlijk niet grappig.

'Hi Suus. Ik blijf je maar tegenkomen, hè?'

'Ach, dat heb je hier in Zuid. Het is net een dorp. Iedereen kent elkaar, iedereen doet het met elkaar en iedereen ziet elkaar.' Ze lacht naar Lien die natuurlijk weer braaf naast haar is komen staan. 'En je valt nogal op momenteel, dus we wilden even spieken wie er onder die enorme hoed zat verstopt,' gaat Suus verder.

'Doen jullie het ook met elkaar dan?' De woorden zijn eruit voordat ik er erg in heb. Suus knijpt haar ogen tot spleetjes.

'Ach, doe niet zo mal, kind. Mijn man en ik zijn zowat de enigen die vrij zijn van roddels en achterklap. Dat kan ook niet anders met een schoon geweten.'

Ze kijkt me aan met een blik die impliceert dat het geweten van mij of Alex weleens minder schoon zou kunnen zijn. Voordat ik kan reageren zet ze een stap in mijn richting en staart naar mijn gezicht.

'Och meid, wat heb je gedaan? Je lippen!'

Lien doet nu ook een stap in mijn richting en haar ogen verraden leedvermaak. 'O god. Bij welke prutser ben je geweest?'

Ik besluit me niet uit de tent te laten lokken. 'Waar hebben jullie het over, ik ben allergisch.'

Suus wuift het weg. 'Ach, hou op, kind. Ja, allergisch voor fillers zeker. Luister, als je tegen ons wilt jokkebrokken moet je echt wel wat beters verzinnen, hoor. Ik herken een *lipjob* als ik er een zie.'

'Dat mag ik hopen, jij hebt een abonnement daar, toch Suus?'

Ik zou willen dat ik het had gezegd, maar de keurige stem is niet van mij. Wel herken ik hem. Duidelijk een Amsterdam-Zuid-accent, wat inhoudt dat elk woord overdreven goed wordt gearticuleerd.

Als ik mijn hoofd omdraai zie ik Sophie. Ze staart Suus aan en die herkent meteen haar meerdere en doet letterlijk een stapje terug. Dit geeft mij meer bewegingsruimte en ik ga staan. 'Hé Sophie.'

'Dag Poppy.' Ze bekijkt me, maar haar ogen verraden niets. Ik zie geen emotie.

Suus neemt uiteraard weer het woord. 'Ik zal niet ontkennen dat ik weleens wat doe, ik ben altijd eerlijk over dat soort dingen. Maar Poppy hier draait eromheen en zit erbij alsof ze werkt als dubbelspion.'

'Waarom zijn dat jouw zaken, Suus? Alsof jij nooit iets verzwijgt voor vrienden of familie?'

Suus wiebelt nu ongemakkelijk van het ene been op het andere.

Lien doet moedig een stap naar voren. 'Wij praten wel vaker met Poppy en we zijn vriendinnen, onze kinderen zijn ongeveer even oud. Wij mogen elkaar toch heus wel wat advies geven wanneer nodig? Moeders onder elkaar?'

Sophie draait haar hoofd nu naar mij toe. Ze doet dit rustig en bedeesd en denkt even na voordat ze spreekt.

'Nou, het feit dat jullie moeders zijn en kinderen hebben, heeft met dit specifieke onderwerp dus niets te maken.'

'Daar ben ik het niet mee eens, ik vind dat elke actie die je als ouder onderneemt impact heeft op je kind.' Suus slaat haar armen over elkaar. 'Want stel nou hè, dat dit niet meer goed komt.' Ze wijst naar mijn hoofd. 'Dan staat dat kind mooi voor lul op school als mama hem komt ophalen.' Ze geeft een kordaat knikje alsof ze zojuist een heel belangrijk punt heeft gemaakt.

'Ik denk dat jij wat minder met ouderlijke adviezen moet strooien, Suus, ik weet niet of het jouw plek is.'

Sophie kijkt naar haar eigen nagels en slaat haar ogen rustig op naar Suus. Deze gaat weer achter haar kinderwagen staan.

'Dat was ook niet onze bedoeling, we willen alleen maar helpen.' Ze wenkt Lien met een hoofdgebaar, knikt naar Sophie en begint te lopen.

Ik ben nog steeds sprakeloos. Sophie heeft mij zojuist verdedigd tegen de opperhoofden van de moedermaffia en subtiel laten merken wie hier echt heerst in Zuid. Ik weet alleen niet of mijn situatie is verbeterd nu ik hier met Sophie zit opgescheept.

Ze legt haar hand op mijn gezicht en ik blijf haar in haar groene ogen aanstaren.

'Je lippen zullen morgen wel mooi zijn, even wat vochtontrekkende zalf opsmeren. Ik wist dat je uiteindelijk overstag zou gaan ondanks je zogenaamd alternatieve houding. Waar je mee omgaat raak je mee besmet, hè? Ik app je zo een goede zalf door. Succes ermee.'

Als Sophie is weggelopen, ga ik weer met Wolf op het bankje zitten. De grote hoed kan af, het maakt niet meer uit. Een geheim is het niet meer nu ik de drie grootste roddelkonten van Amsterdam-Zuid heb gezien.

*

'Waarom heb je dit in godsnaam gedaan?' Alex is thuisgekomen en ik had de energie niet meer om me te verstoppen achter maskers, hoeden of kranten.

Ik besloot met de billen bloot te gaan en de waarheid te zeggen. Dat hoort ook in een relatie.

'Ik snap dat echt niet, Pop, je bent hartstikke mooi. Je laat toch niet zomaar aan je gezicht sleutelen?'

'Het was een impulsaankoop.'

'Kom op zeg, het is geen tas!'

'Jij zei dat ik me meer moest openstellen voor mijn omgeving en meer in het diepe moest springen!'

'Ja, daarmee bedoel ik niet dat je je lippen moet laten oppompen!'

'Nee, dat weet ik ook wel. Maar ik wilde gewoon even iets wilds en spontaans doen. Het wordt echt mooi, hoor.'

'Hoe weet je dat?'

'Dat zegt iedereen. Yasmin, Bobby, Sophie.'

'Pff.' Alex rolt met zijn ogen. 'Wanneer je advies aanneemt van iemand als Sophie ben je wel erg ver van jezelf afgedreven. En Bobby heeft een andere definitie van schoonheid, dat weten we allemaal.'

Ik schrik van zijn felheid. 'Vind jij Bobby niet meer mooi dan?'

'Bobby is anders mooi dan jij. Op een soort uhm... geile manier.'

'En ik ben niet geil, ik ben gewoon mooi.'

'Pure schoonheid ja, dat vind ik mooi. Jij bent anders en dat vind ik leuk.'

'Maar niet geil genoeg om mee naar bed te gaan?'

'Natuurlijk wel! Dat heeft daar niets mee te maken!'

'Waar dan wel mee?'

'Pop, dat is gewoon timing en nu leg je er ook steeds druk op.'

'Ik wil niet alleen maar puur zijn en anders. Ik wil me sexy voelen. Vrouwelijk. Net als vroeger.'

Alex slaakt een diepe zucht. 'Dat begrijp ik, maar dat zit echt in je hoofd. Geef het nog wat tijd, Pop, negen maanden op en negen maanden af zeggen ze toch? Dan voel je je vast weer de oude. Pak je fotografie weer meer op, die foto's van laatst die je hebt geschoten waren weer erg goed. En je vond het leuk, toch?'

Ik sla mijn ogen neer. 'Ja...'

'Weet je, ik zal eens wat rondvragen en polsen of er klussen zijn waaraan ik jou als fotografe kan koppelen. Misschien doet dat je goed.'

'Prima. En wat doen we dan met Wolf?'

Alex wijst naar de logeerkamer. 'Misschien kan Hope of een vriendin van haar helpen?'

'Tja, daar moet ik je nog wat over vertellen...'

Voordat ik van wal kan steken gaat zijn telefoon. 'Deze moet ik nemen, Pop, mijn uitgever.'

Hij vertrekt met een glas wijn in zijn hand en de telefoon aan zijn oor naar het dakterras. Ik pak mijn telefoon en adem diep in. Ik kan het niet langer uitstellen en moet Bobby maar eens informeren over haar verdwenen au pair.

29

'Even snel een foto,' roept Sophie. 'Gewoon leuk, voor ons.'

En voordat ik het weet krijg ik een arm om me heen en bungelt er een iPhone voor mijn neus. Ze poseert als een pro en ook haar vriendin Nicole kijkt nonchalant doch zelfverzekerd de camera in. Ik doe ook een poging maar voel mijn lip trillen. Hoe doen die vrouwen dat toch?

Ik sta op het schoolplein met Wolf in de draagzak tegen me aangedrukt. Mijn zoon is nog maar zes maanden oud, maar volgens de andere moeders moet ik me nu al oriënteren op basisscholen. Sterker nog, volgens Sophie ben ik al te laat. Ze appte me of ik met haar wilde lunchen en daarna samen haar zoon ophalen. Het is de laatste week voor de grote vakantie, dus nu kan het nog. Nadat ze me met Suus en Lien had geholpen, had ik niet het gevoel dat ik kon weigeren. En nu mijn gezicht er weer normaal uitziet, had ik ook geen excuus om niet mee te gaan.

Voor mijn gevoel ben ik net bevallen, maar het inschrijven bij de juiste school schijnt nogal belangrijk te zijn. Ik moet er toch niet aan denken dat ik jaren op het verkeerde schoolplein bij de net-niet-school sta. Waar ze zich toch allemaal zo druk om maken... En toch doe ik mee en sta ik hier. Want ook ik wil het beste voor mijn zoon. En als Sophie mij binnen kan krijgen bij een goede school, dan moet ik daar maar gebruik van maken.

Sophie is een van die moeders die het schoolplein domineert. Haar macht is voelbaar. Hoewel ze vals overkomt geniet ze hier behoorlijk wat aanzien. Ik betrap mezelf erop dat ik een vleugje trots voel omdat ik naast haar sta en meteen schaam ik me hiervoor. Maar ik wil er ook graag bij horen. Niet alleen voor mezelf, maar vooral voor mijn kind en man. Ik wil niet weer die rare zijn, die flapuit, die ietwat naïeve vlinder. En dus wil ik op het schoolplein bij een goede school normaal kunnen communiceren met andere moeders wanneer ik mijn kind ophaal en speelafspraken maak. Ik word geen buitenbeentje. En mijn kind al helemaal niet. Daarover ben ik vastberaden.

Nu ik als moeder in het Zuid-reservaat woon, moet ik daar overleven. En daar heb ik hulp bij nodig van andere moeders. En dan heb ik liever een sterk leger om me heen, dan een stel bangeriken die in no time worden vertrappeld onder een paar Louboutins. Want als ik om me heen kijk, verwonder ik me over deze moederjungle, variërend van gevaarlijke slangen tot blije apen en moederganzen.

Nicole wijst een groepje aan en legt me uit dat daar de importmoeders staan. Ik zie een groepje sexy moeders met ronde borsten, veel blond haar en korte rokjes. 'Geïmporteerd uit een ander land of erger nog, uit het zuiden van eigen land,' grapt Sophie. Ze geeft me een speelse elleboog. En het besef dat ik als zuiderling een outsider ben in deze wereld dringt weer eens tot me door.

'Kijk, daar zijn de aluhoedjes, de complotdenkers. Zij hebben een eigen waarheid, hun eigen geneeskunde en een eigen visie op hoe de wereld geleid zou moeten worden. Dit alles zonder enkele noemenswaardige diploma's,' zegt Nicole kalm.

Ik kijk naar een groepje druk gebarende vrouwen met nonchalante knotjes op het hoofd en comfortabele maar perfect gestylede sportieve outfits. Ik denk aan mijn moeder die waarschijnlijk de grootste complotdenker van hen allemaal is.

'En daar!' Sophie pakt me zacht vast en draait me een kwartslag. Ik vang een vlaag op van haar lekkere bloemengeur. 'Daar staan de deugneusjes. Braaf, kleurloos, keurig op tijd en keurig gekleed.' Juist, deugneusjes. Helder. Ik laat het bezinken.

'En waarom was deze school ook alweer fantastisch?'

'Je kunt hier altijd lekker parkeren, dat is handig in Amsterdam,' zegt Nicole, die zelf weer geheel in het wit is gekleed, strak en afgemeten.

'Aha, maar ik ben meer een fietser. Lekker stads.' Ik lach maar deze lach wordt niet beantwoord.

'Lekker armoedig bedoel je,' zegt een mannenstem. Het mannelijke paradijsvogeltje, de dierentuin is nu echt compleet. 'Meid, hou nou op, wat doe jij hier? Jouw kind kan toch nog lang niet lezen. Heb je niets beters te doen?' God, wat kan Frank toch bot zijn.

Direct verdedig ik me. 'Nou, het leek Sophie een goed idee om alvast te kijken. We hebben net even geluncht.' Ik zie de verbazing op zijn gezicht.

'Het is maar waar je zin in hebt. Ik hoop dat je een kasjmieren sjaal bij je had tegen dit koufront?' Frank kijkt quasinonchalant naar de vrouwen.

Het is stil. Ze glimlachen slechts wat naar elkaar. Het duurt lang. Te lang.

O god, wat ongemakkelijk dit. Wat doe ik hier?

'Ik moet gaan,' stamel ik. 'Borstvoeding geven.'

Sophie draait zich om en haar ogen veranderen in die van een slang.

'Je geeft toch de fles? Schaam je je ineens om met ons te staan hier?'

'Nee, natuurlijk niet. Bedankt voor de uitnodiging, Sophie, maar ik moet echt gaan voeden thuis. Ik ben nog aan het afbouwen, snap je.'

Ze kijkt me aan en gelooft me duidelijk niet. Vervolgens kijkt ze naar Frank. Als ze nu een ijspriem tevoorschijn zou toveren, zou het mij niets verbazen. Sophie heeft verschillende gezichten en kan razendsnel schakelen van begripvolle en behulpzame moeder naar boze en levensgevaarlijke slangenvrouw.

Ik loop weg en bots tegen Bobby aan. Daarom staat Frank natuurlijk op het schoolplein, die twee zijn hier samen.

'Bob! Zit de tweeling ook op deze school?' Ze knikt instemmend en fluistert in mijn oor: 'Ik hoor bij de importmoeders. En nu Hope er niet meer is, sta ik voorlopig weer vijf dagen per week hier. Och, gezellig is het wel!' Ze geeft een knipoog en loopt heupwiegend bij me vandaan.

Bobby heeft het nieuws over Hope goed opgenomen. Er is weinig dat haar uit balans kan brengen, daar kan ik jaloers op zijn.

Ik probeer een weg te vinden uit deze jungle en kom bij de rand van het plein. Mijn bevrijding is in zicht. Eerst nog even door een muur van Filipijnse au pairs kruipen en dan sta ik weer op de straat. Ik wil voorlopig niet meer naar dat plein, niet zonder kogelvrij vest. Wat een spanning heerst daar.

*

Als ik thuiskom ligt er een heel mooi kaartje op de deurmat. Een uitnodiging voor een genderrevealparty van Jade, die ik ooit eerder heb ontmoet maar totaal niet ken. Schijnbaar is ze zwanger. Ze is of was een vriendin van Sophie, dat weet je nooit zeker. Mijn gedachten dwalen af naar Kate en Lot. Zelf ben ik momenteel niet goed in het onderhouden van vriendschappen. Misschien moet ik vragen of ze binnenkort willen langskomen zodat ik het kan goedmaken.

De genderrevealparty heeft zelfs een dresscode: babyzoet. Geweldig. Dan zit ik hoogstwaarschijnlijk verkleed als suikerspin bij die populaire tent Van Dam terwijl de andere genodigden iets duurs op maat hebben laten maken. Ik begrijp sowieso niet waarom een geslachtsonthulling zo overdreven groot moet worden gevierd. Als het maar gezond is, toch?

Net nadat ik me op de bank heb genesteld met een kop thee en Wolf in de box, word ik gebeld door Yasmin. Nog voordat ik wat kan zeggen, brandt ze los over een of andere foto op Instagram. Een foto waar ik klaarblijkelijk nogal apart op sta. Ik reageer nonchalant maar voel dat ik hoger ga ademen. Die yogalessen kunnen blijkbaar niet op tegen alle dagelijkse druk hier.

'Wat voor foto? Waar? Hoe dan?' Ik open mijn Instagram en zie de foto op het schoolplein die Sophie heeft gepost meteen. Mijn geschrokken hoofd met grote ogen en dikke frons naast twee prachtig bewerkte rimpelloze koppies, inclusief *glow* waar Jennifer Lopez jaloers op zou zijn.

'Ach Pop, niet druk om maken. Gaat nergens over, joh.' Yasmin wuift het weg. 'Iedereen weet toch dat jij er in het echt heel goed uitziet. Maar wat deed je dan ook met Sophie?'

'Ze doet de laatste tijd aardig tegen me...' Mijn woorden klinken verontschuldigend. Ik voel dat Yasmin haar woorden inslikt. 'Als je maar voorzichtig doet, Poppy. Laat geen misbruik maken van je goedheid.'

'Dat weet ik toch!'

'Sorry hoor, ik wil je alleen maar helpen.'

Ik zucht. Ik ben even helemaal klaar met die lesjes die iedereen mij wil geven.

'Niet nodig, ik red me echt prima!' En met die woorden hang ik op. Ik heb meteen spijt, maar bel Yasmin niet terug. Ik wil even helemaal niets anders dan theedrinken op mijn veilige bank en knuffelen met mijn kind.

30

Na een paar regenachtige dagen is het deze zondag flink opgeklaard. En dat komt goed uit, want vandaag gaan we als gezin naar een picknick van oude vrienden van Alex. Hun kind is jarig en dat vieren ze elk jaar met een grote picknick voor vrienden en familie in het Beatrixpark. Picknicken heb ik altijd graag gedaan en na een paar rustige dagen met onder andere een yogalesje en een goed gesprek met Yasmin, kan ik me hier ook echt op verheugen. Ze begreep dat ik mijn frustratie bij haar uitte en accepteerde mijn excuses direct. Zij zal er straks ook zijn met haar man Ruben en zoon Vik. Ook Bobby komt met haar meiden Lois en Lana. Maar het belangrijkste voor mij is dat ik met mijn fantastische mannen Alex en Wolf op stap ga.

'Zijn jullie klaar, Pop?' Alex pakt de mand die ik gevuld heb met lekkers en het grote geblokte kleed erop. Wolf doe ik in de draagzak. Ik smeer nog even wat zonnebescherming op zijn snoet en pak zijn zonnehoedje.

Mijn blauw-witte bloemenjurkje past bij de kleurige sjaal die ik in mijn haar knoop. Hoewel mijn Havaianas-slippers lonken, kies ik toch voor mijn Jimmy Choo-sandalen die ik samen met Bobby heb gekocht. De dresscode was picknick chic en dan moet je toch een beetje je best doen. Het zal daar wel weer één grote modeshow zijn. Wolf heeft een lichtblauw klein strikje om en een wit linnen pakje aan. Hij ziet er echt uit om op te eten.

*

'Poppy, hier!' Ik draai me om en zie Sophie druk zwaaien naar ons. 'Ik heb een plekje vrijgehouden voor jou en Alex.' Even acclimatiseren na het fijne taxiritje zit er niet in. Toen Alex mijn hand pakte en ik uit het raam de zomerse stad zag, voelde ik me zo gezegend. Ik had wel uren zo met hem en Wolf kunnen rondrijden.

Alex kijkt naar mij en trekt zijn wenkbrauw op. 'Die wil jou wel erg graag in de buurt hebben, hè.'

'Ik kan niet uitsluiten dat het om jou gaat.' Ik zeg de woorden met mijn kaken licht op elkaar geklemd want ik ben bang dat Sophie kan liplezen. Ze lijkt namelijk alles te kunnen.

'Laten we daar maar gaan zitten, het is wel lief dat ze een plek heeft vrijgehouden.'

Alex haalt zijn schouders op. 'Ach, mensen kunnen veranderen. Ga maar. Ik ga eerst even Ernst-Willem gedag zeggen.' Hij wijst in de richting van een van zijn oude schoolvrienden, over wie hij vanochtend met zijn typisch ondeugende blik vertelde dat ze samen vaak stiekem zaten te blowen voor het hier bekende Barlaeus Gymnasium. Nu ik Ernst-Willem zie kan ik me niet voorstellen dat hij ooit heeft geblowd of überhaupt op een stoep heeft gezeten met zijn onberispelijke pantalon.

'Poppy, hier!' Ik gebaar naar Sophie dat ik eraan kom en draai me weer om naar Alex.

'Ik ga even de spulletjes neerleggen en laten we straks samen de hosts gedag zeggen. Zie je zo.'

Alex plant een kus op mijn mond en gaat richting de überkakker die vroeger ooit ruig was.

Sophie zit met haar lange benen als een evenbeeld van Ariël de zeemeermin op haar picknickkleed dat gezien de herkenbare kleur en het patroon van Burberry moet zijn. Haar donkere haren zijn naar achteren gestoken met een grote zwarte Céline-zonnebril en ze draagt een groene jurk die zowel stijlvol als sexy is.

'Hé Sophie. Wat zie je er mooi uit.'

'Dank je.' Ze kijkt naar mij, maar het blijft bij een serene glimlach. Een compliment terug zit er niet in vandaag, denk ik. 'Is je vent er nu al vandoor?'

'Nee, hij komt zo. Hij moest even zijn oude vriend gedag zeggen.'

'O, die walgelijke Ernst-Willem. Het schijnt dat hij een drankprobleem heeft.'

Niet wetende wat ik met die informatie moet, haal ik maar mijn schouders op en sla ik mijn rood-witte picknickkleed uit. 'Ik ken Ernst-Willem niet zo goed.'

'Nou, houden zo. Met sommige mensen wil je niet geassocieerd worden hier. Alex komt met veel weg, dat is nu eenmaal zo met succesvolle mensen. Maar jij moet echt goed nadenken met wie je gezien wilt worden. Een slechte reputatie kan hier snel ontstaan.'

Voordat ik de kans krijg om iets te zeggen reikt ze me een glas bubbels aan. 'Hoe vond je onze school? Als het jullie bevalt, dan kan ik een goed woordje voor je doen. De directeur is een kennisje van ons.'

'Dank je, Sophie, ik bespreek het even met Alex en laat het je weten. Maar de school zag er zeker leuk uit.'

'Het is de beste keuze, Poppy, andere scholen zijn echt een beetje armoedig. Zoals die school waar jouw vriendin Yasmin haar zoon naartoe stuurt? Dat is echt vergane glorie, ze hebben een heel lelijk speelveld ook. Doet gewoon pijn aan je ogen, die kleuren daar.'

'Is jouw man er eigenlijk niet?'

'Olivier is op zakenreis, er hangt een of andere miljoenendeal in de lucht. Dus dat gaat dan even voor, dat zou jij moeten begrijpen, toch?'

'Wat?'

'Dat de man zijn carrière boven het meisje, gezin of sociale contacten verkiest.' Ze heft haar glas. 'Maar wij vrouwen hebben elkaar en we moeten het zo leuk mogelijk voor onszelf maken, vind je niet? Cheers!' Ze neemt een slok en zet haar enorme zonnebril op. Ik maak het mezelf maar comfortabel en begin spullen uit te pakken. Een vers stokbrood, verschillende kazen, grote dadels van de markt, olijven en fruithapjes voor Wolf. Ik pak alles uit en verdeel het over ons kleedje. Wolf is op mijn borst in slaap gevallen en ik til hem voorzichtig uit de draagzak.

'Laat mij maar helpen.' Voordat ik het weet pakt Sophie Wolf en legt ze hem voorzichtig in de schaduw op het kleed. Ze zet haar picknickmand – die ook van Burberry lijkt te zijn – voor hem om de nodige beschutting te bieden. En ze doet zijn schoentjes uit zodat zijn voetjes lekker kunnen ademen. Ze streelt over zijn wang. 'Slaap lekker, klein mannetje.' En dan kijkt ze mij aan. 'Geniet maar goed van deze fase. Het gaat zo snel.'

Hoewel het lastig is om te zien met die grote zonnebril hoor ik aan haar stem dat het zien en voelen van een baby Sophie raakt. Ik laat haar maar even, smeer een toastje met romige gruyère en bied haar deze aan. Ze trekt een vies gezicht.

'Wat is dat in godsnaam, het stinkt.'

'Een heerlijke kaas!'

'Poppy, het is echt heel aandoenlijk dat je dit picknicken zo serieus neemt, maar hapjes worden natuurlijk verzorgd door de gastheer. Kijk even.'

Ze pakt met haar gemanicuurde handen mijn gezicht en draait deze een kwartslag naar rechts. Daar, onder de treurwilg bij het water, staat een groot buffet.

Ik zie pasta, pizza's, miniburgers, sandwiches, scones, verschillende salades, fruitschalen en een kleine chocoladefontein.

'Wow... wat een eten.'

'Ja, en er komt sushi, maar dat wordt uiteraard meteen vers uitgeserveerd. Van Izakaya, dus dan weet je zeker dat het de beste sushi van de stad is. Ik vind die kleine chocoladefontein bij de kindertafel wel wat karig, wat jij? Ik bedoel, doe het dan niet. Ze hebben zeker een slecht jaar gedraaid... Maar goed, ik wil jouw kaas dus niet, Poppy. Wel lief van je, hoor.'

Op dat moment komt Alex aanlopen. 'Hallo dames.' Sophie houdt haar hoofd een beetje schuin en tilt haar zonnebril iets omhoog. 'Alex, goed je weer te zien. Wat heb je een lief mannetje.'

Alex kijkt van Sophie naar de slapende Wolf en glundert van trots. 'Heerlijk ventje is het, hè? Ik ben ook een trotse papa.'

'En terecht.' Sophie lacht haar charmante witte tandpastaglimlach.

'Alex, jij zei dat we zelf onze picknickmand moesten meenemen?' Ik gebaar naar het grote buffet met al het eten.

'Ja, dat stond ook op de uitnodiging. *Bring your own picnic basket!*'

'Lieverds, dat bedoelen ze niet zo serieus, meer als item. Zo van, maak er iets leuks van en breng een mandje mee. Ik gebruik die van mij voor zonnebrand en mijn hoed en zo.' Sophie demonstreert trots de binnenkant van haar picknickmand, die eruitziet als een ware beautycase.

Er verschijnt een glimlach rond Alex' lippen als hij naar ons kleed kijkt. Ik vind het zelf niet zo grappig dat ik de enige ben die het verkeerd heeft begrepen. 'Maakt toch niet uit, Pop, heerlijk juist, al die hapjes.'

'Maar wel totaal overbodig,' onderbreekt Sophie hem.

'Vind ik niet. Sterker nog, ik ga alleen maar de hapjes van Poppy eten.' Alex pakt mijn gezicht met twee handen vast en drukt een stevige kus op mijn lippen. Ik moet ervan blozen. Hij zegt precies wat ik horen wil.

'Ach, jullie zijn zo schattig.' Ik kijk naar Sophie en ze schenkt ons een zoete glimlach. Ze schenkt mijn glas bij en pakt een nieuw glas voor Alex die ze tot de nok toe vult met champagne. 'Op Alex en Poppy, de kersverse ouders en tortelduifjes.' Ze heft haar glas en we proosten.

Alex is bij Wolfje en mij op het kleed komen zitten en we genieten van de hapjes. Bij de dadels krijgen we de slappe lach vanwege doula Stella die mij dadels probeerde te voeren terwijl ik druk aan het baren was. Als Wolfje wakker wordt geeft Alex hem zijn fruithapje terwijl wat vrienden van hem zich bij ons voegen en zelfs wat van ons eten meesnoepen.

Wolf probeert van het kleedje te kruipen. Met knuistjes gebald van de spanning en een rood hoofd komt hij langzaam vooruit. Onze sterke strijder. Iedereen is dol op hem en ook Sophie gedraagt zich nu voorbeeldig en is behulpzaam. Nicole, die uiteraard gekleed is in het wit, heeft zich bij haar gevoegd. Ze maken non-stop foto's en filmpjes. Dat doet bijna iedere vrouw hier en de mannen schieten braaf plaatjes wanneer hun vrouw dat eist. Ik zie een vrouw uitdagend poseren met een hamburger die ze vervolgens weer weglegt. Sophie ziet me lachen. 'Ik stuur je even die foto's die ik net heb gemaakt van Alex, Wolf en jou. Moet je posten, je bent veel te stil op social media.'

'Ik ben niet zo goed in social media. Tenminste, niet als het om mezelf of mijn privéleven gaat. Mijn reisaccount is weer een ander verhaal. Maar dat gaat om de mooie omgeving.'

Sophie trekt haar wenkbrauw op. 'Ik heb dat account gezien ja, maar het staat stil. Je doet niets meer en reist nu niet. Dus dat is klaar, denk ik. En er is niets mis met jezelf profileren op een leuke manier. Met bescheidenheid kom je nergens.'

Ondertussen komen er steeds meer mensen om ons heen zitten. Ik ontmoet nog meer oude vrienden van Alex en hoor verhalen over zijn jeugd en tienerjaren. De sfeer is goed, we drinken lekkere rosé en mijn hapjes zijn al bijna op. De sushi, kaviaar en truffelpasta laten Alex en ik aan ons voorbijgaan. Sophie verklaart ons voor gek, maar wij zijn helemaal tevreden. Bobby is met de tweeling ook bij ons komen zitten en is haar sprankelende zelf. Maar het duurt niet lang, want Lois en Lana lijken de energie van hun moeder te hebben en vliegen alle kanten op.

Er is livemuziek en door zowel ouders als kinderen wordt er volop gedanst. Als de band een nummer van Gipsy Kings inzet, springt Alex op en pakt mijn handen. Hij draait me in het rond en ik voel me licht en zorgeloos. Ik schop mijn sandalen uit en dans met blote voeten in het gras op de Spaanse muziek. We bewegen dicht tegen elkaar op het ritme van de muziek. Als onze gezichten dicht bij elkaar komen en we elkaar kussen, wordt er luid geklapt en gejoeld, bijna als in een filmscène.

'*Get a room*, maat!' hoor ik Ernst-Willem roepen.

'Love you, schat.' Alex negeert zijn vriend.

'Ik ook van jou,' fluister ik in zijn oor. Ik laat mijn hoofd op zijn schouder rusten en zie dat Sophie ons van een afstandje bekijkt. Ook zie ik Yasmin en Ruben gearmd staan en glimlachend kijken.

*

Als de avond aanbreekt is het tijd om te gaan. Wolfje heeft genoeg prikkels gehad en wij genoeg drankjes. Alex vraagt om zijn telefoon die in mijn clutch zit. 'Het is mooi geweest, ik bestel een taxi.' Ik begin de spullen in te pakken en dan gebeurt het. Ik kan mezelf wel voor mijn kop slaan dat ik dat ben vergeten en dat ik die clutch sindsdien niet meer heb gebruikt. Met het pakken van zijn telefoon valt er iets uit mijn clutch op het kleed. Ik zie het. Alex ziet het. Sophie ziet het. De kabouterpost.

Alex staart perplex van het envelopje naar mij en voordat ik iets kan doen of zeggen duikt Sophie naar de grond en verstopt het overduidelijke drugsenvelopje.

'Jezus, kijk uit jongens. Dat is niet zo handig op een kinderverjaardag, Pop.'

'Het is niet van mij!' Mijn stem klinkt instabiel. Omdat ik weet hoe dit eruit moet zien, verliest mijn overtuiging al zijn kracht.

'O, ook goed meis. Het maakt me echt niet uit en ik zeg niets, maar zal ik dit maar even weggooien?' Ze kijkt me met een vragende blik aan.

'Ja, natuurlijk, gooi weg! Ik wil die zooi helemaal niet, hoor.'

Alex zegt niets en schudt verbaasd zijn hoofd. Zijn gezicht staat op onweer. Ik weet dat hij geen fan is van harddrugs. Maar hij is vooral geen fan van geheimen.

Ik kijk om me heen en kan niet met zekerheid zeggen wie iets gezien heeft. Dit is te erg. Hoe kon ik nou vergeten dat ik dat spul nog in die clutch had zitten?

'Alex, lieverd. Het is echt niet van mij. Je kent me.'

Hij haalt zijn neus op en kijkt weg. 'Je doet wel meer rare dingen de laatste tijd.'

'Wat wil je daarmee zeggen?'

'Je gedraagt je anders.'

'O, oké. Is het zo gek dat ik wat veranderd ben sinds het moederschap? Sinds ik hierheen ben verhuisd voor jou?' Ik verhef mijn stem en ik merk dat de menigte stil wordt.

Alex pakt me bij mijn arm. 'Dit gaan we niet hier doen, Pop, we gaan.'

We lopen in stilte het veld af; Alex heeft Wolf in zijn armen en we zeggen beleefd wat mensen gedag. Wanneer we verder van hen verwijderd zijn, hoor ik het gefluister.

Sophie passeert ons en grijpt Alex' arm. 'Luister, ik heb haar nog nooit wat zien gebruiken, dus als zij zegt dat het niet van haar is, dan is dat zo.'

'Ik bespreek dit soort dingen liever met Poppy zelf, Sophie.' Hij rukt zijn arm los en snelt naar de plek waar de taxi al op ons wacht.

De rit naar huis zijn we stil. Ik wil van alles uitleggen, maar ik ben tegelijkertijd boos dat hij me niet meteen gelooft. Dit is op alle mogelijke manieren oneerlijk.

Thuis aangekomen ga ik met Wolf richting de slaapkamer en maak hem klaar voor bed. Op bed geef ik hem nog een flesje en ik leg hem naast me neer. Ik aai over zijn dikke wangetjes tot hij in slaap valt. Alex hoor en zie ik die avond niet meer.

31

Wolf ligt voor me en ik zit op mijn yogamat. De ruimte is zacht verlicht en het ruikt er naar wierook. Dit is precies wat ik nodig had nadat ik vanochtend met een katerig gevoel wakker werd dat niet door de alcohol kwam. Alex was vanochtend kortaf en wilde er pas na zijn werk verder over praten. Toen hij vertrokken was twijfelde ik even over deze yogales, maar toen ik Wolfje vrolijk zag bewegen wist ik dat ik me eroverheen moest zetten. Ooit zal ik de Zuid-vrouwen weer onder ogen moeten komen en als ik mijn kind zo zie voel ik dat hij het allerbelangrijkste is. De rest is ruis.

Door yoga voel ik me meteen meer ontspannen. En mijn gemoedstoestand heeft direct effect op Wolf, hij ligt geheel relaxed om zich heen te kijken. Hij rolt nu steeds spontaan van zijn rug op zijn buik en probeert dan met zijn armpjes naar voren te komen. Deze babyyogales gaan we vooral masseren en bewegingen doen met de armpjes en hoerabewegingen maken, zegt de yogalerares die plaats heeft genomen op het voorste matje. Ze heeft een pop bij zich die er eerlijk gezegd nogal eng uitziet, maar die moet dienen als voorbeeld van een schattige yogababy.

Ik adem een paar keer diep in en concentreer me op haar woorden. Ik durf niet naar links te kijken want ik weet dat ze daar zitten. Ze pakken deze les immers ook regelmatig en ik voel hun ogen prikken. Maar ik laat me niet van de wijs brengen. Ik ben hier voor mezelf en voor Wolf.

*

Na de les pak ik tevreden mijn spulletjes bij elkaar, til Wolfje op en ga staan. Als ik mijn hoofd optil zie ik dat ze eraan komen. Weglopen is geen optie.

'Hoi Poppy, goed dat je er bent.' Lien knikt plechtig alsof het een wonder is dat ik mijn bed uit ben gekomen. Ik besluit om te handelen vanuit licht en liefde zoals de lerares ons net heeft geleerd.

'Ja, en wat goed dat jullie ook weer zijn gekomen met jullie kleintjes. Yoga is zo fijn en goed voor hun ontwikkeling, mentale staat en bloedsomloop. Echt een cadeautje...' Mijn stem klinkt nog lekker zweverig van de les, maar ik vind het wel prima. Mij valt geen valse sneer te verwijten. Lien knikt glimlachend. 'Ja, en het is vooral voor jou als moeder ook belangrijk hè, dat je gezond en mentaal stabiel blijft voor je kleintje.'

De kant die ze opgaat, bevalt me absoluut niet en ik wil hier snel weg.

'O absoluut!' En met een laatste vriendelijke glimlach draai ik me om. De scherpe stem van Suus weet mij nog net te bereiken.

'Je zou jezelf nu een typische Amsterdamse yogasnuiver kunnen noemen.' Gelach. Niet alleen van hen, maar ook van wat andere moeders die de zaal uit lopen.

Ik hou mijn pas even in, maar besluit dan door te lopen. *Blijf rustig, Poppy. Blijf handelen vanuit licht en liefde.* Ik herhaal deze woorden, maar in mijn hoofd heb ik zojuist Suus' grote neus gebroken en Lien een kopstoot gegeven. Misschien is dat niet handelen vanuit licht en liefde, maar het voelt verdomde lekker. Al is het alleen maar in mijn hoofd.

Onderweg naar huis breek ik mijn hoofd over wie het tegen hen gezegd zou hebben? Maar ik realiseer me ook dat het geen zin heeft om mijn energie aan die vraag te verspillen. Sophie heeft het gezien en dat is een vrouw met vele contacten en een voorliefde voor roddels. Maar ze hielp me wel. Weer schoot ze me te hulp. En ook verdedigde ze me tegenover Alex...

Verder heb ik het met Bobby gedeeld, maar die zou zoiets

toch niet doorvertellen? Ze wuifde het juist weg als iets onbelangrijks en niets om me zorgen over te maken.

En toch is het al terechtgekomen bij de moedermaffia en aan het geroezemoes en gegiechel te horen bij veel meer moeders die waarschijnlijk ook deel uitmaken van zowel de moedermaffia als van de upper class van Zuid.

Ik recht mijn rug en schud het zo goed als ik kan van me af. Ik wil me niet laten meesleuren door roddels en negatieve energie. Er zijn belangrijkere dingen in het leven. Ik besluit mama een appje te sturen om haar uit te nodigen zodat ze ook Wolfje weer kan zien. En ik stuur Kate een bericht met de vraag of we elkaar snel weer zien omdat het veel te lang geleden is.

32

Augustus

'Stel je niet aan, ik haal je op!'

Bobby hangt op en een paar minuten later hoor ik getoeter en zie ik haar witte Range Rover voor de deur staan. Ze staat erop dat ik meega naar de genderrevealparty van die Jade die ik amper ken. Met het oog op de geruchten na de picknick wilde ik deze aan me voorbij laten gaan, maar volgens Bobby moet ik de mensen juist onder ogen komen en me niet verstoppen. 'Rug recht, lekker pakkie aan en gaan!'

Ze heeft vast gelijk. Ik kleed me vliegensvlug om en trek een lange, zachtgele jurk en mijn sandalen aan. Een haarband om mijn haar uit mijn gezicht te houden doet de rest.

Mama is al sinds gisteren hier om met Wolf te helpen. Ook heeft ze gister voetreflexologie bij mij gedaan en de spanning in mijn lijf is voelbaar afgenomen. Soms botsen we, maar ik ben blij dat ze er is. En tussen Alex en mij is het gelukkig ook weer goed. Hij heeft me op het hart gedrukt dat hij achter me staat en me in alles gelooft, maar door alle druk die er nu op hem staat was die situatie op de picknick hem even te veel.

Als ik Bobby's auto in stap, zit Frank daar. 'Daar hebben we onze stoute moeder.' Hij knijpt in mijn arm.

'Frank!' Ik val hem in de armen. 'Ach schat, ze kunnen beter over je fiets lullen, dan over je lul fietsen. En dat geldt vast ook voor vagina's.'

'Dat spul was van dat model, die Lena. Die heeft het in mijn clutch gestopt.'

'Ach.' Frank maakt een overdreven wuifgebaar. 'Wie, wat, hoe, doet er niet toe. Maar ermee strooien tijdens een picknick is niet zo handig.'

'Nee, dat begrijp ik ook wel. Het is niet alsof ik langs de picknickkleedjes ben gaan huppelen en iedereen heb voorzien van wat poeder.'

'Daarom, lekker laten gaan, schat.'

'Ga je mee naar de genderrevealparty?'

'Poppy, je kent me toch? Ik ga nog liever dood. Ik heb niets met baby's of feesten rondom baby's. Bobby geeft me even een slinger naar huis.'

Bobby draait de muziek zachter. 'En we hebben misschien wat voor je, toch Frank?'

'Ja, dat klopt! We vinden dat je jouw talent weer eens zou moeten inzetten, jouw fotografietalent bedoel ik dan. En nu heb ik een klus voor je! Een cliënt van mij wiens huis ik net helemaal heb gedaan gaat trouwen. En zij zoeken nog een extra fotograaf voor het feest. Het is een leuk stel, zij heet Evi en hij heet Roderick dacht ik. Beetje saaie vent, maar wel aardig. Een bekend stel in Zuid en het schijnt een fantastisch feest te worden, kosten noch moeite worden gespaard. Je moet het doen!'

'Klinkt goed, zeg. En het gaat alleen om het feest?'

'Ja, de omgeving, de mooie tafels, dansende gasten, je kent het wel. Zal ik jouw nummer even doorgeven? En ze hebben poen hoor, dus gooi je prijs flink omhoog,' adviseert Frank.

Ik weet nog niet eens wat mijn prijs nu is, maar daar kan Alex me vast mee helpen.

Bobby draait haar hoofd naar achteren. 'En het allerleukste is dat wij er ook zijn, dus dan kun je meteen leuke plaatjes van ons schieten. Hop, Frank. Eruit. We hebben haast.'

*

Brasserie Van Dam is helemaal versierd met roze, blauwe en gouden ballonnen. Zou goud voor genderneutraal staan? Misschien is die Jade wel een stuk ruimdenkender dan ik dacht. We lopen naar binnen en krijgen een glas roséchampagne en een gouden ballon in handen gedrukt.

'Deze is voor het grote moment.' De serveerster doelt op de ballon. 'Prikken wanneer wij zeggen dat het mag!'

Er is een aantal mensen dat ik ken van gezicht en ik zeg ze voorzichtig gedag want ik ben als de dood dat mijn ballon per ongeluk knapt en ik ook nog eens het geslacht vroegtijdig verraad op dit spectaculaire feest.

Ik plant mezelf op een bankje en houd de ballon angstvallig voor mijn borst. Zwangere Jade betreedt na een tijdje een verhoging die dient als minipodium.

'Lieve vrienden, ik ben zo blij dat jullie hier allemaal zijn om met mij dit bijzondere moment te vieren. Ik wil jullie nu vragen om een van de kleine doosjes te pakken die op de cadeautafel liggen.'

Iedereen gaat braaf naar de cadeautafel en pakt een klein goudkleurig doosje met daarop *Jade en Dennis* en een klein hartje gegraveerd.

'Bobby, pak een doosje voor mij. Ik durf niet op te staan met die ballon!' Bobby fronst haar wenkbrauwen en loopt rustig, vol zelfvertrouwen naar de tafel, wringt zich tussen de mensen door en pakt snel en behendig twee doosjes.

'Hier, paniekzaaier.' Ik pak het dankbaar, maar voorzichtig aan.

Ondertussen zie ik twee fotografen en wel drie cameramannen gericht op het podium met Jade en op ons.

'Wordt dit uitgezonden op televisie of zo? Is die Jade ook al ergens bekend van?'

Bobby schudt haar hoofd. 'Nee joh, dit is voor haar Insta. Zij is vlogger en influencer geloof ik. Weet ik het. Ze zal wel een compilatievideo maken.'

Jade neemt weer het woord.

'Het is zover! Ik wil jullie vragen om het doosje te openen.'

Ik open braaf het gouden doosje en zie dat daarin een minuscuul gouden speldje ligt.

'Dan graag jullie speldje en de ballon voor je houden en dan mag er geprikt worden op drie! Zijn jullie er klaar voor? Camera's klaar?' Een stralende Jade pakt haar ballon en fatsoeneert nog even snel haar prachtig geföhnde zwarte haar en trekt haar rok recht. Ze steekt haar borsten vooruit en plaatst de gouden ballon voor haar lijf.

'Poppy, doe nou, is toch lachen!'

'Nee Bob,' sis ik tussen mijn tanden door. 'Ik wacht even.'

Bobby rolt met haar ogen en houdt braaf haar ballon voor haar aanwezige voorgevel.

De muziek wordt weggedraaid en Jade laat veelbetekenend een stilte vallen om de spanning op te bouwen.

'Komt-ie, hè. Een, twee... drie!'

Hoewel ik wist wat er komen ging, schrik ik toch op van de harde knalgeluiden die de ballonnen geven. Het regent roze confetti. En als klap op de vuurpijl gaat er ook nog een grote confettiraket af waardoor ik nogmaals een gilletje slaak.

Nog meer roze confetti. De muziek van Stevie Wonder galmt door de speakers en iedereen zingt uitgelaten mee met 'Isn't She Lovely'.

De cameramannen en fotografen snellen door de menigte om het zogenaamd verraste hoofd van Jade en haar vriendinnen te filmen, de felicitaties vast te leggen en de traangezichtjes een close-up te gunnen.

Er komen schalen langs met roze cupcakes met de woorden *It's a girl* in gouden, sierlijke miniletters en de flessen champagne worden ontkurkt. Ik laat mijn ballon snel los, het raadsel is nu denk ik wel opgelost.

'Waar is Sophie eigenlijk, die Jade was toch een vriendin van haar?'

'O, die zijn gebrouilleerd! Die haten elkaar nu.'

'Serieus? Maar ik dacht dat ze zo close waren? Wat is er gebeurd?'

'Iets met het lenen van een jurk, dacht ik. Ach, zo gaat het altijd bij dat soort vrouwen. Het is vaak een aaneenschakeling van intense vriendschappen die volop geprofileerd worden op social media en dan is het ineens over en uit.'

Nog steeds snap ik niet waarom Sophie zo aardig tegen mij doet. Waardeert ze het toch dat ik anders ben dan die vrouwen? Of is dat naïef gedacht en is het haar om Alex te doen?

Ik haak mijn arm in die van Bobby. 'Ik ga denk ik naar huis, mijn moeder is bij ons.'

'Prima, drop ik jou thuis en bel ik Frank nog even voor een drankje ergens. Peter is toch thuis bij Lois en Lana en ik vind het een goede zaak dat hij die zorg nu even zelf op zich neemt, zonder hulp van oppas of au pair. Kom, even de koningin van het bal feliciteren en dan met een bloedgang wegwezen.'

'Heb je eigenlijk nooit meer iets gehoord van die Hope?'

'Nee, die is echt met de noorderzon vertrokken. Ach, de tweeling vond haar toch niets.'

'Vinden zij ooit een oppas wel leuk dan?'

Bobby moet daar even over nadenken. 'Nee, nooit eigenlijk.'

We staan nu bijna vooraan in de rij en feliciteren Jade. Die zet ons meteen op de foto voor haar Instagram. En ik moet vooral veel liefs doen aan Alex en hem complimenteren want ze heeft onlangs nog zo lekker bij De Flamingo gegeten. Na een aantal keer bedankt te hebben, vinden we onze weg naar buiten. Ik kijk op mijn telefoon en zie dat ik een filmpje binnen heb gekregen van een trotse oma met een kruipende Wolf. Hij kan het nu echt. Ik open het portier en spring in de auto. Opeens kan ik niet wachten om weer thuis te zijn.

33

Mijn moeder zit naast me op het dakterras in yogahouding te mediteren. Ik heb me op de nieuwe loungebank genesteld die ik een paar dagen geleden met Yasmin heb opgehaald. Zij had in eerste instantie haar bedenkingen bij Marktplaats, maar toen ze zag hoe ik deze bank nieuw leven had ingeblazen was ze verkocht en heeft ze een account aangemaakt.

De kussens heb ik opnieuw laten bekleden, de mooie pootjes heb ik bij een vintage meubelzaakje gevonden en online heb ik zelf wat kussens ontworpen die vandaag zijn afgeleverd. Zo is de bank helemaal naar mijn smaak, net als het dakterras dat steeds meer op een klein Grieks paradijsje begint te lijken.

Ik heb nog even kunnen genieten van de kruipkunsten van Wolf, maar toen moest hij echt naar bed. Mama wilde per se mediteren en aankomende nacht schijnt het vollemaan te zijn, dus die kans laat zij niet aan zich voorbijgaan. Toen ik aangaf niet mee te doen maar graag een kopje thee te willen drinken en wat te lezen op ons terras voordat ik ga slapen, kon ze haar teleurstelling amper verbergen.

Als ze klaar is voegt mama zich bij mij op de bank. Op dat moment wordt er hard getoeterd en klinken er scheldwoorden. Ik kijk over de balustrade en zie twee mannen ruziemaken om een parkeerplek.

'Ik snap niet dat jullie niet buiten de stad gaan wonen. Zoveel drukte en onrust, om nog maar te zwijgen over de slechte luchtkwaliteit. Ik kan hier amper de maan zien!'

'Mam, het is bewolkt nu. En jij woont ook in een stad, Maastricht is geen natuurgebied, hè.'

'Ik woon op een boerderij en zit vlak bij Valkenburg, het is qua drukte niet te vergelijken.'

'Ik vind Amsterdam wel leuk. En Alex heeft hier zijn baan bij het restaurant.'

'Tja, maar om nou kinderen op te voeden hier... Maar dat moet je zelf weten. Weet dat je altijd welkom bent. Je mag ook bij mij wonen, of logeren, alles is goed.'

Ik kijk naar mama en even bekruipt me het gevoel dat ze eenzaam is. Het is ook niet niets, zo alleen sinds de dood van papa.

'Dank je, mama. Dat is fijn om te weten.'

'Even over die plek waar Alex werkt, hè. Staan zij niet open voor een veganistische menukaart? Ik heb de vrijheid genomen om even te spieken op de website en daar is ruimte voor verbetering hoor, Pop. Er staat zoveel vlees op de kaart, ook kalfsvlees! Vreselijk voor de diertjes en voor het milieu. Ik wil het toch even bespreken met hem.'

'Mam, kan het ook een keer over iets anders gaan dan de wereld verbeteren? Ik heb trouwens al voor elkaar gekregen dat er geen ganzenlever meer op de kaart staat, dat is toch al mooi nieuws?'

'Zeker meisje, maar er moet nog veel meer anders. En hij is toch een hoge pief aan het worden, hij moet het over een andere boeg gooien bij die Flamingo.'

'Mam, nu even niet, oké? En val Alex alsjeblieft niet weer lastig met dit soort verwijten!'

Ik zie dat mama schrikt van de felheid in mijn stem. Maar ik wil gewoon een keer niet mezelf of iemand anders moeten verdedigen naar haar toe.

'Sorry hoor, ik zeg al niets meer. Ik probeer jullie alleen maar te helpen en de goede richting in te duwen.'

'Mam, jouw goede richting is niet altijd dezelfde als die van anderen. Hou er nu over op.'

In stilte drinken we onze thee en kijken we naar de maan die langzaam achter de wolken – of vervuilende smog – vandaan komt.

*

Als we de volgende ochtend samen aan tafel zitten is mijn moeder alweer op dreef.

'Jij moet ook echt meer thee drinken en minder koffie, Alex, je put jouw lichaam juist uit nu! Het lijkt wel alsof je vijf jaar ouder bent geworden sinds de laatste keer dat ik je zag!'

'Dank je, Evelien, altijd leuk, zo'n compliment van mijn schoonmoeder. Het is de laatste tijd wat hectisch met een belangrijk evenement dat eraan komt en mijn boek dat gelijktijdig uitkomt. Jij krijgt natuurlijk een van de eerste exemplaren.'

Alex geeft mama een speelse knipoog in de hoop wat punten te scoren en de sfeer aan tafel gezellig te houden. Hij krijgt een lach terug. Een bezorgde lach.

'Dat vind ik lief, jongen. En ik wil je echt niet beledigen, ik wil gewoon dat het goed gaat met je. Met jullie allebei.'

Ze kijkt nu van mij naar Alex en terug. Ik schraap mijn keel en verleg de aandacht naar Wolf.

'Mama, zou je hem even willen aankleden?'

'Maar natuurlijk wil ik dat, lieverd, tutten met mijn kleinzoon!' Mama pakt Wolf soepel uit de box en verdwijnt richting de babykamer.

'Schat, ik heb misschien iets wat interessant is. Ene Evi en Roderick gaan trouwen en zij zoeken nog een fotograaf voor het feest. Niets bijzonders, gewoon mooie sfeerfoto's van de omgeving, het feest en de gasten.'

Ik kijk verwachtingsvol naar Alex, maar hij scrolt op zijn telefoon. Hij heeft altijd een diepe frons op zijn gezicht als hij vluchtig het dagelijkse nieuws doorneemt.

'Ken jij die mensen soms?'

Nu legt hij zijn telefoon weg, tilt zijn kin iets omhoog en denkt hardop na. 'Tja, ze zeggen me wel iets. Volgens mij een of ander hip Zuid-stel. Maar ik ken ze verder niet. Maar hoe kwam je hierop?'

'Nou, Frank heeft mij naar voren geschoven en ik bel die Evi vanmiddag. Waarschijnlijk ga ik die klus doen.'

'Ja, moet je doen, Pop! Lijkt me een leuke kans. Kijken waartoe het leidt...'

Nu word ik zelf ook steeds enthousiaster over het idee. 'Misschien kan ik ook fotograferen bij Kinderen van de Toekomst?'

Alex kijkt me aan en pauzeert even voordat hij zijn mond opendoet. 'Eerlijk gezegd heb ik dat al gevraagd, Pop, het leek mij namelijk een leuk idee en ik weet hoe goed je bent.'

Er valt een stilte en Alex neemt rustig een slokje koffie, een soort cliffhanger die mijn irritatie opwekt.

'Ja... en?'

Alex pakt mijn hand.

'Oké, lieverd, niet boos worden maar Suus is er voor gaan liggen. Zij zei dat ze niet comfortabel was met iemand die drugs in haar tas heeft en dat dit een belangrijk event is waar geen ruimte is voor fouten. Sorry.'

'Wat? Je hebt mij toch wel verdedigd, hoop ik?'

'Ja, natuurlijk!'

Alex gaat door met het smeren van zijn broodje; Suus' woorden lijken niet zo'n indruk op hem gemaakt te hebben.

'Alex, dit is ontzettend oneerlijk.'

Hij kijkt op en zucht. 'Dat weet ik, Pop, maar dat krijg je nu eenmaal als je een envelopje coke op een picknickkleed laat vallen tijdens een kinderfeestje.'

'Wat? Ga je nu zo beginnen? Ik dacht dat je me geloofde.'

'Ik geloof jou zeker, dat zei ik al. Alleen moet je niet zo verbaasd zijn dat sommige types dit zullen gebruiken om jou of mij onderuit te halen, dit is nu eenmaal voer voor geklets.'

We kijken elkaar aan en we zwijgen. Ik laat de woorden tot me doordringen en weet dat hij gelijk heeft. Hij kan hier niets aan doen.

'Luister lieverd, het maakt mij niet uit dat ene Suus of huppeldepup iets vindt van jou of ons. Het enige wat ik belangrijk vind is dat jij dicht bij jezelf blijft en je niet laat meesleuren in dat Amsterdam-Zuid-gelul.'

'Ja ja.'

'Ik meen het, Pop. Laat je nou niet uit de tent lokken door dat soort types. Ik heb je nodig. En Wolf ook.'

'Ja Alex, ik hoor je. Ik ben er toch ook.' Ik haal mijn schouders op en recht mijn rug. 'Nou, dan fotografeer ik lekker niet bij Kinderen van de Toekomst. Dan ben ik daar gewoon als eregast, samen met de ster van de avond.'

Alex glimlacht naar me. 'Daarom, dan heb ik je lekker voor mezelf.' Hij drukt een kus op mijn mond. 'Maar dat huwelijk moet je zeker doen. Ook goed voor je netwerk.'

Ik knik en neem de laatste hap van mijn havermout. De rest mag Wolf opeten, die is zo gek op dit spul. Een tweede portie gaat er bij hem makkelijk in. Sowieso is Wolf een makkelijke eter en dat is goed te zien aan die heerlijke mollige beentjes, spekvoetjes en zijn bolle buikje. Een bolle baby met kuiltjes in zijn wangen wanneer hij lacht.

Alex zegt mijn moeder nog even gedag in de gang en vertrekt. Mama blijft nog een dag en dat geeft mij de ruimte om wat aan het huishouden te doen en vanmiddag wat inkopen te doen. Wolf is uit een groot deel van zijn kleertjes gegroeid en ik moet echt op zoek naar een jurk voor het event. En ik moet nieuwe hapjes voor Wolf maken. Alsof mama mijn gedachten leest, komt ze de keuken in. 'Zullen we even een boodschap doen samen met de kleine man?'

'Goed idee. Maar we moeten ook even langs de slager, wil je daar geen preek houden, please?'

Mama heft verontschuldigend haar handen op. 'Nee, nee. Ik zeg niets. Kom, het is gestopt met regenen. Laten we gaan. Waar staat de kinderwagen?'

'Beneden in het trappenhuis, mam.'

Ze zegt niets, maar ik weet dat dit de zoveelste bevestiging voor haar is hoe extreem onhandig Amsterdam is. Ik pak de sleutels en neem voor de zekerheid een paraplu mee.

*

Als ik aan het eind van de middag mijn to-dolijst bijna heb afgewerkt, gaan mama en ik nog een stukje lopen met Wolf. Die jurk moet nog maar even wachten, ik heb geen zin om die chique winkels in te gaan.

De terrasjes die we passeren zitten vol met mensen die dit tijdstip aangrijpen voor een borrel. Als we het restaurant Bella Vista passeren hoor ik mijn naam. Sophies stem herken ik inmiddels moeiteloos.

'Wie is deze vrouw?' sist mama me vragend toe.

'Een vriendin, uhm kennis bedoel ik,' zeg ik zachtjes terwijl we richting Sophie en haar groepje vriendinnen lopen. Mijn moeder neemt Sophie van top tot teen op en andersom gebeurt hetzelfde. Mama zet haar vriendelijke glimlach op en ik zie dat ze probeert een open houding zonder oordeel aan te nemen.

Bij Sophie lijkt dit minder goed te lukken. Er speelt een vermakelijke glimlach rond haar lippen, alsof ze iets grappigs ziet. Mijn moeder is ook een ware verschijning hier. Ze draagt een felgekleurde flared legging met daarboven een *tie dye* T-shirt en haar pluizige krullen worden vastgehouden met een haarband waar verschillende sterren en de maan sierlijk op pronken. Haar huid is gerimpeld door de zon want vroeger geloofden ze niet in de schade van uv-straling. En zij en papa waren echt strandgangers. Het liefst het nudistenstrand, want zo had de natuur het immers bedoeld.

'U bent de moeder van Poppy! Hoe maakt u het?'

Mama glundert van trots. 'Ja, en de oma van deze mooie man!' Trots gebaart ze naar Wolf, die voorbeeldig op zijn speentje sabbelt.

'Ach, het is ook zo'n dotje.' Sophie lacht nu wel oprecht.

'Woont u hier in de buurt, mevrouw?'

'Ach, je mag mij Evelien noemen, hoor. Je bent een vriendin van Poppy, toch?'

'O, absoluut. We zijn de afgelopen tijd best wel close geworden. We steunen elkaar in moeilijke tijden, zoals vrouwen dat horen te doen, toch?' Ze knipoogt naar mijn moeder en schenkt mij een medelevende en bezorgde blik. Alsof zij samen met mijn moeder de schone taak op zich heeft genomen om mij op het rechte pad te houden.

'Waren er zware tijden dan?' Mijn moeder kijkt nu bezorgd naar mij en vervolgens weer naar Sophie.

'Excuus, ik bedoel er niets mee, hoor. Ik bedoel, dat is niet aan mij om te vertellen, mevrouw.'

Er valt een stilte en Sophie legt haar hand op haar borst ter illustratie van haar spijt.

'Ik wil alleen maar zeggen dat het soms lastig is als je man zo weinig aandacht heeft voor het gezin en je er alleen voor staat. Nu zeg ik niet dat Poppy er alleen voor staat, ze kan altijd rekenen op mij. Weet dat.'

Mama richt zich direct tot mij. 'Heb je problemen, meisje, wat is er aan de hand met Alex? Waarom vertel je mij nooit iets?'

Ik zucht en vraag me af hoe ik dit gesprek snel een goede richting op kan sturen.

'Nee mam, er is niets aan de hand. Sophie bedoelt gewoon dat wanneer de mannen druk zijn, wij vrouwen elkaar een extra handje helpen.'

'Juist, dat bedoel ik. Kom lekker bij ons zitten, prik een vorkje mee.' Sophie schuift uitnodigend een stoel naar achteren.

Maar het zaadje van bezorgdheid is al geplant bij mama. En ik merk dat ze gepikeerd is omdat ze zich een buitenstaander in mijn leven voelt. Hoewel ik begrijp dat het vervelend is om niet van elk detail van het leven van je kind op de hoogte te zijn, vind ik ook dat mama moet begrijpen dat het delen van gevoelens met haar niet altijd even makkelijk is.

Er is meer afstand tussen ons ontstaan sinds mijn vaders dood. En mama is harder geworden. Extremistischer in haar overtuigingen. Dwingender in haar adviezen. Alsof de perfecte balans die papa aanbracht in haar leven verloren is gegaan.

'Dank voor de uitnodiging om met jullie te eten, Sophie,

maar wij hebben al eten voor vanavond,' probeer ik zo vriendelijk mogelijk te zeggen, maar ik wil hier zo snel mogelijk weg. En ik ben Sophie allesbehalve dankbaar voor haar goedbedoelde opmerkingen.

'Ach, doe niet zo mal! Ik trakteer! Een wijntje, mevrouw?'

'Nou... dat vind ik lief van je, dame, maar ik drink al jaren geen alcohol meer.'

'Niet eens een heerlijk glaasje wijn?' vraagt Sophie verbaasd.

'Nee, nooit. Alcohol is niet alleen vergif voor het lijf...'

Please, zeg het niet.

'Maar vooral giftig voor de ziel...'

Hè, verdomme. Mama moet echt leren aanvoelen wat haar publiek is.

'Ik veroordeel het niet, hoor, maar ik vind wel dat jullie jongelui wat bewuster moeten leven. Elke dag wakker worden in een gezond en mooi lijf is een geschenk, daar moet je het universum dankbaar voor zijn...'

Ik zie de mensen rondom Sophie wat gniffelen en demonstratief een slokje wijn nemen, maar Sophie laat zich niet kennen en toont zowaar interesse in mijn moeders visie.

'Wat mooi gezegd, mevrouw. Daar hebt u ook een punt. Bent u echt elke dag dankbaar voor uw lijf?'

Mama, die nu voelt dat haar mening ertoe doet, gaat maar al te graag verder. 'Absoluut! Ik ben elke dag dankbaar voor mijn mooie, sterke lichaam dat mij weer van dienst is.'

Ik luister in stilte en zie vanuit mijn ooghoek dat de vriendinnen, onder wie Nicole, het lijf van mijn moeder van top tot teen scannen. Ik hoor wat gegiechel. In hun optiek waarschijnlijk niets om trots op te zijn. Ik draai mijn hoofd met een ruk om. Al gaat ze soms wat te ver, ik laat mijn bloedeigen moeder niet uitlachen.

Maar wanneer ik hun ogen ontmoet, zie ik niets anders dan lieve blikken en zachte ogen. En ook Sophie luistert geïnteresseerd naar mijn moeder en knikt braaf mee. Ben ik gek aan het worden?

‘En daarom wil ik jullie en de toekomstige generaties zo graag bijbrengen wat er echt belangrijk is in het leven. Dat heeft niets met materie of verdovende middelen te maken, dat heeft te maken met gelukkig zijn met jezelf.’

Sophie klakt met haar tong en houdt haar kin nadenkend vast. ‘Misschien is een commune oprichten een optie?’

‘Nou, daar zeg je wat! Ik begrijp het heel goed, hoor, dat die mensen samen ergens een nieuwe beschaving starten. Ik heb daar zelf ook ervaring mee...’

‘Mam!’

Dit gaat te ver en ik moet haar stoppen voordat ze iedereen op dit terras ervan probeert te overtuigen een sekte op te richten met haar. ‘We moeten gaan. Wolf moet eten.’

Ik pak mijn moeders arm. ‘Dag Sophie, dag Nicole, dag iedereen.’ Ik zwaai, draai me om en trek mijn moeder al tegensputterend mee. Ik hoor zacht gegiechel, maar ik kan niet met zekerheid stellen of dat om ons gaat.

‘Wat doe je nu? Ik was nog in gesprek met jouw vrienden.’

‘Het zijn meer kennissen, mam. En het is genoeg, echt genoeg nu.’

*

‘Schaam jij je soms voor mij?’ We staan in de babykamer en mijn moeder is met trillerige stem Wolf aan het verschonen en ontwijkt mijn blik sinds ik haar van het terras heb gesleurd. Het breekt mijn hart om haar zo te zien en ik heb spijt van mijn reactie net, maar ik vind ook dat ze echt te ver is gegaan.

‘Mam, dat is het niet. Ik denk alleen dat jij soms wat meer je best moet doen om aan te voelen of het de juiste plek is voor dat soort gesprekken. Of de juiste persoon. Niet iedereen snapt wat je bedoelt, mama. Ik wil niet dat je jezelf voor gek zet.’

‘Nou, volgens mij wil je niet dat ik jou voor gek zet. Je schaamt je altijd voor mij en mijn idealen. Je probeert mij weg te houden van jouw leven, van jouw vrienden...’

Ze is ondertussen aan het snikken en Wolf moet de spanning voelen, want hij is helemaal stil.

'Toen je eindelijk terugkwam van al dat reizen, dacht ik dat ik je weer een beetje terug had in mijn leven. Maar ik kom er steeds meer achter dat jij mij helemaal niet in jouw leven wilt!'

'Mam! Hoe kun je dat zeggen terwijl je hier bent?'

'Nou, niet echt, toch? Ik mag niet met die mensen hier praten, ik mag niets tegen Alex zeggen over mijn veganistische levensstijl, je begint te zuchten en te steunen wanneer ik je vraag langs te komen of mee te gaan met mij naar een ademcursus, je wilt helemaal niets met mij.'

Nu voel ik de emoties opborrelen en samenklonteren tot een brok in mijn keel. En ze moeten eruit.

'Ik heb nogal veel aan mijn hoofd, mama, ik heb niet altijd energie om weer mee te gaan naar een of andere cursus over innerlijk welzijn. Ik heb soms al moeite met de dag doorkomen! Ik heb last van hormonen, vermoeidheid, onzekerheid, ik vind het verdomme hartstikke moeilijk, mijn nieuwe leven als moeder hier.' Als een vuurspuwer komt het eruit en ik kan me niet inhouden. 'En jij praat alleen maar over jezelf en je hebt alleen maar kritiek! Altijd! Mijn hele leven heb je al kritiek op van alles en nog wat!'

'Dat is geen kritiek, dat is feedback en hulp. Jij bent overgevoelig. Altijd al geweest.'

'Zie je, dat bedoel ik nou! Daar ga je weer! Ik heb weer een of ander probleem. Poppy is een beetje raar, anders, veel te gevoelig en ga zo maar door. Ik hoor niets anders, mijn hele leven lang al!'

Mijn moeder kijkt me met grote betraande ogen aan en zoekt naar woorden. Ik maak van de gelegenheid gebruik om Wolfje over te pakken en hem als een schild dicht tegen mijn borst aan te houden. Ook mijn ogen zijn nat en mijn keel voelt dik en pijnlijk. Mama legt haar hand op haar borst, neemt op plechtige wijze een diepe teug adem en begint dan rustig te praten. 'Poppy, ik accepteer jou echt wel zoals je bent. Het is voor mij alleen lastig om te weten hoe of wat je bent, omdat je niet met mij praat. Ik moet nota bene van die vrouw op het terras horen dat je problemen hebt in je relatie.'

'Mam, ik heb geen problemen, je bent altijd meteen zo bezorgd! Daarom zeg ik niets!'

'Poppy, laat me uitpraten nu. Sinds je vader er niet meer is ontwijk je mij en elk diepgaand gesprek en dat weet je.'

Ik kan er niets aan doen. Het doet te veel pijn. De beschuldiging, het onbegrip en het onbeschrijflijke gemis. De woorden stromen uit mijn mond en ik kan ze niet tegenhouden.

'Ja, omdat ik het vreselijk vind zonder hem! Jij begrijpt mij niet zoals hij dat deed. Jij ziet mij niet zoals hij dat deed. En jouw woorden zijn niets zonder zijn opmerkingen, jouw inlevingsvermogen is weg zonder hem.' Ik moet naar adem happen om door te gaan. 'Ik haat het bij jou thuis zonder hem! Ik haat die lege stoel! Ik haat die nieuwe kleur op de muren die hij nooit mooi had gevonden! Ik haat gesprekken voeren zonder hem. Ik haat dat!'

Ik schreeuw zo hard, maar ik weet niet of mama de laatste woorden nog heeft gehoord voordat ze snikkend de kamer uit is gerend. Ik sta aan de grond genageld en ga haar niet achterna. Wolf is nog steeds doodstil en ik voel me totaal leeg.

34

Met bonkend hoofd en een onrustige baby op schoot zit ik aan tafel terwijl Alex probeert mijn nekspieren wat losser te krijgen. Het was een onrustige nacht, waarin Wolf elke twee uur wakker werd en ik eindeloos lag te malen, vol schuldgevoel over de vreselijke dingen die ik tegen mijn moeder heb geschreeuwd, waarbij ik totaal voorbij ben gegaan aan haar gevoel en verdriet. Nadat ze er gisteren meteen vandoor was gegaan, heb ik haar niet meer kunnen bereiken.

'Bel je moeder straks nog een keer, lieverd, laat je koppigheid varen.'

'Het is geen koppigheid, ik weet eigenlijk ook niet wat ik moet zeggen.'

'Bied je excuses aan, dat is al een begin.'

'Maar ik meende wel wat ik zei. Het is nu eenmaal anders sinds papa's dood en ik heb vaak moeite met haar drang anderen te overtuigen, haar betweterigheid...'

'Lieve Pop, dat snap ik. Ik weet dat je moeder soms een beetje kan doorslaan, maar het is wel je moeder. Ze bedoelt het goed.'

Ik zwijg en voel een pijnscheut in de nekspier die Alex nu hard masseert.

'Bied dan in elk geval je excuses aan voor jouw felheid. En nodig haar uit voor een goed gesprek. Sus de boel een beetje.'

'Ja, makkelijk gezegd. Met mam is even iets sussen hetzelfde als een grote bosbrand even wat water geven. Au! Alex, je knijpt te hard.'

'Ja, schat, het zit helemaal vast.'

Mijn gezicht vertrekt van de pijn en ik maak me los uit zijn greep.

'Het is wel goed zo.'

'Doe maar rustig aan vandaag, neem een bad als die kleine slaapt. Ik moet gaan, schat. Bel je later, oké.'

'Yep. Succes, lief.'

Hij blaast een kus naar me, loopt de gang op en ik hoor de deur dichtslaan.

'Zo, kleine man. Het ziet ernaar uit dat wij weer saampjes op pad gaan vandaag.'

Ik wieg Wolf wat heen en weer op mijn schoot terwijl ik met mijn linkerhand mama bel. Ik word direct doorgeschakeld naar de voicemail. Er gaat een koude rilling door mijn lijf als ik weer denk aan de harde woorden en het verdriet dat ik mijn moeder heb aangedaan. Alex heeft gelijk, ik moet dit goedmaken.

Mijn telefoon gaat en mijn hart maakt een sprongetje. Shit, eigenlijk had ik moeten opschrijven wat ik haar wil zeggen. Maar ik zie dat het Yasmin is die me belt. Ik voel een combinatie van opluchting en teleurstelling.

'Ja?'

'Jij ook goedemorgen!'

'Sorry, ik verwachtte iemand anders.'

'Gaat het wel, Pop? Je klinkt zo timide?'

'Gedoe met mijn moeder, je kent het wel.'

Meteen heb ik spijt van de woorden. Hoe kan ik zo'n stomme opmerking maken?

'Sorry, vreselijk stom van me.'

'Geen zorgen, hoor, ik weet het nog wel van vroeger. Moeders kunnen soms lastpakken zijn. Maar wel heel waardevol om in je leven te hebben, Pop, koester dat.'

'Je hebt helemaal gelijk.' Weer een golf van spijt en schuldgevoel die door mijn lijf stroomt.

'Kom je vanmiddag even langs? Dan gaan we in de jacuzzi op ons dakterras, dat vindt die kleine ook heerlijk, even badderen! Hij zal erna slapen als een roosje en dan kunnen wij even bijpraten.'

'Ik heb een beetje hoofdpijn.'

'Mooi, want ik heb hier nog aspirine liggen waar je een paard mee kunt verdoven. Uur of vier? Tot vanmiddag!' En weg is ze.

*

Wat is dit een heerlijk gevoel. Ik zit op de fiets met Wolf in de draagzak tegen me aan gedrukt. Ik vermijd de drukke stukken, maar Yasmin woont dichtbij en Wolf zit stevig vastgesnoerd. Hij brabbelt tevreden en wanneer ik mijn hoofd buig en mijn neus verstop in zijn donshaartjes word ik zowat high van de lekkere geur.

Na een paar minuten kom ik aan bij het paleis van Yasmin, Ruben en hun zoon Vik. Yasmin staat ons al bij haar voordeur op te wachten.

'Pop, wat ziet dit er leuk uit! Jullie zijn echt zo schattig samen! Even een foto!'

Ik sta inmiddels met beide benen stevig op de grond, houd mijn fietsstuur vast en draai me een kwartslag zodat Wolf in zijn draagzakje mooi op de foto komt.

'Kom lekker binnen, schat. Dan gaan we meteen naar boven. Ik heb wat lekkers voor ons klaarstaan en ik heb alvast kleine broodstukjes met avocadospread op een bordje gedaan voor Wolf.'

We eten een overheerlijke borrelplank met noten, zachte kazen op toast, grote groene olijven en serranoham met meloen. We drinken een glas wijn en Yasmin schenkt natuurlijk mijn glas water met regelmaat bij, zorgzaam als ze is. We kletsen voornamelijk over onze relaties en over de kindjes, de gesprekken blijven redelijk aan de oppervlakte. Maar juist dat voelt nu comfortabel en veilig. Na een tijdje laat ik me samen met Wolf in het warme water van de jacuzzi zakken. Zijn naakte lijfje druk ik stevig tegen me aan. Zijn oogjes lachen en hij kirt van plezier. Zijn beentjes trappelen vrolijk in het rond.

'Och, kijk nou! Hier moet ik even een foto van maken. Jullie zijn zo lief samen,' roept Yasmin uit.

Ik zal dadelijk de foto's naar Alex sturen, die vindt hij vast geweldig. En dan kan hij meteen zien dat hij zich geen zorgen hoeft te maken. Het gaat alweer een stuk beter met mij. Ik zal thuis mijn moeder in alle rust bellen om sorry te zeggen. En ik wil haar zeggen dat ik haar waardeer en van haar houd. Want dat doe ik echt wel.

Het moederschap is magisch mooi, maar ook zwaar. Dat zal voor haar niet anders zijn dan voor mij.

Dankbaar kijk ik naar Yasmin die ons zo goed heeft opgevangen hier en me uit die negatieve energie heeft gesleurd.

Na de baddersessie is Wolf inderdaad rozig en valt hij al snel in slaap op mijn borst. Hij sabbelt tevreden op zijn speen en ik leg hem voorzichtig in zijn kinderwagen in de schaduw.

'Die foto's zijn zo leuk geworden, kijk hier!' Yasmin geeft haar telefoon aan mij en ik scrol door de foto's. Ik kan alleen maar met haar instemmen. Ik stuur ze naar mezelf om ze vervolgens naar Alex te sturen. Die reageert met allemaal hartjes. Het is misschien kinderachtig, maar dat zorgt toch voor vlinders in mijn buik. Ik kijk nogmaals naar de mooie momenten van mij en mijn zoon. Trots als ik ben besluit ik weer een keer iets te posten. Hij staat er zo schattig op, dat wil ik delen. Ik post de foto op de fiets en de foto in de jacuzzi en zet als caption alleen maar een hart erbij. Dat zegt alles.

Ik sluit Instagram af, leg mijn telefoon weg en drink nog een glas wijn met Yasmin. Over mijn moeder beginnen durf ik niet, zeker na mijn lompe opmerking aan de telefoon wil ik vandaag niet nogmaals de nadruk leggen op het feit dat Yasmin haar beide ouders moet missen. Zelf begint ze er ook niet over.

Even later besluit ik naar huis te wandelen met mijn fiets aan de hand. Eenmaal thuis aangekomen werp ik een blik op mijn telefoon en zie allemaal notificaties van Instagram.

Ik open de app en kan mijn ogen niet geloven. What the fuck. Ik lees een aantal reacties en bel meteen Yasmin.

'Trek het je niet aan, Poppy, dat zijn azijnpissers, echt! Ik zag toch hoe veilig hij was. Ik zag toch hoe leuk jullie waren! Dit is gewoon zuur gedrag van zure mensen.'

Ik staar naar mijn post en lees nogmaals de commentaren. Er zit ook positief commentaar tussen, maar veelal is het negatief en vol afschuw over mijn onverantwoordelijke gedrag. Van alle kanten word ik online aangevallen door de moedermaffia die unaniem vindt dat ik mijn kind blootstel aan levensgevaarlijke taferelen. Ik zie bekende namen zoals die van Suus en Lien die kritiek – of goedbedoelde feedback zoals zij dat noemen – leveren op mijn fietstocht met Wolf in de draagzak. Maar ook onbekende namen vallen me keihard aan, zonder enige nuance. De lachende foto in de jacuzzi komt er ook niet goed van af.

Dit is toch levensgevaarlijk! Hij heeft geen bandjes om! #lekkerslim

Sorry, dit vind ik echt onverantwoord. Stel, jij wordt geschept door een auto? Is je kind mooi de lul!

Zou je wel fietsen met een kind in de draagzak? Volgens mij niet echt de bedoeling... #houelkaarscherp

Hij heeft het volgens mij bloedheet, hij is helemaal rood! Straks raakt hij nog oververhit!

Lekker tof doen in je jacuzzi terwijl je je kind bijna laat verzuipen zo zonder zwemvest. Dom wicht!

Lekker handig, fietsen met een hulpeloze baby die aan je lijf bungelt. Gelukkig is het in Amsterdam superveilig en lekker rustig als fietser... #not.

Ik had al geen hoge pet op van jouw moederskills, maar dit bevestigt mijn vermoeden. #jeugdzorgplease?

Ik kan geen woord uitbrengen. Elke zin, elk woord wakkert een woede in mij aan.

'Poppy, niets doen, hoor. Als je geschoren wordt, dan moet je soms even stilzitten. Laat je niet uit de tent lokken, anders sturen ze straks nog echt jeugdzorg op je af.'

'Dat kan helemaal niet, toch? Het zijn gemene vrouwen die zomaar wat roepen.'

'Tja, maar toch... Hou je maar even gedeisd. Soms krijgen vrouwen die het hardst roepen behoorlijk wat aandacht. Verwijder de post maar.'

'Dat doe ik niet! Ik heb verdomme niets fout gedaan en weet echt wel wat veilig is voor mijn kind. Dus ik ga niet doen alsof ik iets verkeerd heb gedaan, daar pas ik voor.'

'Oké, Pop... Sorry, ik had dit ook niet voorzien. Men is schijnbaar de laatste tijd erg overgevoelig wanneer het gaat om baby's en het opvoeden van kids.'

'En blijkbaar allemaal opvoedexperts.'

'Hou je rustig, hè. Het komt wel goed.'

'Doe ik. Thanks, Yas.' Maar als ik ophang merk ik hoe woedend ik echt ben en uit frustratie schreeuw ik het uit terwijl ik mijn telefoon met kracht op de grond gooi.

Na een tijdje zwaar in- en uitademen sluip ik voorzichtig naar mijn telefoon en draai deze om. Hij doet het nog, maar in het scherm zit een dikke barst met allerlei kleine vertakkingen.

Het enige voordeel is dat de commentaren nu minder goed leesbaar zijn. Alsof ze op deze manier kunnen worden uitgevaagd.

Maar diep vanbinnen weet ik beter. En diep vanbinnen groeit de frustratie. En daarmee ook de haat.

*

Wanneer ik na weer een slechte nacht vroeg wakker word, kijk ik meteen op mijn gehavende telefoon om de reacties te checken.

Ik draai me van Alex weg, ik heb hem beloofd dat ik het los zou laten. Toen ik gisteravond mijn frustratie en woede deelde met hem, drukte hij me op het hart dat ik me niet moest verlagen tot hun niveau. Dat ik erboven moest staan en het verder moest negeren, ook met het oog op de Kinderen van de Toekomst-avond die nu steeds dichterbij komt.

Alex draait zich om, maar wordt niet wakker. Ook Wolf is nog in diepe slaap. Ik kan het gewoon niet laten om nogmaals door het commentaar te scrollen. En dan zie ik haar naam. De vrouw die zogenaamd nooit op Instagram zit, want dat vindt ze vergif voor de ziel, maar stiekem houdt ze haar dochter zo wel in de gaten. Mijn mond valt open en ik voel een sprankje hoop. Ze doet precies wat een moeder hoort te doen.

Doen jullie eens even normaal allemaal, wat weten jullie er nou van? Dat overdreven gedoe tegenwoordig, jullie slaan door! Het gaat immers om gevoel en het moederinstinct, een moeder weet zelf heel goed wat veilig en fijn is voor haar kind. Dat heet intuïtie! Doe eens lief zeg, karma komt altijd om de hoek kijken, hoor.

Ik krijg een flashback van mijn moeder op het basisschoolplein. Ik word geplaagd door een jongen en hij trekt aan mijn vlechten. Ineens staat mijn moeder achter hem en grijpt hem met haar ranke, maar gespierde armen bij de kraag. Ze gaat voor hem staan en vertelt hem dat wanneer hij mij nog een keer lastigvalt, ze haar broer op hem afstuurt. En die is politieagent.

Mama heeft overigens helemaal geen broer bij de politie. Maar het had het gewenste effect. Ze sprong in de bres voor mij. En dat doet ze nu weer.

'Leg die telefoon nu weg, Pop.' Alex is wakker.

'Wacht, even mama proberen.'

De telefoon gaat niet over, maar ik krijg direct haar nieuw ingesproken voicemail. Daarin vertelt ze dat ze drie weken onbereikbaar is vanwege een stilteretraite en een of andere cursus.

Ze moet net haar telefoon hebben uitgeschakeld. Het gluren op mijn Instagram en haar bericht moeten dan een van de laatste dingen zijn geweest die ze nog deed. Het gevoel van gemis raakt me. Ik wil haar spreken en het verder uitleggen. En nu kan dat voorlopig niet en ik heb geen idee waar ze is. Ik heb mijn moeder nodig.

De stem van Alex doet me opschrikken uit mijn gedachten. 'Het is nog vroeg, Pop, probeer het later?'

'Ze is de komende weken onbereikbaar, een stilteretraite.'

'O, shit. Maar als ze terug is, voelt ze zich vast als herboren en staat ze in no time op de stoep, wedden?'

Ik knik, maar ik ben er niet gerust op. Het voelt niet goed. Ik zet mijn telefoon op vliegtuigmodus en leg hem op het nachtkastje.

35

'Wat zie je er goed uit!' Frank kijkt me vol bewondering aan. Het onlinefiasco van vorige week heeft me niet kleingekregen. Ik heb tijd gestoken in positieve dingen en mijn gezin. We zijn een dagje naar het strand in Noordwijk gegaan en ik heb goed gegeten dankzij Alex die mij als proefkonijn heeft gebruikt voor zijn nieuwe recepten. Ook ben ik naar de kapper gegaan en heb ik een feloranje jurkje met bloemenprint gekocht dat gegoten zit om mijn lichaam met iets meer rondingen dan ik gewend ben. Ik draag er mijn eerder gekochte Louboutin-hakken bij.

In mijn tas zitten mijn camera en een paar sandalen. Hoewel ik me aan de dresscode van de bruiloft wil houden, moet ik natuurlijk ook gewoon werken en mooie plaatjes kunnen schieten. Ik zie mezelf niet zo snel lang en behendig bewegen op die torenhoge hakken, dus na binnenkomst zal ik deze subtiel verwisselen.

'Ben je er klaar voor, schat?'

'Ja hoor, ik heb er zin in. Ik ben wel nieuwsgierig naar het feest en hun gasten.'

'Ik beloof je, die pakken helemaal uit. Hun andere fotograaf, die de hele bruiloft doet, schiet ook nog foto's, hè. Je moet hem maar niet in de weg lopen, moeilijke man. Jij moet je vooral bezighouden met het feestgedruis en mooie omgevingsshots.'

'Doe ik.'

Natuurlijk hebben ze twee fotografen, je zult maar foto's tekortkomen van het spektakel...

'Hoe vind je dat ik eruitzie?' vraagt Frank.

'Goed, stijlvol. Zoals altijd.'

'Nou, zeg dat dan.' Frank checkt zichzelf in de spiegel en het valt me op dat hij wat onzeker oogt. Zoals ik al wist: grote bek, klein hartje. En hij ziet er inderdaad fantastisch uit. Een op maat gemaakt zandkleurig linnen pak, een perfect zittend wit T-shirt en splinternieuwe en veel te dure Common Projects-sneakers. Gekocht bij zijn favoriete winkel Pauw, vertelt hij me. Hij woont tegenover het bekende Oger, maar vindt dat meer iets voor volkszangers sinds Dries Roelvink daar de buurman is geworden.

'Deze schoenen kun je eigenlijk maar twee keer dragen, dan worden ze minder wit en de veters smerig. Dan lijk je op zo'n zweverige festivalganger.' Frank trekt een grimas.

'Zoals ik?'

'Ja, nu je het zegt. Maar dat vind ik dan ook wel weer grappig aan jou.' Hij knipoogt.

'Je bent prachtig, Frank.'

Hij steekt zijn arm in die van mij. 'Jij ook, lieverd.'

We kijken elkaar glimlachend aan. Het moment wordt ruw verstoord door Frank zelf.

'Waar heb je die kleine stoorzender eigenlijk gelaten?'

'Je bedoelt mijn zoon?'

'Ja, die ja, Dolf.'

'Hij heet Wolf.'

'O ja.'

'En dat weet je heus wel. Je bent me nu expres aan het sarren.'

'Ach, welnee.'

'Jawel, dat doe je altijd als ik te dichtbij kom. Ik heb je wel door, Frank. Dan ga je vals doen. Maar diep vanbinnen zit een lief en kwetsbaar jongetje dat aandacht nodig heeft en vastgehouden wil worden.'

'Ach mens, waar heb je het nou over. Kom, we gaan.'

Hij pakt zijn jasje en loopt door zijn appartement richting de deur. 'Kom je nog?'

Ik volg hem en schud mijn hoofd. Mij houdt hij echt niet voor de gek.

'Heb je nu weer een nieuwe auto, Bob? Waar is de witte Range?' is het eerste wat Frank zegt als Bobby komt aanrijden en de deur voor ons opendoet.

'Die mag ik niet meer meenemen van Peter, stom hè?'

Frank richt zijn blik streng op Bobby. 'Wat heb je nu weer gedaan, heb je dat ding de sloot in gereden?'

'Nee, een kras op de zijkant. Geen idee hoe dat ding er komt, het was echt niet mijn schuld.'

'Nee, dat zal wel niet.' Frank rolt met zijn ogen en ik schiet in de lach. We weten allemaal dat Bobby nogal roekeloos rijdt.

'Deze is toch ook wel leuk?'

We kijken alle drie naar de Mini Cooper. Een auto die hier in de omgeving ook goed vertegenwoordigd is.

'Helemaal goed, Bob, fijn dat je ons komt ophalen.' Ik geef haar een bemoedigend schouderklopje en kruip op de achterbank. De tas met camera zet ik voorzichtig op schoot, daar mag niets mee gebeuren.

'Ik zit dan zo krap, straks kreukt mijn broek!' Hoewel hij officieel nog in protest is, stapt Frank al in.

Bobby kruipt achter het stuur en neemt niet de moeite om haar torenhoge hakken uit te doen. Ik werp een blik op het gaspedaal en haar schoenen. 'Kun je wel rijden zo, Bobby?'

'Niet beter en niet slechter dan op platte schoenen.'

Ze start de auto en met een ruk komt de Mini Cooper in beweging.

*

'Hier, neem een glas voordat je begint. Kan wel joh, helpt bij de creativiteit.' Frank pakt twee glazen champagne van het dienblad.

We zijn aangekomen op het feest en ik heb mijn zogenaamde vriendin Suus met al haar goedbedoelde advies al gespot. Ze loopt voorbij en gaat richting de wc. Frank gooit in één teug zijn champagne achterover en zet zijn lege glas op het dienblad van de jonge, knappe ober die voorbijloopt. Deze krijgt nog net een knipoog voordat Frank zich omdraait.

'Meekomen jij, we gaan plassen.'

Aangekomen bij het vrouwentoilet duwt hij zonder enige terughoudendheid de deur open. Frank heeft bloed geroken en doet als een trouwe waakhond zijn werk.

Suus staat voor de spiegel nietsvermoedend haar lippen bij te werken met felrode lippenstift. Frank loopt op haar af, pakt haar arm en draait haar om.

'Zo, jou moet ik even hebben!'

Suus staart verbaasd in zijn helderblauwe ogen, die ondertussen tot spleetjes zijn geknepen.

'Kan ik je helpen?' vraagt ze plechtig met de hand op haar borst. Ondertussen vinden haar ogen die van mij.

'O, hallo Poppy, wat grappig dat jij bent uitgenodigd. Ken je het bruidspaar wel?'

'Ik ben hier aan het werk.' Demonstratief houd ik mijn camera omhoog.

Haar ogen scannen snel de camera en mijn lichaam. 'Jeroen is hun fotograaf, dacht ik?'

Voordat ik iets kan zeggen gaat Frank voor Suus staan waardoor haar zicht op mij wordt belemmerd. 'Ja, en Poppy is ook hun fotograaf. Of denk je dat ze voor de lol met haar camera loopt te zwaaien? Ze wilden haar toevallig dolgraag hebben.'

'Goh, wat leuk voor je, Poppy.' Ze glimlacht vriendelijk en probeert mijn blik te vinden, maar dat wordt voorkomen door Frank die nog wat dichterbij is gaan staan.

'Nou, moet je luisteren, vrouw, ik ken je niet want je bent immers ook helemaal niet belangrijk, maar het valt me op dat jij je best doet om mijn vriendin in een kwaad daglicht te stellen. Ik kan je vertellen, daar moet je mee stoppen. Want als jij denkt dat jij iemand kunt maken of breken hier, nou, dan heb je mij nog niet meegemaakt. Dus ik weet niet waar die zieke bemoeizucht vandaan komt, maar mijn advies? Stop ermee.

Zowel jij als jouw ongevraagde mening doet er niet toe, begrijp je? Hier niet. Nergens niet.'

Met die laatste woorden duwt Frank haar zachtjes opzij, checkt zijn haar in de spiegel en draait zich om. Hij steekt zijn arm door die van mij en beent richting de deur. Bij de uitgang draait hij zich nog een keer om.

'En met die rode lippen ben je net clown Bassie.'

En met die genadeklap laat hij Suus verbouwereerd achter. Het laatste wat ik zie is haar rode mond die halfopen hangt.

*

Tijdens het fotograferen moet ik steeds weer een lach onderdrukken als ik denk aan de confrontatie met Suus. Frank kan een hork zijn, maar als hij voor je gaat, dan strijdt hij echt voor je. En dat voelt heel goed.

Ik wil mijn lege glas op het dienblad van die knappe ober neerzetten, maar hij heeft vooral oog voor Frank die danst op Donna Summer. De dansvloer met alle lichtjes van de discoballen straalt de jaren zeventig uit. Even zijn we hier in Studio 54. De gehele ruimte is prachtig; een oud kasteel omgetoverd tot funky disco. Dit decor en de goedgeklede gasten zorgen voor goede foto's, dat zie ik nu al.

Van de wat meer excentrieke gasten die zich hier op de dansvloer hebben verzameld, heb ik al fantastische shots gemaakt. Bobby heeft het podium natuurlijk alweer gevonden en heeft ergens vleugels weten te bemachtigen waardoor ze een Victoria's Secret Angel lijkt. Ze blaast verleidelijke handkusjes als Marilyn Monroe. Zou Bobby ook een donker randje hebben, of is ze echt zo zorgeloos gelukkig?

Van de dansende menigte heb ik inmiddels flink wat foto's gemaakt en ik verwissel zo onopvallend mogelijk mijn hakken voor mijn sandalen. Via de openslaande deuren kom ik uit op het terras, waar ik uitzicht heb op het indrukwekkende landgoed en een groot deel van de gasten. Ik zie een rijtje Instagram-*husbands* braaf hun werk doen door foto's te schieten van vrouwen die bij de balustrade poseren als ware modellen. Vaak gaat dit eindeloos door tot er een foto naar wens is gemaakt.

Een jong uitziend meisje met de looks van topmodel Kendall Jenner is kritisch aan het swipen door de zojuist gemaakte foto's. De man in kwestie zegt niets, hij kijkt en knikt slechts braaf mee.

'Ach, fuck it!' Het meisje is grover gebekt dan haar uiterlijk doet vermoeden. 'Die bewerk ik wel even.'

Ik vraag me af of mijn aanwezigheid wel gewenst is. Veel gasten hebben immers al hun eigen fotograaf en hun eigen visie op hoe zij op de foto moeten staan. En dankzij belachelijke apps worden lichamen en gezichten volop bewerkt.

De aanblik van het meisje bevestigt mijn haat-liefdeverhouding met social media. Mijn Instagram-account heeft me veel gebracht, maar ik vind het zonde hoe er een onrealistisch schoonheidsideaal wordt gepromoot. En ineens voel ik de behoefte om dat deze Kendall Jenner-lookalike duidelijk te maken.

'Luister, jij bent prachtig. Dat ene been waar jij je zo aan stoort is ook mooi, laat je niet zo gek maken, joh.'

Ze kijkt me kort aan en richt zich weer op het scherm van haar smartphone. 'Bemoei jij je lekker met je eigen zaken, ik denk niet dat wij op één lijn zitten wat schoonheid betreft.'

Au. Oké, helder. In elk geval weet deze vrouw goed wat ze wil en laat ze zich door niemand iets anders vertellen, misschien kan ik daar nog een voorbeeld aan nemen. Ik laat het los en loop de trap af om vanaf beneden uitzicht op de balustrade te hebben.

Het meisje in kwestie draait zich af van haar vriend en hangt nu deels over de balustrade. Ze staart in de verte en waant zich onbespied. Snel pak ik mijn camera en schiet ongetwijfeld de mooiste plaatjes die ooit van dit meisje zijn gemaakt.

Ik loop een tijdje rond en fotografeer de gasten al pratend, dansend en genietend. Ook zie ik kans het bruidspaar te fotograferen met een prachtige maan op de achtergrond en heb ik een mooie plek gevonden bij het water waar een groepje mannen staat te roken.

Bij de cocktailbar zie ik Suus arm in arm met vermoedelijk haar man staan. Toegegeven, het is een mooi stel. Ik heb eigenlijk geen zin om dat zure mens op de foto te zetten, maar professioneel als ik ben laat ik me niet kennen. Ik cirkel om hen heen en fotografeer ze terwijl Suus haar grote lippen op die van hem plant en haar armen om hem heen slaat.

'Mooi stel, hoor.'

Suus zegt niets en kijkt mee naar mijn camera terwijl ik door de zojuist geschoten foto's scrol. Er breekt een glimlach door op haar gezicht. 'Ja, hè?' Ik krijg een kort knikje van dankbaarheid. 'Dit is Steijn, mijn man.'

De man steekt zijn hand uit en zegt me met een bekakt accent gedag. Hij heeft bruin halflang haar dat met gel keurig achterover wordt gehouden. Een wit overhemd en skinny jeans maken zijn verschijning een stuk vlotter dan ik bij iemand als Suus voor mij had gezien. Hij ziet er best goed uit. Te glad en te kak voor mijn smaak, maar zeker niet verkeerd. Ik zie rode lippenstiftvlekken op zijn kraag zitten. Die vrouw is klaarblijkelijk toch in staat om warmte te tonen.

Ik stel me voor en trek mijn hand terug die te lang rust in zijn ietwat klamme handpalm. 'Fijne avond nog.'

Het stel draait zich synchroon van me af en verlegt zijn focus weer op de barman.

'Hé meisje, fotograafmeisje, kom even.'

Ik draai me om en zie tot mijn afschuw dat de bruidegom zelf mij zojuist heeft aangesproken als fotograafmeisje. Wat een gentleman. 'Kan ik jullie ergens mee helpen?'

'Nou, als je even wilt gaan zitten op die mooie knietjes van je?' De vriend van de bruidegom lacht zelf heel hard om zijn eigen grap. Als het al een grap was.

'Dat zie ik absoluut niet zitten, dus nee. Willen jullie een foto?'

De bruidegom blaast rook mijn richting in die in vrolijke

kringetjes voor mijn gezichtsveld danst. 'Wij vroegen ons af of jij wat meer over jezelf wilde vertellen? Heb je een vriend?'

Ik kijk van de bruidegom naar zijn vier vrienden die gniffelend en ondertussen rood aangelopen met pils in de hand naast hem staan.

Ik recht mijn rug en kijk de bruidegom genaamd Roderick aan. 'Ik ben Poppy. Jullie hebben mij ingehuurd om te fotograferen. Ik ben moeder, mijn vriend heet Alex Koster. En ik woon in Zuid. Net als jullie, denk ik.'

Stilte. De bruidegom heeft te veel gedronken waardoor zijn reactiesnelheid zichtbaar is aangetast. Maar hij herpakt zich.

'O joh. Jij bent die van Alex? Ik ken hem nog van vroeger, onze ouders spelen weleens golf samen.'

Ik knik en haal mijn schouders op. 'Zijn ouders wonen nu al een tijd in Marbella.'

De hele groep staat er nu wat ongemakkelijk bij.

'Lukt het met de foto's?' vervolgt de bruidegom.

'Jazeker, er zitten heel mooie plaatjes bij.'

'Wil je ook nog wat omgevingsshots doen?' Hij maakt een vaag wijsgebaar naar het water.

'Ik zal kijken of ik nog iets heb gemist.'

'Mooi, fijn. Dank je, Poppy.'

'Gefeliciteerd met jullie huwelijk.'

Ik draai me om en in mijn hoofd klinken euforische muziekklanken van overwinning terwijl ik wegloop. De pit van Frank moet mij wat inspiratie hebben gegeven om deze ballen even goed op hun plek te zetten. Bij de bar haal ik nog een cola voor wat extra energie en zie ik dat je vanaf de steiger een prachtig uitzicht op het kasteel hebt.

Aangekomen bij de bootjes begin ik te fotograferen. Het maanlicht weerkaatst prachtig op het meer. Het is hier behoorlijk donker, maar ik kan de foto's bij het bewerken wel wat uitlichten. Verderop staat een klein boothuisje aan het water. Ook dat fotografeer ik, het lijkt wel een schilderij met die maan en sterren erboven.

Na een tijdje vind ik het genoeg, ik heb zoveel mooi materiaal dat een selectie maken een hele opgave zal worden. Via de steiger wil ik omhooglopen langs het huisje richting de toiletten die buiten zijn geplaatst.

Plots hoor ik iets omvallen en breken. Ik houd mijn pas in en kijk om me heen. Waar kwam dat geluid vandaan? Ik zie niemand en hoor niets meer. Alleen de wind die zachtjes door de bladeren blaast. Ik loop verder over de steiger wanneer ik weer iets hoor. Alsof iets zwaars opzij wordt geschoven. Weer houd ik mijn pas in en kijk om me heen. Een onheilspellend gevoel bekruipt me en ik ben me opeens bewust van het feit dat ik hier helemaal alleen ben.

Mijn ademhaling versnelt en ik kijk naar de snelste route om weer bij het feest te komen. Dat is toch echt deze steiger aflopen en dan via het boothuisje omhoog. Ik probeer in de duisternis te kijken, maar kan niets ontdekken.

In rap tempo loop ik de steiger af en als ik dichter bij het huisje kom, hoor ik het. Gekreun. Een mannenstem. Bewegingloos wacht ik af. Het is weer stil. Dan weer een kreun.

Ik wil net voorzichtig vragen of alles oké is wanneer ik nog een stem hoor. Ik denk ook een mannenstem, maar ik weet het niet zeker. Er wordt gefluisterd. Op mijn tenen sluip ik verder. De stemmen komen dichterbij en het gekreun wordt luider. Ik besef dat deze mensen geen hulp nodig hebben, maar privacy.

'Fuck, fuck, ga door baby, ga door.'

Shit, wat gênant dit. Waarom moest ik nu weer deze route kiezen? Ik probeer de geluiden te negeren terwijl ik zo stil mogelijk verder loop. Wanneer ik aan de voorkant van het huisje omhoogglip, ben ik veilig en zal niemand weten dat ik hier was.

'Ga door, niet stoppen nu. Doorgaan!'

Ik bevries. Ik ken die stem. Even twijfel ik, maar ik kan mijn nieuwsgierigheid niet bedwingen. Voorzichtig sluip ik naar de zijkant van het huisje waar ik twee gedaantes zie bewegen. De een zit op zijn knieën en bevredigt de man die tegen het huisje aan staat geleund.

Beide mannen hebben niet door dat ze bekeken worden. En waarom ik het doe, weet ik ook niet. Ik kan gewoon niet anders. Ik moest zien of mijn vermoeden klopt.

De man die staat houdt zijn handen stevig om het hoofd van de geknielde man voor hem geklemd en maakt snelle, dwingende duwbewegingen richting zijn kruis. Zijn ademhaling versnelt.

In shock blijf ik naar hen kijken. Ik wil hier weg, maar mijn benen weigeren mee te werken. Ik herken de knielende man als de knappe ober met wie Frank eerder aan het flirten was.

De leunende man strijkt buiten adem met zijn hand door zijn halflange haren en knoopt vervolgens zijn broek dicht.

'Dank je wel, jongeman, dat was uitstekend werk, zullen we maar zeggen.'

De bekakte stem zat nog vers in mijn geheugen, maar nu de man een stap naar voren zet en het maanlicht de kans krijgt om zijn gezicht te strelen, weet ik het zeker. Daar staat Steijn de Bok, de perfecte echtgenoot van Suus.

36

'Dat meen je niet! En ze stonden daar gewoon buiten, waarom niet in dat huisje?' Alex staat met zijn oren te klapperen wanneer ik hem de volgende dag na zijn werk bijpraat over het feest en de onverwachte wending van die avond.

'Heel gek misschien, maar dat heb ik ze niet gevraagd.'

'Ze hadden niets door? En Suus... wow, die was ook op het feest?'

'Nee, ze waren te druk met elkaar. Suus liep daar ook rond. Altijd maar opscheppen over haar perfecte huwelijk.' De altijd oordelende Suus, als ik eraan denk kan ik een glimlach niet onderdrukken. Wat zou de moedermaffia hiervan vinden? Alex heeft het door en kijkt me doordringend aan. 'Even serieus, Pop, ik weet dat je een hekel hebt aan die Suus, maar dit moet je echt voor je houden, oké? Het zijn onze zaken niet.'

'Schat, ik begrijp wat je zegt, maar dit is gewoon karma. Dat mens zit mij altijd zo dwars. Altijd die nare sneren, altijd kritiek leveren op mij, op ons! En maar opscheppen over haar leven. Ze moet het een keer terugkrijgen. Waarom zou ik hier niets mee mogen doen?'

'Omdat jij niet zo bent, Pop. En ik ook niet. Klaar.'

'Maar jij weet niet hoe het is om steeds het slachtoffer van die valse wijven te zijn. En nu heb ik een wapen in handen. Of ben je vergeten hoe zij zich gedraagt naar mij toe? Andersom zou ze me meteen kapotmaken.'

'Lieverd, ik begrijp dat het verleidelijk is, maar er is een kind in het spel. Wij weten niet hoe hun relatie in elkaar zit, we weten eigenlijk niets van hen. Dit gaat alleen maar gedoe opleveren en je komt die Suus nog vaak genoeg tegen hier. Kom op, je bent beter dan dit.'

Ik zwijg. Ik haat het dat hij gelijk heeft.

'Ik zou gewoon zo graag die zelfvoldane grijs van haar kop willen krijgen...'

'Waarschijnlijk doet ze zo omdat ze eigenlijk doodongelukkig is. Heb je het aan iemand verteld?'

Ik denk aan mijn afscheid van Frank en Bobby op het feest en hoe mijn snelle taxi er op het nippertje voor zorgde dat ik me kon inhouden.

'Nee, ik heb het tegen niemand gezegd.'

'Mooi. Echt niet doen, hè? Beloof je dat? Blijf dicht bij jezelf, Pop.' We kussen elkaar en daarmee is het klaar.

'Wanneer doen wij het weer een keer ergens buiten?' De woorden zijn eruit voordat ik er erg in heb.

Alex' ogen lichten op. 'We kunnen een boom opzoeken in het Vondelpark als je dat spannend vindt.'

'Ons dakterras heeft een citroenboom en een palmboom en het is buiten.' Ik sla mijn handen uitdagend over elkaar om een reactie uit te lokken.

'Daar zeg je wat, dan zie ik je daar.' Hij draait zich om, grijpt zijn glas wijn van tafel en gaat naar boven.

Ik vertrek richting onze slaapkamer en fris me op in onze aangrenzende badkamer. Net wanneer ik de trap op loop die leidt naar ons dakterras, gaat de deurbel.

Shit, wat een timing. 'Alex, verwacht jij iemand?'

'Nou, ik lig hier in mijn nakie, dus de enige die ik momenteel op de planning heb staan ben jij, Pop.'

Ik schiet in de lach. 'Maar de bel gaat!'

Wederom klinkt het geluid van de bel en ditmaal houdt het geluid harder aan.

'Kijk dan even uit het raam wie het is.'

Voorzichtig gluur ik naar buiten.

'Ja, ik zie je wel! Doe nou open!'

Ik knoop mijn badjas wat steviger vast en loop met tegenzin naar de voordeur om de deur open te drukken.

Na wat gestommel op de trap staat Frank boven en hij stort zich in mijn armen.

'Word maar rustig...' fluister ik geruststellend. 'Kom binnen.'

Ik loop met hem richting de keuken en haal een doosje tissues tevoorschijn. Zijn ogen staan paniekerig en vullen zich met tranen. Hij snuit zijn neus op een opmerkelijk elegante manier, typisch Frank.

'Stoor ik eigenlijk?'

Ik zie zijn betraande blik. 'Nee, natuurlijk niet, lieverd, wil je thee?'

'Graag.'

Ik zet het water op en na een tijdje zet ik een dampende mok rooibosthee voor hem neer. Frank heeft nog steeds amper wat gezegd. Hij staart alleen maar wat in de verte. 'Waar was je ineens, Poppy?' Zijn stem klinkt klein en breekbaar.

'Mijn werk zat erop, ik had al zoveel foto's. Ik wilde het materiaal thuis alvast uploaden. Jullie waren nog volop aan het feesten...'

Stilte die alleen onderbroken wordt door het geluid van kleine slokjes die worden genomen.

'Is er iets gebeurd op dat huwelijk?'

Frank kijkt verbaasd op. 'Nee, natuurlijk niet. Ik had een fantastische avond! Bobby en ik hebben de voeten uit ons lijf gedanst, hoor. Zij op zulke palen.' Hij maakt een bijpassend gebaar met zijn vingers.

'Dat moet jij ook echt leren, Pop, zo geweldig als een vrouw dat kan. Dat gemiep over voeten en pijn, daar zit nooit iemand op te wachten...'

'Wat is er dan gebeurd, Frank?'

'Wat bedoel je?'

'Waarom ben je zo van slag? Dat kun je mij toch wel vertellen.'

'Nou goed, ze stonden ineens voor de deur.'

‘Wie?’

‘Mijn ouders. Daar zat ik natuurlijk helemaal niet op te wachten. Ik bedoel, dat kondig je toch even aan?’

‘Oké... en toen heb je ruzie gekregen?’

‘Niet echt. Mijn moeder is wel lief, hoor, maar ik heb nooit zoveel aan haar gehad. En mijn vader is nog steeds even dominant en wilde per se binnenkomen.’

Na een korte stilte waarin ik Frank vooral de tijd wil geven, gaat hij verder.

‘Nou, het was natuurlijk helemaal niet gezellig. Dat is het nooit. Ik werd onderworpen aan een kruisverhoor over mijn leven, mijn partners en gezondheid, en mijn vader begon meteen te zuipen. Begint die man tegen mij te schelden dat ik hen verwaarloos! Die vent heeft nooit enige interesse getoond in mijn leven en heeft mij behandeld alsof ik de grootste teleurstelling van zijn leven ben. Hij heeft nooit willen accepteren dat ik homo ben en hij heeft nooit de levensstijl willen accepteren die ik heb gekozen. Hier, in Amsterdam. Als het aan hem lag, dan woonde ik nog in dat dorp en was ook ik aan het werk gegaan in het schildersbedrijf. En met een vrouw getrouwd.’

Ik zwijg en laat Frank maar even leeglopen. Er zit zoveel emotie opgekropt dat het praten gepaard gaat met een hoop gehijg en gesnik. Ik heb hem nog nooit zo gezien.

‘En mama staat daar dan maar naast. Ze knikt braaf mee en slaat haar ogen bezorgd neer. Alsof ik een vreselijke last ben die zij moet dragen.’

‘Ik vind het zo naar voor je. Dat klinkt vreselijk.’

Frank wuift het weg en probeert zich nu zo goed als het kan te herpakken. ‘Ach, het is wat het is. Ze accepteren mij al mijn hele leven niet, dus ik ben ondertussen wel wat gewend, hoor.’

Ik pak zijn hand en kijk hem recht in de ogen aan. ‘Fijn dat je dit met mij deelt, Frank...’

Even zitten we zo in stilte.

‘Dan komen ze lekker niet op mijn bruiloft met die knappe ober van gisteravond.’

Het beeld van de jonge ober die op zijn knieën de man van Suus bevredigt komt weer terug en ik moet me inhouden niets te zeggen.

'Zo is het, Frank. Ik ben er sowieso voor je.'

'Als je die kleine stoorzender dan maar thuislaat.'

We schieten beiden in de lach. En dan komt Alex half ontbloot de trap af met een leeg glas wijn.

'Hi, Frank, jij bent het. Ik dacht al, waar blijft Poppy zo lang.'

Frank keert zich woest tot mij. 'Ik snap ook niet dat je zo'n halfgod laat wachten in de kou!'

'Hallo, ik moest jou toch troosten!'

Weer een wuifgebaar en Frank neemt Alex op van top tot teen. 'Ach, met mij gaat het alweer een stuk beter. Is er nog meer te zuipen hier, kom bijna om van de uitdrogingsverschijnselen.'

Alex haalt een fles wijn tevoorschijn en pakt een extra glas.

'Kan ik hier nog even blijven? Ik ben bang dat mijn ouders nog in mijn appartement zijn.'

Ik schenk een flink glas voor Frank in. 'Natuurlijk, blijf lekker slapen. Maar weet wel dat die kleine stoorzender hier in de ochtend de lakens uitdeelt.'

'Dat begrijp ik, ja. Misschien moeten wij elkaar dan maar wat beter leren kennen. Een kind van jullie kan alleen maar leuk zijn, toch?'

Verrast tik ik mijn glas tegen dat van Frank. Ik weet hoeveel die woorden uit zijn mond betekenen.

37

Het is zes uur wanneer ik besluit op te staan. Wolf lijkt in een sprongetje te zitten en slaapt erg onrustig de afgelopen nachten. Ook heeft hij overdag niet het beste humeur en lijkt hij wat ontregeld.

We zijn te laat gaan slapen. Alex maakte lekkere hapjes waarbij we veel te veel wijn hebben gedronken. Mijn hoofd bonkt. En ik heb een zenuwachtig gevoel overgehouden aan wat ik heb gezien op het feest.

Zachtjes ga ik naar de woonkamer en leg Wolf in de box waar hij onmiddellijk begint te huilen. De boodschap is duidelijk. Mama mag hem niet loslaten nu. Ik pak de draagzak en druk hem dicht tegen me aan, wat de laatste tijd steeds zwaarder begint te worden.

Met Wolfje in de draagzak begin ik met mijn vrije handen de lege wijnflessen en borden op te ruimen.

Frank en Alex liggen natuurlijk nog diep te slapen. Na twee paracetamols en een opruimsessie maak ik havermout met banaan voor Wolfje en mij en drink ik een kop zwarte koffie als opkikker. Ter compensatie zet ik nog een flinke kop brandnetelthee.

Wanneer ik de gordijnen en ramen opendoe om de zomerlucht binnen te laten, begint Wolf te jammeren. Mijn rug is dankbaar als ik hem in de box leg, maar ook daar begint hij te huilen. Het enige wat helpt is bij hem in de buurt blijven en babyliedjes uit *CoComelon* te laten horen.

Het bonken in mijn hoofd neemt gelukkig geleidelijk af en ik zie dat Wolf rond een uur of halfnegen weer in slaap dommelt.

Ik laat hem in de box liggen en wil net kijken waar de mannen blijven als de deur openzwaait.

'Goedemorgen, Poppy!'

'Ssst, hij slaapt net!'

Frank kijkt verbaasd. 'Alweer? Hij heeft toch net de hele tijd geslapen?'

'Hij heeft heel slecht geslapen. Je mag wel praten, maar zachtjes.'

'Okééé.' Frank fluistert overdreven zacht en helpt zichzelf in de keuken, waar ik ontbijtspullen heb neergezet.

Ik maak een cappuccino voor hem en ga bij hem zitten. 'Hoe voel je je?'

'Ach, goed hoor.' Weer dat wuifgebaar. 'Had gewoon even een dipje. Maar ik heb hen niet nodig. Ik hoop dat ze ondertussen vertrokken zijn en mij lekker met rust laten.'

Ik kijk hem aan en weet niet wat ik moet zeggen nu hij de muur om zich heen weer heeft opgebouwd.

'Durf je wel naar huis?'

'Ja natuurlijk, meid, doe niet zo mal. En anders laat ik hen eruit zetten, ik laat me niet beledigen in mijn eigen huis.'

Hij neemt een hap van zijn kwark met muesli en kijkt op zijn horloge. 'Dank je dat ik mocht blijven, je bent een schat.'

'Natuurlijk, je bent altijd welkom.'

'Ik moet er zo vandoor, het huis van een potentiële nieuwe klant bekijken, bedank je Alex voor mij?'

Voordat ik de kans krijg om te reageren begint mijn telefoon onophoudelijk te trillen. Een groepsapp waaraan ik ben toegevoegd gaat helemaal los. Verward lees ik de berichtjes terwijl mijn hart op hol slaat. 'Welke datum is het? Shit. Welke dag is het, Frank?'

Frank trekt zijn wenkbrauw op. 'Kijk op je telefoon, het is in elk geval zaterdag.'

'20 augustus...' Ik fluister de woorden.

'Ja, dus?'

'Shit, shit, shit!'

Frank kijkt me aan met een mengeling van schrik en irritatie. 'Wat zit jij zo vroeg al paniekerig te doen?'

'Mijn beste vriendin is jarig en geeft een verjaardagsontbijt in Maastricht. Ik ben het gewoon helemaal vergeten. Ik red het nooit meer...' Ik zit letterlijk met mijn handen in mijn haar als Alex binnenkomt en vraagt wat er aan de hand is.

'Ik ben de verjaardag van Kate vergeten. Ontbijt bij haar favoriete ontbijtzaakje in Maastricht.'

'Tja, Pop. Kan gebeuren. Iedereen vergeet weleens wat, maak het goed met een diner?'

Frank vult hem aan. 'Veel leuker inderdaad, een diner, wie doet er nu een ontbijt? En dan helemaal in Maastricht?'

'Ze woont daar. Bijna al haar vrienden wonen daar, alleen ik zit hier.'

'Nou, dan begrijpt ze heus wel waarom het voor jou lastig is om even te komen ontbijten.'

Frank haalt zijn schouders op, staat op en pakt zijn sleutels.

Ik ben de wanhoop nabij want ik weet dat ik al niet veel punten heb gescoord de laatste tijd en dat het vergeten van een verjaardag zomaar eens de doodsteek voor onze vriendschap zou kunnen zijn. Alsof Frank mijn gedachten kan lezen gaat hij verder.

'En anders maak je maar nieuwe vrienden, je hebt Bobby en mij toch. Bovendien kunnen zij ook wat meer begrip tonen voor jouw situatie hier en dat moederen en zo.' Bij het woord moederen wijst hij naar de slapende Wolf.

'Ach, ligt mijn kleine vent zo lekker te slapen. Wat ben je toch een modelkind...' Alex loopt tevreden op de box af en ik moet me inhouden om niet te schreeuwen dat hij afgelopen nacht drie keer wakker is geworden en ik al vanaf zes uur met dit modelkind in de weer ben geweest.

'Alex, kun jij bij Wolf blijven zodat ik erheen kan? Dan ben ik laat, maar in elk geval ben ik er nog even bij.'

'Shit, lieverd, ik heb straks een afspraak staan voor de boeklancering en vanavond draai ik die extra dienst in De Flamingo.'

‘Godver!’

Frank bemoeit zich er weer mee. ‘Meid, waarom ben je zo gestrest? Dit kan toch gebeuren?’

‘Omdat ze belangrijk zijn voor mij, Frank! En nu lijkt het steeds alsof dat niet zo is. Ik moet er gewoon bij zijn.’

‘Nou, neem je kind dan mee!’

‘Hij is momenteel echt niet de makkelijkste. Daar doe ik hem en de andere gasten geen plezier mee.’

Frank zucht. ‘Nou, ga maar dan. Geef dat kind maar aan mij.’

‘Wat?’

‘Ik verzet mijn afspraak en blijf hier bij die kleine aandachtopeiser.’

‘Meen je dat? Maar jij kunt toch helemaal niet oppassen?’

‘Ik ben geen debiel, Poppy, ik hou er gewoon niet van. Ik kan het heus wel. En anders bel ik Bobby wel om me te helpen. Ga nou maar, ik word helemaal gestrest van jouw bezorgde hoofd. En haal nu snel die frons weg, daar kan geen botox tegenop.’

‘Ik moet me nog klaarmaken.’

‘Dat zie ik ja, schiet op. Waar is die kinderwagen, dan leg ik Wolf erin.’

‘Nu?’

‘Ja, jij kunt toch niet met lege handen aankomen, Poppy? Ik loop wel even met hem naar Menno Kroon en haal een mooi boeket voor je om mee te nemen. Nou, hoppa. Ga je klaarmaken!’

‘Maar weet je...’

‘Jaja, schiet op. Alex helpt mij wel.’

Geheel sprakeloos over deze ontwikkeling verdwijn ik richting de badkamer. Ik hoor nog net dat Alex Wolf installeert in de kinderwagen voordat ik de douche aanzet en het geluid van het stromende water alles overheerst.

Vliegensvlug kleed ik me aan en bind mijn haar met een sjaal naar achteren. Ik hoor de sleutel in het slot en voel een golf van opluchting als ik Frank zie staan met Wolf in de kinderwagen en een grote bos bloemen in de hand.

'Wow, Frank.'

'Prachtig, hè? Het kost wat, maar dat zie je er wel aan af. Wat een bloemen, wat een pracht en praal. Die meid kan nu onmogelijk boos worden wanneer je met zo'n bos binnenkomt.'

'Ik had het over het beeld van jou achter de kinderwagen met Wolf. Maar de bloemen zijn ook prachtig.'

'Meid, hou op. Vind het vreselijk en dat ding is niet te besturen. Zeker weer tweedehands?'

'Bel je me als er iets is? Of Alex?'

'Ja, doe ik. Wij gaan even wandelen en op het terras zitten dacht ik. Bobby komt ook om te helpen.'

Ik knik dankbaar en houd mijn twijfels over Wolf en lekker op een terras wijselijk voor me. En ik ben wel opgelucht dat Bobby Frank zal bijstaan vandaag. Dat geeft me precies het duwtje in de rug om ervandoor te gaan.

Ik kus Wolfje op zijn hoofdje en ook Frank krijgt een dikke pakkerd. Ik grijp de sleutels van onze oude jeep en trek de deur achter me dicht. En met het dichtslaan van de deur hoor ik nog net hoe Wolf begint te krijsen.

38

Ruim een uur te laat kom ik binnen. Maar ik ben er wel en heb me gehaast alsof mijn leven ervan afhing. Kate reageert heel nonchalant als ik kom binnenstormen en geeft me een snelle kus en een bedankje voor de bloemen. Ze kijkt nog niet eens goed naar het prachtige boeket. Beduusd loop ik richting de laatste vrije stoel.

Lot zwaait naar me maar doet geen moeite om van tafel te wisselen en bij mij te komen zitten. Dus nu zit ik verderop aan tafel tussen mensen die ik nauwelijks ken en zie ik geen mogelijkheid om met Kate en Lot te praten.

Ik neem een hap van de suikerzoete muffin die voor me staat en spoel het glazuur weg met een slok thee. Ondertussen probeer ik me te concentreren op de verplichte gesprekken met de overige gasten over kinderen, de relatie tot Kate, ieders werk en woonplaats.

Wanneer ik de kans krijg zeg ik dat ik even naar het toilet moet en loop ik naar Kate die nu aan de bar staat met een vriendin die ik niet ken.

'Hé jarige!'

Kate draait zich om naar mij met een nieuwsgierige blik.

'Hi, Pop. Heb je nog wat kunnen ontbijten? Of was al het lekkers al weg?'

'Nee joh, ik heb nog kunnen genieten van jouw heerlijke baksels.'

'O mooi, nou als je nog wat hartigs wilt dan kun je dat natuurlijk even nabestellen. Wij hebben eigenlijk al ontbeten.'

'Ja, weet ik. Sorry dat ik zo laat was.'

'Prima hoor.'
Er hangt een ongemakkelijke stilte in de lucht.
'Sorry, ik moet even plassen.' De vrouw met wie Kate in gesprek was neemt de benen.
'Je ziet er prachtig uit, Kate! En tweeëndertig jaar, de tijd vliegt!'
'Ja... klopt.'
Ik merk dat ik wat harder moet trekken om het gesprek een goede richting op te sturen. 'En we kennen elkaar al zo lang. *Happy birthday*, lieverd.' Mijn omhelzing wordt slechts slapjes beantwoord. 'Voel je je een beetje jarig?'
'Ja hoor, allemaal leuke berichtjes en er zijn net speeches geweest van mensen die om me geven...'
Au. Die voel ik.
'Mijn ouders waren er ook even, maar papa moest naar de dokter voor zijn knie dus die heb je helaas moeten missen.'
'O nee, wat jammer...'
'Ach, maakt niet uit, je was vast druk met je eigen leven.'
'Is er wat, Kate?'
'Nou, lief dat je het vraagt. Fijn dat je enige interesse in mij toont. Er is inderdaad wat. Ik ben het ondertussen wel gewend dat je alleen maar met jezelf bezig bent, maar dat je op mijn verjaardag doodleuk een uur te laat binnen komt rennen, spant wel de kroon.'
'Ik moest helemaal uit Amsterdam komen.'
'Poppy, dit stond al maanden gepland. Ga dan gewoon eerder van huis weg.'
'Ik had me vergist in de datum, Kate, en toen zat ik met Wolf en...'
'Nou, dan hoop ik dat Alex een agenda voor je koopt. Of een horloge. Zo'n grote gouden klok, dan hoor je er helemaal bij in jouw nieuwe buurt, toch?'
'Wat doe je nou raar, joh? Ik ben er nu toch! Ik vond het heel belangrijk om alsnog bij jou te zijn.'
'Poppy, wij zijn gewoon niet meer interessant genoeg om op tijd voor uit bed te komen, zo is het toch?'

'Nee, zo is het niet! Als er iemand op tijd zijn bed uit komt, dan ben ik het wel! Om zes uur vanmorgen stond ik al naast mijn bed met een huilend kind in de armen. Vind je het heel gek dat ik soms de dagen of uren een beetje kwijtraak? Vind je het heel gek dat ik soms wat warrig ben? Jij begrijpt er echt niets van, ik hoor je wel als jij moeder bent!'

'O, krijgen we dat weer. Ik mag geen mening hebben want ik begrijp niets meer van jouw leven, want ik ben geen moeder.'

'Nou, het helpt niet mee, nee. Een beetje inlevingsvermogen zou welkom zijn.' Ik probeer mijn stem krachtig en rustig te laten klinken maar de emotie is hoorbaar. En ook Kate kan zich niet inhouden en ze komt wat dichter bij me staan.

'Dan rot je toch lekker op. Ga terug naar die vreselijke types in Amsterdam-Zuid, misschien past dat nu gewoon beter.'

'Het zijn niet allemaal vreselijke types, Kate. Als jij je nou wat meer zou openstellen voor mijn leven daar...'

'Daar heb ik geen behoefte aan, dank je!'

'Zie je nou! Zo doe je nou altijd! Je bent zo veroordelend! Stel je eens wat meer open voor anderen!'

We schreeuwen en de gasten staan ons met open mond aan te staren.

'Jij bent veranderd, Poppy. Je praat ook anders.'

'Ja, dus? We worden allemaal ouder. Ik heb jaren gereisd en ben verhuisd. Wat doet dat ertoe! Ik ben verder nog gewoon mezelf.'

'Nee, dat ben je niet! Je kleedt je anders, je doet anders. Je bent niet meer die leuke, vrijgevochten Poppy van vroeger.'

'Ik ben moeder! Snap dat dan!' Ik voel de woede en onmacht door me heen stromen. 'Jij bent gewoon panisch voor verandering en projecteert dat op mij. Jij durft niets in het leven!'

'Kate, Pop, laten we dit een andere keer doen, oké.' Lot is erbij komen staan en probeert ons te sussen.

'Ik denk dat je beter kunt gaan, Poppy.' Kate's toon is hard en afgemeten.

'Dat denk ik ook,' bijt ik terug.

'En neem je bloemen mee, ik heb geen behoefte aan zo'n overdreven bos in de kamer.'

Lot stort zich op de bloemen en houdt ze vast alsof ze haar ineens erg dierbaar zijn.

'Kate, dat is ook weer niet nodig. Kijk nou wat een bos, zo mooi zie je ze niet vaak.'

'Dat interesseert me geen reet.' Kate pakt de bloemen uit Lots handen en duwt ze in mijn armen.

Met mijn hart in de keel, bloemen in de hand en ogen strak op de deur loop ik zonder nog iets te zeggen weg. Pas in de auto voel ik dat mijn gezicht nat is van de tranen die maar blijven stromen.

*

'Jouw leven is mijn nachtmerrie.'

Als ik een tijd onderweg en gekalmeerd ben, word ik gebeld door Frank die helemaal in paniek is omdat Wolf maar blijft huilen en hij niet snapt waarom.

'Ja, hij zit in een sprongetje, Frank.'

'Sprongetje? Waar heb je het over, dat kind kan nog niet eens lopen, hij springt helemaal niet. Hij krijst verdomme alleen maar!'

'Rustig, ik ben onderweg. Bobby zou toch helpen?'

'Ja, die komt zo, die moest eerst naar Wolford, ze moest per se voor vanmiddag nieuwe kousen hebben.'

'Kousen? Het is dertig graden!'

'Ja, weet ik het! Ze laat me in de steek, ik ben helemaal overspannen van dit gehuil, hij is niet voor rede vatbaar.'

'Frank, hij is acht maanden oud...'

'Ben je er bijna?'

'Nog een klein uurtje denk ik.'

'Was het leuk?'

'Niet echt.'

'O, vervelend, schat. Nou, schiet maar op. Dág.'

Ik zie dat de snelheidsmeter honderdtwintig aangeeft en echt versnellen kan ik niet met al die trajectcontroles hier. Ik bid dat Bobby er snel is.

*

'Hey, lieverd!' Bobby geeft me een stevige knuffel als ik kom aanlopen op het terras.

Ik kijk van haar naar Frank die met vlekken in zijn nek zichzelf koelte toe wappert met een waaier. Wolf slaapt in de kinderwagen. Hij ziet er tevreden uit en een golf van geruststelling en liefde doet mijn woede over de ruzie met Kate als sneeuw voor de zon verdwijnen.

'Wat stel jij je nou aan, Frank, hij ligt hartstikke zoet te slapen.' Ik kan het gewoon niet laten om hem een beetje te plagen.

'Te slapen? Hij is waarschijnlijk knock-out gegaan vanwege het zuurstofgebrek door zijn onophoudelijke gekrijs.' Dramatisch wappert Frank nog wat harder met de waaier.

'Ik heb hem uiteindelijk tegen me aan in slaap gewiegd en slaapliedjes gezongen, daar werd hij rustig van...' legt Bobby uit.

'Ach, hij is waarschijnlijk gestikt in die enorme tieten van je. Er was geen land mee te bezeilen, ik heb ook gezongen!'

'Nee, dat was geen zingen, Frank. Dat was gewoon geluiden produceren.'

'Bobby, ik kan toch niet gaan zingen op een vol terras, ik ben daar helemaal niet op voorbereid.'

'Frank, lieverd. Rustig.' Ik pak zijn hand. 'Dank je, je hebt me enorm geholpen. Hoe is het verder gegaan?'

Frank gaat nu rechtop zitten en neemt een actieve houding op zijn praatstoel aan. Hij denkt na, draait zijn hoofd naar de hemel en neemt een teug adem – alsof zich zojuist iets vreselijks heeft afgespeeld. 'Het begon allemaal prima. Ja, hij huilde even thuis maar toen drukte ik zo'n babyliga in zijn handje en was hij weer helemaal blij. Hij zag er ook zo snoezig uit, dus ik dacht lekker te gaan wandelen en een mimosa te drinken met hem.'

Hij laat een dramatische stilte vallen.

'Ja, Frank?'

'Nou, ik moet zeggen dat het me best goed beviel. Ik liep daar achter die kinderwagen en ik had allemaal aanspraak van leuke mensen, ook van knappe mannen! Die dachten zeker dat het kind van mij was, ik liet ze maar een beetje in die waan. Hoe dan ook, ik zag in de reflectie van een winkelraam dat het best een leuk beeld was zo achter de kinderwagen. Ik had zelfs mijn koffie in die handige houder gezet, ik was helemaal in mijn element. Totdat hij het verpestte.' Hij wijst naar Wolf.

Weer een stilte. Bobby duikt ondertussen op haar telefoon.

'Hallo? Ik ben wat aan het vertellen, hoor?'

'Frank, dit heb je me net al in geuren en kleuren verteld en je hebt me er ook al drie keer over gebeld.'

'Enfin, ik dacht, ik ga lekker naar De Joffers met hem. Even het terras op. Hij stond ook zo leuk bij mij, zijn pakje paste helemaal bij mijn outfit. Ik heb zelfs nog een leuk zonnehoedje en een polo geshopt voor hem bij Petit Bateau. We konden zo in een commercial samen. Dus ik ga lekker zitten en meneer kijkt rustig om zich heen. Ik bestel mijn mimosa en een heerlijke salade en ik geef hem die melk.'

'Was het niet te heet?'

'Nee! Ik heb alles gecheckt, het was perfect! Hij gaat drinken en ik raak lekker aan de praat met mijn knappe buurman die van alles wilde weten over onze situatie.'

'Jullie situatie?'

'Ja, ik deed voor het gemak maar even of Wolf van mij was, want de beste man leek dat nogal een leuk idee te vinden. Ik zat helemaal in mijn rol en toen...'

Wederom een dramatische stilte. 'Toen brak de hel los.'

'Wat dan?'

'Hij begon ineens met krijsen! Zomaar! Eerst begon hij wat te piepen en binnen een minuut schreeuwde hij iedereen de oren van zijn kop hier.' Frank wijst wild om zich heen. 'Mijn buurman is gevlucht! Ik wist niet wat ik moest doen, ik heb hem gesmeekt op te houden, ik heb hem gewiegd, ik heb meer koek in zijn mond gepropt, ik heb hem een speen gegeven, alles! Er was niet mee te praten!'

Frank neemt een slok water en krijgt het zichtbaar warm. Bij de herinnering raakt hij weer in paniek. Als ik het niet stiekem grappig vond, zou ik hem troosten.

'Dus ik probeer Bobby te bellen, die negeert me doodleuk en gaat dure kousen kopen. En toen gooide hij tot overmaat van ramp mijn mimosa over me heen! Kijk!'

Ik had de gele vlek op zijn doorgaans kakelverse witte overhemd al gezien, maar had wijselijk besloten er niet naar te vragen.

'Vervelend voor je, lief, sorry...'

'O, het was zo erg. Dat wil je niet geloven. Ik moet er helemaal van bijkomen gewoon.'

Frank schudt zijn hoofd en tuurt in de verte, alsof de toekomst hem gaat vertellen of hij ooit over deze traumatische ervaring heen zal komen.

'En toen kwam Bobby?'

'Ach nee, die heeft me helemaal laten zitten! Dat duurde nog heel lang.'

'Valt wel mee, hoor.' Bobby kijkt naar mij en rolt met haar ogen. Ik moet zeggen dat na mijn vreselijke ruzie van vanmorgen dit stukje toneel van Frank een welkome afleiding is.

'Toen zei een van mijn buren dat hij misschien gepoept had.'

'Was dat zo?'

'Weet ik veel, Poppy, hij heeft toch een luier. Daar zijn die dingen toch voor. Ik ga toch niet op een vol terras aan zijn luier lopen snuffelen. En die vrouw bleef maar zeggen dat ik dat moest controleren en ik kreeg het al benauwd bij het idee, dus ik zei maar gewoon niets meer tegen haar en begon weer tegen die schreeuwwolf aan te neuriën. En tot overmaat van ramp gooide ik de hele tafel om toen ik hem terug in de kinderwagen wilde doen en hij hysterisch begon te kronkelen. Glas gebroken, mensen gillen, het was echt een drama.'

'Waarom ging je niet gewoon weg, Frank?' Bobby pakt zijn waaier af en begint zichzelf van wat verkoeling te voorzien.

'Ik was aan het wachten op jou! Dit is ook jouw schuld! En die salade moest ook nog komen... ik kan niet zomaar wegrennen hier, ze kennen me! Ik stond zo voor schut, ik kan hier dus nooit meer komen. En bedankt, baby.'

Ik moet op mijn lip bijten om niet in de lach te schieten.

'Het is niet grappig, Poppy, ik ben echt heel erg geschrokken, hoor. En die leuke man zie ik natuurlijk nooit meer.'

'Sorry lieverd, ik leef echt wel met je mee. En ik vind het heel lief dat je hebt geholpen.'

'En toen kwam Bobby eindelijk aan en die ging een of ander lied zingen dat ik niet ken en toen werd hij eindelijk een beetje voor rede vatbaar. Maar hij gedroeg zich echt als een verwend kreng kan ik je vertellen.'

'Zoals ik al zei, hij zit in een sprongetje en dan kan hij wat gevoelig...'

'Ach, hou toch op over dat springen. Ik ga naar huis om uit te rusten.'

Bobby kan zich nu duidelijk ook niet meer inhouden en begint te lachen. 'Het was geen bijna-doodervaring, hè?'

'Zo voelt het anders wel.' Hij staat op en dan schiet hem nog iets te binnen. 'Hoe vond ze de bloemen trouwens?'

De gedachte aan de bloemen herinnert me aan de ruzie met Kate en de vreselijke dingen die zijn gezegd. 'Ze vond ze niets.'

'Dat mens is gek. Weet ze wel wat die gekost hebben? Dan neem ik ze wel.'

'Prima hoor, pak ze maar.' En ik overhandig hem mijn autosleutels.

'Nou, dan heb ik in elk geval nog iets overgehouden aan deze dag.'

'En mijn eeuwige dankbaarheid.'

'Ja, dat ook, maar ik wil toch die bloemen van Menno. Prachtig uitgezocht, moet ik zeggen.' Frank is weer een beetje opgewekt door het vooruitzicht aan dit cadeau voor zichzelf en wandelt naar de auto.

Ik bestel een wijntje om bij te komen van alle emoties van vandaag.

'Gaat het wel?' Bobby legt haar hand op die van mij.

'Ik wil er denk ik nog even niet over praten. Misschien later. Nu drink ik liever even gezellig met jou een drankje als je het goedvindt.'

Bobby wenkt de ober en kijkt me doordringend aan. 'Natuurlijk begrijp ik dat. Lieve Pop, welkom in de wereld van schone schijn en witte wijn.'

39

'Wat is er nou liefje, heb je pijn?' Wanhopig loop ik wiegend met Wolf in mijn armen rondjes door de woonkamer. Ik streel zijn rood aangelopen koppie en googel ondertussen op *huilen baby acht maanden*. Na een aantal keer lezen dat een baby natuurlijk kan huilen en dat dit er nu eenmaal bij hoort, lees ik ook dat de tandjes kunnen doorkomen. En dat doet pijn.

Hij lijkt wel wat warm aan te voelen. Ook was zijn poep wat waterig en dit schijnt eveneens een teken te zijn. Ik kan nog niets voelen of zien, maar dat hoeft niets te betekenen.

Ik ben nu al trots, maar vind het ook vreselijk zielig voor hem. De bijtring helpt ook niet en hij wil niet eten of drinken. Na een tijdje wiegen valt hij van vermoeidheid weer in slaap.

Zelf zou ik ook wel wat slaap kunnen gebruiken. De wijn met Bobby heeft me zeker goed gedaan, maar mijn chronische vermoeidheid is er niet mee opgelost.

De gedachten aan slaap verban ik weer, want ik wil de foto's van het huwelijksfeest van Evi en Roderick zo snel mogelijk opsturen. Ik ga aan tafel zitten met mijn laptop en scrol door het materiaal.

Als ik een tijdje bezig ben met het selecteren en bewerken, valt mijn blik op een donkere foto.

O, mijn god.

Ik zoom in en licht de foto op. Mijn ogen verwijden en ik kruip dichter naar het scherm.

Deze foto gaat de selectie voor het bruidspaar en hun gasten niet halen, maar verwijderen wil ik hem ook niet. Ik maak een apart mapje aan waar ik hem naartoe sleep.

Ik had geen idee dat ik dit had vastgelegd, de lens is vele malen scherper dan mijn ogen en het was zo donker op dat moment. Maar na de bewerking is er geen twijfel mogelijk. Tijdens het vastleggen van het idyllische boothuisje aan het water heb ik twee mannen op de gevoelige plaat vastgelegd. Een op de knieën, de ander leunend tegen de zijkant van het huisje...

Als Wolf zich weer meldt besluit ik de rest van het werk vanavond af te maken. Als hij maar blijft jengelen, besluit ik hem een zetpil te geven waar hij uiteindelijk wat rustiger van wordt.

Het berichtje op mijn telefoon dat ik heb horen binnenkomen, open ik pas als Wolfje in slaap is gevallen. Ergens hoop ik dat het Kate is die zich verontschuldigt. Maar het berichtje komt van Sophie.

Hi Poppy! Ik ga even nieuwe schoenen shoppen voor het Kinderen van de Toekomst-gala. Jij bent daar toch ook met Alex? Samen shoppen?

Shit, ik moet echt een outfit regelen voor die avond waar iedereen al mee bezig lijkt te zijn. En schoenen heb ik inderdaad ook nodig. Maar ik houd Sophie liever op afstand en kan nu echt niet met Wolf de deur uit.

Hi Sophie, wij zijn daar inderdaad bij maar ik kan niet shoppen nu. Ik zit thuis met een kind dat erg overstuur is, hij heeft denk ik last van doorkomende tandjes! Veel plezier!

Direct krijg ik een reactie. *Haal verkoelende tandgel bij de drogist en babytandenborstel!*

Helpt dat?

Ja, ik masseerde die gel altijd voorzichtig met een zacht borsteltje op het tandvlees van Vince. Dat gaf echt verlichting!

Ik lees haar advies en pak snel de kinderwagen. Als ik opschiet, haal ik de drogist nog net voor sluitingstijd.

Dank je, Sophie! En ik gooi er een smiley achteraan voor de volledigheid.

Geen probleem, vrouwen helpen elkaar!

Ik gooi mijn telefoon in mijn tas en pak Wolfje op om de deur uit te gaan. Ik moet en zal die tandgel vinden.

*

Wolf slaapt al wanneer Alex thuiskomt. De tandgel lijkt inderdaad een kalmerend effect op hem te hebben en voelt als een godsgeschenk.

'Hé Pop, kun jij please een kop thee voor me maken? Ik moet wat werk afmaken dus zonder me zo nog even af.'

'Natuurlijk... maar kunnen we eerst even rustig praten?'

Hij kijkt me aan en moet deze vraag blijkbaar even in overweging nemen.

'Dan open ik alvast mijn laptop. Ik moet goedkeuring geven voor de laatste bladzijdes van mijn boek en nog iets voor de presentatie regelen. Maar dan kun jij ondertussen praten.'

'Wij. Wij kunnen gewoon even praten. Zoals stellen dat doen.'

'Niet meteen zo boos, Pop, dat bedoel ik ook. Dan kunnen wij praten.'

Alex gaat zitten en ik loop naar de keuken om thee te zetten. Hij opent zijn laptop en ik zie wat tekst en beeld verschijnen op zijn scherm.

'Dus, schat. Hoe was je dag?'

'Nou, ik ging toch naar Maastricht vanmorgen voor Kate?'

'O ja! Hoe ging het met Frank en Wolf?'

'Ja, dat is weer een ander verhaal, daar kom ik zo op. Ik wil eerst even vertellen over de verjaardag van Kate.'

Ik zet een kop dampende thee neer voor zijn neus en hij bedankt zonder zijn ogen af te wenden van zijn scherm.

'Dus, ik kwam daar aan. Wel te laat natuurlijk, maar ik had een mooie bos bloemen mee en ik deed mijn best er iets van te maken en...'

'Uhuh.' Hij tikt ondertussen een aantal dingen op zijn laptop.

'Alex, kun je even luisteren. Dit is belangrijk voor me.'

'Ik luister ook.'

'Oké. Nou, het is dus helemaal misgegaan en Kate werd vreselijk boos op me.'

Stilte. Alex kijkt nog naar zijn scherm, maar het optrekken van zijn wenkbrauw geeft aan dat hij mij wel heeft gehoord. Of er gebeurt iets opmerkelijks op het scherm. Dat kan ook.

'Het escaleerde dus enorm, we hebben staan schreeuwen en ze gedroeg zich zo onredelijk, het was echt te erg.'

'Ah, wat vervelend, schatje... komt vast weer goed.'

'Nou, ik heb lekker veel aan jou.'

'Ja, lieverd, sorry. Maar dit moet eruit voor tien uur. Kijk anders even mee? Ik wil graag weten wat jij ervan vindt.'

'Ik ben een beetje gesloopt van alle gebeurtenissen van vandaag.'

'Heel even, Pop. Jouw creatieve blik kan me enorm helpen.'

Hij kijkt me aan met smekende ogen.

'Het is al over drie weken, er zullen zoveel mensen zijn... Ik wil echt dat het perfect loopt. Er mag niets misgaan, je hebt maar één kans om je eerste kookboek goed te lanceren. Ik ben er best zenuwachtig over, Pop...'

Ik staar in zijn grote, bruine ogen en zwicht.

'Laat maar zien wat je hebt.'

Hij neemt me mee door de opgemaakte pagina's van zijn boek en zijn idee voor de presentatie ervan op het grote event dat al over drie weken is. En ik besluit niet meer te beginnen over dat gedoe met Kate. En dat van Wolfs al dan niet bestaande tandjes vertel ik wel een andere keer. Ik schuif mijn stoel dicht naast die van hem.

'Dank je, Pop, je bent de beste.'

Hij drukt een harde kus op mijn mond.

'Daar zijn de meningen over verdeeld,' zeg ik meer tegen mezelf dan tegen Alex.

40

September

'En, hoe vonden ze zijn gewicht?'

'O, dat was niets om ons zorgen over te maken, of zo.'

'Dus ze zeiden dat het normaal was?'

'Nou, ze zeiden er eigenlijk niets over.'

'Het is natuurlijk ook moeilijk om over gewicht en vet te praten, dat geldt voor elke leeftijd.'

Het is maar goed dat we niet meer in het water zijn, want ik kan niet garanderen dat ik haar niet onder water zou duwen.

De proeflessen babyzwemmen zijn begonnen en daar heb ik me – blijkbaar net als Suus – enthousiast voor ingeschreven. Het idee van samen kennismaken met het water en Wolfje al wat zwemskills mee te geven vind ik heel goed.

Tijdens de les zing je liedjes en doe je dansjes in het water samen, maar ook houd je de baby even onder en zo leren zij hun adem in te houden onder water. Nu al! Ik vond het eerst doodeng, maar Wolf lijkt het wel grappig te vinden. En er is natuurlijk goede begeleiding bij, anders had ik dat nooit gedurfd.

Het onophoudelijke lachen van Wolf zorgde ervoor dat ik een fantastische ochtend had. Tot nu. Want hoewel ik de grotere machten absoluut dankbaar ben dat deze oppermoeder niet bij mij in dezelfde les is gepland, moet ik haar natuurlijk weer in de kleedkamer tegenkomen. Maar als Wolf nu een beetje meewerkt, kunnen we hier snel weg.

'Bij het consultatiebureau vonden ze hem niet te dik, als je dat soms bedoelt, Suus. Hij eet goed en is gewoon een gezonde, bolle baby.'

'Nou, fijn dat je die bevestiging hebt, toch! Ik zou me best zorgen maken als ik hem zo zie... Steeds maar toegeven helpt een kind uiteindelijk niet. Het verwennen van een kind kan zijn karakter en uiterlijk nu al nadelig bepalen.'

'Zij weten heus wel waar ze het over hebben, dus ik maak me niet druk.'

'Natuurlijk.' Ze komt wat dichterbij staan en kijkt Wolfje onderzoekend aan. 'Ach, jij bent gewoon een lekker dikkerdje, hè? Och, kun jij niets aan doen hoor, ventje.'

Met een suikerzoet stemmetje praat ze tegen mijn zoon en knijpt ze in zijn volgens haar veel te dikke wangen. Wolf kijkt haar met grote, nieuwsgierige ogen aan.

Het is dat ze Isabel op haar ene arm heeft, anders had ik haar een duw gegeven en vriendelijk verzocht om met haar tengels van mijn zoon af te blijven en hem niet dik te noemen.

'Over het consultatiebureau gesproken, heeft hij wel zijn prikjes gehad?'

'Zijn inentingen bedoel je? Waarom vraag je dat?'

'Nou goed, ik begreep dat jouw moeder nogal... hoe zeg ik dat? Jouw moeder schijnt een beetje vaag te zijn?' Het woord vaag beeldt ze met een cirkelende handbeweging uit.

'Hij heeft een aantal inentingen gehad, ja. Maar als ouders daar een andere keuze in maken, dan zijn ze toch niet per definitie gek of vaag, toch?' Ik herhaal voor het gemak maar even de handbeweging van Suus.

'Nou, daar denk ik echt anders over. En met mij vele anderen. Maar goed, Wolf is dan geen probleem. Ik dacht al niet dat Alex dat soort belangrijke zaken zou onderschatten.'

'Goh, en dat ondanks zijn vage en gekke vrouw.'

'Ik noem jou helemaal niet zijn vage en gekke vriendin!'

Natuurlijk moet ze weer even benadrukken dat het woord vrouw absoluut niet gebruikt mag worden wanneer er geen sprake is van een wettelijk huwelijk. De gedachte dat ze me na

Franks toiletinterventie op het feest met rust zou laten, kan ik blijkbaar laten varen. Op plekken zoals deze, waar zij zich mijn meerdere voelt, zal ze me altijd blijven kleineren.

Ik pak de laatste spullen en draai me om. Ik heb Alex immers een belofte gedaan om me niet gek te laten maken. Dus ik verdring de beelden van haar man die gepijpt wordt door een jonge ober en ik weersta de behoefte om haar een klap te geven. Ik loop gewoon weg.

'Wat is er met jou, Poppy, je bent zo licht ontvlambaar. Word even volwassen!'

Ik draai me om en zie haar provocerende blik en een paar andere vrouwen die meegluren en driftig met elkaar fluisteren. Maar ik slik mijn reactie in en verlaat de kleedkamer.

'Het is het niet waard, zíj is het niet waard,' fluister ik meermaals tegen mezelf als ik veilig met Wolf in de auto zit.

41

Met forse kracht trek ik de kinderwagen uit de achterbak en klap hem uit. De frustratie van zonet wil maar niet zakken en nu is het parkeren bij ons in de straat weer eens onmogelijk en moet ik een stuk lopen – iets wat ik normaal totaal geen probleem vind, maar nu is alles me te veel.

Ik zet Wolfje voorzichtig in de wagen, hij is doodmoe van zijn intensieve zwemlesje. In stevig tempo loop ik door en probeer mijn ademhaling naar beneden te krijgen.

Ik heb sterk de behoefte om met mijn moeder te praten, maar die is nog steeds onbereikbaar. En bij Kate en Lot hoef ik nu ook niet aan te kloppen. Alex heeft geen tijd, Bobby en Frank begrijpen niet waarom ik me überhaupt druk maak om dat soort types en Yasmin gaat alleen maar zeggen dat ik ze maar te vriend moet houden. Ik begin steeds sneller te lopen en passeer het zonnige terras van George.

'Zo, slechte dag?'

Mijn gezicht moet op onweer staan en ik heb ook geen zin om er doekjes omheen te winden. Gelukkig hoeft dat ook niet bij deze persoon, zij lijkt op te leven bij het drama van anderen. En het klinkt misschien gek, maar ik ben blij haar te zien. Ik weet dat zij als geen ander mijn giftige staat van het moment kan omarmen.

'Het begon leuk, maar sommige types bezitten de gave om elke mooie dag te verpesten. Je kent het wel.'

'Die types ken ik zeker. Kom zitten, adem even in en uit en bestel een drankje in godsnaam. Je ziet helemaal rood.'

Dit klinkt me als muziek in de oren. Ik begin steeds beter te begrijpen waarom al die vrouwen hier in de buurt zoveel witte wijn drinken.

'Nou, dat is geen slecht idee.' Ik pak een stoel en wenk direct de ober. 'Een fles pinot graag.'

Ik draai me om naar Sophie en kijk in haar nieuwsgierige, lichtgroene ogen.

'Ik neem aan dat jij meedrinkt.'

'Ach, waarom ook niet. Het is immers al twaalf uur geweest.'

Ze geeft een kort knikje en dat spoort de ober aan om een fles en twee glazen te gaan halen.

'Wat deed jij hier eigenlijk alleen?'

'Net een gesprek gehad met Jade, vroeger waren we vriendinnen.'

'Ik weet het nog, ja...'

'Ja, ze wilde het goedmaken omdat onze jongens toch ook vaak met elkaar spelen, blablabla. Die Jade is zo saai.'

'Dus het is weer goed?'

'Nou, ik tolereer haar voor nu, maar één verkeerde blik en ze heeft oorlog. Die vrouw is altijd jaloers geweest op mij. Zo'n vervelende eigenschap bij mensen, vind je niet?'

'Die lijkt erg veel voor te komen in deze buurt...'

Schijnbaar verraden mijn ogen wat ik denk, want Sophie vervolgt snel: 'Ik ben zelf nooit jaloers, op wie zou ik nu jaloers moeten zijn? Mijn leven is verrukkelijk en ik heb een fantastische zoon en ben samen met de liefde van mijn leven.'

Dat van haar zoon geloof ik. Ik heb de tederheid in haar ogen gezien als ze het over hem heeft. De rest van haar woorden zijn minder geloofwaardig. Jaloezie lijkt haar te passen als een nieuwe Chanel-tas.

Het eerste glas in de brandende zon stijgt direct naar mijn hoofd. De shot verdoving heeft direct invloed op zowel mijn motoriek als mijn vermogen om wijze beslissingen te maken. En dat verklaart waarom ik leegloop tegenover Sophie de Giraffe. Ik gooi het commentaar van Suus over Wolfs gewicht en haar eeuwige bemoeizucht in één adem eruit.

'Wat een kutwijf.'

'Ja, toch? En dan begon ze ook nog over mijn moeder, die vond ze vaag.'

'Nou, hoe durft ze.'

Sophie legt haar hand op haar borst en haar mond laat ze zowel geschokt als sensueel half openvallen om haar verbaasde reactie kracht bij te zetten. Door de drank heb ik genoeg lef om haar op de man af te vragen wat ik denk.

'Heb jij gezegd dat mijn moeder vaag is?'

Ik zie het gesprek weer voor me tussen mijn moeder en Sophie, een gesprek dat ik door de nare ruzie erna niet snel meer zal vergeten.

'Ik? Hoe kom je erbij? Ik praat helemaal niet met die Suus.'

'O... wilde het gewoon even zeker weten.' Ik neem nog een slok wijn en keer mijn gezicht naar de zon die dat laat gloeien.

'Dat soort mensen krijgt vanzelf een koekje van eigen deeg. Geloof mij maar, Poppy.'

De beelden van haar man Steijn met de ober schieten door mijn hoofd en de woorden branden op mijn tong. Snel neem ik nog een slok.

'Ik hoop het. Maar zij is het niet alleen. Het zijn ook haar vriendinnen, groepjes vrouwen hier in Zuid... Ik kan nog niet helemaal geloven dat je hier fijn opgroeit.'

Ik neem nog een slok en kijk Sophie aan.

'Ik ben hier opgegroeid.'

'Dat weet ik...'

Een glimlach breekt door op haar bevroren gezicht. 'Je krijgt vanzelf een dikkere huid, Poppy. En een sensor voor wie je dicht bij je wilt houden en wie ertoe doet. Die Suus moet je niet eens serieus nemen, zo'n ontevreden vrouw met een overspelige man.'

Ik verslik me in mijn wijn en ik voel het zuur branden in mijn keel. 'Weet jij dat?'

'De geruchten gaan al een tijd. Weet jij wat dan?'

Ik kan het niet langer voor me houden. De honger naar wraak neemt me over.

'Kom op, Poppy, kennen we haar? Of is het een hoerenloper, ik vind het echt zo'n typische hoerenloper.'

'Ik denk niet dat je in die hoek moet zoeken...'

Sophies ogen worden groot en ze schuift gretig haar stoel dichter bij die van mij. 'Hoe bedoel je? De prostitutiehoek?'

'De vrouwenhoek.'

Stilte. Het duurt een paar seconden voordat Sophie deze informatie heeft verwerkt.

'Néé. Dat meen je niet? Gay?'

Ik kijk om me heen of iemand dit heeft gehoord. Alex' stem galmt na in mijn hoofd.

'Ssst, Sophie!'

Ze komt nu nog dichterbij en grijpt mijn arm zachtjes maar stevig vast. 'Hoe weet je dit? Of speculeer je nu maar wat?'

'Nee! Ik heb het zelf gezien! Op het huwelijk van die Evi...'

Sophie trekt haar wenkbrauw op. 'Weet je het zeker? Hij lijkt me niet dom genoeg om dat op een bruiloft te gaan doen waar Suus bij is. Zie je geen spoken vanwege je haat voor Suus?'

'Ik wilde dit absoluut niet zien en ik zie geen spoken. Ik heb zelfs bewijs!'

'Wat zeg je?'

'Ik heb het op beeld. Ik heb foto's gemaakt...'

Sophie doet nu in slow motion haar hand voor haar mond en in haar ogen dansen sterretjes. 'Jij hebt stiekem foto's gemaakt van de man van Suus met een andere man?'

'Per ongeluk! Ik kwam erachter tijdens het bewerken.'

Sophie wrijft als een bezetene in haar handen en heeft zowel iets lachwekkends als angstaanjagends. 'Laat even zien!'

'Nee, dat kan ik niet maken.'

'Hoezo niet? Ze gedraagt zich vreselijk en ze doet altijd alsof zij en haar gezin het ultieme voorbeeld zijn, je moet dat arrogante mens een lesje leren.'

'Nee, echt niet. Ik ga er niets mee doen. Ik heb het Alex beloofd en ik wil me verder ook niet bemoeien met hun leven. Dan ben ik net zo slecht als zij.'

'Prima, maar ik mag het toch wel zien. Doe niet zo lullig, we zijn toch vriendinnen...'

Ik kijk in de smekende ogen van Sophie en voordat ik bewust registreer wat ik aan het doen ben, open ik mijn telefoon waarop de foto in een apart mapje staat. Sophie volgt mijn bewegingen verwachtingsvol.

'Prima, kijk zelf dan maar. Dit zag ik dus. Ik moet nu echt plassen.'

Sophie hoort me al niet meer en ze tikt vurig op het scherm om te swipen en te zoomen. Haar mond valt steeds een stukje verder open.

'Hallo, Sophie? Niets mee doen en niet verder vertellen, ik meen het. Ik moest het gewoon even kwijt. Je hebt het nu gezien.' Ik pak mijn telefoon weer uit haar handen en berg hem op in mijn tas.

'Ik zeg niets, dat weet je toch.'

'Dank je. Let jij even op Wolf?'

'Hij slaapt en ik zal hem niet aan iemand meegeven. Ga plassen, ik zie je zo.'

Met een gevoel van opluchting en twijfel loop ik richting het toilet. Ik weet niet of ik hier goed aan heb gedaan, maar na al mijn frustratie over Suus moest ik het aan iemand kwijt die weet hoe het hier gaat en hoe die moedermaffia je kapot kan maken.

Als ik op het toilet zit en begin te plassen, voel ik slechts nog opluchting. En een roes van de wijn.

*

Thuis probeer ik het gevoel dat ik iets gedeeld heb wat ik absoluut voor mezelf had moeten houden los te laten door me volledig op Wolfje te focussen. Nu hij acht maanden is breng ik iets meer variatie aan in zijn avondprakjes. Mijn telefoon gaat even op stil en onder het genot van een muziekje ga ik wat gezonde hapjes voor hem koken.

Terwijl ik meezing met Aaliyah en een kruipende Wolf goed in de gaten houd, word ik eraan herinnerd dat dit alles is. Ik ben zo trots op ons kind dat langzaam de wereld aan het ontdekken is. Van zijn nieuwsgierigheid en onbevangenheid kan ik nog wat leren.

De pompoenstoof zet ik op laag vuur om een babyliedje op te zetten. Als ik mijn telefoon open zie ik een inkomende oproep van Bobby en hoewel ik liever even niet meer wil praten, neem ik uit plichtsbesef op.

'Hi!'

'Jezus, Poppy, eindelijk, wat een verhaal!'

'Welk verhaal?'

'Ja, hallo! Doe niet zo bescheiden, jij komt zelf met het verhaal!'

Er bekruipt me een gevoel van angst. 'Kun je iets specifieker zijn, Bob?'

'Nou, de echtgenoot van Suus die zich laat verwennen door een hete ober?'

'Shit! Hoe weet jij dat, heb je Sophie gesproken?'

'Sophie gesproken? Nee! Ik zie het toch!'

'Wat zie je?'

'Oké, wacht. Wat ik zie? Ik zie een prachtige maan. Ik zie verschillende sterren. O, en ik zie een man en zijn geslacht ligt in de mond van een andere man. Nou, dat zie ik.'

Mijn hart bonkt in mijn keel. Hoe is dit mogelijk? Heeft Sophie de foto stiekem naar zichzelf verstuurd? Ik check het snel en zie dat dit niet het geval is.

'Hallo, ben je er nog? Dit is jouw foto, toch Pop?'

Het duurt even voordat mijn stem weer geluid kan produceren. 'Ja, klopt. Maar hoe kun jij die zien?'

'Schat, het staat op Instagram.'

'Wat?' Ik moet me nu aan het aanrecht vasthouden. 'Wat vreselijk om dit online te gooien. Wie heeft dit gepost? Sophie?'

Stilte aan de andere kant van de lijn.

'Hallo, Bobby?'

'Jij, Poppy. Jij hebt dit zelf gepost.'

Haar woorden galmen na in mijn hoofd terwijl ik Instagram open en met trillende handen zie dat ze gelijk heeft. Vier uur geleden heb ik volgens mijn account een foto gepost die niets aan de verbeelding overlaat. Er is een beetje ingezoomd en de foto heeft een filter gekregen waardoor hij lichter is en de mannen duidelijker te zien zijn. Als onderschrift staat erbij: *Als fotograaf kom je via de lens in aanraking met bijzondere beelden. Dit was naar mijn mening toch wel de meest bijzondere en daarom wilde ik deze graag met jullie delen. #loveandmarriage #busted*

'Hoe kan dit?' fluister ik.

'Hallo Poppy, ben je daar nog?'

'Ik bel je later terug,' breng ik stamelend uit, voor ik Bobby wegdruk.

Razendsnel scrol ik door mijn berichten en gemiste oproepen en zie dat Alex niet heeft gebeld. Dat betekent dat hij van niets weet, hij zal wel te druk zijn. Wel heb ik gemiste oproepen van Yasmin, Frank en een aantal onbekende nummers.

Hopelijk kan Frank het wat relativeren.

'Pop, waarom heb je me dit niet verteld! Wat een smeuïg nieuws!'

'Frank, luister even. Ik heb dit bericht niet gepost. Ik vind het vreselijk dat dit zo naar buiten komt. Ik ga het meteen wissen.'

'Nou lieverd, dan had je drie uur geleden al je telefoon moeten opnemen want het gaat al als een lopend vuurtje door Zuid. Ik zit bijna nooit op dat Instagram, maar heb deze post al verschillende keren doorgestuurd gekregen, het circuleert al in verschillende groepsapps. Wissen heeft geen zin meer.'

'Frank, ik ben hier kotsmisselijk van. Dit heb ik niet gedaan.'

'Maar het is jouw foto?'

'Ja, dat wel...'

'Die had je opgeslagen in je telefoon?'

'Ja, gewoon voor de zekerheid!'

'Tja. Kijk, ik vind dat het mens een koekje van eigen deeg verdient, maar zo online is niet handig, Poppy. Een beetje plat en achterbaks ook. Ik ben meer van de directe confrontatie.'

'Ja, ik ook! Ik heb het ook niet gedaan.'

'Maar wie dan wel?'

En zodra ik mijn vermoeden hardop uitspreek, weet ik dat het waar is. 'Het moet Sophie zijn geweest. Ik was naar de wc en...'

'Ik heb je toch gewaarschuwd voor dat secreet, Poppy? Nou, als ik jou was dan zou ik maar even snel duidelijkheid scheppen in deze situatie want die roddel is niet meer te stoppen en iedereen denkt dat jij erachter zit. Men gaat helemaal los op je post, heb je het gelezen?'

Mijn maag krimpt ineen. 'Nee, ik heb nog niets kunnen lezen. Wat staat er dan?'

'Nou, van alles. Sommige mensen vinden het wel grappig, maar er zijn er toch ook velen die dit not done vinden. Steijn en Suus hebben een kind, hun leven staat op zijn kop, dat soort dingen.'

'O god. Ik wis het nu.'

'Doe maar. En negeer de comments. Bel me...!'

Ik heb al opgehangen voordat hij is uitgesproken en ga snel naar Instagram. Ik klik op de bewuste post en lees nog snel een paar negatieve opmerkingen waarin ik als triest en valse slang word afgeschilderd. Met bevende handen verwijder ik de post.

Een tijdje staar ik in stilte voor me uit. Mijn hersenen zijn lamgelegd en ik kan mezelf wel wat aandoen. En dan ruik ik wat.

'Shit!' Ik ren naar de keuken en draai het gas snel uit en open de ramen om de rook vrij te laten.

De zwart aangebrande pompoen en doperwten kleven aangekoekt aan de pan. Een schreeuw van frustratie ontsnapt me, waarop Wolf schrikt en begint te huilen.

Ik ben een vreselijk mens en een vreselijke moeder.

42

Al de hele ochtend loop ik met gebalde vuisten rond en mijn adem zit hoog in mijn keel. Op geen enkele manier kan deze spanning uit mijn lijf. Gisteravond won de vermoeidheid het van de stress en sliep ik al voor Alex thuiskwam, maar net als Wolfje was ik vanochtend al vroeg klaarwakker en raasden de gedachten door mijn hoofd. Hoe ga ik om met Suus? Moet ik haar man Steijn bellen? Wat zeg ik straks tegen Alex? En wat betekent dit voor het event dat al over twee weken gepland staat?

Mijn woede naar Sophie en al die Zuid-monsters wordt alleen maar groter. Alleen de aanblik van Wolfje die in de box brabbelt en kruipt geeft iets van verlichting.

*

Wanneer Alex eindelijk de kamer binnenkomt, kijkt hij mij alleen vertwijfeld aan. Aan zijn blik zie ik dat ik hem het nieuws niet zelf hoef te brengen.

'Ga eerst even zitten, schat. Ik kan dit uitleggen.'

'Nou, dat mag ik hopen! Ik weet niet waar ik moet beginnen. Waarom heb je die foto überhaupt gemaakt?'

'Dat was niet bewust. Natuurlijk niet. Ik heb foto's bij het water gemaakt en bij het bewerken kwam ik erachter dat zij in beeld stonden.'

'Waarom heb je die foto niet gewoon gewist, Pop? We hebben het er toch over gehad? Je zou niets doen met wat je op het feest hebt gezien en vervolgens gooi je het doodleuk online? Erg chic.'

'Dat heb ik niet gedaan! Dat kan alleen dat secreet Sophie zijn geweest!'

'Sophie? Hoe komt zij in godsnaam aan jouw foto's en op jouw account?'

'Omdat...' Mijn stem sterft weer weg en ik durf hem amper aan te kijken. Ik schaam me rot voor mijn naïeve gedrag. 'Ik was met haar een wijntje drinken en toen liet ik het zien...'

Alex' ogen staan wijd open en vol onbegrip. 'Waarom, Pop? Ik begrijp jou echt niet. Het zijn onze zaken niet en ook onze vrienden niet. En dan deel jij het nota bene met iemand als Sophie?'

'Ik weet dat het niet handig was, maar ik was verlamd door emotie... en door de wijn.'

'Ja, daar heb je vaker last van de laatste tijd. Misschien moet je wat minder zuipen!'

'Schreeuw niet zo, Alex! Ik had het zwaar na weer een vreselijke ochtend, ik héb het zwaar de laatste tijd en jij lijkt dat niet op te merken. Je bent er niet voor mij.'

'O mooi, dus nu is het mijn schuld dat jij met die Sophie gayporno van onze buurtgenoten op het internet slingert?'

'Nee, dat zeg ik niet! En ik heb het niet gepost. Dat was Sophie. Ze moet hebben gezien wat mijn code was en vervolgens mijn telefoon hebben gepakt toen ik even ben gaan plassen.'

'Jezus, Poppy, wat maak jij er een puinhoop van. Ik heb allemaal gemiste oproepen. Iedereen heeft het erover en zowel Steijn, Suus als jij staat voor lul!' Hij wijst beschuldigend met zijn vinger en ik denk dat ik hem nog nooit zo kwaad heb gezien. In elk geval niet naar mij toe.

'Dat weet ik ook wel. Maar er zijn toch echt ergere dingen in de wereld? Uiteindelijk is dit toch vooral ruis en een hoop gezeur?'

'Nou, niet voor het gezin dat jij zojuist uit elkaar hebt gerukt.'

'Ja, dag! Hij trekt zelf een ober richting dat boothuisje.'

'Dan nog, je had je erbuiten moeten houden! Ik kan dit gezeik er nu ook echt niet bij hebben. Je weet onder hoeveel druk ik sta!'

'Nou, dan had jij me niet mee moeten sleuren naar deze buurt met al die verschrikkelijke mensen!' Terwijl ik hem die laatste woorden toeschreeuw, stormt Alex de kamer uit.

Mijn woede borrelt omhoog als een vulkaan die op uitbarsten staat. Maar ik weet ook dat Alex die niet verdient en besef wat me te doen staat.

Vijf minuten later verlaat ik gewapend met een steeds zwaarder wordende Wolf in de draagzak het huis. Snel check ik de tijd op mijn telefoon. Het is bijna halfnegen, dus moet ik haast maken.

43

'Par-don?' Sophie staat verbouwereerd tegenover me op het schoolplein en knippert een paar keer overdreven met haar ogen alsof ze echt haar best doet om te verwerken wat ik heb gezegd. Mevrouw is zich zogenaamd van geen schuld bewust.

'Je hebt me wel gehoord. Je bent een vals wijf, Sophie. Ik heb in vertrouwen iets met je gedeeld en daar heb jij misbruik van gemaakt.'

Nicole kijkt van Sophie naar mij en doet een stap achteruit. Alsof dit zomaar eens zou kunnen escaleren.

Met Wolf op de borst zet ik een stap richting Sophie. 'Jij hebt mijn telefoon uit mijn tas gepakt en die foto op mijn account gepost met die achterbakse tekst erbij. Jij geniet zo van andermans misère, dat je het simpelweg niet kunt laten om te stoken. Ik wist het eigenlijk al, maar ik liet me toch even misleiden door je charmante voorkomen. Dom van me. Je bent een vreselijk persoon, Sophie. Een wolf in schaapskleren. En je moet dit rechtzetten.'

Sophie lijkt niet aangedaan door mijn tirade. Ze blijft me aankijken met die nare, vastgelijmde glimlach en knippert weer een paar keer irritant langzaam met haar ogen. Haar hand brengt ze plechtig naar haar borst en ze giechelt een beetje.

'Poppy, ik weet werkelijk waar niet waar je het over hebt.' Ze kijkt om zich heen en richt zich dan tot mij met een blik vol medelijden.

'We weten allemaal dat je wat labiel bent, maar projecteer dit alsjeblieft niet op mij. Ik ben daar niet van gediend. En ik laat me hier op het schoolplein niet aanvallen.'

‘Geef toe dat jij degene bent die dat bericht heeft geplaatst, Sophie.’ Ik ga nog iets dichter bij haar staan.

‘Poppy, doe niet zo kinderachtig. Ik heb echt wel wat beters te doen dan me bezig te houden met deze *Gossip Girl*-achtige taferelen. Sorry, ík heb wel een leven. Dus als jij me even met rust zou willen laten, graag.’

Ze wuift me weg en draait zich om naar haar verloren en teruggevonden vriendin Jade en altijd-in-het-wit-Nicole.

‘Geef het gewoon toe, achterbaks kreng!’ roep ik haar toe.

‘Poppy, jij hebt die avond foto’s gemaakt en het is jouw account. Dat jij het per se met mij wilde delen en god weet met wie nog meer, dat was jouw keuze. Daar heb ik verder niets mee te maken. En schreeuw niet zo in het bijzijn van je kind. Wat voor een moeder ben jij?’

Het geroezemoes zwelt aan.

‘Nou, inderdaad. Arme jongen.’

‘Wat een spanning moet dit meebrengen voor het kind.’

‘Ze komt wat agressief over...’

‘Zij was de fotograaf, ja... zij is het.’

‘Haar man is bekend hoor, die ene leuke chef.’

‘Ze doet ook drugs op kinderfeestjes, schijnt.’

‘Iedereen neemt tegenwoordig maar kinderen...’

Ik hoor zinnen. Of flarden van zinnen. Maar wanneer ik om me heen kijk, zie ik niemand praten. Ik zie alleen ogen vol medelijden en walging op mij gericht. Ik hoorde toch echt stemmen, ik ben niet gek. Toch?

Langzaam loop ik naar achteren om meer afstand te creëren tussen het spottende gezicht van Sophie en mijn kind en mij.

‘Misschien moet je wat bijslapen, Poppy. En wanneer je kans ziet om je excuus aan te bieden voor deze valse beschuldiging, hoor ik het wel.’

‘Reken er maar niet op.’

Sophie schudt haar hoofd en haalt haar schouders op. Ze steekt haar arm door die van Nicole en loopt weg. Nicole kijkt nog een keer om en in haar blik lijkt iets van compassie en onbegrip te zitten. Alsof ze het begrijpt, maar het desondanks heel onverstandig vindt van mij om de confrontatie op deze manier aan te gaan.

44

'Moet ik in dat invalidenwagentje stappen?' Frank kijkt teleurgesteld naar het nieuwe vervoer van Bobby.

'Dit is een Birò, Frank! Superhandig in de stad!'

'Ach mens, schei uit. Je hobbelt alle kanten op in zo'n ding en we passen er niet eens met z'n drieën in.'

'Jawel joh, een beetje proppen. En toevallig hartstikke milieubewust. Hij rijdt elektrisch.'

'Alsof jij je daar ineens mee bezighoudt... Je mocht zeker geen auto meer van Peter.'

Bobby zucht en slaat haar ogen ten hemel. 'Dat heeft er ook wat mee te maken. Het lijkt hem beter als ik in een klein autotje rij om schade te voorkomen.'

'Wat heb je nu weer gedaan?' Ik kan mijn lach amper inhouden.

'Nou, het was mijn schuld niet, hoor, maar laten we erover ophouden. Stap in.'

'O, echt niet. Ik ga niet in dat kleine ding zitten met mijn benen in mijn nek, ik ga naar huis.'

'Maar je ging toch mee?' Ik kijk Frank smekend aan want ik heb wel behoefte aan zijn verdediging en pit als ik me straks in het openbaar vertoon.

'Nee sorry, ik moet nog boodschappen doen en koken en mijn hele schema is al in de war vandaag, dus ik ga echt naar huis. Stuur mij maar wat foto's van de outfit.'

Volgende week is het liefdadigheidsevenement en als enige vrouw op de wereld heb ik nog geen outfit.

Als Bobby en ik zijn ingestapt schiet ze het kleine wagentje de weg op. Van het luide getoeter lijkt ze zich niets aan te trekken.

Hoewel ik de Range Rover beter bij Bobby vind passen, misstaat die Birò haar zeker niet. Ik vind het maar een raar ding.

'Voor kleine afstanden in de stad is de fiets toch eigenlijk makkelijker?'

'Ik laat mijn haar niet voor niets wekelijks föhnen, hè schat.'

Nu begrijp ik waarom die kleine wagentjes zo populair zijn. Je haar en make-up blijven intact en je dure designerkleding wordt niet nat of vies. Ook zie ik regelmatig jonge meiden erin rijden die naar alle waarschijnlijkheid voor hun verjaardag of kerst het wagentje van pappie hebben gekregen, met een grote roze strik eromheen.

Ik moet lachen en kijk naar Bobby, de belichaming van alle clichés hier in Zuid. Maar ze weet het en omarmt dit gegeven compleet. En ze is lief en dat geldt helaas niet voor iedereen hier.

Bobby schiet nog even voor een tram langs waardoor ik een kleine hartverzakking krijg en parkeert het ding op de stoep in de Cornelis Schuyt.

'Kom, we gaan hier even wat winkels af. Hoe is het nu met Alex trouwens?'

Nog bibberend van de schrik door onze bijna-doodervaring van net stap ik uit en probeer ik een antwoord te formuleren op haar vraag.

'Goed. Denk ik. We praten weer. En hoewel hij me een naïef schaap vindt, gelooft hij me nu wel. Maar het is wat ijzig tussen ons... we zijn nog steeds niet intiem.'

Bobby kijkt me aan en zwaait met haar vinger.

'Seks lost niet alles op, hè. We lijken niet op één lijn te komen. Alsof we elkaars taal niet spreken. Sterker nog, we spreken elkaar sowieso bijna niet.'

'Daar ligt het probleem, jullie hebben qualitytime nodig. En romantiek! Tijd om te praten, écht praten. Maar ook tijd voor hartstochtelijke seks. Tijd voor elkaar!'

Ze heeft volkomen gelijk. 'Dat wil ik ook dolgraag. Hopelijk hebben we meer tijd voor elkaar na dat o zo belangrijke event.'

'Kom, we gaan een jurk uitzoeken. Want je wilt er daar echt goed uitzien, hoor Pop. Neem dat maar van mij aan.'

Als de paria van Zuid kan ik misschien net zo goed een vuilniszak aantrekken, het maakt toch geen bal meer uit. Maar voor Alex wil ik wel mijn best doen. Het is zijn grote moment en ik wil daar naast hem staan.

We lopen een van de dure winkels binnen en gaan door de rekken met jurken heen. De vrouw achter de kassa kijkt ons streng aan. 'Kan ik jullie helpen?'

'We zoeken iets voor dit lekkere ding!' Bobby geeft me een speelse por. 'Sexy, maar chic. Maatje zesendertig denk ik. Niet te veel paillette, dat vind ik te kerstachtig. Gewoon een prachtige zomerse jurk voor een bijzondere avond.'

Bobby draait zich weer om naar het rek. De vrouw kijkt me net iets te lang aan en ik heb het gevoel dat ze me herkent. Maar misschien zie ik spoken.

De vrouw kijkt van mij naar Bobby en haalt nonchalant haar schouders op. 'We hebben helaas niets meer.'

Bobby draait zich om met een prachtige jurk in haar hand en kijkt de ietwat ordinaire verkoopster provocerend aan. 'Wat heb ik in mijn handen dan?'

'Die is helaas besteld door een van onze vaste klanten, Sophie de Graaf.'

De vrouw blijft beleefd, maar ik proef een zuurtje. Bobby doet alsof ze niets merkt en zoekt vrolijk verder. 'En deze dan? Ook al besteld?' Ze houdt een prachtige smaragdgroene jurk voor met lage uitsnijding.

'Ja, ik moet jullie helaas teleurstellen. Met het oog op een aankomend liefdadigheidsevent is de hele winkel hier leeggekocht en er wachten veel vrouwen op hun bestellingen. Die bestellingen zijn overigens al een tijd geleden gedaan. Is het voor een bijzondere gelegenheid, mevrouw?'

Ze kijkt me met grote, vragende ogen aan, terwijl ik zeker

weet dat deze verkoopster heel goed weet wie ik ben en waarom ik een jurk nodig heb.

'Ik moet ook naar dat liefdadigheidsevent, ja...'

'Oei, dan ben je wel wat laat, ben ik bang.'

Ik haal mijn schouders op. 'Ja, dat blijkt.'

Bobby loopt nu naar de verkoopster toe met drie jurken in haar hand. 'Dus jij zegt me dat alles wat hier hangt al vergeven is? Waarom hangt het hier dan nog?'

'Dat moet je aan mijn collega vragen. Ik doe de sales, niet het inpakken.'

'Nou, een beetje opruimen hoort er ook bij toch, ik heb zelf ook in een winkel gewerkt.' Bobby gooit de stapel jurken op de toonbank. 'Kom, Poppy, ik heb een garderobe die deze winkel zwaar overtreft en jij wordt de ster van de avond. En daar zijn we mooi niet te laat mee.' Die laatste woorden zegt ze tegen de verkoopster die alleen maar stilzwijgend ons vertrek afwacht.

Bobby sleurt me mee en duwt me de Birò in. We komen weer met een schok in beweging waardoor ik bijna met mijn hoofd tegen de ruit knal.

'Wat een onbeleefd mokkel. Maar ons krijgen ze er mooi niet onder. Op naar mijn huis, ik heb het hier wel gezien.'

*

Bobby's inloopkast heeft het formaat van onze slaapkamer. Alles hangt op categorie. Ik zie een walhalla aan prachtige zijden blouses, colberts, bodystockings, kasjmier coltruien, cocktailjurken, glitterjurken, galajurken en minirokjes. Ook de schoenen zijn keurig gesorteerd op stijl en merk. Ik zie een Louboutin-hoek, een Balenciaga-sneakershoek en de prachtigste glittersandaaltjes en muiltjes keurig uitgestald. Deze kast is de droom van ieder klein meisje dat prinses wil worden. En ik moet zeggen dat niet alles mijn stijl is, maar mijn hart gaat er toch sneller van kloppen.

'Wat ruim jij keurig op, zeg!'

'O, nee joh, gekkie. Daar ben ik veel te chaotisch voor, de au pair gaat er dagelijks even doorheen want anders wordt het hier al snel een jungle van kleding en rondslingerende schoenen. En als de tweeling op school zit heeft ze toch niets te doen.'

'Is Hope teruggekomen?'

'Die heeft niet eens haar koffer opgehaald hier! Nee, we hebben een nieuwe. Faith.'

'Faith?'

'Ja, ik vond de naam wel leuk. Ik dacht, nu kan het niet misgaan. Ik moet gewoon *faith* hebben in de medemens. Ze doet het heel goed, hoor. Maar dat doet er nu niet toe. Jij gaat rondneuzen en passen. En dan moeten we naar de salon voor jouw nagels. Er is genoeg keus hier, maar ik draag denk ik een maatje groter. Maar dat kunnen we dan meteen laten innemen.'

Na een aantal jurken te hebben gezien en gepast valt mijn oog op een waanzinnige jurk. Een jurk die zowel bij Bobby als bij mij past. Hij is donkerblauw en de print lijkt op pauwenveren. De rug is heel laag uitgesneden en de twee zijden worden bij elkaar gehouden door drie prachtige kralenkettingen. De mouwen zijn wijd en hebben ragfijne franjes van goud. Om de billen valt de stof strak en de jurk heeft een kleine sleep. Er is geen decolleté, de jurk valt bij de borsten hoog en wijd zodat de schouders net worden ontbloot. De kleuren, de print, het model, de originaliteit, hij is ongelooflijk.

'O, dit is echt een Poppy-jurk inderdaad! Je hebt wel een dure smaak want dit is couture, kost een vermogen. Maar jij moet deze passen.'

Dat doe ik maar al te graag. Maar de stof valt te wijd bij mijn borsten waardoor de jurk steeds van mijn schouder glijdt. En ook bij mijn billen en bovenbenen moet hij strakker. 'Shit, hij was perfect geweest. Zo mooi.'

'Nou, dan laten we hem toch innemen? Ik doe er voorlopig toch niets mee.'

'Maar vind je dat niet zonde? Ik weet het niet, hoor...'

'Lieve schat, deze is perfect bij jou en ik wil dat jij straalt die avond. Ik kan hem altijd weer laten vermaken. En je bent er toch voorzichtig mee.'

'O, Bob... Je bent echt een schat.'

Ze wuift het weg. 'Veel hebben is alleen leuk als je mensen blij kunt maken, toch?'

En ik weet dat ze het meent. We zoeken nog een paar sandalen uit – we hebben wel dezelfde schoenmaat – en ik verlaat haar huis met een tas vol spullen en een hoopvol gevoel.

Aangekomen bij de nagelsalon kies ik samen met de eigenaresse een kleur die goed bij de kleuren van de jurk past. 'Blijft dit wel zitten dan? Het is over ruim een week.'

'Jawel. En ik zit hartstikke vol volgende week. Iedereen komt hier om z'n nagels te laten doen voor dat event. Dit blijft echt wel zitten. Mocht de gellak beschadigd raken, dan loop je gewoon even langs en help ik je tussendoor.' Ze geeft me een knipoog en zet een kop thee voor mijn neus. Ze strijkt haar zwarte haar uit haar gezicht en bestudeert geconcentreerd mijn nagels.

'Nagelbijter?'

'Sinds een week ben ik weer begonnen.'

Ze knikt alsof ze begrijpt waarom. Bobby zit met een andere vrouw te discussiëren over haar kleur.

'Gaat het een beetje met je?'

Ik mag de jonge vrouw die deze tent runt. Ze straalt rust en sympathie uit.

'Doel je op mijn akkefietje met Sophie? Of Suus? Of alle andere vrouwen hier in de buurt die momenteel een hekel aan me hebben?'

'Ik hoorde zoiets, ja. Neem van mij aan dat er genoeg vrouwen zijn die een hekel hebben aan zowel die Suus als die Sophie. Ik kan het weten, want ze zitten bij mij in mijn stoel en iedereen lult over elkaar. Ik zou een boek kunnen schrijven over de verhalen en roddels die uit de mond van die vrouwen komen.'

Ze concentreert zich op het bewerken van mijn nagelriemen en ik moet me inhouden om mijn handen niet terug te trekken. Ik kan niet goed tegen dit gefriemel.

'Het is vooral zo oneerlijk. Ik heb nooit ruzie willen zoeken of iemand voor lul willen zetten op social media, het is gewoon niet wie ik ben. Dat is ook niet hoe het is gegaan. En nu wordt er gedaan alsof ik een soort satan ben. En alsof ik gek ben.'

Ze kijkt heel even op van haar werk. 'Probeer je het niet aan te trekken. Iedereen is hier gek of anders word je wel gek gemaakt. Luister, ik ken sommige types en vrouwen maar al te goed. En voor hen is roddelen een dagelijkse bezigheid. Een verhaal heeft altijd twee kanten. Zij schreeuwen gewoon wat harder. Het gaat allemaal om aandacht.' Ze lacht bemoedigend en pakt de lak erbij. 'Hou je handen maar stil.'

*

Na de laksessie tref ik Bobby buiten aan. Ze hangt net de telefoon op en het zou me niet verbazen als ze Frank al heeft bijgepraat over onze geslaagde missie. 'Hier heb je lang plezier van. Je kunt er zelfs een *bitchslap* mee uitdelen, mijn nagellak breekt niet.' Lachend houdt ze haar hand voor mijn gezicht.

'Dat ga ik toch maar proberen te vermijden.' Ik kijk naar mijn afgekloven, maar keurig gelakte nagels. Na vandaag zal het volgende week in elk geval niet aan mijn uiterlijk liggen. En een week confrontaties vermijden en niet in gênante situaties terechtkomen moet toch ook haalbaar zijn.

'Thanks voor alles, Bob. Zullen we gaan? Dan kan ik Wolfje ophalen.'

Als Bobby de Birò start zet ik me schrap voor het laatste ritje van vandaag. Maar met een goed doel, want ik kan niet wachten om mijn kind bij de buurvrouw op te halen. Alex vond het een supergoed idee om haar als oppas te vragen, maar voor mij blijft het spannend. Ooit ga ik leren om los te laten. In elk geval een beetje.

45

'Dat jij hier nog durft te komen, maak dat je wegkomt en neem die dikke baby mee.'

Na een telefonische peptalk van Yasmin heb ik besloten naar baby-yoga te gaan om maar gewoon door de zure appel heen te bijten. Voor altijd thuisblijven is tenslotte ook geen optie. Maar die keuze wordt me niet in dank afgenomen.

'Suus, kan ik alsjeblieft even rustig met je praten en uitleggen hoe het is gegaan?'

Suus staat tegenover me met haar armen over elkaar heen geslagen. Lien staat met haar dochtertje in haar armen schuin achter haar. En daarachter staan weer twee vrouwen die ik niet ken, maar aan hun blik te zien weten zij wel wie ik ben.

'Wij weten al hoe het is gegaan. Jij bent echt zo sneu.'

'Luister Suus, ik begrijp dat het heel pijnlijk is om jouw man zo te zien en ik heb nooit gewild dat dit...'

'Pijnlijk? Eerder lachwekkend. Wat een zielige actie om Steijn zo te fotoshoppen, zeg.'

Deze had ik niet zien aankomen. 'Wát?'

'Ach, kom op, Poppy, we weten allemaal dat die foto nep is. Het hoofd van mijn echtgenoot plaatsen op het lichaam van iemand anders, puur en alleen om ons huwelijk te saboteren. Je bent echt ziek, jij. Ik denk nogmaals dat het beter is als je gaat.'

Ik kijk haar aan en zie in haar ogen dat ze dit zelf ook niet gelooft maar iets moet verzinnen om geen gezichtsverlies te lijden.

'Jij weet ook wel dat ik die foto niet heb bewerkt. Jouw man was weg. Dat moet je gemerkt hebben. En hij stond daar, bij dat huisje, maar dat heb ik natuurlijk niet expres vastgelegd.'

'Mijn man is de hele avond niet van mijn zijde geweken. Je liegt. Je bent een fantast. Ik denk dat jij je moet laten nakijken.'

'Serieus, Suus? Je weet donders goed dat dat niet de waarheid is. En nu wil je iedereen doen geloven dat ik voor de lol verhaaltjes verzin over het huwelijk van anderen? Doe even normaal, joh!'

'Waar besteed jij anders je tijd aan? Een relatie heb je amper, je werkt niet, het moederen lijk je niet serieus te nemen en je hebt ook vrij weinig vrienden, dus ja. Ik en iedereen met mij gelooft dat jij je tijd besteedt aan dit soort zieke spelletjes. Waarschijnlijk omdat je jaloers bent.'

Mijn oren klapperen. Waarom zou ik toch in godsnaam jaloers zijn op die Suus met haar botoxhoofd, haar overspelige man, haar leven vol leugens en haar drang om mensen tot op het bot af te zeiken. Lien doet een stapje naar voren en legt met een veelbetekenende blik naar mij toe haar hand op de schouder van Suus.

'Ga naar huis, Poppy. Deze les zit vol.'

De menigte is stilgevallen en het enige wat ik hoor zijn de vrolijke kirgeluidjes van Wolfje in de draagzak. Mijn lieve, pure baby is zich van geen kwaad bewust.

De yogalerares vraagt met haar typisch zachte yogastem of ik een muntje wil voor de entree. Ik schud mijn hoofd en loop zonder verder nog iets te zeggen met stevige pas de deur uit.

46

‘Dus het gesprek verliep niet echt soepel?’ Yasmin neemt een hap van haar broodje ei-truffelsalade. Toen ze me na de scène bij de baby-yoga belde en hoorde dat ik erdoorheen zat, stond ze binnen een halfuur bij mij op de stoep met lunch voor op ons dakterras. Ook heeft ze mooie bloemen en kussentjes meegenomen voor op de loungebank. Alles om me op te fleuren. Soms weet ik niet waar ik haar aan verdiend heb.

‘Nee, dat verliep allerminst soepel. Die gek heeft verzonnen dat ik de foto heb bewerkt!’

‘Mijn hemel, die leeft in ontkenning, zeg. Waarom zou je dat doen?’

‘Omdat ik zogenaamd jaloers ben.’

Ik merk dat mijn stem weer begint te trillen van boosheid. ‘En ze noemde mijn kind nu echt dik.’

‘Ach, hou op, het is een heerlijke baby met prachtige bolle wangetjes!’

‘Ik haat haar echt, Yasmin. Ze probeert me kapot te maken. Ze probeert mijn gezin kapot te maken.’

Yasmin kijkt me bezorgd aan. ‘Lieverd, ik weet dat dit als heel onrechtvaardig voelt, maar je moet accepteren dat sommige mensen nu eenmaal zo zijn. Probeer dingen meer los te laten.’

‘Hoe kan ik dit nu loslaten?’

‘Door je emoties wat vaker opzij te zetten...’

‘Ik kan dat niet!’

‘Misschien moet je het leren. Hoe jij je nu gedraagt, dat is ook niet gezond. Soms is het beter om rationeel te handelen en een pantser om je emoties te bouwen.’

'Zoals jij dat doet? Is dat wel gezond, alles opkroppen en mooi weer spelen?'

Yasmin schiet in de verdediging en haar zachte blik wordt harder. 'In sommige situaties wel, ja.'

'Vind jij het normaal dat je nooit praat over het verlies van je ouders? Vind jij het gezond dat je elke dag een masker opzet en een soort neppe perfecte huisvrouwversie van jezelf presenteert terwijl er zoveel pijn moet zitten? Vooral niet praten over zaken met diepgang en vooral geen emoties tonen, laten we het lekker oppervlakkig houden. Dat is wel zo fijn voor onze zorgvuldig aangebrachte mascara!'

Ik meen de woorden wel, maar ik heb direct spijt van mijn harde toon. Dat is echt het laatste wat Yasmin verdient.

Het kwaad lijkt echter al geschied. Ze is stil en staart naar de grond.

'Sorry Yas... maar ik snap dat gewoon niet. Je bent mijn vriendin. Ik vind je fantastisch en ik geef veel om je, maar je neemt me nooit in vertrouwen.'

Ze zegt niets en staart nog steeds naar de grond. De druppel die de grond raakt, vertelt me dat ze huilt. Ze fluistert. 'Er zit te veel pijn en ik kan dat niet delen zonder de angst om in te storten en niet meer op te willen staan. Ik werk daar met mijn therapeut aan, als je het per se wilt weten.'

Ze klinkt zo breekbaar. Ik weet niet wat ik moet zeggen. Hoe kan ik iemand dwingen om zo'n traumatische ervaring uitgebreid te delen omdat het mij een gevoel van waarde en diepgang geeft? Is dit de manier waarop ik mensen van me wegjaag?

Yasmin staat op en legt nog keurig haar meegenomen broodje neer op mijn bord. 'Deze had ik nog voor jou meegenomen... Ik moet maar eens gaan.'

'Yasmin, please. Blijf nog even.'

'Nee, beter van niet. Ik moet nog van alles doen en Vik moet worden opgehaald van voetbal, dus ik ga maar.'

Ze grijpt haar tas en klimt behendig de trap af naar onze gang. Kort erna hoor ik de deur dichtslaan.

47

Alex is al vanaf vijf uur 's ochtends druk in de weer en de zenuwen stralen van hem af. Voor mijn gevoel zit er ook al een hele dag op, maar dat komt door Wolf, die dagen grieperig is geweest en 's nachts vooral ligt te spoken. Omdat ik uit bezorgdheid steeds zijn temperatuur wilde checken, ben ik nu gebroken. Maar vandaag stop ik dat weg en draait alles om Alex. Hij heeft hier maanden naar toegewerkt en ik wil dat het een perfecte avond wordt. Zijn ouders kunnen er niet bij zijn vanwege andere verplichtingen, maar dit leek Alex wel prima te vinden. Misschien zou hij in hun aanwezigheid alleen maar meer druk voelen. En ze hebben beloofd binnenkort weer naar Amsterdam te komen om de lancering van zijn boek te vieren en Wolf weer te zien.

Wonder boven wonder is mijn slaaptekort niet te zien, maar dat heb ik te danken aan de kapper en visagiste van Bobby. Ze heeft me vanochtend omgetoverd van wrak tot glamourvrouw en als ik Wolf straks naar de buurvrouw heb gebracht, hoef ik alleen nog maar mijn jurk en hakken aan te trekken.

Afgelopen week hebben Alex en ik elkaar amper gesproken. Er is geen sprake van boosheid of ruzie, maar passie of harmonie is ook ver te zoeken. We leven beiden een beetje op ons eigen eiland en staan in de overlevingsmodus. Hij was nonstop aan het werk en ik was alleen maar in de weer met een zieke Wolf. Mijn dankbaarheid voor het vrije plekje op het kinderdagverblijf vanwege een uitvaller was van korte duur. Na zijn wenochtend begon de ellende en kon ik hem vijf dagen lang thuishouden. Vandaag is hij eindelijk koortsvrij.

Na even rustig een kop koffie te hebben gedronken, is Alex nu met Wolf aan het spelen en gooit hij hem een paar keer speels de lucht in. De kleine geniet zichtbaar van het gestoei met zijn papa. Het vertedert me hen zo te zien. Als de rust straks is teruggekeerd, hoop ik op vele momenten samen. We hebben een hoop in te halen.

'Hoe laat moeten we er precies zijn, lief?'

'Ik iets eerder in verband met de voorbereidingen. Kom jij maar gewoon om vijf uur, dan vang ik je op bij de ingang.'

Hij wrijft zenuwachtig zijn handen over elkaar en reikt naar zijn telefoon. Ik pak Wolf over en hoewel ik nog twee uurtjes heb, besluit ik hem zo alvast naar de buurvrouw te brengen zodat Alex zich in alle rust kan voorbereiden en ik me ook kan klaarmaken. Ik wil geen enkel risico nemen met die jurk van Bobby.

Ik probeer mezelf wat koelte toe te waaien met mijn handen en pak ondertussen de spullen van Wolf. Ik zie hoe Alex zijn speech oefent in de spiegel en ik moet me inhouden hem niet te storen met een dikke knuffel. Het ziet er te schattig uit. Zachtjes vertrek ik met Wolfje.

*

Als het bijna tijd is om te gaan, besluit ik nog even snel een lauwe douche te nemen. De nazomer is behoorlijk heet en buiten voelt het als een sauna. Ik bescherm mijn haar en make-up door me heel gericht af te spoelen en zeep me in met lavendelzeep die volgens de verpakking uiterst rustgevend moet zijn. Ik neem een ruime hoeveelheid want als ik vanavond iets kan gebruiken, is het wel innerlijke rust.

Alex is ondertussen vertrokken en zag er onberispelijk uit. Ik voel een steek van verlangen. Verlangen naar hem en intimiteit. Verlangen naar ons.

Ik laat mezelf in de jurk glijden. Hij zit nu perfect. Ik zie dat ik nog tien minuten heb dus doe ik snel Bobby's haksandalen aan en pak de bijpassende clutch die Frank nog op de valreep voor mij heeft uitgezocht. Mijn haar valt in een losse, schuine vlecht en dat geeft mijn nek gelukkig wat ademruimte. Mijn hart bonkt in mijn keel. De afgelopen dagen heb ik genoeg afleiding gehad, maar ik merk nu hoe doodeng ik het vind om al die mensen weer onder ogen te komen.

De taxi is er over vijf minuten en ik besluit alvast buiten te wachten. Ik staar naar mijn telefoon en voel de behoefte een bericht naar mama te sturen.

Hoi mam. Ben je alweer bereikbaar?

Het zien van slechts één grijs vinkje geeft het antwoord. Ik scrol door naar de naam van Kate, maar besluit mijn telefoon op te bergen. Ik weet niet wat ik haar nu zou moeten zeggen. Van Lot heb ik tot mijn teleurstelling na de ruzie op Kate's verjaardag ook niets meer gehoord.

Maar daar moet ik later maar mee dealen want de taxi komt aanrijden. Het is showtime.

48

'Je ziet er fantastisch uit! Je bent een echte ster! O, Poppy!' Franks mond is opengezakt en hij straalt als een kind dat zijn eerste kerstcadeau mag uitpakken. Hij stormt op me af, voelt de stof van de jurk en bewondert me van top tot teen.

'Dankzij haar, hoor.' Ik wuif de complimenten weg en wijs naar Bobby. 'Je had me afgelopen week moeten zien.'

'Schat, kom je mee?' Alex tikt me op mijn schouder. 'Je ziet er echt prachtig uit, Pop.' Ik zeg tegen Bobby en Frank dat we elkaar nog wel zien en loop met Alex mee. Heel Amsterdam en omstreken lijkt zich hier in het Amstelpark verzameld te hebben. Alex pakt mijn hand en leidt me door de drukke menigte. Ik zie mannen en vrouwen naar ons kijken. Ik zie blikken van bewondering, maar ook van walging en die zijn voor mij bedoeld, vrees ik.

Alex wordt al snel op de arm getikt en raakt in gesprek met een kalende man die rond de zestig moet zijn. De felicitaties en complimenten vliegen hem om de oren en ik sta als een trotse vrouw braaf naast hem. De hitte is echter overweldigend en ook bij Alex zie ik kleine zweetpareltjes op zijn nek schitteren.

'Ik ga even naar de bar, schat. Een drankje voor ons halen en wat tissues,' fluister ik in zijn oor en hij knijpt instemmend in mijn hand.

Het park is deels omgetoverd tot een prachtig buitenrestaurant. De zon staat hoog aan de hemel en de bomen en gespannen luxetentdoeken zorgen voor genoeg schaduw. Overal staan bloemstukken. Ik werp een blik opzij en vang een glimp op van het andere gedeelte. Een met kleurige bloemen bedekt prieel leidt tot de tuin waar lange tafels gedekt met wit linnen en zilver staan. De flessen champagne staan al koud in de koelers.

Met twee drankjes in de hand en wat tissues geplet onder mijn oksel probeer ik mijn weg terug naar Alex te vinden. En alsof de menigte gecoördineerd uiteenwijkt zie ik haar staan. Als in slow motion draait ze zich naar me om. Een prachtig mintgroen gewaad valt om haar gebruinde huid en de hoge split laat haar lange benen zien. Als een roofdier bekijkt ze haar prooi. Omdraaien en wegrennen kan niet.

'Dag, Sophie.'

'Hé, Poppy,' zegt ze nonchalant. 'Wat stoer dat je er bent.'

'Tsja, ik ben ook heel erg stoer.' Ik probeer het weg te lachen, maar daar komt geen reactie op.

'Olivier, dit is Poppy. De vrouw die mij aanviel op het schoolplein.'

'Nou, nou, aanviel. Ik was... ben... gewoon erg boos door wat jij hebt gedaan.'

Olivier trekt zijn wenkbrauw op maar nog voordat de beste man iets kan zeggen, wordt hij op de schouder geslagen door een vriend die onverstaanbaar tegen hem begint te brabbelen in kaktaal. Het zal hem volgens mij worst wezen wat zijn vrouw allemaal uitvreet.

'Sophie, laten we maar gewoon normaal doen vanavond. Het gaat om een goed doel en niet om onze problemen.'

Ze bekijkt me van top tot teen en haar blik verraadt niets. 'Heb je soms een stylist ingehuurd?'

Dit mens is ongelooflijk. 'Laat ook maar.'

'O nee, als jij denkt dat jij mij de oorlog kunt verklaren en een wapenstilstand kunt inzetten wanneer het jou uitkomt, dan heb je het mis, meisje. Jij moest zo nodig een grote bek opzetten waar iedereen bij was en nu moet je op de blaren zitten. Je hebt geen idee wie je tegenover je hebt.'

'Ik begin dat steeds beter te zien.'

'Mooi. Dan weet je ook dat ik je kapot kan maken. Ga terug

naar waar je vandaan komt en gun die Alex de kans op een leuke vrouw.'

Ze doet een stap dichterbij en ik houd de drankjes in mijn handen voor mijn borst als eventueel verdedigingswapen. Ze pakt zachtjes mijn schouder vast.

'En laat je kind achter als het kan. Ik denk dat hij beter af is zonder zo'n onverantwoordelijke en labiele moeder.'

Het geluid om me heen wordt vager. Sophie heeft zich alweer bij Jade en Nicole en een vriendin die ik niet ken gevoegd. Ze draaien zich simultaan van me af en ik hoor wat gegiechel. Mijn beeld wordt onscherp en ik zie nog maar één iemand helder. Ik doe langzaam een paar stappen in haar richting en mijn benen lijken de aarde amper te raken. Bijna ben ik bij haar. Haar vriendin merkt me op en stoot haar snel aan. Sophie draait zich om en haar gezicht verraadt iets van verbazing en paniek. Ik kom nog dichterbij.

'Dames en heren, als jullie je allemaal naar jullie plek aan tafel zouden willen begeven? Dan gaan we beginnen met de veiling.'

De speakerstem laat me uit mijn trance ontwaken. De geluiden en beelden van de omgeving worden weer geregistreerd door mijn brein. De mist trekt op en ik sta oog in oog met Sophie die mij vragend aankijkt. 'Wat doe jij gestoord. Geef me wat ruimte, oké?' Ze wurmt zich langs me met haar vriendinnen en weg is ze.

'Wat een freak is dat, joh.' Sophie kijkt nog een keer geïrriteerd om.

'Vreselijk voor haar zoon om zo'n moeder te hebben, dat schijnt echt een schattig jochie te zijn.'

Ik weet niet wie het zegt en ik weet niet eens zeker of het wordt gezegd. Het doet er ook niet toe, ze zijn weg.

De stemmen raken verder van me verwijderd en ik sta nog steeds met twee drankjes in de hand en tissues onder mijn oksels op het veld dat nu langzaam leegstroomt.

Herpak je, Poppy, kom op! Doe het voor Alex. Ik loop snel

onder het prieeltje met bloemen door en kom in een klein paradijs terecht. De struiken met bloeiende jasmijn kan ik al ruiken, de luxe bloemstukken – ongetwijfeld van Menno Kroon – zie ik al vanaf grote afstand. En het wit linnen is feilloos gestreken.

'Alles voor de kindjes...' fluister ik tegen niemand in het bijzonder. Nog wat bibberig neem ik een flinke slok Campari en houd het andere glas nog steeds stevig in mijn hand voor Alex.

Plots zie ik hem bij de voorste tafels staan. Ik loop zo snel als ik op deze hakken kan richting het podium wanneer er een vrouw tegen me aanbotst en een deel van haar drankje over me heen gooit.

'Sorry, sorry! Excuus!' De voor mij onbekende vrouw roept nog een paar keer sorry maar huppelt vrolijk door.

What the fuck. Ik voel de natte vlek bij mijn borsten en ben er klaar mee. Ik storm naar voren en zet het drankje voor Alex' neus neer. 'Dank je dat je mij alleen liet daar. Handig ook met die drankjes in mijn hand.'

'Ik werd naar voren geroepen, lieverd.' Hij ziet de vlek op mijn jurk. 'Ach, dat droogt zo in de felle zon. Het is geen rode wijn. En het past ook wel bij mijn klunzige meisje.' Hij slaat zijn armen om mijn middel, wat ik schoorvoetend toelaat.

'Dat wil ik vanavond niet zijn.'

'Komt goed, Pop, ik heb een perfect plekje voor jou geregeld en je wordt helemaal in de watten gelegd.'

Ik zie zijn liefdevolle blik en knik. 'Dank je, lieverd. En je weet hoe trots ik op je ben.'

Hij drukt een paar stevige kussen op mijn mond en wanneer ik me losmaak uit zijn armen zie ik dat er een groepje vrouwen staat te kijken en fluisteren.

Volgens mij ken ik hun gezichten. Waarschijnlijk van de baby-yoga of het schoolplein. Ze lijken in elk geval erg geïnteresseerd in ons onderonsje.

'Ga maar verder, lief, ik kijk nog even rond.' Ik geef Alex nog een laatste dikke kus. Ik wil hem nu niet belasten met mijn stress.

Ik loop langs de groep vrouwen en hoor ze praten. Het gaat niet over mij maar over de vraag waar dit liefdadigheidsevenement nu eigenlijk om draait. Ik kan niet anders dan even blijven luisteren.

'Volgens mij iets met aids.'

'O ja, dat is het volgens mij. Aidsbaby's.'

'Weet je het zeker, dat is toch het Aidsfonds? Dit is Kinderen van de Toekomst.'

'Ja, omdat ze dus aids hebben. En misschien geen toekomst hebben.'

'Is het niet iets met water, of zo? Volgens mij was dat het thema. Ik dacht misschien vandaar die grote fontein?'

De domme woorden van deze bevoorrechte vrouwen doen mijn nekharen overeind staan.

'Volgens mij heeft het iets met weeskinderen te maken.'

'Van overleden ouders? O god, dat is zielig! Door een of andere burgeroorlog weer?'

'O, die ouders hebben aids! En daarom zijn ze nu wees.'

Ik schud mijn hoofd en tegen beter weten in draai ik me om. 'Vanavond wordt er geld ingezameld voor medische zorg, scholing en voedselpakketten. Het gaat niet om aids. Ook niet om weeskinderen.'

De vrouwen kijken alsof ze water zien branden. Een van hen leidt de andere vrouwen van mij weg en roept nog net een 'O bedankt, hoor!' Ze vluchten van me weg alsof ik een besmettelijke ziekte heb die ik zo op hen kan overbrengen.

49

De gong geeft aan dat het spektakel gaat beginnen dus ik loop braaf naar mijn plek. Ik zie dat Alex door een paar persfotografen op de foto wordt gezet met zijn boek.

Ik zit aan een lange tafel met voornamelijk onbekende stellen en een lege plek naast mij. Waar is Bobby? Alex is al begonnen aan zijn welkomstpraatje en vertelt over het doel van vanavond en over het zorgzaam samengestelde en bereide diner dat straks geserveerd wordt. Trots maak ik wat filmpjes. Zijn boek zie ik nu ook voor het eerst en ik kan haast niet geloven dat het hem echt gelukt is.

Tijdens het opdienen van de amuses komt Bobby gehaast naast me zitten. 'Hiii. Daar ben ik, hoor!'

Ik kijk haar aan. Ze doet raar. 'Er zit een takje in je haar.'

'O, oepsie.' Ze bloost. 'Ik heb het er even lekker van genomen.' Ze stort zich op het minuscule hapje dat op haar bord ligt.

'Wat zeg je nou?'

'Even geflikflooid, Pop. Er zijn hier immers genoeg mooie geheime plekjes. En nu heb ik honger. Ik hoop dat we wat meer te eten krijgen dan deze kleine druif?' Het gevulde kwarteleitje heeft ze in twee happen opgegeten.

'Dat is de amuse.' Ik buig me dichter naar haar toe. 'Maar Bob, Peter zit toch in het buitenland?'

'Weet ik toch. Dit was ook niet met Peter.' Ze buigt zich richting mijn oor. 'Ik heb een minnaar.'

'Wat?' Ik schreeuw veel te hard waardoor onze tafel deels stilvalt. Ik glimlach het weg en buig me snel weer naar Bobby.

Op fluistertoon ga ik verder. 'Maar, wat als Peter erachter komt?'

'Maak je niet druk, Pop. Ons huwelijk is open. Hij vindt het prima.'

Even weet ik niet wat ik moet zeggen. Hoewel ik graag open-minded wil zijn, voelt het voor mij erg onromantisch. Mijn stilzwijgen moet als een indirecte veroordeling voelen want ze verklaart zichzelf nader.

'Pop, ik voel me eindelijk weer gezien. Weer gehoord en gevoeld. Ik ben eigenlijk in een constante staat van verliefdheid.'

Ze is ineens stil en kijkt me indringend aan. 'Natuurlijk wil ik bij hem blijven, voor de tweeling. Maar met een man leven die het geen bal interesseert wat ik doe en wie ik echt ben, dat is niet genoeg voor mij...'

De goedlachse Bobby die ik ken is even verdwenen. En ik zie haar voor het eerst op een andere manier. Een kwetsbaar meisje met een hang naar goedkeuring en aandacht.

'Misschien is dit dan de oplossing, toch?'

'Ja, wie weet. Maar waarom zit er een natte vlek op je tiet?'

'Ongelukje. Sorry, echt, ik beloof heel voorzichtig te doen verder.'

We zwijgen en luisteren naar het eerste item dat wordt geveild. Daar is Lien. Ze staat trots naast haar man terwijl er een weekje op hun luxe jacht wordt aangeboden. Haar blik rust even op mij en dan wendt ze zich snel af. Wat is het toch een wereldverbeteraar. Het onbestemde gevoel van eerder komt terug en de hitte stijgt naar mijn hoofd. Ik begin denk ik luider te ademen want Bobby grijpt mijn arm.

'Gaat het een beetje?'

'Ik heb het benauwd, even lopen, ben zo terug.'

Snel loop ik weg van tafel. Ik voel misselijkheid opkomen en ben bang dat ik ga kotsen of flauwvallen.

Bij de fontein ga ik op de rand zitten. Ik houd mijn handen onder water voor verkoeling van mijn polsen. Dit geeft wat verlichting. Ik zie dat Alex weer op het podium wordt geroepen en zijn ogen rusten op de lege plek aan tafel. Ik zwaai naar hem, maar hij ziet mij niet. Iemand die mij wel ziet zitten bij de fontein is Sophie. Ze trekt haar wenkbrauw omhoog en draait zich weer naar het podium toe.

Vlak bij het podium staat een rij Birò's met een roze strik eromheen. Ook deze worden waarschijnlijk voor een exorbitant bedrag geveild. Er wordt net een gouden exemplaar met daarop het logo van Kinderen van de Toekomst geparkeerd.

De presentator begint over Alex te vertellen en over zijn veelbelovende carrière en overheerlijke diner vanavond. Alex neemt de complimenten bescheiden in ontvangst, ongemakkelijk als hij altijd wordt van in het middelpunt van de belangstelling staan. En dan is het moment daar en verkondigt de presentator dat mijn vent te koop is voor een avondje culinair genieten. Alex wordt geveild en de handen vliegen omhoog. Er wordt flink geboden. Mannen, vrouwen, iedereen wil een privédiner thuis van deze chef-kok. Ik ben trots en jaloers tegelijk. Maar het is allemaal voor het goede doel.

Dan gaat haar hand omhoog en doet ze het volgende bod. Ik kan het niet goed verstaan, maar door de geschokte menigte begrijp ik dat het veel is. In slow motion speelt de scène zich voor mijn neus af. De vrouw springt blij op. Hij geeft haar drie kussen. Ze gaan samen op de foto. Mensen klappen.

Sophie de Giraffe heeft zojuist mijn man gekocht voor een privédiner bij haar thuis. Het gevoel keert in alle hevigheid terug. Mijn ledematen reageren niet, het is alsof iemand een verdovingspijl in mijn nek heeft geschoten. Gevolgd door dat oorverdovende geluid van kolkend bloed door mijn lijf.

De presentator gaat verder en geeft Alex het woord. Zijn boekpresentatie gaat beginnen. Ik moet naar voren, maar mijn benen voelen zo bibberig aan. Alex neemt het woord en ik hoop dat Bobby wat foto's en filmpjes zal maken.

Alex spreekt de woorden uit die wij samen hebben geoefend en die ik hem vandaag nog voor de spiegel heb horen uitspreken. Hij doet het zo goed. Hij moet weten dat ik hem steun.

Dat ik van hem houd. Ik sprenkel wat water op mijn armen en sta op. Ik moet weer op mijn plek zien te komen. Met moeite passeer ik verschillende tafels wanneer ik ineens word geroepen.

'Joehoe, Poppy!'

Ik draai me om en zie een aantal vrouwen in afschuwelijke, felgekleurde jurken aan tafel zitten.

'Dat jij hier durft te komen terwijl je weet dat ik in de commissie zit en heel erg heb toegeleefd naar deze avond.' Suus. Natuurlijk. In een duivelsrode jurk.

Alles om me heen vertraagt weer. Ik zie haar mond bewegen, maar de woorden komen later binnen.

'Hallo?'

Ik schud even snel met mijn hoofd in de hoop dat het me in het hier en nu brengt. 'Ik ben hier voor mijn man.' Waarom klinkt mijn stem zo zacht?

'Geniet nog maar even van deze avond want verder ben je nergens meer welkom. Ik wil jou niet meer zien.'

'We kunnen niet om elkaar heen, onze kindjes zijn bijna even oud,' weet ik nu uit te brengen. Ik wil weer doorlopen maar ik houd mijn pas in als ik haar verder hoor gaan.

'Nee hoor. Ik kom jullie nergens meer tegen. Daar zorg ik wel voor. Ik heb morgen met mijn Isabel bijvoorbeeld een heel leuk partijtje van een van die vrienden van Alex. God, ze hebben van alles geregeld voor die kids, heel leuk. Een speciale babyhoek zelfs. Maar jou zal ik daar niet zien. Of vergis ik me en heb jij wel een uitnodiging gehad?

O, en ik weet niet of jij al een mail hebt ontvangen, maar babyzwemmen schijnt ook vol te zitten. Ze moesten wat harde keuzes maken. Wellicht het volgende seizoen.'

Ik draai me om en kijk haar aan. Ze moet schrikken van de blik in mijn ogen want ze gaat zenuwachtig verzitten en slaat haar ogen neer.

Op de achtergrond hoor ik applaus en de stem van Alex. Ik probeer dichter bij mijn plek te komen. Ik probeer het suizen in mijn oren dat nu in een monotone piep is veranderd te negeren. Ik probeer weg te kijken van de felle lichtflitsen van de camera's die op het podium gericht zijn. En ik probeer de stemmen in mijn hoofd weg te denken. Ik denk aan Wolf. Dat helpt. De stemmen verdwijnen naar de achtergrond en ik zie beelden van mijn lieve, lachende mannetje. Zich van geen kwaad bewust. Zo puur.

En dan zie ik beelden van Wolf alleen. Wolf die niet mag meespelen. Wolf die wordt buitengesloten door andere kindjes. Wolf die niet in die babyhoek mag komen. Wolf van wie iets lekkers wordt afgepakt omdat hij toch maar te dik is. De beelden nemen bezit van mij. Ik kan het niet stoppen. Ik zie tranen. Ik zie kleine, mollige babyhandjes die zich naar mij uitstrekken. Ik zie het spottende gezicht van Sophie die hem oppakt. Ik zie de zogenaamd medelevende koppen van de moedermaffia. Ik hoor mijn zoon huilen. Ik hoor het echt. Mijn hart gaat als een gek tekeer. Ik ben dicht bij onze tafel, maar ik loop daar niet heen. Mijn pas versnelt. Ik begin te rennen. Ik schreeuw en ik ren. Mijn benen bewegen razendsnel op die hakken en voordat ik het echt doorheb zit ik achter het stuur van de zojuist geparkeerde gouden Birò inclusief roze strik eromheen.

De sleutel zit in het veilingstuk, klaar om getoond te worden. Ik hoor niets meer en zie alleen een rode waas. Ik druk het gaspedaal vol in en hoor kreten die van mij afkomstig moeten zijn. De tafel probeer ik te ontwijken, maar ik raak deze deels waardoor het hapjes regent op mijn raam. Ik geef een ruk aan het stuur en schamp een bloemstuk dat de lucht in vliegt. Mensen rennen en springen weg. Een dienblad met kristallen glazen champagne valt over de Birò heen. Ik hoor gegil en kreten om hulp, maar ik stop niet en handel op de automatische piloot.

Hoewel ze wegrent, weet ik haar de pas af te snijden en ze kan maar één kant op rennen om niet onder de Birò te komen. Ik druk het gaspedaal hard in en Suus springt opzij, vol op de desserttafel met taarten die met zoveel zorg door Alex zijn bereid.

Terwijl ik flarden van een rode jurk en slagroom zie, draai ik de Birò om. Ik moet hier weg zien te komen. Maar als ik verder van de menigte wegrijd, zie ik hoe een groene gedaante de weg probeert te blokkeren en een bewaker mijn kant op stuurt. Ik twijfel niet en geef gas. Sophie duikt weg en tuimelt zo de fontein in. Ze schreeuwt het uit en haar armen bewegen wild boven het water.

Met een ruk draai ik mijn stuur om en kijk ik in de spiegel. Daar zie ik Alex van het podium mijn kant op komen. Ik blijf gas geven totdat hij steeds kleiner wordt.

Er lijkt maar één uitweg te zijn en ik rijd een stuk de heuvel op. Ik ga dwars door de muur van bloemstukken heen die zorgvuldig is aangelegd voor Instagram-foto's en ik hoor het geluid van schreeuwende mensen en brekend glas achter me. Ik slaag er niet in het bloemenprieeltje helemaal te ontwijken, schamp erlangs en vind daarna het open veld waar we eerder stonden te borrelen en waar ik nu plankgas overheen scheur. Op weg naar de uitgang. Op weg naar mijn vrijheid. In de spiegel die nog slechts aan enkele draden vastzit, zie ik nog net de gechoqueerde verschijning van Yasmin en het prieeltje dat achter haar in elkaar stort.

50

'Ben je er nu al?' De buurvrouw kijkt me argwanend aan en houdt Wolf stevig vast. Shit, dit kan ik er nu helemaal niet bij hebben.

'Wat is er gebeurd, je zit onder de drek. En je hebt bloed op je gezicht.'

Zo normaal mogelijk doen nu. Ik schraap mijn keel. 'Ik ben niet lekker geworden. Flauwgevallen bij een van de tafels met eten en mijn hoofd gestoten.'

'Och, lief kind. Gaat het wel? Kom, laat mij even kijken?'

'Lief, maar mijn moeder komt zo langs om te helpen. Dus vandaar dat ik Wolf al kom halen.'

'Weet je het zeker, ik kan hem ook nog even houden en dan kun jij wat extra slapen?'

'Nee. Nee, dat is niet nodig. Ik heb hem liever bij me, snapt u.'

Ik pak hem uit haar armen en na iets wat op weerstand lijkt, laat ze los.

'Heel erg bedankt.'

Zo snel mogelijk verlaat ik haar appartement met Wolf en pak de trap naar onze verdieping. De Birò heb ik achtergelaten in het park. Mijn vluchtwagen viel nogal op. Bij 't Blauwe Theehuis staat nu de meest gehavende Birò die Amsterdam ooit heeft gekend. Het laatste stuk heb ik op mijn blote voeten gerend. Ik heb het gered, ik ben thuis.

Op zoek naar mijn paspoort en dat van Wolfje gooi ik alle lades overhoop. Waar heeft Alex ze gelaten? Mijn hart bonst in mijn keel en ik heb het veel te warm. Deze nazomerdag is genadeloos heet. Mijn jurk plakt aan mijn lijf.

Ik kijk naar Wolfje. Hij oefent zijn stapjes langs onze salontafel en zijn hoofdje is helemaal rood van de inspanning en warmte. Hij is stiller dan normaal.

Hij houdt zich ondanks al mijn gestress gedeisd.

Ik kijk naar hem en voel de tranen opkomen. Ga ik dit echt doen? Ik probeer rustig te ademen en kijk naar de rode vlekken op mijn jurk. Ik spits mijn oren. Zijn dat sirenes? Is dat een ambulance in de verte? Of is dit de politie die onderweg is? Eén ding staat vast. Ik laat ze mijn kleintje niet van me afnemen. *Word rustig!* We wonen in het centrum van Amsterdam en het is vijfendertig graden, het geluid van sirenes is niet uitzonderlijk. Dat heb je nu eenmaal in een drukke stad. Misschien heeft het niets te maken met wat er zojuist is gebeurd... met wat ik zojuist heb gedaan.

Denk na, Poppy, waar zijn die verdomde paspoorten!

Als ik de volgende la opentrek, zie ik onze paspoorten. Die van Alex, Wolfje en dat van mij. Ik denk aan Alex en ik kan het niet meer tegenhouden. Ik voel de tranen over mijn wangen stromen. Wat heb ik gedaan? Het gemis zal zo groot zijn. Zowel voor mij als voor onze kleine.

Maar ik heb geen tijd om mijn verdriet de ruimte te geven. Ik moet door.

Ik steek Wolfjes paspoort en dat van mij in mijn Céline-clutch, die volgens Bobby altijd handig zou zijn. En inderdaad: hij biedt ruimte aan onze paspoorten, mijn zonnebril die de nodige anonimiteit zal schenken, mijn Mulberry-portemonnee met alle nodige pasjes om voorlopig mee uit de voeten te kunnen en rozijntjes voor kleine Wolf. De sleutels laat ik achter. Ik ren met Wolfje op mijn arm naar zijn kamer en smijt luiers, billendoekjes en rompertjes in de reistas die ik snel heb gepakt. Ook pak ik wat broekjes en shirts mee en een extra trui voor als hij het koud krijgt. Je weet nooit waar we terechtkomen.

Snel loop ik door naar onze slaapkamer en ik trek de kastdeur open. Ik kijk niet echt, ik pak maar wat. Het maakt niet uit. Nu niet meer.

Ik kijk nog één keer om naar onze slaapkamer. De kamer die onze liefde symboliseert.

Het spijt me zo. Ik druk een kus op Alex' kussen.

In de verte hoor ik iets. Doodstil blijf ik staan. Is dat geschreeuw? Het lijkt dichterbij te komen.

Gehaast open ik de Uber-app op mijn telefoon. Ik heb nog drie minuten. Ik kijk naar het gespannen gezichtje van Wolf en zie dat hij knuistjes heeft gemaakt van zijn mollige handjes. 'Doe normaal, Poppy, je maakt hem bang,' spreek ik mezelf hardop toe en met het trekken van gekke gezichten probeer ik Wolfje duidelijk te maken dat alles goed is. Geen vuiltje aan de lucht.

Al 'Baby Shark' zingend sluit ik de deur achter me en loop ik voorzichtig met een volle tas en Wolfje de trap af. Op het moment dat ik de deur open, komt de auto aanrijden.

Ik open het portier van de Uber en bevestig mijn naam. In de auto hangt de geur van tabak vermengd met citroenluchtverfrisser. Er komen een paar beschonken mensen langs. Ze zijn luidruchtig. Op deze hete dag lopen de gemoederen klaarblijkelijk hoog op.

'En je gaat naar ehm... Schiphol, zie ik?' De chauffeur neemt zijn tijd. Hij rommelt wat op zijn telefoon. Ik wil schreeuwen. *Ja, dat staat er toch?! Waar wacht je nog op, slome!*

Maar ik slik, pak mijn zonnebril en plaats deze kalm op mijn neus. 'Ja, inderdaad,' antwoord ik beleefd. 'En ik heb een beetje haast.'

Epiloog

Drie weken later
Oktober

Mijn handen heb ik vastgeklemd op mijn rug. Mijn lichaam breng ik in een onmogelijke positie terwijl de zon op mijn huid brandt en ik me probeer te focussen op de instructies van de man tegenover mij.

Ik adem diep in en uit en voel de zuurstof door mijn lichaam stromen. Ik ben er bijna en voel mijn kracht toenemen. Na een aantal minuten die langzaam verstrijken mag ik op mijn matje gaan liggen. We sluiten af met een korte meditatiesessie.

Na de yogales ga ik naar de bar waar mijn eiwitshake en espresso al klaarstaan. Tony kent ondertussen mijn gebruikelijke ochtendrecept.

Ik hoor kreten van kindjes en zie Tony's kleinkind als een waggelend eendje richting het bescheiden speeltuintje lopen. Hij valt en staat meteen weer op. Hij is zo enthousiast dat zijn lijfje zijn beentjes amper kan bijhouden. Ik hoor nog een kindje en ik hoef mijn hoofd niet om te draaien om te weten dat het mijn zoon is. Ook hij waggelt richting de speeltuin, zijn nieuwe vriend en grote voorbeeld achterna. Hij is nog niet zo snel en staat nog wankel op de beentjes en schakelt over naar kruipen. Daar is hij ondertussen zo bekwaam en snel in geworden, het is de Max Verstappen onder de dreumesjes.

Tony's vrouw Nuria ontfermt zich over de kleintjes. Tony en Nuria weten dat ik graag de vroege yogales pak en passen dan op Wolf. Hun kleinzoon van drie – Tony Junior – is er immers ook altijd rond dit tijdstip omdat zijn ouders al vroeg beginnen met werken.

Tony en Nuria runnen hun eigen restaurant voor ontbijt en lunch op het eiland. Om vijf uur gaan ze dicht, dan willen ze met familie en vrienden zijn. Dit doen zij al veertig jaar zo. Ze zullen nu rond de zeventig jaar zijn. In perfecte harmonie runnen ze deze toko. Of het nu om de afwas of hun alom geprezen kopje koffie gaat, overal zit liefde en aandacht in.

Ik neem een slok en de intense, bittere smaak van de zwarte koffie laat mijn kaken samentrekken.

Tony roept iets in het Grieks wat ik niet begrijp. Maar aan de lach van Nuria te zien wordt ze geplaagd door haar echtgenoot. Of ze krijgt een compliment. Hoe dan ook, ze bloost. Ze komt richting mij gelopen met Wolf in haar armen en geeft hem aan mij. Ik begraaf mijn neus in zijn steeds dikker wordende haartjes.

'You want the Greek omelette with extra feta, Pappie?'

'Yes, Nuria, thank you.'

Ze geeft Tony een snelle kus, roept wat naar haar kleinzoon en vervolgt haar weg naar de keuken.

Ik ga zitten op mijn vaste plekje op hun terras. De yoga-instructeur pakt zijn spullen op het strand en blaast mij nog een handkus toe. Leuke man. Maar geen Alex. Ik mis hem enorm.

De kinderstoel staat op zijn vaste plek naast me. Dit is ons ritueel. Wolf bloeit helemaal op en maakt letterlijk en figuurlijk enorme stappen in zijn ontwikkeling. De innerlijke rust die mama ervaart, doet hem denk ik goed. Alleen mist hij papa. Dat kan hij nog niet zeggen, maar dat weet ik zeker. Ik heb hem weggerukt uit zijn vertrouwde omgeving omdat ik niet wist wat ik anders moest doen. Maar nu zijn we een paar weken verder en is de storm gaan liggen. Er gaan ongetwijfeld alweer andere verhalen en roddels op de sociale kanalen rond en mijn mentale breakdown is oud nieuws. Toch voelt de gedachte aan mijn terugkeer als een strop om mijn keel die steeds strakker wordt aangetrokken.

Hier kan ik weer ademen. Ik neem een flinke hap van mijn omelet en bind mijn haar naar achteren met mijn sjaaltje. Mijn Havaianas schop ik uit en ik laat mijn tenen kietelen door het zand. Hier kan ik mezelf zijn.

Zakynthos is een prachtig, groen eiland, vol olijfbomen en met een heuvelachtig landschap. De strandjes zijn nog redelijk onaangetast en het aantal toeristen valt mee. Voor mij was dat de reden om hierheen te vliegen. De kans dat ik een bekende tegenkom is hier immers erg klein.

Ik heb Alex een brief gestuurd met een verklaring van mijn vlucht. Waarom ik heb gedaan wat ik heb gedaan. En met onze verblijfplaats en de vraag of hij ons rust en ruimte wil gunnen. Hij was in het begin erg boos en verdrietig, maar na een tijdje leek hij te begrijpen dat rust om na te denken nu het allerbeste is voor mij. En ook voor ons als gezin. Ik voel me vreselijk schuldig als ik erover nadenk dat Wolf nu niet bij zijn vader is, die zielsveel van hem houdt.

'You look sad, Pappie, why?'

'No reason...'

Tony kijkt me aan en zijn donkerbruine ogen boren zich in die van mij. De rimpels rond zijn ogen worden dieper.

'Maybe you should go home.'

'I burned my home down, I'm afraid.' Ik probeer het weg te lachen.

Tony blijft me aanstaren en ik probeer zijn vragende blik te ontwijken door me op de olijven te storten.

'Pappie. You can make home anywhere. The place does not matter. It's about where you feel complete. You think about where you feel whole. And there you make a home. It's simple.'

Als hij het zo zegt wel, ja. Maar ik wil deze lieve oude man ook niet belasten met mijn problemen van thuis. Nuria komt aangelopen en roept wat dingen tegen hem op verhitte toon. Waarschijnlijk wordt hij aan het werk gezet.

Tony trekt haar naar zich toe en begint te dansen. Ze protesteert nog wat, maar geeft al snel giechelend toe. Dit stel is van goud. Al zo lang samen en zoveel liefde.

Verlangend kijk ik naar hen. *'You guys are perfection.'*

Tony laat Nuria los en wijst met zijn vinger naar mij. *'No! There is no such thing! It's hard work, Pappie. Hard work and not caring about stupid little things, but about your heart.'*

Hij klopt met zijn bruine gerimpelde handen op zijn borst. *'That makes it work. Sometimes we hate each other, but we belong together.'*

Nuria wuift zijn woorden lachend weg maar haar verliefde blik zegt genoeg.

'But some people...'

'Fuck people!'

Ik schrik van dit taalgebruik en schiet in de lach. Hij krijgt meteen een por van zijn vrouw.

'It's not about other people, it's about your life. Free your mind. And the rest will follow.' Hij sluit af met een kus op Nuria's mond.

Tony's woorden treffen me als een verfrissende klap in mijn gezicht. Het lijkt ineens heel simpel.

'Nuria, could you hold him for five minutes?'

Zonder te antwoorden pakt Nuria Wolf op.

Ik ren naar de zee en ik blijf rennen. Ik ren en ik ren en dan duik ik. Ik ga helemaal onder water en voel hoe mijn lichaam zich herstelt. Ik was alle zorgen en negativiteit van me af. Ik open mijn ogen en zie de prachtige kleuren onder water. Even is er alleen maar stilte. Ik bewonder de zonnestralen die zich een weg door het water boren. Ik blijf onder water. Zo lang mogelijk. Ik blijf zolang mijn lichaam het toelaat.

En dan zet ik me af. Met forse kracht schiet ik de lucht in en hap ik naar lucht. Ik kom rustig tot adem en beweeg langzaam richting de kust. Ik zie dat Tony, Nuria en Wolf naar mij kijken. Ik lach. Het is oké. Ik ben oké.

Ik ren terug, pak mijn telefoon en druk op zijn naam.

'Poppy?' Hij neemt direct op.

'Alex, ik...'

'Luister, Pop, ik heb nagedacht en het spijt me zo, van alles. Ik was zo druk met mezelf en mijn werk dat ik vergat wat er echt toe doet. Wie er echt toe doen. Ik mis jullie enorm, de rest lijkt ineens zo fucking onbelangrijk. Ik kom naar jullie toe, desnoods zeg ik alles op hier, ik cancel al mijn afspraken...'

Ik omklem mijn telefoon stevig. Deze woorden betekenen alles. Hij snapt het. Hij snapt mij. En ik hem.

'Alex, dat is niet nodig.'

Ik hoor hem diep ademhalen. 'Pop, ik wil weer samen werken aan...'

'Wij komen naar huis.'

'Echt? Kom je terug?' Hij klinkt hoopvol en breekbaar tegelijk. Ik zou hem door de telefoon willen trekken om hem vast te houden.

'Ja, schat. Wij komen naar huis. Ons huis. In Amsterdam-Zuid. Daar zijn we compleet. Niemand die mij kan tegenhouden.'

'Pop, weet je het zeker? Kun je dat aan?'

Ik denk hier even over na. Ik laat de woorden op me inwerken. Beelden van de afgelopen maanden schieten door mijn hoofd. Beelden van mezelf, maar eigenlijk niet mezelf, al vluchtend in een Birò. Ik zie de beelden met een nieuw soort rust. Ik kijk naar Wolf en zie hem wankelend stapjes zetten. Hij valt. Ik houd mijn adem even in. Maar hij staat alweer op. En met wankele beentjes probeert hij weer bij zijn volgende punt te komen.

'Lieverd, hallo?'

'Ja, Alex. Ik ben er klaar voor. Meer dan ooit. We komen naar huis.'

Dankwoord

Graag wil ik een aantal mensen bedanken voor het mede mogelijk maken van dit boek.

Allereerst mijn uitgever A.W. Bruna en in het bijzonder mijn redacteur Anna Jansen. Voor de steun en het ongelimiteerde vertrouwen in mij.

Ook is dit boek een kleine ode aan mijn vrienden, mijn *tribe*. De vrouwen die ik al jarenlang om me heen heb en die mij altijd voorzien van de nodige feedback, liefde, steun, hun eerlijke mening en een schop onder de kont wanneer nodig. Talisia Misiedjan, Sahrissa Lingg, Lauren Verster, Kathelijn Vos, Maaike Langereis, Kimmie Feenstra, Dennis Luyf, Nathalie Streng, jullie zijn al jarenlang mijn vangnet, mijn spiegel en inspiratie. Als moeder, als vrouw, als mens.

Een speciaal dankwoord voor mijn zussen, Stephanie en Melody. Opgegroeid in ons kleine dorpje en onze middelbareschoolperiode in Amsterdam-Zuid. Zoveel meegemaakt, verlies en vreugde. Samen 'groot worden'. De liefste tantes voor mijn zoons. En mijn stoere zussen. Ik hou van jullie.

En dan mijn moeder. Heel anders dan de moeder van Poppy, maar toch ook raakvlakken. Een *independent woman* die na het verlies van papa haar leven weer bijeen moest rapen en door moest. Een hardwerkende vrouw, betrokken moeder en lieve oma. Zonder jouw hulp en lieve zorgen voor Julius had ik de tijd niet gevonden om dit verhaal te kunnen schrijven. Thanks voor alles.

En dan *supergranny*, de mensen om mij heen weten heel goed wie dat is. Een vrouw die haaks staat op het gros van de vrouwen die ik omschrijf in dit verhaal. Een 'no bullshit recht voor haar raap'-vrouw. Zoveel meegemaakt. Kinderen alleen opgevoed, dubbeltjes omgedraaid. En toch altijd positief en een rots in de branding voor al haar kids en kleinkids. En nog altijd even sterk en bijdehand op haar eenentachtigste. Mijn Amsterdamse oma Ans.

Ook wil ik mijn vader bedanken. Hopelijk krijgt hij hier iets van mee, waar hij ook is. Mijn vader was mijn motivator, geloofde in mijn kunnen en vertelde me elke dag dat hij trots op me was. Hij inspireerde me om mezelf uit te dagen, me te blijven ontwikkelen en ECHT te leven. Zijn leven op aarde duurde veel te kort, maar in die tijd heeft hij ons zoveel gegeven. Zonder zijn motiverende woorden en bemoedigende schouderklopjes had ik dit soort projecten nooit aangedurfd. Ook bracht hij me humor en een dosis zelfspot bij. En daar pluk ik elke dag de vruchten van. Dank je, papa.

Ook een dankwoord voor mijn bijzondere schoonfamilie. Een familie vol met eigenzinnige types met het hart op de tong die wars zijn van roddel en achterklap of moedermaffiagedoe.

En dan last but not least: ons mooie gezin.

Een speciaal dankwoord voor mijn lieve bonuskids die al jaren zo'n belangrijk onderdeel van mijn leven zijn en ons huis een thuis maken. Elke dag leer ik van hen. Hun nieuwsgierigheid, open mind en humor zijn een ware inspiratie. En hun liefde en steun zijn iets waar ik elke dag dankbaar voor ben. Fantastische bonuskindjes en de meest lieve broers en zus voor Julius en Dani. Dank Mick, Barron en Beau.

En dan mijn zoons Julius en Dani. Zij maken me elke dag weer duidelijk wat er echt toe doet in het leven. Liefde voor elkaar. Zij hebben me verrijkt als mens en me de mooiste rol gegeven die ik ooit mocht krijgen, die van moeder.

Lieve kindjes, mijn hart stroomt over van liefde voor jullie en ik hou van jullie alle vijf oneindig veel. Een full house, ietwat chaotisch, overal luiers en rondslingerend speelgoed en altijd beregezellig.

En dan de man die dit hele zooitje bij elkaar houdt. De man die broodtrommels vult, haren vlecht en vervolgens doorracet naar z'n werk. De man die ons allemaal elke dag weer zo hard aan het lachen maakt. De man die mij ontlast, helpt en steunt waar mogelijk om mijn dromen te verwezenlijken. De man met oneindig veel energie en een gouden hart, mijn man Michel van den Bergh.

Lieverd, zonder jouw steun en geduld kan ik niet doen wat ik doe. Of dat nou acteren, produceren of schrijven is, jij geeft me altijd het gevoel dat alles mogelijk is. Je zorgt ervoor dat thuis alles blijft draaien en dat ik me even kan opsluiten in mijn 'creatieve hoek'. En jij bent vooral de grootste steun en mijn klankbord in mijn rol als moeder en bonusmoeder. Je bent by far de zorgzaamste en liefdevolste man die ik ken. Altijd vrolijk. Altijd behulpzaam. Vader van mijn zoons, mijn echtgenoot.

Het is een feestje om jouw vrouw te zijn. Dank voor alles.